KB250541

ANSWEr
Me 앤서미

초판 1쇄 찍은 날 ｜ 2013년 1월 11일
초판 1쇄 펴낸 날 ｜ 2013년 1월 18일

지은이 ｜ 우영주
펴낸이 ｜ 서경석

편집장 ｜ 권태완
편집 ｜ 장미연
디자인 ｜ 신현아

펴낸곳 ｜ 도서출판 청어람
등록번호 ｜ 제1081-1-89호
등록일자 ｜ 1999. 5. 31
어람번호 ｜ 제5-0324호

주소 ｜ 경기도 부천시 원미구 심곡2동 163-2 서경B/D 3F (우) 420-822
전화 ｜ 032-656-4452 팩스 ｜ 032-656-4453
http://www.chungeoram.com
E-mail ｜ chungeoram@chungeoram.com

ⓒ 우영주, 2013

ISBN 978-89-251-3134-4 03810

우영주 장편 소설

"멀리 봐." 연준의 말대로 수민은 고개를 들었다. 그리고 멀리 보았다.
신기하게도 뒤에 연준이 있다는 생각을 하자
넘어지는 것도 더 이상 그렇게 무섭지만은 않았다.

Answer
Me 앤서미
Chungeoram romance novel

도서출판
책람

Contents

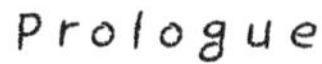

바람은 적당히 차갑고 햇살은 따뜻한, 아주 좋은 가을날이었다. 다행이었다. 혹시나 일기예보처럼 비가 오면 오늘 저녁 태현이 함을 지고 올 때 어쩌나, 걱정했었다.

"……수민아."

문득 들려온 낮은 목소리에 차근차근 이어지던 생각의 꼬리가 뚝 끊겼다. 창밖을 향해 있던 수민의 시선이 느릿하게 움직였다.

태현이 보였다.

1년 전쯤, 태현과는 이 자리에서 선을 보았다. 공교롭게도 이번이 마지막이라고 마음먹고 나간 선 자리여서였을까? 하늘이 '이 사람 정도면 너도 만족할 테지'라고 하는 것처럼 태현은 아주 좋은 사람이었다.

의사가 아닌 약사가 되기를 선택한 후부터 수민이 귀에 못이 박히도록 들은 말은 반드시 의사와 결혼해 아버지 병원을 물려받아야 한다는 것이었다. 그리고 태현은 그런 수민의 부모의 기대에 얼추 들어맞는 사윗감이었다. 세 살 차, 나이 차도 적당했고 의사였으며 집안도 엇비슷했다. 그리고 장남이 아니니 수민이 시부모를 모실 필요도 없었다.

수민 또한 태현이 좋았다. 자신의 일에 열심인 모습도 좋았고 바쁜 와중에도 수민을 챙겨주는 다정함이 좋았다. 그를 만날 때면 설레었고 그와 함께하는 시간이 즐거웠으며 어느새 그를 깊게 신뢰하게 되었다.

올 봄이 끝나갈 무렵, 햇살이 유난히 눈부시게 반짝이던 어느 하루였던 걸로 기억한다.

"수민아, 나랑 결혼해 줄래?"

휴일을 맞아 드라이브 겸 나갔던 교외의 작은 레스토랑에서 점심을 먹고 난 뒤, 차와 함께 내온 케이크에는 작은 초가 켜져 있었다. 태현은 반지를 주며 프러포즈를 했고 수민은 그가 준비한 반지를 손가락에 꼈다. 눈물이 났던 걸 보면 감동을 했던 것 같기도 했다.

비록 처음 만남은 양가 부모님의 뜻이었지만 결혼은 온전히 두 사람의 결정이었다. 그런 두 사람의 결정에 양가 모두 기쁜 마음으로 결혼을 준비했다. 그리고 내일이 바로 결혼식이다.

한수민은 최태현의 아내가, 최태현은 한수민의 남편이 되는 것이다.

수민의 눈길이 태현에게로, 다시 테이블 위로 천천히 옮겨갔다.

테이블 위에 놓인 사진 속, 두 사람의 모습이 눈에 들어왔다. 태현과 그의 어깨에 기대어 환하게 웃고 있는 여자.

일주일 전 수민을 찾아왔던 바로 그 여자였다.

"태현 씨랑 저, 서로 사랑하고 있어요."

처음 보는 수민의 앞에 무릎을 꿇으며 여자가 한 말이었다. 그리고 신파 드라마에서나 볼 법한 풍경이 연출되었다. 태현의 부모에 의해 억지로 태현과 헤어질 수밖에 없었지만 두 사람의 마음은 전혀 변하지 않았다고. 자신들 모두 다른 사람을 만나보았지만 역시 서로가 아니면 안 된다는 걸 알아버렸다고. 그러니 수민에게 태현과 헤어져 달라고 말이다.

누가 봐도 진심으로 서로를 사랑하는 행복한 연인의 모습이었다.

태현이 자신의 앞에서도 저렇게 환하게 웃었던 적이 있었나, 수민은 문득 그런 생각을 했다. 열심히 기억을 더듬어봤지만 도무지 떠오르지가 않았다. 무릎 위에 가만히 놓여 있던 수민의 손이 움직였다. 그리고 테이블 위에 놓인 사진을 들어 망설임 없이 찢었다.

"……안 해요, 나."

수민이 조금 떨리는 목소리로 입을 열었다. 입술을 꼭 깨물고 있던 탓에 하얀 얼굴에 유난히 입술만 새빨간 빛을 띠고 있었다. 나직이 숨을 삼키고 수민은 태현을 보며 또박또박한 어조로 다시 한번 말했다.

"당신 말처럼…… 안 해. 그렇게 안 해요, 나."

“수민아, 우리⋯⋯.”

“나 만나기 전에 있었던 일이니까⋯⋯ 난 잊을 거예요. 그러니까 당신도 잊어요.”

자신이 선택한 사람이었다. 자신이 결정한 결혼이었다. 자신이 계획하고 꿈꿔왔던 미래였다. 이런 식으로 다른 사람에 의해 그 모든 게 부서지는 걸 용납할 수가 없었다. 그것도 다른 누구도 아닌, 내일이면 그녀의 남편이 될 남자의 옛 여자 때문이라면 더더욱 있을 수 없는 일이었다.

수민은 무릎 위에 올려둔 손을 꽉 쥐었다. 손톱이 여린 살을 파고들었지만 오히려 미소까지 지어 보였다.

“내일, 우리는 예정대로 결혼을 할 거예요. 달라지는 건 아무것도 없어요.”

차분한 말투였지만 수민은 확고했다.

지난 일주일, 지옥 같은 시간을 견디며 수민이 내린 결정이었고 그 여자의 말에 대한 수민의 대답이었다. 혹여 나중에 이 결정으로 인해 죽을 만큼 후회할 때가 온다 할지라도 상관없었다.

“친구들이 걱정을 많이 해요. 태현 씨 함진아비 하는 친구한테 적당히 해달라고 말 좀 잘해줘요.”

수민은 웃으며 가방을 들었다.

“미용실도 다녀와야 하는데 늦겠다. 그럼 있다가 집에서 봐요.”

태현이 무슨 말을 할지 겁이 났다. 애써 태현의 눈길을 피하며 수민은 서둘러 자리에서 일어났다. 그런 수민의 손목을 태현이 급히 붙잡았다. 잠시 망설이던 그가 이내 힘겹게 말을 꺼냈다.

“부탁, 할게.”

가슴이 울컥, 거세게 흔들렸다. 애써 누르고 눌렀던 비명이 튀어나올 것만 같아 입을 열 수도 없었다. 시야가 물기로 얼룩져 어른거렸지만 죽을힘을 다해 참았다. 태현이 잡고 있는 손목이 뜨겁고 아팠다. 구역질이 나올 것만 같았다. 이 자리를 떠나야 했다.

수민은 자신의 손목을 쥔 태현의 손을 급하게 털어내고는 발을 움직였다.

문을 열고 나오는 수민의 얼굴이 하얗게 질려 있었다.

"놔!"

손목에 닿는 태현의 손을 수민이 몸서리치며 떨어냈다. 아무 말도 듣지 않을 거였다. 그 어떤 이야기도 나누고 싶지가 않았다. 아니, 지금은 태현의 얼굴을 보는 것조차 힘이 들었다.

"수민아!"

"싫어!"

그런 수민의 어깨를 태현이 강하게 잡아챘다.

"수민아, 넌 나 없이 살 수 있지만 그 여자는……."

태현의 숨소리가 떨렸다. 수민과 눈을 맞추고 그가 힘겹게 말을 이었다.

"그 여자는 나 없이 안 돼."

"……태현 씨."

"그러니까 나, 보내줘. 부탁할게, 수민아."

시끄러운 차 소리도, 사람들의 말소리도 거짓말처럼 사라졌다. 대신 웅웅, 귓가에 불쾌한 이명만이 맴돌았다.

"……싫어."

“수민아.”

“싫어. 안 해!”

수민의 가는 몸이 크게 휘청거렸다. 물기가 그렁하게 차오른 눈으로 태현을 노려보다 수민이 중얼거렸다.

“……나, 당신 사랑해.”

가까스로 참고 있던 눈물이 후드득 떨어져 내렸다. 마음도 형편없이 무너져 내렸다.

“그런데 어떻게 나한테 이래. ……당신, 나한테 이러면 안 되는 거잖아.”

흐느끼는 수민의 모습에 태현의 눈자위도 붉게 젖어들었다.

“……너한테 이러면 안 되는 거 아는데…… 나도 어떻게든 이러지 않으려고 했는데…….”

태현도 울먹이고 있었다.

“그런데 그렇게 할 수가 없어. 그 여자 없이 단 하루도 버틸 자신이 없어.”

내일이면 자신과 결혼할 남자가 다른 여자를 사랑한다며 울고 있었다.

“그 여자 없으면 나, 죽어. 수민아.”

그 말만은 하지 않았으면 좋았을 걸.

태현은 끝까지 잔인했다. 팽팽히 흐르던 긴장 사이로 작은 말소리가 흘러나왔다.

“그럼 죽어요.”

수민이 중얼거렸다.

“설사 그렇게 된다 하더라도.”

수민에게 향해 있던 태현의 시선이 멈칫거렸다.

"그래도 난 당신…… 안 보내요. 아니, 안 버려."

띠리리리리리. 신호등 알림음 소리가 울리며 고요하게 멈춰져 있던 사위가 다시 움직이기 시작했다. 소란스러운 가운데 수민의 눈길이 천천히 태현에게로 움직였다.

"내가 당신 버릴 때까지 당신, 내 옆에 있어야 해."

어떤 경우에도 한수민이 최태현에게, 그것도 그가 사랑한다는 그 여자 때문에 버림받는 일은 없을 거였다. 이 관계, 끝내도 수민이 끝내는 거였다. 버려도 수민이 태현을 버리는 거였다. 그리고 그를 버리는 건 어디까지나 온전히 수민의 뜻이어야만 했다. 수민이 그를 버리고 싶을 때, 그때 버릴 거였다. 하나 지금은 그때가 아니었다.

"그게 내가 우리 약속을 저버린 당신한테 내리는 벌이야."

수민의 어깨를 잡고 있던 태현의 손이 툭 떨어졌다. 그가 한 발짝 뒤로 물러섰다.

"그러니까 우리는 내일 예정대로 결혼할 거예요."

앵무새처럼 외운 말을 읊조리듯 수민은 말을 맺었다. 태현은 방금 전, 자신이 들은 말을 믿을 수가 없다는 얼굴이었다. 그런 그를 남겨두고서 수민은 차갑게 뒤돌아섰다.

　상투적인 말이지만 확실히 공기가 달랐다. 도시의 겨울이 살갗을 베어내는 듯한 맹렬한 추위로 무장되어 있다면 이곳의 겨울은 그보다 오히려 추운데도 불구하고 춥다는 느낌보다는 맑고 시리다는 기분이 먼저였다. 버스에서 내리자마자 수민은 크게 심호흡을 했다. 폐부 깊숙이 맑고 시린 공기가 가득 들어왔다. 늘 부모님과 함께 오곤 했지, 혼자서 버스를 타고 이곳으로 온 건 태어나 처음이었다.

　"오라이! 오라이!"

　기운 찬 목청소리를 뒤로하고 터미널로 들어서자 온기가 꽁꽁 언 몸을 감쌌다. 수십 년 세월의 흔적이 고스란히 남아 있는 작은 터미널 안은 몇 안 되는 손님들로도 꽉 차 보였다. 터미널 중앙에 놓여 있는 낡은 기름 난로 위에는 오래된 양철 주전자가 하얀 김을 뿜으며 끓고 있었다. 그 주변에서 몸을 녹이느라 옹기종기 모여 있던 사람들의 시선이 약속이나 한 듯 한곳으로 몰렸다. 시골에서 흔히 보기 힘든 낯선 이방인의 등장 때문이었다. 사람들의 따가운 시선에 수민은 어색한 미소를 지으며 걸음을 움직였다.

"거, 아가씨. 추운데 여서 몸 좀 녹이고 가이소. 어차피 택시 오면 저 앞에 쭈욱 서니까 괜히 일찍 나가가 찬바람 맞으며 덜덜 떨지 말고."

푸근한 인상의 50대 중반쯤 되어 보이는 아저씨가 수민을 향해 손짓을 했다.

"아이고, 이 아저씨 말이 맞대이. 오늘 밖에 억수로 춥다. 도시 사람들 마, 몸도 약해가 이런 날씨에 밖에 십 분만 서 있어도 금방 감기 들 낀데."

그 옆에 앉아 있던 아줌마도 호기심 어린 얼굴로 고개를 끄덕거리며 으라고 맞을 기들었다. 그러사 저음 말을 걸었던 아저씨가 아예 주전자에서 물을 따라 수민에게 내밀었다.

"아, 일로 오이소. 퍼뜩."

거절할 수가 없었다. 수민이 다가가자 사람들이 몸을 움직여 그녀의 자리를 마련해 주었다.

"서울서 여까지 오느라 고생했심더. 여게, 뜨신 거 쪼매 마시면 몸이 확 풀릴 깁니더."

"고맙습니다."

수민은 공손하게 인사를 하며 두 손으로 물잔을 받아 들었다. 구수한 보리차 냄새가 코끝을 따뜻하게 간질였다.

"근데 쪼매 낯이 익은데. 아가씨, 혹시 내 본 적 있어예?"

한 아줌마가 묻자 수민 대신 옆에 있던 아줌마가 대답을 했다.

"으데! 내는 처음 보는구만. 척 보기에도 도시 아가씬데 니가 우데 가서 이리 이쁜 아가씨를 다 봤겠노. 테레비에서 봤다 카믄 모를까."

"글나? 하모 진짜 테레비에서 봤든가?"

낯선 사람들의 과도한 관심이 부담스러웠지만 수민은 내색 않고 그저 옅은 미소만 지었다. 한데 갑자기 어디선가 앰뷸런스 소리가 들리기 시작했다.

느긋하고 평화롭던 터미널 안의 공기가 단박에 흐트러졌다.

"이 뭐꼬? 구급차 소리 아이가."

사람들이 놀라 수군거리던 그때, '쾅!' 하는 소리와 함께 터미널 문이 열렸다. 요란스럽게 등장한 그들은 출산이 임박해 보이는 산모와 한 남자였다. 전장에 나서는 것처럼 그들의 머리는 흥건하게 젖어 있었고 얼굴은 온통 땀이었다.

"아이고! 이기 무슨 일이고! 뭐꼬? 으이?"

"엄마야! 이 사람, 지금 아 나오는 거 아이가?"

난로 주변에 모여 있던 사람들이 두 사람에게로 우르르 몰려갔다.

"앰뷸런스는요?"

"앰뷸런스? 안 그래도 금방 요 밖에서 삐뽀삐뽀 소리 나드라!"

수민에게 물을 건네준 아저씨가 뒤를 돌아보자 때마침 기다렸다는 듯 구급대원들이 응급 침대를 밀고 터미널 안으로 들어왔다. 큰 키를 구부정하게 숙인 채 산모를 부축하고 있던 남자의 얼굴이 순간 환해졌다.

"진통 간격은 얼마나 됩니꺼?"

"7분 정도입니다."

구급대원의 질문에 남자는 막힘없이 대꾸했다.

"침대에 누우실 수 있겠습니까?"

구급대원이 묻는 말에 산모가 힘겹게 고개를 끄덕였다.

"아이고마, 요게 살살 누버바라. 그래, 살살. 뭐 하노? 요 좀 붙들어라."

"아, 붙들고 있다 아이가."

주변 사람들까지 달라붙어 산모를 부축해 침대로 조심스레 눕히던 그 순간이었다.

"아아아아악!"

날카로운 비명 소리와 함께 남자의 고개가 뒤로 휙 젖혀졌다. 붙잡고 있던 남자의 머리채를 다시 한 번 꽉 움켜쥐며 산모기 또다시 비명을 내질렀다. 지켜보고 있던 수민도 절로 인상을 찡그렸다. 진통을 한 때 남편의 머리를 쥐이뜯으녜 욕을 하는 산모도 있다는 이야기를 듣긴 했지만 실제로 보는 건 처음이었다.

"이 나쁜 놈아! 으아악! 이 천하에 나쁜 놈아! 니 때문에 내 죽겠다!"

보다 못한 아줌마 하나가 산모의 손을 풀려고 노력을 했다. 하지만 악에 받쳐 잔뜩 힘을 주고 있는 터라 그 손이 쉽게 풀릴 리가 없었다.

"마, 이 사람아! 이카다 머리터래기 다 뽑아뿔겠다!"

"아이고마, 아파도 이거 놓고 쪼매만 참아라, 으이?"

주변 사람들이 산모의 손에서 남자의 머리채를 풀려고 애쓰는 가운데, 정작 남자는 괜찮다는 듯 손사래를 쳤다.

"괜찮습니다. 놔두세요."

온통 땀범벅이 되어 머리털을 꽉 잡혀 아플 텐데도 남자에게서 짜증 섞인 기색은 조금도 찾아볼 수 없었다. 오히려 무척이나 걱정스러운 얼굴이었다.

"산모 분, 호흡 길게 내쉬고 들이쉬고 하세요. 이제 금방 병원에 도착할 겁니다."

구급대원의 말에 산모가 길게 심호흡을 했고 이내 금세 침대에 축 늘어졌다. 그리고 남자 역시 산모의 손에서 해방되어 굽혔던 허리를 들 수 있었다. 다행이라는 듯 사람들의 어깨도 덩달아 쑥 내려갔다.

"초산입니다. 잘 좀 부탁드립니다."

구급대원들에게 깍듯이 고개를 숙이다 전화가 온 듯 남자는 급히 휴대전화를 꺼내 받았다.

"여보세요? 그래. 너, 어디야?"

형편없이 쥐어뜯긴 머리를 하고 있었지만 어쩐지 시골과 어울리지 않는 사람이었다. 언뜻 보기에도 180㎝는 족히 넘어 보이는 큰 키에 반듯하고 말끔한 얼굴, 깔끔한 차림새, 거기다 남자는 이곳 사람들이 흔히 쓰는 경상도 말씨가 아니라 수민에게도 낯익은 서울 말씨를 사용하고 있었다.

"그렇잖아도 지금 병원으로 막 출발하려고 하는데……."

무심히 뒤를 돌아보던 남자의 눈길이 수민과 마주쳤다. 남자의 눈이 커졌다 이내 가느스름해졌다.

뚫어져라 자신을 쳐다보는 남자의 눈길에 수민은 어쩐지 불편해졌다. 다행스럽게도 때마침 길 건너편에 택시 한 대가 정차해 있는 게 보였다. 수민은 서둘러 걸음을 옮겼다.

투명하리만큼 새하얀 얼굴에 아몬드형의 길고 맑은 눈매가 어딘가 낯이 익었다. 연준을 보며 눈을 두어 번 깜빡거린 여자가 이내 몸을 돌렸다. 등 뒤로 곱게 내려온 구불거리는 긴 밤색 머리카락이 뱅그르르 원을 그렸다. 여자가 움직였다. 홀린 듯 그녀를 바라보고 있던 연준의 눈동자도 함께 움직였다.

한순간 머릿속이 새하얗게 되어버린다는 게 이런 기분일까.

"……설마."

연준이 반듯한 이마를 살짝 찡그리며 혼잣말을 중얼거렸다. 저도 모르게 발이 그녀를 따라가고 있었다. 한데 그녀를 붙잡기도 전에 누군가 앞을 먼저 가로막으며 그의 팔을 붙들어 세웠다.

"야! 우예 됐노? 우리 마누라는?"

숨을 헐레벌떡 밭으며 서둘러 묻는 이는 정식이었다. 온통 땀범벅인 걸 보니 일하다 정신없이 달려온 모양이었다. 연준은 대답 대신 뒤를 돌아보았다. 구급대원들이 산모를 앰뷸런스에 싣고 있었다.

"여보! 경은아, 니 괜않나!"

서둘러 달려가는 정식의 목소리를 뒤로하고 연준은 터미널 밖을 내다보았다. 길 건너편, 한 여자가 택시 문을 열고 있었다. 멀어서 확실하게 여자의 얼굴이 보이지가 않았다.

설마…… 정말 그 사람일까?

"연준아!"

연준은 화들짝 놀라 뒤를 돌아보았다. 어느새 앰뷸런스에 탄 정식이 그를 향해 손짓하고 있었다.

"퍼뜩 온나! 안 오고 거서 뭐 하노!"

"……어, 그래."

그제야 정식의 부인에게 생각이 미쳤다. 이럴 때가 아니었다. 복잡한 머릿속 생각을 털어버리고 연준은 얼른 앰뷸런스에 올라탔다. 그리고 기다렸다는 듯 앰뷸런스는 요란한 소리를 내며 빠른 속도로 병원을 향해 달렸다.

✻

라벤더 하우스(Lavender house).

목재로 만들어진 아기자기한 팻말이 예쁘게 길을 가리키고 있었다. 수민은 알림판의 표시를 따라 언덕길을 올라갔다. 며칠 전 내린 눈꽃이 여태 녹지 않고 소담스럽게도 피어 있었다. 한 5분쯤 올라갔을까. 작은 울타리가 세워진 라벤더 하우스의 입구가 나타났다. 때마침 문이 열리며 미영이 작은 허브 화분을 들고 밖으로 나왔다.

"고모."

인기척을 느낀 미영이 고개를 들었다 이내 눈이 동그래졌다.

"수민아!"

오래전 이혼을 하고 외국으로 건너갔다 몇 년 전에야 한국으로 돌아온 그녀는 모친이 남긴 집을 물려받아 이곳에서 작은 허브농장을 운영하고 있었다. 미영이 놀란 얼굴로 서둘러 다가와 수민의 손을 잡아 쥐었다.

"세상에! 연락도 없이 어쩐 일이야?"

"고모 보고 싶어서요."

"그래, 잘 왔다. 잘 왔어! 얼른 들어가자."

미영이 반갑게 웃으며 수민의 손을 잡고 안으로 이끌었다.

실내에는 허브 향이 가득 배어 있었다. 책을 보고 있었던 모양인지 테이블 위에는 책이 펼쳐져 있었고 그 옆으로는 쿠키와 찻잔이 놓여 있었다.

"어서 앉아. 차 어떤 걸로 할래?"

"고모 마시던 걸로 주세요."

"그럴래? 조금만 기다려."

수민이 코트를 벗고 의자에 앉자 주방으로 들어간 미영이 다관茶罐과 쿠키를 가득 담은 접시를 가지고 나왔다. 투명한 유리잔에 차를 따르자 금세 꽃향기가 테이블 가득 퍼졌다. 따끈한 허브차와 쿠키를 수민의 앞에 밀어주고는 미영이 웃으며 맞은편에 앉았다.

"정말 어쩐 일이야? 연락도 없이."

찻잔을 두 손으로 감싸던 수민이 말없이 웃으며 미영을 보았다.

"우리 엄청 오랜만이다, 그지? 내가 이곳에 온 후로 처음이니까…… 이게 몇 년 만이니?"

"그러게요. ……죄송해요, 진작 찾아뵈었어야 했는데."

"죄송하긴…… ."

미안한 듯 옅은 미소를 짓는 조카를 향해 미영은 고개를 저었다. 그동안 괜찮은 척하느라 진이 다 빠졌을 아이였다. 무슨 마음인지는 모르겠지만 일단 이곳에 왔다는 것만으로도 미영은 너무도 반갑고 고마웠다.

"그나저나 수민이 넌, 어째 볼 때마다 더 예뻐지니? 어쩜, 웬 탤런트가 오나 했네."

"고모야말로 얼굴이 더 좋아지셨는걸요."

수민의 칭찬에 미영이 웃으며 윙크를 했다.

"고맙다, 얘. 나이 드니 누가 빈말로라도 예쁘다고 해주면 왜 그
렇게 기분이 좋나 몰라. 애도 아닌데. 참, 이거 좀 먹어봐. 아까 낮
에 바로 구운 거야."

수민의 앞에 접시를 밀어준 뒤 미영이 쿠키를 하나 집어 베어 물
었다. 와삭, 경쾌하게 바스러지는 소리가 맛있게도 느껴졌다. 수민
도 쿠키 하나를 집어 입으로 가져갔다. 쌉싸래한 허브맛이 금세 입
안에 가득 퍼졌다. 허브차와는 또 다른 맛이다.

라벤더 하우스.

허브를 재배하고 판매하는 작은 농원과 찻집으로 이루어져 있는
이곳에서는 비단 차나 쿠키, 케이크 등의 먹을 것 외에도 비누나 방
향제, 향초, 아로마테라피 등 기타 생활용품들도 함께 팔고 있었다.

"요새 장사는 좀 어떠세요?"

"겨울이라 조금 뜸하긴 한데 그래도 한 번 온 손님들이 택배로
물건을 주문하는 일이 많아서 크게 어렵진 않아."

다행이라는 듯 수민이 살갑게 웃어 보였다. 찻잔을 내려놓고서
미영이 수민의 얼굴을 가만히 들여다보며 말했다.

"얼굴 보니까 그래도 마음이 좀 놓인다. 사실 조금 걱정했거든."

수민은 아무 말 없이 미소만 지었다. 괜찮다고, 걱정하지 않아도
된다고 말을 해도 믿지 않을 거였다.

"괜찮니?"

일 년이 넘는 시간 동안 만난 사람들 모두가 수민에게 똑같은 말
만 했었다. 그리고 그때마다 수민 역시 늘 '네, 괜찮아요'란 말만

되풀이했다. 동정에서 비롯된 걱정이든 아니면 정말 순수한 마음에서 비롯된 걱정이든 그녀의 입장에서는 그 어느 것도 전혀 반갑거나 고맙지가 않았다. 어쩌면 스스로의 자격지심 때문이었는지도 모르겠다. 하지만 설사 그렇다 할지라도 그게 수민의 솔직한 마음이었다. 그래서 그 어느 때보다 고개를 들고 허리를 꼿꼿이 세우고 아무 일도 없다는 듯 태연한 얼굴로 다녔다. 직장도 그만두지 않았고 모임이 있으면 오히려 빠지지 않고 꼬박꼬박 참석했다. 한때 친하게 지냈던 누군가 그런 수민에게 저렇게 독한 사람인 줄 몰랐다고 수군거렸다지만 상관없었다. 차라리 동정보다는 그런 비난이 낫다고 생각했으니까.

"부모님께 말은 하고 온 거지?"

잠시 침묵이 흐르고 수민이 고운 미간을 살짝 찡그리며 물었다.

"……티 나요?"

역시 그럴 줄 알았다며 미영이 쿡쿡 소리 내 웃었다.

"그럼, 너희 엄마가 어떤 사람인데. 만약 수민이 네가 여기 오는 줄 알았으면 나한테 진작 연락하고도 남았지. 안 그래?"

"……그건 그래요."

수민도 동의하는 바였다.

"전화하다 도움 필요하면 언제든 SOS 청하고."

미영이 눈을 찡긋거리고는 이내 자리에서 일어났다.

"일단 이야기는 나중에 하고 우리 저녁부터 먹을까? 수민이 오랜만에 왔는데 말만 해. 고모가 다 해줄 테니까."

수민의 눈매가 생글 휘어졌다.

"저 다 잘 먹잖아요."

잠시 고민하던 미영이 생각이 난 듯 수민을 보았다.

"마침 냉장고에 좋은 고기 있는데 그럼 우리 보쌈 해먹자. 괜찮지?"

수민이 웃으며 고개를 끄덕이자 미영은 손가락으로 원을 그리며 오케이 표시를 해 보였다. 두 팔을 걷으며 주방으로 들어서는 미영의 뒷모습을 보다 수민은 휴대전화를 꺼냈다. 전원을 켜자 기다렸다는 듯 액정에 메시지가 떴다.

부재중 수신전화 20통.

그리고 발신인은 모두 그녀의 엄마인 남정희 여사였다. 가만히 휴대전화를 보고 있던 수민에게서 가벼운 한숨 소리가 새어 나왔다.

어차피 맞을 매라면 빨리 맞는 게 차라리 나을 터.

수민은 1번을 누르며 전화기를 귓가로 가져갔다.

＊

집에 들어서자마자 구수하고 맛있는 냄새가 한가득이었다. 연준은 시계를 보았다. 벌써 밤 9시가 훌쩍 넘어 있었다.

"다녀왔습니다, 큰아버지."

"연준이 왔냐?"

TV를 보고 있던 장 원장이 반갑게 조카를 맞았다.

"정식이 처는? 순산했고?"

"네, 아이도, 산모도 모두 건강해요."

병원에서 보고 온 갓난아이를 떠올리자마자 연준의 입꼬리가 자연스레 올라갔다. 2.97kg의 여자아이였다. 예정일보다 조금 일찍 태어나 살짝 작은 편이긴 했지만 그래도 건강해서 다행이었다. 빨간 볼에 눈조차 제대로 뜨지 못하고 꼬물거리는 그 모습이 어찌나 사랑스럽고 예쁘던지 눈을 뗄 수가 없었다.

“정식이 좋아하지?”

“그럼요. 울다가 웃다가 아주 난리도 아니었는걸요.”

아이의 탯줄을 직접 끊어주고 나온 정식은 그 큰 덩치에 어울리지 않게 아이처럼 엉엉 소리 내어 한참을 울었다.

“왜 안 그렇겠어. 그렇게 오랫동안 아이를 기다렸는데.”

넉넉한 웃음을 지으며 장 원장이 자리를 털고 일어섰다.

“저녁 아지 안 먹었지? 배고플 텐데 얼른 씻고 옷 갈아입고 나오려무나.”

“제가 차려 먹을게요.”

“아니다. 나도 아직 저녁 전이다.”

손사래를 치며 장 원장이 하는 말에 오히려 연준이 놀라 되물었다.

“아직 저녁 안 드셨어요? 한 사장님은요?”

연준의 퇴근이 늦어질 때면 으레 라벤더 하우스의 한미영 사장과 함께 저녁 식사를 했기에 오늘도 그런 줄로만 알았다.

“한 사장, 오늘 손님이 와서. 배고프다. 얼른 옷 갈아입고 나오너라.”

별 대수롭지 않게 말을 하고서 장 원장은 연준이 붙잡을세라 쌩하니 주방으로 들어가 버렸다.

“큰아버지, 옷 갈아입고 나와서 제가 할 테니까 가만 계세요.”

“오냐!”

하지만 연준이 옷을 갈아입고 씻고 나왔을 땐 이미 상이 거의 다 차려진 상태였다. 얼큰한 찌개 냄새가 빈속을 자극하자 입에 침이 고였다.

"어서 앉아라. 찌개가 아주 맛있게 끓여졌다."

싱크대 찬장에서 밥그릇을 꺼내던 장 원장이 뒤를 돌아보며 웃었다. 서둘러 다가간 연준이 장 원장의 손에서 그릇을 받아 들고 장 원장을 식탁에 앉혔다.

"저 시키시지, 뭐 하러 이걸 직접 다 하셨어요."

"아, 이까짓 게 뭐가 힘들다고. 밖에 나가 하루 종일 환자 상대하고 온 사람도 있는데."

연준이 전기밥통을 열자 하얀 김이 오르며 구수한 밥 냄새가 금세 주방에 퍼졌다. 노란 현미가 섞인 밥을 고슬고슬하게 퍼 담아 장 원장의 앞에 놓아주고 연준도 맞은편에 앉았다. 매콤한 두부찌개에 보쌈용 수육, 그리고 갓 마당에서 꺼내온 김장김치에 쌈 채소까지 근사한 저녁상이 차려졌다. 장 원장이 연준의 밥에 수육 한점을 놓아주며 먹어보라는 듯 손짓을 했다.

"아까 한 사장이 저녁 무렵에 가져왔더구나. 맛만 좀 보라고."

맛만 보라고 하기에는 그 양이 제법 푸짐했다. 사내 둘이 두 끼는 너끈히 먹고도 남을 양이었다.

"잘 먹겠습니다."

장 원장에게 인사를 하고서 고기를 입에 넣은 연준이 이내 흡족한 듯 고개를 끄덕였다. 늘 그랬지만 미영의 음식 솜씨는 정말 일품이었다. 수육은 허브와 된장 덕분에 잡냄새도 없이 적당하게 잘 삶아져 맛이 그만이었다. 장 원장도 수육 한 점을 입에 넣고 우물

우물 씹으며 감탄사를 뱉었다.

"어이구, 손님 왔다더니만 한 사장이 솜씨 발휘 제대로 했네."

"그러게요."

"참, 오늘 온 손님이 한 사장 조카야."

부지런히 움직이던 연준의 젓가락이 멈칫거렸다.

"한 사장님 조카요?"

"그래. 왜, 무슨 일 있냐?"

문득 터미널에서 스치듯 마주쳤던 누군가가 떠오른 탓이었다. 이상한 듯 쳐다보는 장 원장의 모습에 연준이 슬쩍 웃으며 고개를 저었다.

"아뇨, 한 사장님이 가족이 있을 거란 생각을 미처 못했서든요."

"원 녀석…… 세상에 가족 없는 사람이 어디 있어."

"그러게요."

자기가 생각해도 어이가 없는지 연준이 실소를 지었다.

"네가 여기 내려온 게 일 년쯤 됐나? 하긴 그동안, 한 사장 가족이 따로 내려온 적도 없으니까 그럴 수도 있지. 나야 그 사람 어릴 때부터 알고 지내 그런 거고."

장 원장이 너털웃음을 치고는 고기 한 점을 입에 넣었다.

"혹시 큰아버지도 보셨어요?"

"누구, 한 사장 조카? 아니, 아직."

꽤 오래전 기억이었다. 얼굴을 자세히 볼 수도 없었으니 그 사람이라고 확신할 수도 없었다. 그리고 무엇보다 그녀가 미영의 조카일 리가 없었다. 그런 우연을 기대하기에는 장연준은 너무 나이가 들어버렸다.

“……말이 안 되잖아.”

혼잣말을 중얼거리다 장 원장과 눈이 마주쳤다. 연준의 입가에 금세 보기 좋은 미소가 씩 그려졌다.

“요즘 허리는 좀 어떠세요?”

디스크 수술을 받고 장 원장이 병원 일에서 손을 뗀 지도 벌써 일 년이 다 되어가고 있었다.

“좋아, 아주.”

“그래도 무리하시면 안 돼요. 집안일 같은 건 저 시키시고요.”

장 원장의 앞접시에 백김치 한 쪽을 얹어주며 연준이 살갑게 말했다. 장 원장의 주름진 눈매에 웃음이 잡혔다.

“원, 녀석. 쉬다가 놀다가 하는 일이라고는 책 읽고 TV 보고 밥 먹고 산책하고 고작 그게 다인데 무리할 게 뭐가 있어. 네 녀석이 날 유리인형 다루듯 하잖냐.”

걱정하는 연준에게 장 원장이 하는 말은 늘 똑같았다. 그럴 때면 연준이 웃으며 하는 대답도 늘 한결같았다.

“큰아버지는 무조건 건강하셔야 해요. 아시잖아요.”

연준이 어릴 때부터 기억하던 부모의 모습은 늘 싸우던 것뿐이었다. 연준이 6학년이 되던 해 결국 부모님은 이혼을 했고 연준은 아버지가, 동생 정연은 어머니가 맡아 키우기로 하였다. 하지만 남자 혼자 몸으로 연준을 키우기 힘들었던 탓에 연준은 얼마 지나지 않아 이곳에 있는 할머니 집으로 오게 되었다. 그러다 중학교 3학년 가을 무렵에 어머니가 외가 식구들을 따라 곧장 미국으로 가게 되면서 연준은 정연과 아버지와 함께 살게 되었다. 하나 세 가족이 함께 살게 된 지 3년이 채 못 되어, 아버지가 세상을 떠나고 말았다. 그리고 그 후로는 어머니 대신 장 원장이 두 남매를 친자식처럼 돌보아주었다. 연준, 정연 남매가 공부에 대한 욕심을 잃지 않았던 것도, 웃음을 잃지 않았던 것도 모두 장 원장 덕분이었으니 사실 따지고 보면 큰아버지인 그가 연준 남매에게는 부모나 다름없었다. 그래서 장 원장이 디스크로 수술을 받아야 한다는 소리를 들었을 때 연준은 아무 미련 없이 대학병원 펠로우를 그만두고 이곳으로 내려올 수가 있었다. 장 원장이 수술을 미루고 있던 이유를 누구보다 연준이 제일 잘 알고 있었기 때문이다.

조카인 연준과 정연, 그리고 아들인 성준까지 모두 대학에 다닐 즈음, 서울에서 제법 큰 종합병원 내과과장으로 있던 장 원장은 부인이 세상을 떠나자 고향인 봉운읍으로 내려와 '봉운의원'이라는 작은 내과를 개원했다. 그리고 시간이 흘러 다른 병원들이 하나둘 문을 닫게 되자 '봉운의원'만이 이곳 봉운읍의 유일한 병원이 되고 말았다. 본의 아니게 장 원장이 마음대로 병원 일을 쉴 수가 없게 되어버린 것이다. 물론 병원을 맡길 다른 의사를 찾아보기도 했다. 하지만 워낙에 시골 마을이다 보니 선뜻 이곳에서 일하고자 하는 의사가 없었다. 그렇다고 군의관으로 근무하고 있는 장 원장의 아들 성준이 당장 일을 도와줄 수도 없는 노릇이었다. 해서 이런저런 이유로 연준은 자신이 가장 적임자라 생각했고 결정을 하자마자 곧장 실행에 옮겼다. 주변에서는 바보 같은 결정이라 했지만 연준은 단 한 번도 그리 생각해 본 적이 없었다. 아니, 오히려 지금의 봉운읍 생활에 충분히 만족하고 있었다.

"참, 아까 정연이한테 전화 왔던데. 너도 전화 받았지?"

"네, 병원에서 나오기 전에 받았어요."

"그래서 말인데, 다음 달 말까지 기다릴 것 없이 며칠 좀 앞당겨서 미국 들어가는 건 어떠냐? 간 김에 결혼식 끝나고도 좀 쉬다가 오고. 한 2주 정도는 내가 얼마든지 진료 볼 수 있으니까."

연준이 놀란 얼굴로 장 원장을 보았다. 정연이 결혼할 상대가 재미교포라 결혼식 역시 미국에서 올릴 예정이었다. 하는 수 없이 연준이 잠시 짬을 내어 미국에 다녀오기로 했지만 병원 때문에 그야말로 결혼식만 보고 곧장 다시 올 생각이었다.

"아뇨. 큰아버지 아직 조심하셔야 하는 거 알잖아요."

2주 정도는 괜찮다고 하지만 그게 말처럼 전혀 쉬운 일이 아니었다. 인근 마을을 통틀어 병원이 하나밖에 없다 보니 환자 수가 생각보다 많은 편이었다. 아침부터 저녁까지 하루 종일 앉아 환자를 상대하다 보면 젊고 체력이 좋은 연준이라 할지라도 가끔 힘에 부칠 때가 있었다. 아무리 수술을 받고 장 원장의 상태가 호전이 되었다고는 하지만 아직까지는 무조건 조심해야만 했다.

"괜찮다. 나도 의사야, 내 몸 상태는 내가 제일 잘 알아."

"큰아버지."

"정연이, 네 하나밖에 없는 동생이다. 시집도 멀리 가게 되어서 앞으로 자주 보지도 못할 텐데 결혼하기 전에 며칠이라도 같이 있도록 해. 네가 아니라 정연이 위해서라 생각하고."

연준도 알고 있었다. 마음이 쓰이지 않았던 건 아니었다.

"원래대로라면 나 역시 가야 하는데 이놈의 병원 문을 내 마음대로 닫아버릴 수도 없고. 가뜩이나 낯선 곳에서 식을 올리니 가족이나 친지가 없어 많이 외로울 텐데 너라도 옆에 있으면서 서럽지 않게 해야지. 안 그러냐. 그러니 더는 아무 말 말고 내 말대로 해."

연준이 선뜻 대답을 못하자 장 원장이 못을 박듯 다시 한 번 말했다.

"가는 거다. 알았지? 정연이한테는 내가 내일 그리 일러두마."

"……정말 괜찮으시겠어요?"

"아, 괜찮다마다. 진짜 이제 멀쩡해. 아마 한 달도 거뜬할 거다."

장 원장의 고집도 만만치가 않았다. 하는 수 없다는 듯 연준이 미소 지으며 고개를 끄덕였다.

"그럼 열흘만 부탁드릴게요."

"그래. 너 있고 싶은 만큼 있다가 와도 뭐라 안 할 테니까 이번 참에 들어가서 좀 쉬고. 여기 내려온 이후 제대로 된 휴가도 한 번 못 보냈는데."

장 원장이 찌개를 한 숟가락 떠먹고 담담하게 말을 이었다.

"올 겨울 되면 성준이 녀석 나오니까 너도 더 이상 미루지 말고 그간 계획했던 것들 다시 시작하도록 해. 남들은 교수 못 되어서 안달인데 그 좋은 기회 버리긴 아깝잖니."

대학병원 전임의 과정을 끝내고 나면 곧바로 과상 추천으로 미국 연수를 떠나기로 되어 있었던 연준이다. 자신 때문에 연준이 그 좋은 기회를 놓치게 되었다 생각한 장 원장으로서는 그 일이 내내 마음에 걸릴 수밖에 없었다.

"정연이도 그쪽에서 자리 잡을 테고 너희 어머니도 그곳에 있으니 적응하기는 그리 힘들지 않을 거다. 그러니 너도 그렇게 생각하고 천천히 계획해서 가는 쪽으로 마음 굳혀."

"큰아버지."

연준이 말을 꺼내려고 하자 장 원장은 미소 지으며 고개를 저었다.

"됐어. 우리 둘 다 그렇게 생각하고 준비하도록 하자. 성준이한 테도 말해놨으니까 더는 아무 염려 말고. 그만 밥 먹자. 다 식겠다."

더는 아무 말 말라는 것처럼 장 원장은 묵묵히 밥을 먹었고 연준 역시 내려놓았던 숟가락을 다시 들었다.

✻

"……태현 씨!"

짧은 비명 소리와 함께 수민이 벌떡 몸을 일으켰다. 고요한 방의 정적이 한순간에 깨져 버렸다. 땀에 흠뻑 젖은 그녀의 얼굴은 방 안에 스며든 달빛처럼 온통 푸른빛이었다. 수민은 옅은 한숨을 지으며 얼굴을 감쌌다. 이마에 배어 있던 땀이 축축하게 손바닥으로 감겨들었다. 무릎에 고개를 기대고 있다가 수민은 이내 자리에서 일어나 밖으로 나갔다.

대청마루 끝에 몸을 웅크리고 앉자 겨울바람이 얼굴을 훑고 지나갔다. 폐부 깊숙이 들어오는 찬 공기에 정신이 조금 들었다.

늘 똑같았다. 악몽은 항상 똑같은 장소, 똑같은 시간, 똑같은 장면에서 끝이 났다.

수민이 기억하는 태현의 마지막 모습이었다.

"수민아! 한수민!"

가슴이 답답해지며 숨이 쉬어지지 않았다. 수민은 애써 숨을 뱉으며 귀를 막았다. 어느덧 축축해진 수민의 눈언저리가 푸른 달빛에 반짝였다.

"수민아."

누군가 어깨를 만지며 부르는 소리에 수민은 경기를 일으키듯 놀라 뒤를 돌아보았다. 미영이 눈을 크게 뜨고 그녀를 보고 있었다.

"……고모."

안도의 한숨을 내쉬는 수민의 곁에서 미영도 놀란 가슴을 쓸어내렸다.

"왜 그렇게 놀리."

수민이 대답 대신 한숨 섞인 미소만 지어 보였다. 그런 조카의 모습을 씁쓸한 눈으로 지켜보다 미영은 가지고 나온 카디건을 수민의 어깨에 덮어주었다.

"서울이랑 달라서 여긴 무지 추워. 감기 들라."

"고마워요, 고모."

미영도 수민의 옆자리에 앉았다.

"별도 달도 좋은 밤이네. 너, 저런 거 오랜만에 보지?"

하늘을 가리키며 미영이 하는 말에 수민의 시선도 가만히 밤하늘을 향했다. 정말 별도 달도 참 좋은 밤이었다.

"그러게요. 정말 오랜만이다. 여긴 하나도 안 변했네요."

"그래, 나도 다시 왔을 때 놀랐어. 어쩜…… 하나도 변한 게 없더라. 고맙게도."

한국으로 돌아온 누나를 위해 수민의 부친인 한 원장이 서울에 좋은 집을 구해두었지만 미영은 동생의 호의를 마다하고 그녀의 어머니가 한평생 살았던 이곳으로 내려왔다. 줄곧 비워져 있던 시골집은 미영의 손길이 닿자마자 거짓말처럼 금세 사람 온기로 가득 찬 옛날 그때와 똑같아졌다. 미영이 고맙다고 한 그 말뜻을 수민도 알 것 같았다. 이곳에 도착하자마자 수민의 헛헛한 마음을 감싸준 것도 바로 그 온기였으니까. 무릎을 꽉 부둥켜안은 수민의 입가에 옅은 미소가 고였다.

"할머니 생각난다. 할머니가 끓여주시던 청국장도요."

가만히 하늘을 보고 있던 미영이 무릎을 탁, 치며 맞장구를 쳤다.

"맞다. 수민이 너, 초등학교 다닐 때 방학 때마다 왔었지? 수민이, 너 온다고 엄마가 여름, 겨울만 목 빠지게 기다리곤 했었는데."

문득 떠오른 옛날 생각에 수민이 작게 웃었다.

여인 혼자 몸으로 그 어려웠던 시절, 아들, 딸들 모두 대학 공부까지 시킨 할머니였다. 남들 모두 그토록 고생해 자식들 번듯하게 키워놨으니 이제 남은 건 호강할 일밖에 없다고들 했지만 할머니는 자식들에게 절대 기대고자 하지 않았다. 수민의 아버지인 한 원장이 제발 함께 살자며 부탁도 해보고 화도 내보았지만 소용이 없었다.

"됐다카이 그러네. 난 고마, 여가 좋다. 낮에는 해도 보고 나무도 보고 새도 보고 나비도 보고 밤 되믄 달도 보고 별도 보고. 마, 그래 살란다. 어데 거뿐이가? 여게서는 내 몸뚱이 살살 움직여가 농사도 짓고 월매나 좋노. 느그 사는 거게 가면 마, 내가 갑갑해가 못 산다. 내, 거 가서 뭘 하고 살겠노?”

　노인네 고집이 쇠심줄보다 질기다며 고개를 절레절레 내젓던 한 원장의 모습이 선하게 떠올랐다. 하는 수 없이 한 원장 부부는 홀로 지내는 노모의 적적함이나마 풀어주려 방학이 되면 하나밖에 없는 딸을 고향집으로 내려보내곤 했는데, 처음에는 놀 것도 없는 이곳에 애 심심하게 뭐 하러 보내냐며 타박하던 노모는 어느새 손녀의 방학을 누구보다 기다리는 사람이 되었다.

　여름방학이 되어 이곳에 오면 하루 종일 냇가에 나가 친구들과 물놀이를 하고 산으로 들로 뛰어다니는 게 수민의 일이었다. 그리고 집으로 돌아오면 할머니가 어린 손녀를 위해 노릇하게 구워놓은 옥수수와 감자를 먹고 선선한 저녁이 되면 오후 내내 우물에 시원하게 넣어두었던 수박을 먹고 할머니 무릎을 베고 잠이 들곤 하였다.

　겨울 역시 크게 다를 바 없었다. 태어나 생전 처음 제 몸뚱이만 한 눈사람도 만들어보고 아이들과 눈싸움을 하고 꽁꽁 언 논에서 썰매를 타며 정말 하루가 어떻게 가는 줄도 모르고 놀곤 하였다. 그때가 그리웠다. 아무 걱정도, 고민도 없이 맛있는 것 먹고 친구들과 놀고 할머니의 자장가를 들으며 잠자리에 들던, 하루하루가 그저 즐겁기만 하던 나날들.

　그런 조카의 마음을 알아챈 듯 안쓰럽게 보고 있다 미영이 조심스레 물었다.

“요즘도 잠을 푹 못 자니?”

　수민의 작은 웃음에 한숨이 비죽, 묻어 나왔다.

“가끔요.”

하지만 가끔이 아니란 건 물어본 사람이나 대답한 사람이나 이미 아는 바였다. 무릎에 턱을 괴고서 밤하늘을 보는 수민의 귓가에 미영의 말소리가 들려왔다.

“아까 올케랑 통화했어. 수민이 너, 공부 더 하고 싶다고 외국으로 나가고 싶다 그랬다며. 막내 고모 있는 영국으로.”

그럴 거라 예상은 했었다. 짧게 내뱉는 한숨을 따라 수민의 어깨도 톡 떨어졌다.

“갑자기 왜?”

“그냥…… 그러고 싶어서요.”

“올케도 그렇고 한 원장도 안 된다 그러지?”

대답 대신 수민의 입가에 씁쓸한 미소가 그려졌다. 당연히 반대를 할 것 같아 막내 고모네가 있는 영국으로 가겠다고 했었다. 고모, 고모부는 물론이고 또래 사촌들이 함께 있으니 크게 염려 안 하실지도 모른다 싶었으니까. 하지만 그런 수민의 생각과 달리 부모님은 단호하게 고개를 내저었다.

“너희 부모, 네가 그 큰일 겪고 혼자 외국 나가는 것, 절대 허락할 사람들 아냐. 그리고 그건 수민이 네가 더 잘 알 거고.”

미영의 말처럼 수민도 알고는 있었다. 절대 허락해 주지 않을 거란 걸. 그래서 답답한 마음에 이곳까지 온 거였다.

“고모가 부모님한테 말 좀 해주시면 안 돼요? 다른 곳도 아니고 막내 고모집 근처에서 지내면…….”

“미안하지만 내 생각도 너희 아빠, 엄마 생각이랑 비슷해. 아무리 소영이네가 옆에서 잘 챙겨준다고는 해도 지금 이 상황에 그 먼

곳으로 어떻게 널 보내. 더군다나 잠깐 머리 식히러 한두 달 다녀오겠다는 것도 아니고 몇 년씩이나. 안 그래?"

미영의 말에 수민이 나직이 한숨을 내쉬었다. 그런 조카를 가만히 보다 문득 미영이 진지하게 물었다.

"그러지 말고 수민이 너, 나랑 같이 안 지낼래?"

수민의 눈길이 미영에게로 향했다.

"사실 굳이 먼 곳까지 나갈 필요가 뭐 있어. 어차피 여기에 있어도 널 아는 사람이라 해봤자 나밖에 없을 텐데. 안 그래?"

한 번도 생각해 보지 않았던 일이었다.

"나도 너처럼 외국 나가서 머리 식히는 거 해봤는데 별로 효과도 없고 외롭기만 하더라."

미영이 어깨를 으쓱기리며 장난스럽게 웃었다.

"수민아, 고모 여기 와서 정말 많이 편해졌거든. 어쩜 수민이 너도 여기에서 나처럼 조금 편해질 수 있지 않을까?"

그런 미영을 가만히 보다 수민은 고개를 들어 하늘을 보았다. 새카만 밤하늘, 둥글게 차오른 달 주변으로 하얀 별들이 총총히 박혀 있었다.

둘. 이웃사촌

"환자 차트 관리, 기본 중의 기본 아닙니까?"

물에 젖어 우글우글하게 인 차트 한 부가 데스크 위에 놓여 있었다. 그 앞에 선 이 간호사의 얼굴은 금세라도 눈물을 뚝뚝 떨어뜨릴 것처럼 하얗게 질려 있었다.

"죄송해요, 선생님. 제가 일부러 그런 게 아니라……."

"일부러 그런 게 아닌 거, 저도 압니다. 그러니 더 문제가 되는 겁니다. 조심해야 하는 걸 알면서 왜 조심하지 않았습니까?"

버럭버럭 소리를 지르지 않는데도 불구하고 나지막한 연준의 목소리는 무섭기만 했다. 물론 평상시에도 그리 유하다고만은 볼 수 없는 성격이긴 했지만 그렇다 할지라도 아무 이유 없이 크게 소리를 지르거나 성질을 부리거나 하진 않았다. 그러나 단 하나, 병원과 환자에 관계된 일에서는 무조건 완벽주의를 고집하는 그였다.

눈곱만 한 작은 실수도 용납을 못하는데 하필이면 이 간호사가 그만 차트에 커피를 엎지른 것이었다. 자신이 저지른 죄의 심각성을 너무도 잘 아는바, 이 간호사는 그저 고개를 숙인 채 죄송하다는 말만 되풀이했다.

"죄송합니다."

옅은 한숨 소리와 함께 연준이 이 간호사의 얼굴을 똑바로 보았다. 슬금 고개를 들었다 눈이 마주치자 이 간호사가 다시 고개를 푹 숙였다.

"다음부터는 이런 실수, 두 번 다시 없도록 주의해 주세요. 만약 똑같은 실수가 있으면 그때는 이리 넘어가지 않을 겁니다."

"네, 주의하겠습니다."

연준의 입가에 그럼 되었다는 듯 짧은 미소가 스쳤다. 하지만 이 간호사가 고개를 들었을 때는 언제 그랬냐는 듯 다시 여느 때의 연준의 모습과 똑같아져 있었다. 무심한 듯 서늘한 그의 표정에 이 간호사는 어깨를 움츠렸다.

"그럼 됐습니다. 일 보세요."

빨개진 얼굴로 이 간호사가 안도의 한숨을 내쉬며 몸을 돌렸다. 덩달아 긴장하고 있던 황 간호사도 한시름 놨다는 듯 숨을 뱉었다.

"니는 참…… 글게 와 커피를 것다 엎지르노. 장 선생님 성미 알면서."

"언니는…… 내가 일부러 그랬나, 뭐? 신문 치우다가 그런 걸."

눈을 흘기며 핀잔을 주다 황 간호사도 피식 웃고 말았다. 하긴 혼 날 걸 알면서 일부러 그럴 사람은 없을 거였다.

"암튼 앞으로는 조심 좀 하그라. 그래도 이번에는 일찍 끝나가 다행이다. 그재?"

"그러게. 무슨 일 있나? 보통 때 같았음 어림도 없었을 건데."

"일은 무슨 일. 동생 결혼하는 것 보고 와서 기분이 좋아 그러겠지."

둘이서 속닥속닥 이야기를 나누는데 딸랑, 병원 입구에 달린 풍경 소리가 울렸다.

"장 선생 왔대매?"

카랑카랑한 목소리가 연준부터 찾았다. 젊은 사람 못지않은 고운 화장에 새카맣게 염색해 곱게 롤로 만 머리카락, 거기에 의상 포인트로 호피무늬 스카프를 목에 두른 그녀는 일흔셋이라는 나이가 무색할 정도로 에너지가 가득해 보였다.

"아이고! 이게 누꼬! 우리 잘생긴 장 선생 아이가! 진짜 돌아온 기 맞네!"

연홍리의 멋쟁이 김옥순 할머니가 반갑게 진료실 안으로 들어갔다. 그 뒤를 따라 들어가며 황 간호사가 연준에게 손가락을 두 개 들어 보이며 눈짓을 했다. 연준이 싱긋 웃으며 옥순에게 인사부터 건넸다.

"김옥순 여사님, 오셨어요?"

주름진 얼굴에 함박웃음을 지으며 옥순이 연준의 책상 건너편에 앉았다.

"그래, 마. 김옥순이 우리 장 선생 얼굴 한번 보러 왔다."

옥순이 연준에게 처음 진료를 받으러 왔던 날이었다.

"김옥순님, 어디가 불편하셔서 오셨어요?"

"아이고! 맞다! 내 이름이 김옥순이었다! 불러주는 사람이 아무도 없어가 내 이름을 고마 까묵고 살아삤네!

일흔이 넘은 노인이 좋아하는 모습은 꼭 아이 같았다. 그러면서 그녀는 연준에게 할머니란 호칭 대신 자신의 이름을 꼭 불러달라 부탁을 했다.

"할머니라 안 캐도 내 쭈글쭈글하니 볼품없는 거 안다. 그러니 젊은 선생은 앞으로 꼭 내 이름 불러도. 꼭이대이!"

그리고 그때부터 그녀는 별다른 아픈 곳이 없는데도 불구하고 히루가 멀다 하고 병원으로 찾아왔다. 그건 자식들 모두 장성해 도시로 나가 가정을 꾸린 터라 적적한 마음에 말벗할 사람이 그리워서였다. 비단 그녀뿐만 아니라 이곳에 사는 대부분의 노인들이 그러했다. 또한 그걸 잘 알기에 연준은 마치 자신의 친할머니, 할아버지를 대하듯 그들을 살갑게 대했다.

"하이고마, 비국 갔다 왔다 카드만 거기 물이 억수로 좋은가 배. 우리 장 선생 얼굴이 마, 더 환해져 삤네.

옥순의 찬사에 연준 대신 황 간호사의 어깨가 조금씩 들썩거렸다. 익숙한 풍경인데도 불구하고 연준이 왔다는 소식에 앞다투어 찾아오는 노인들이 오늘따라 유난히 귀엽게 느껴졌다. 황 간호사가 새어 나오는 웃음을 꾹 참는 동안, 연준은 옅은 미소를 지으며 옥순의 말을 귀담아 들어주고 있었다. 조금 전, 이 간호사의 실수를 책망할 때와는 180도 다른 얼굴이었다.

"고맙습니다. 어디 불편하신 곳은 없으시죠?"

"하모, 내야 건강하재. 내 오늘 아파 온 게 아이라."

황 간호사의 손짓 그대로였다. 장 원장이 있을 때도 사람이야 많았지만 연준이 봉운의원에 오고 난 이후부터는 내원하는 환자의 수가 거의 두 배 가까이 늘어났다. 한데 그중의 반은 아파서 진료를 보러 온 게 아니라 그저 연준을 보기 위해 오는 이들이었다.

손가락 하나는 정말 몸이 아파서 온 사람. 그리고 손가락 두 개는 그 외, 다른 부차적인 이유로 온 사람. 즉, 다시 말해 옥순의 오늘 방문은 후자인 셈이었다.

"네, 말씀하세요. 무슨 일이신데요?"

연준이 살갑게 묻는 말에 주름진 옥순의 얼굴이 환해졌다.

"장 선생, 누이동생 결혼식 다니왔다매? 우짜노? 오라비가 되갖고 동생 먼저 시집보내고……."

혀를 쯧쯧 차던 옥순이 슬쩍 운을 띄웠다.

"우리 장 선생, 애인 없다 캤재?"

"예? 아, 네."

"그카믄 내가 여자 하나 소개시키 줄까? 저기, 창원에서 초등학교 선생하는데 아가 말도 몬하게 참하대이!"

옆에서 가만히 지켜보고 있던 황 간호사가 결국 꾹 눌러 참았던 웃음을 터트리고 말았다.

"할무이요. 그랄라믄 순서 기다리야 합니더."

"으이? 무신 순서?"

옥순이 어리둥절한 얼굴로 황 간호사를 보았다. 황 간호사가 벽에 걸린 시계를 가리키며 도리질을 쳤다.

"문 열자마자 다른 할무이들이 이미 와서 싹 쓸고 갔심더. 보자, 저 박십리 버섯집 할매, 그라고 또 연홍리 이장집 할매, 구산리 최씨 집 할매…… 그러니까 하나, 둘, 셋, 넷, 다섯, 여섯…… 할매가 일곱 번째입니더."

연준이 어제 미국에서 돌아왔다는 소식이 퍼졌는지 아침부터 환자들이 밀어닥쳤다. 물론 조금 전 황 간호사가 말한 그분들도 모두 포함되어 있었다.

"뭐라꼬? 내가 일곱 번째라꼬? 그라믄 내 앞에 벌써 여섯이나 와가 내캉 똑같은 소리 했단 말이가?"

"그렇다 아입니꺼. 그러니까 쪼매 일찍 오시지 그랬어예."

자신의 순서가 한참 뒤임을 깨달은 옥순이 황 간호사를 망연자실하게 보다 이내 연준을 향해 필사적으로 손사래를 쳤다.

"그기 모두 쓰잘데기 없는 기라. 우리 손녀아만큼 괜찮은 처자가 우데 있다고 즈그들이 감히 들이대노? 장 선생, 딴생각하믄 안 되는 기대! 알았재?"

주름진 눈을 있는 힘껏 크게 뜨고서 몇 번이나 신신당부를 하던 노인이 자리를 박차고 일어섰다.

"할매, 가실라꼬예?"

황 간호사가 웃음 어린 얼굴로 슬쩍 묻자 옥순은 말도 마라는 듯, 팔을 휘저었다.

"가야재! 뭐꼬, 박십리 김가네, 그리고 구산리 최씨 할매, 또 누구라 캤노? 내 이 할마탕구들을 당장…… 맞다, 참."

당장에라도 달려 나갈 것처럼 굴던 옥순이 무슨 생각이 들었는지 조심스레 연준을 돌아보았다.

“장 선생, 혹시 요 옆에 약국 선상 봤나?”

옆에 약국이라면 삼거리에 있는 봉운약국을 말할 터. 벌써 일 년 가까이 매일같이 본 사람인데 모를 리가 없었다. 연준이 당연히 고개를 끄덕였다.

“아…… 네.”

보았다는 연준의 대답에 옥순의 눈썹이 치켜 올라갔다.

“그래? 그라믄 보고 나니 어떻드노?”

“예? 그게 무슨 말씀이신지…….”

연준의 단정하던 이마에 주름 하나가 비죽 잡혔다.

“와, 그 약사 선생 보고 나니 장 선생 마음이 어떻더냐고. 딴 넘들처럼 장 선생도 그 선상 보자마자 이래 마음이 동해가 심장이 벌떡벌떡거리더나?”

“……예?”

뜬금없이 날아온 황당한 질문에 연준의 미간에 잡힌 주름이 더욱 짙어졌다. 봉운약국의 김 약사라 하면 초등학교에 다니는 아들이 둘이나 있는, 연준이 형님이라 부르는 남자였다. 한데 무슨 마음이 동해 벌떡거리기까지 한단 말인가?

“아니믄 막 얼굴이 벌개지믄서 손이고 발이고 얼굴이고 마, 온 천지 땀띠 나고 열도 나고 막 그렇드나?”

무슨 말인지 선뜻 이해가 되지 않았다. 옥순이 얼떨떨한 표정을 한 연준에게 다시 되물었다.

“아니재? 뭐, 그런 거 없재? 장 선생은 안 그렇재?”

말도 안 되는 일이다. 그제야 정신이 번쩍 들며 연준은 황급히 고개를 저었다. 비록 사귀는 여자는 없지만 자신은 여자를 좋아한다고 분명하게 말할 수 있었다.

"아닙니다. 제가 왜 그분을……."

흥에 찬 박수 소리가 짝 터져 나왔다.

"그렇재! 그래, 글타카이!"

연준의 아니라는 말에 옥순의 얼굴이 눈부시게 환해졌다.

"내는 장 선생이 그래 얼굴에 혹해가 헤헤거리는 인간이 아닌 줄 알고 있었다카이! 하모! 우리 장 선생이 누군데 다른 얼치기 놈들하고 똑같이 굴겠노!"

알아듣지 못할 말들의 연속이다.

"암튼 간에 장 선생! 사람이 말이다, 얼굴이 절대 중요한 게 아이라! 속이 꽉 차고 실속이 있어야재! 우리 손녀 아가 딱 글타카이!"

순간, 아차 하는 얼굴로 옥순이 배시시 웃으며 애교스럽게 말을 이었다.

"글타 캐가지고 우리 손녀가 얼굴이 못생깃다는 건 아이고. 그라믄 내, 장 선생만 믿고 간대! 아까 내가 한 말 단디 잘 생각해 보래이! 알았재?"

옥순은 싱글싱글 웃는 얼굴로 황 간호사에게 인사를 하고는 트로트 가락을 흥얼거리며 진료실을 나갔다. 골똘히 그 모습을 지켜보고 있다 연준의 시선이 황 간호사에게로 옮겨갔다.

풉!

연준과 눈이 마주치자마자 황 간호사의 웃음이 터졌다.

"왜 저러시는지 혹시 아십니까?"

"그라믄요. 동네 할매들 와 저라는지는 선생님이 누구보다 잘 알고 있다 아닙니꺼?"

황 간호사의 말에 연준이 눈썹을 슬쩍 치켜떴다. 동네 할머니들이 그에게 잘해주는 이유야 당연히 알고 있다. 하지만 조금 전의 이야기는 그가 아는 사실에 포함되지 않는 것이었다.

"그건 아는데 갑자기 약국 이야기는 왜 꺼내신 거죠?"

연준이 묻는 말에 깔깔대고 웃던 황 간호사가 별안간 웃음을 뚝 그쳤다.

"장 원장님한테 아무 소리 못 들었어예? 얘기 들었으면 와 이 아침부터 할매들이 하나같이 똥줄이 타가 달려온 긴지 알 긴데."

"무슨 이야기 말입니까?"

"아, 약국 말이……."

똑똑. 노크 소리가 들려왔다.

이야기를 하다 말고 황 간호사와 연준은 뒤를 돌아보았다. 진료실 안의 분위기를 슬쩍 살피며 이 간호사가 은박지 접시를 받쳐 들고 진료실 안으로 들어왔다.

"선생님, 떡 드세요."

이 간호사가 내어놓은 접시에는 소담스레 담긴 시루떡이 있었다. 아직 따끈한 듯 팥고물이 가득 묻은 시루떡을 덮은 비닐에도 하얀 김이 서려 있었다. 이 간호사가 황 간호사를 쿡 찌르며 눈치를 보냈다. 말뜻을 알아챈 황 간호사가 얼른 비닐을 걷고 먹기 좋게 자른 떡 한 점을 포크로 콕 찍어 연준에게 내밀었다.

"맛있겠네예. 선생님 먼저 한입 드세예."

"아닙니다. 먼저 드세요. 그나저나 웬 떡입니까?"

연준이 묻는 말에 황 간호사가 오히려 의아한 얼굴로 대답했다.

"진짜 장 원장님한테 아무 소리도 못 들었나 보네. 옆에 약국요,

주인 바뀌었다 아입니꺼."

"……삼거리 봉운약국이요?"

놀라운 소식이었다.

"선생님 미국 간 지 얼마 안 되가 바로 주인 바뀌가 공사 싹 들어갔어예. 오늘이 정식으로 간판 새로 올리고 개업식 하는 날이라가 개업떡도 이래 갖고 온 기고예."

아이들 교육 문제로 도시로 나간다는 말을 듣기는 했지만 그 시기가 이렇게 빠를 줄은 몰랐다. 황 간호사의 말을 가만히 듣고 있던 연준이 미간을 슬쩍 찌푸리며 시계를 보았다.

"그럼 인사라도 드리고 와야겠네요. 지금 시간이……."

"지금 말고 나중에 가시지 그래예. 지금 엄청 바쁠 낀데."

황 간호사가 떡을 우물우물 씹으며 말했다.

"그래요?"

연준이 묻는 말에 황 간호사가 어깨를 크게 으쓱거렸다.

"내가 여서 일한 이후로 우리 봉운읍에 이래 총각이 많은 줄은 내, 며칠 전에야 첨 알았다 아입니꺼. 약국 앞에 시커먼 사내들이마 버글버글 난리도 아니라예."

황 간호사의 말에 옆에서 가만히 듣고 있던 이 간호사가 못마땅한 듯 핏, 입을 비죽거렸다.

"처음은 무슨…… 나 여기 처음 왔을 때도 그랬었는데."

픕! 황 간호사가 애써 웃음을 참으며 이 간호사를 놀리듯 물었다.

"누가? 네가? 진짜로?"

"어머, 언니, 진짜예요!"

"알았다. 고마 믿어주지, 뭐."

"어머머! 정말이라니까요! 언니, 기억 안 나요?"

때마침 전화벨 소리가 들려왔다. 하는 수 없이 전화를 받으러 급히 나가는 이 간호사를 보며 황 간호사가 깔깔 웃어댔다.

남자가 많다?

연준이 그제야 고개를 끄덕였다. 조금 전 옥순이 했던 수수께끼 같던 말도 모조리 이해가 되었다.

"새로 온 약사 분이…… 혹시 여자 분이십니까?"

"빙고! 그래가 오늘 아침에 선생님 여 왔단 소리 듣자마자 할매들이 손주사윗감 뺏길까 싶어가 똥줄이 타가 달려온 기라예."

그 이유 때문이었구나. 평소에도 유난히 자기 딸, 혹은 손녀와 선보라는 이야기를 많이 하고들 했지만 아침나절, 모두들 약속이나 한 듯 우르르 달려와 똑같은 이야기를 하는 통에 이상하다 싶긴 했었다. 연준은 못 말린다는 듯 피식, 웃으며 가볍게 고개를 저었다. 그런 연준을 가만히 보다 황 간호사가 은근한 목소리로 물었다.

"선생님은 안 궁금합니꺼? 대관절 우예 생깃길래 봉운읍이 뒤집어져가 다들 이마이 난린지……."

"글쎄요."

별 관심 없다는 듯 연준은 서랍에서 책을 꺼내 펼쳤다.

흐음…….

여느 때와 다름없는 연준의 모습에 황 간호사의 입술이 장난스레 휘어졌다. 새로 온 약사 선생을 보았을 때 과연 장연준은 어떠한 표정을 지을까. 그때도 지금처럼 저렇게 무덤덤할까.

떡을 집어 한입 크게 베어 먹으며 황 간호사는 연준을 처음 보았던 날을 떠올렸다.

작년 이맘때쯤이었다. 장 원장이 허리 디스크로 수술을 하게 되었을 때, 서울에서 장 원장의 조카란 사람이 내려왔었다. 이유는 바로 장 원장 대신 봉운의원을 맡아주기 위해서였다. 물론 실제로 만난 거야 그때가 처음이지만 사실 황 간호사는 그에 대해 훨씬 많은 걸 알고 있었다. 그건 장 원장이 자신의 조카를 무척이나 자랑스러워해 그가 얼마나 대단한 의학도인지에 대해 주변 사람들에게 입버릇처럼 늘 이야기를 하곤 했기 때문이었다.

장 원장의 말한 바에 따르면 그의 조카인 장연준이란 사람은 우리나라에서 제일 첫째로 꼽는 의내에 4년 장학생으로 입학을 했고, 역시 우수한 성적으로 졸업한 수재였다. 또한 대학병원에서 인턴, 레지넌트를 마치고 전임의 과정을 밟고 있으며 그 과정을 끝내고 나면 교수의 추천을 받아 미국 연수를 떠날 예정이라 하였다. 그리고 연수를 다녀오면 모교의 교수가 될지도 모른다고도 하였다.

하지만 장 원장이 말했던 것과 다르게 그의 조카인 연준은 미국으로 연수를 가지 않고 이곳 봉운읍으로 내려왔다. 성공이 보장된 길 대신 큰아버지가 무사히 진료를 다시 볼 수 있을 때까지 그의 병원을 맡아주기로 한 것이었다. 사실 봉운읍 사람들의 입장에서야 그나마 하나 있는 병원이 문을 닫지 않고 계속 진료를 하는 게 좋기야 했지만 장연준이란 개인의 입장에서 볼 때는 결코 그렇지가 못했다.

한마디로 말해 정말 멍청한 선택이 아닐 수 없었다. 하지만 연준은 단 한 번도 그에 대해 후회하는 내색을 비친 적이 없었다.

1년 정도 황 간호사가 옆에서 지켜본 바로는 장연준이란 사람은 성격이 크게 까다로운 편은 아니었지만 그렇다고 살갑거나 다정한 편도 아니었다. 잘 웃지도 않고 무덤덤하고 무뚝뚝한 사람. 다른 이들에게 별 관심도 없었다. 누가 앞에서 옷을 벗고 난리를 친다고 할지라도 그냥 눈길 한 번 주고 곧바로 자신이 하던 일을 할 사람이랄까.

하지만 그런 그도 환자와 있을 때는 전혀 다른 사람이 되었다. 어떤 환자든지 간에 항상 성심을 다해 진료를 하였고 어려운 의학 용어를 늘어놓기보다는 사람들의 눈높이에 맞춰 그들의 증상을 찬찬히 설명해 주었다. 당연히 의사의 권위를 내세우는 법도 없었고 화를 내거나 짜증을 내는 경우도 없었다. 심지어 말벗이 필요해 마실 오듯 오는 노인들에게도 전혀 귀찮은 내색 없이 늘 살가운 태도였다.

"완전 이중인격자 아니에요? 와…… 무슨 지킬 앤 하이드도 아니고."

잔 실수를 많이 해 그럴 때마다 연준에게 질책을 듣곤 하는 이 간호사 입장에서는 그런 말이 나올 법도 하였다. 하긴 황 간호사 역시 처음에는 이 간호사와 비슷한 입장이기도 했다. 첫날, 웃음기 하나 없이 무뚝뚝한 얼굴로 자신의 이름을 밝히며 앞으로 잘 부탁한다고 말하던 사람이 환자 앞에서는 180도 달라진 모습으로 살갑게 웃는 걸 보고 저 인간은 도대체 뭐 하는 인간이냐 싶었으니까.

아무튼 조금 남다른 의미로 신기한 사람이긴 했다. 나이야 자신의 막내 동생뻘이라지만 속에 뭐가 들어앉아 있는지는 황 간호사조차도 가늠하기 힘든 스타일이라고나 할까.

어쨌거나 장연준이란 사람에 대해 황 간호사가 그동안 지켜봐 온 걸 말하자면 장 원장의 말처럼 학력, 외모, 직업, 성격, 그 어느 것 하나 부족한 것 없는 완벽한 사람이란 거였다. 딱 하나 흠이 있다면 부모가 없다는 것이지만 그것도 친부모나 마찬가지인 장 원장이 있으니 크게 책잡힐 만한 거라 보기도 어려웠다. 그런 사람이 여태 결혼은커녕 만나는 사람도 없으니 주위에서 탐을 내는 게 어쩌면 너무도 당연한 일이었다.

“그런데 참말로 선생님은 와 연애 안 해예? 결혼할 나이도 지났잖아예.”

뜬금없는 황 간호사의 말에 연준이 피식, 웃음을 지었다. 그래도 이 간호사에 비해 넉살 좋고 유들유들한 황 간호사와는 조금 더 편하게 지내는 편이었다.

“연애를 어디 나 혼자 하나요?”

“그기 다 선생님 눈이 너무 높아 그런 거 아니라예?”

황 간호사의 말에 연준은 예의 그 담담한 투로 대꾸했다.

“저 눈 안 높습니다.”

에이, 황 간호사가 못 믿겠다는 듯 얼굴을 찌푸렸다.

하긴 보통 사람들에게나 높아 보이는 거지 어쩌면 연준의 눈높이에서는 지극히 평범한 기준일지도 몰랐다. 장연준이란 남자 자체가 다른 남자들에 비해 상위 1% 안에 드는 사람일 테니까.

“그라믄 선생님 이상형은 뭐, 어떤 스타일인데예? 연예인으로 치면 뭐, 누구누구 닮은 사람, 그런 거 있을 거 아입니꺼."

책장을 넘기던 연준의 손이 멈칫거리더니 그가 고개를 들었다.

"이상형이요?"

"하모요. 이상형이요."

웬일로 관심을 보이나 싶어 황 간호사의 눈이 반짝거렸다. 하지만 그 기대는 1초도 가지 못해 금세 푹 꺼지고 말았다.

"글쎄요, 이상형이라…… 그런 건 딱히 없는 것 같은데."

잠시 침묵이 흐르다 황 간호사의 미간에 기다란 주름이 움푹 그려졌다.

"참말 그러다 영영 장가 못 가고 독거노인 된다카니까예."

황 간호사의 말에 연준이 피식, 실소했다. 그런 연준을 보며 황 간호사는 나직이 한숨을 내쉬었다. 어쩜 저런 모습까지 그림 같을까. 저러니 딸 있는 집이라면 죄다 욕심을 내지.

"선생님, 혹시 막 즐기고 있는 거 아니라예?"

"예?"

"그러니까 내 말은 설마 여기 봉운읍에 딸이나 손녀 있는 아지매, 할매 할 거 없이 전부 다 니캉 내캉 머리 붙잡고 아웅다웅 다투는 꼴 보고 싶어 그러는 건 아니냐는 말이지예."

풉! 황 간호사의 황당한 말에 물을 마시던 연준이 기침을 했다.

"그게 무슨……."

무슨 말도 안 되는 소리를 하냐는 듯한 연준의 표정에 황 간호사가 손사래를 쳤다.

"뻥 같아예? 참말인데."

"아무리 그래도 무슨 그렇게까지 하려고요."

"허이구, 참말로! 내 말 허투루 들을 일이 아이라카이 그러네. 어쨌든 간에 올해 안에 선생님이 꼭 장가를 가야 우리 마을이 더욱 평화로워질 깁니더. 안 그라믄 진짜로 봉운대첩 같은 게 일날지도 몰라예."

황 간호사가 연준을 놀리듯 말하고는 쌩하니 진료실을 나갔다. 잔기침을 두어 번 하고서 물잔을 입으로 가져가다 연준도 이내 짧게 웃고 말았다. 안경을 벗어놓고서 눈자위를 꾹꾹 누르는데 문득 머릿속에 스쳐 가는 사람이 있었다.

"……이상형이라."

맑고 진한 밤색의 눈동자와 우아한 긴 눈매, 희고 깨끗한 피부, 머리는 부드럽게 물결치듯 웨이브 진 긴 미리 스타일? 화려하기보다는 우아한 분위기의 여자. 이를 테면 그 여자 같은…….

순간, 머릿속을 꽉 채운 누군가의 얼굴에 단정하던 연준의 눈썹이 확 일그러졌다.

"미쳤어. 도대체 무슨 생각을……."

스스로도 어이없는 듯 연준이 이마를 만지자거리며 실소했다.

아마도 두어 달 전, 버스터미널에서 본 잔상이 계속 머릿속에 남은 탓일 터. 하지만 아무리 그렇다고 해도 결혼까지 해 이제는 버젓이 다른 사람의 아내가 됐을 여자를 두고 무슨 상상을 한 걸까.

가벼운 한숨과 함께 고개를 내젓다 연준은 물을 마저 마셨다. 다행스럽게도 쓸데없는 잡념이 끼어들 틈도 없이 황 간호사가 차트를 가지고 들어왔다.

"선생님, 휴식 시간 끝났어예."

"네, 들어오시라고 하세요."

물잔을 내려놓고서 연준은 책상 위에 벗어두었던 안경을 다시
썼다. 그리고 황 간호사가 가져다준 차트를 펼쳐 보았다.

*

"누가 드실 거예요?"

"아, 그기 우리 부모님이예."

"잠시만요."

수민이 약장에서 비타민을 한 통 꺼내 데스크 위에 올려놨다.

"하루에 한 알씩 드시면 돼요. 효자 아드님 두셔서 부모님께서
굉장히 좋아하시겠어요."

수민의 말에 남자는 뒷머리를 벅벅 긁으며 수줍게 웃었다. 수민
도 웃는 얼굴로 봉투에 비타민과 곱게 포장한 개업 선물을 함께 넣
었다.

딸랑. 문에 달아놓은 풍경이 다시 또 맑은 소리를 내었다.

"어서오세요."

수민이 반가운 얼굴로 손님을 맞았다. 칭얼거리는 아이를 등에
업은 젊은 여자가 약국으로 들어왔다.

"우리 아 먹을 감기약 좀 주실래예."

수민의 시선이 여자의 등에 업힌 아이에게로 향했다. 울어서 볼
이 빨갛게 퉁퉁 부어 있는 여자아이는 대략 5, 6살쯤 되어 보였다.

"병원에서 진찰 받으셨어요?"

수민이 묻는 말에 아이 엄마가 속이 상한 얼굴로 도리질을 쳤다.

"아가 병원에만 가믄 울어대고 경기를 해대가 못 갔어예. 조금

전에도 병원 앞에서 얼마나 울며 버티던지, 이러다 아 잡겠다 싶어가 도저히 안 되가 일로 온 깁니더. 주사 안 맞는다고 캐도 말을 안 듣네예……."

꺼질 듯한 한숨 소리에 조금 전까지 그녀가 얼마나 진이 다 빠지도록 아이와 실랑이를 했을지 알 수가 있었다.

"그라믄 전 이만 가보겠습니더."

"아, 네. 안녕히 가세요."

남자 손님이 이내 약국을 나가자 수민도 데스크 밖으로 나왔다.

"안녕?"

눈물이 그렁그렁 매달린 까만 눈동자가 수민을 향했다. 맑고 큰 눈망울에 이내 호기심이 담긴다.

"이름이 뭐야?"

"박소라."

잠시 머뭇거리다 아이가 순하게 제 이름을 말했다. 수민의 눈매가 생글, 휘어졌다.

"소라구나? 이야, 얼굴만큼 이름도 예쁘네? 이모 이름은 수민이야, 한수민. 반갑다."

수민이 손을 내밀자 아이가 수민의 손을 잡고 흔들었다. 아이의 뺨에 예쁜 볼우물이 살짝 들어갔다.

"우리 소라 아야 한다며? 이모가 소라 이마 좀 만져 봐도 될까?"

경계심을 거둔 아이가 고개를 끄덕였다. 수민은 아이와 시선을 맞춘 채 아이의 이마에 손을 살짝 가져다 대었다. 손바닥에 금세 열기가 감겨들었다. 거기다 식은땀도 제법 흘리고 있었다. 아무래도 진찰을 받아봐야 할 것 같았다. 수민은 착하다며 아이의 머리를 다정하게 쓰다듬어 주고서 데스크 안으로 들어가 따끈한 유자차 두 잔을 탔다. 그리고 다시 밖으로 나와 아이 엄마에게 찻잔을 건네주었다.

"목 좀 축이시면서 여기 잠시만 앉아 계시겠어요?"

"예?"

"열도 제법 있고 아무래도 진찰을 받아보는 편이 좋을 것 같아요. 제가 의사 선생님께 이리로 와주실 수 있는지 물어보고 올게요."

"안 그러셔도 되는데……."

"아니에요. 잠시만 앉아 계세요. 소라야, 이거 좀 마시고 있어. 이모, 잠깐만 다녀올게."

수민은 웃으며 살짝 목례를 하고는 얼른 밖으로 나왔다. 얼마 떨어지지 않은 곳에 봉운의원이라는 간판이 보였다. 손등을 덮고 있는 가운을 살짝 걷어 시간을 확인했다.

1시 37분.

"점심시간일 텐데……."

미영에게 말을 듣기로는 장 원장은 도시락을 싸가지고 다닌다 하였다. 혹시 아직 점심 식사를 하고 있으면 어떡하나 싶긴 했지만 일단 수민은 병원을 향해 뛰었다. 병원 문은 활짝 열려 있었고 데스크는 비어 있었다.

어떡해야 하나 싶은 찰나, 마침 간호사 한 명이 물을 마시며 데스크 쪽으로 걸어 나왔다. 일전에 인사하러 왔을 때 만났던 황경은 간호사였다.

"어머, 안녕하세요?"

수민을 발견한 황 간호사가 먼저 인사를 건넸다. 수민도 웃으며 고개를 숙였다.

"안녕하세요? 혹시 원장님 계시면 잠시 좀 뵐 수 있을까 해서요."

"저희 원장님예? 잠시만예."

황 간호사가 원장실 안으로 들어갔다가 이내 다시 밖으로 나왔다. 주변을 두리번거리던 그녀가 간호사실 안으로 쑥 들어갔다.

"장 선생님 어디 가셨노?"

"선생님요? 아까 양치한다고 화장실 가셨는데?"

"아, 글나?"

짧은 대화 소리가 끝나자마자 황 간호사가 밖으로 나왔다. 수민을 향해 그녀는 이가 다 드러나도록 활짝, 기분 좋게 웃어 보이고는 간호사실 옆의 통로를 슬쩍 내다보았다.

"잠깐 기다리셔야겠는데예. 우리 선생님이 점심 드시고 지금 양치하러…… 어? 여 오시네예. 장 선생님, 일로 좀 와보시야겠는데."

황 간호사의 말이 끝나기가 무섭게 간호사실 옆으로 난 통로에서 큰 키의 젊은 남자 하나가 나왔다.

"무슨 일인데……."

순간, 남자가 말을 뚝 멈추고 수민을 보았다.

"……어."

"……어."

수민도, 남자도 똑같이 놀라서는 상대방의 얼굴을 뚫어져라 보았다.

"소라야, 입 한번 '아!' 하고 벌려볼까?"

연준의 말대로 아이가 제비새끼처럼 앙증맞게 입을 벌렸다.

"어이구, 우리 소라 많이 아팠겠구나. 목이 많이 부었네?"

연준이 아이의 목 안을 살펴보는 동안, 황 간호사가 얼른 아이의 귀에 체온계를 넣고 온도를 재고는 연준에게 보여주었다.

"잘했어. 안 아팠지?"

웃으며 커다란 손으로 아이의 머리를 쓱쓱 쓰다듬어 주고서 연준이 굽힌 허리를 폈다.

"목이 붓긴 했지만 다행히 염증이 그리 심한 편은 아니네요. 이틀 치 약 처방해 드릴 테니까 그래도 계속 열이 안 떨어지거나 하면 다시 나오셔야 합니다. 혹시 유치원에 다닙니까?"

"아직예. 내년에 보내려고예."

아이 엄마가 고개를 저었다. 연준이 빙긋 미소 지으며 아이의 머리를 쓰다듬어 주고서 아이 엄마에게 다시 말을 이었다.

"약 때문에 입맛이 떨어질 수 있는데 안 먹는다고 보채도 무조건 잘 먹이시고요. 따뜻한 물도 자주 먹게 해주세요. 그러면 목이 한결 덜 따가울 겁니다."

연준이 하는 말을 귀담아들으며 아이 엄마가 연방 고개를 끄덕였다.

"예, 그럴게예."

연준이 차트를 적어 황 간호사에게 건네주었다. 곧장 약국을 나선 황 간호사가 얼마 지나지 않아 처방전을 들고 다시 약국으로 들어왔다. 아이 엄마가 고맙다는 듯 활짝 웃어 보이며 황 간호사에게 물었다.

"진료비가 얼마입니꺼?"

아이 엄마가 황 간호사에게 진료비를 계산하는 동안, 수민이 약 처방전을 받아 조제실 안으로 들어갔다. 연준의 눈길이 그런 수민을 따라 움직였다.

"그라믄 우리는 이만 가볼게예. 소라야, 약 먹고 얼른 나아야 된대이. 알았재?"

황 간호사가 아이에게 인사를 하고는 연준을 보았다. 무슨 일인지 조제실을 뚫어져라 쳐다보고 있는 연준의 얼굴이 어딘지 심각해 보였다.

"선생님."

"……."

"선생님예!"

연준이 움찔거리며 뒤를 돌아보았다. 황 간호사는 물론이고 약국 안에 있던 아이 엄마와 아이도 그를 빤히 쳐다보고 있었다.

"안 가십니꺼? 오후 진료 시간 다 됐는데예?"

연준의 귓불이 살짝 붉어졌다. 연준은 머쓱한 듯 씩 웃으며 커다란 손으로 아이의 머리를 쓰다듬었다.

"가야죠. 그럼 전 이만 가보겠습니다.."

아이와 아이 엄마에게 웃으며 인사를 건네고 난 뒤 연준은 황 간호사의 뒤를 따라 약국을 나섰다. 그리고 거의 동시에 조제실에 있던 수민이 밖으로 나왔다. 약국 안을 둘러보는 그녀에게 아이 엄마가 일러주었다.

"방금 가셨어예."

"아…… 네. 약, 여기 나왔습니다. 어떻게 먹는지 설명해 드릴게요."

수민은 아이 엄마에게 복용법을 설명해 주고 봉투에 약과 개업 선물을 담았다.

"별것 아니지만 저희 약국 개업 선물이에요."

"아이고, 마…… 안 넣어주시도 되는데. 아무튼지 간에 오늘 진짜 고맙습니더. 덕분에 우리 아, 의사 선생님한테 진찰도 받고."

"아니에요. 제가 뭘요."

수민은 활짝 웃으며 아이와 시선을 맞췄다.

"소라야, 집에 가서 밥 많이 먹고 약도 잘 먹고 그래서 얼른 나아. 아프지 말고."

"소라야, 약사 선생님한테 인사해야재."

엄마를 쓱 한 번 쳐다보고는 아이가 수민에게 나름 공손하게 배꼽인사를 건넸다. 그 모습이 하도 귀여워 수민도, 아이 엄마도 똑같이 웃음을 터뜨렸다.

"그래, 소라 잘 가. 어머님도 안녕히 가세요."

다시 한 번 정말 고맙다는 말을 남기고 아이 엄마는 아이의 손을 잡고 한결 밝은 얼굴로 약국을 나갔다. 딸랑, 거리는 맑은 풍경 소리와 함께 약국 안은 이내 고요해졌다.

수민은 가벼운 한숨을 내쉬며 의자에 앉았다.

아침나절부터 내내 정신없이 바빴다 이제야 조금 한가해진 셈이다.

그나저나 여긴 언제 내려왔을까?

어떻게 지내는지 궁금해서 미영에게 한번 물어볼까 했지만 그러지 않았다. 몇 년 전 모교 대학병원에서 수련의로 있다는 소리를 들었기에 그냥 바쁘게 잘살고 있겠거니 했다. 터미널에서 본 사람이 그 사람일 줄은 미처 생각지도 못했다.

"……결혼도 했구나."

터미널에서 아내에게 머리를 잡히던 그의 모습이 떠올라 수민은 쿡쿡, 작게 웃었다. 그러고 보니 옛 모습이 많이 남아 있는 것도 같다. 그런데 왜 미처 몰라봤을까.

"꼭 한 번쯤 다시 보고 싶었는데."

혼자 가만히 앉아 창밖을 내다보다 수민의 입가에 미소가 스몄다.

"관리 잘하셨네요."

연준의 칭찬에 쉰 살이 훌쩍 넘은 아저씨가 아이처럼 활짝 웃었다.

"글나? 울 며늘아가 토마토가 좋다고 마이 무라 그래가 내 하루도 안 빼묵고 진짜로 열심히 묵었대이. 장 선생이 운동 열심히 하라 그래가 걷는 것도 열심히 했고."

"잘하셨어요. 음…… 수치 보니까 앞으로도 이 정도만 유지하시면 크게 걱정하지 않으셔도 될 것 같아요. 계속 운동 열심히 하시고 지난번에 적어드린 식단대로 잘 조절하시고요."

연준은 처방전을 마저 입력하고 난 뒤, 빙긋 웃으며 말했다.

"약 처방해 드릴 테니까 보름 후에 병원에 다시 나오세요."

"알았대이."

"그럼 살펴가세요."

마지막 환자를 배웅하고서 연준은 피곤한 듯 안경을 벗었다. 어느새 탁상 위 시계는 저녁 7시를 가리키고 있었다. 오후 2시부터 잠시 쉴 틈도 없이 계속 환자를 보았던 터라 말도 못하게 피곤했다. 눈자위를 꾹꾹 누르며 지압을 하다 연준이 문득 고개를 들었다. 그리고 휴대전화를 꺼내 서둘러 기훈의 전화번호를 찾았다. 하지만 통화버튼을 누르던 순간, 연준은 멈칫거리다 이내 휴대전화를 다시 내려놓았다.

무슨 이유로 이곳에 온 건지 모르겠지만 본인 입으로 듣는 것도 아니고 이런 식으로 뒤에서 다른 사람을 통해 알게 되는 건 아무래도 아닌 것 같았다.

대체 여긴 왜 온 걸까.

"야. 그 왜, 우리 학교 약대 퀸카 있지? 걔, 결혼한다더라."

재작년 여름쯤이었던가? 기훈을 통해 스쳐 지나가듯 들은 이야기였다. 하긴 기훈 역시 건너 들은 이야기일 테니 어쩌면 확실하지 않은 것인지도 몰랐다. 아마 그럴 거였다. 만약 결혼을 했다면 그녀가 이 시골 마을에 나타날 일은 절대 없을 거니까.

"저번에 터미널에서……."

기억하고 있었다. 조금 놀란 듯, 눈을 동그랗게 뜨고 있다 이내 순한 웃음을 지으며 아이는 순산했냐 물었다. 그리고 그렇다는 그의 말에 정말 잘되었다며 축하한다는 말도 했었다.

웃는 모습이 기억 속 그때처럼 참 예뻤다. 턱을 괴고 생각에 잠겨 있던 그의 입가에 짧은 미소가 스쳤다. 하지만 얼마 지나지 않아 흐뭇하게 유선형을 그리고 있던 연준의 입매가 딱딱하게 굳어졌다. 가지런하던 연준의 눈매도 비딱하게 기울어졌다.

아무래도 이상하다.

연준은 서둘러 두어 달 전 터미널에서의 기억을 되짚었다.

정식이 일을 나간 사이에 진통이 온 정식의 처가 병원으로 끙끙거리며 찾아왔고, 아무래도 심상치가 않아 연준은 곧장 119에 연락을 했다. 아무래도 마을까지 들어오기에는 시간이 걸린단 말에 연준이 곧바로 정식의 처를 태우고 119와 만나기로 한 터미널로 향했다.

"으악! 이 나쁜 놈아! 니 때문이다! 니 때문에 내 죽겠다!"

그때, 아마도 정식의 처가 연준의 머리를 쥐어뜯으며 저런 말을 했던 것 같았다. 100% 확신할 수는 없지만…… 아마도 99%는 비슷했던 것도 같다. 연준의 머릿속이 다시 점심나절로 바쁘게 움직였다.

"순산했어요?"
"예? 아, 네."
"다행이네요. 늦었지만 정말 축하해요."
"예? 아…… 네, 고맙습니다."

"……고맙습니다?"

턱을 괴고 심각하게 앉아 있던 연준의 낯빛이 점점 더 어두워졌다.

워낙에 얼떨떨했던 터라 정확하게 기억은 안 나지만 그냥 그렇게 대답했던 것 같다. 고맙습니다, 라고.

욕이란 안 해야 마땅한 법이지만 가끔은 어쩔 수 없이 부득이하게 해야만 하는 상황이 생기곤 했다. 그리고 연준에게는 지금이 바로 그때였다.

"……젠장."

연준은 서둘러 일어나 가운을 벗고 재킷으로 갈아입었다. 그리고 가방을 챙겨 바쁘게 진료실을 빠져나왔다. 접수 데스크를 정리하던 이 간호사가 후다닥 튀어나오는 연준을 보고 놀라 눈이 커다래졌다.

"어? 선생님, 가세요?"

"죄송합니다. 먼저 들어갈게요."

평소 같으면 함께 뒷정리를 도와줬을 테지만 오늘은 그럴 수가 없었다. 연준은 병원을 나오자마자 곧장 약국으로 내달렸다.

그깟 5m 남짓 되는 거리. 1분도 걸리지 않았나. 하지만 숨을 헉헉거리며 달려간 보람도 없이 약국은 이미 캄캄하게 불이 꺼진 채였다.

……젠장.

연속으로 욕지기가 튀어나오는 날은 정말 흔치가 않았다. 연준은 뒷머리를 마구 헝클였다. 그러고는 아쉬운 듯 약국을 쳐다보다 이내 터벅터벅 걸어가 약국 문 앞 계단 턱에 걸터앉았다. 그제야 피식, 실소가 튀어나왔다.

"……나, 참."

바보 같다, 정말. 장연준.

그 여자가 자기랑 무슨 관계가 있다고 허겁지겁 바보처럼 뛰어 온 걸까. 아니, 까놓고 말해 그 여자가 자기를 유부남으로 착각을 하든 말든 그게 무슨 상관이란 말인가.

알고 있었다.

바보 같다는 것. 이럴 이유가 전혀 없다는 것.

그걸 잘 알면서도 이상하게 답답했다. 도대체 왜? 한숨을 내쉬며 이마를 쓸어 올리는데 문득 아주 오래전 기억 하나가 떠올랐다.

"야, 장연준. 쟤 보이냐? 저기, 머리 길고 흰 셔츠 입고 가는 여자애."

본과 3학년 때였던가? 매일매일 계속되던 시험에서 아주 잠시 해방되었을 때, 과학고 시절 늘 붙어 다녔던 친구, 기훈을 만나러 J대학교로 간 적이 있었다. 그리고 그날, 그 여자를 처음 만났다. 아니, 스치듯 보았다는 말이 맞았다. 그녀는 연준이 누군지 전혀 몰랐을 테니까.

"우리 학교 약대에 이번에 들어온 신입생인데 완전 예쁘지?"

시험을 잘 못 봤니 어쨌니, 아무래도 유급당할 것 같다며 죽네, 사네 징징거리던 녀석은 별안간 잔뜩 들떠서 그녀에 대해 묻지도 않은 정보를 늘어놓았다.

"그런데 놀라지 마라. 쟤 집안이 어디인 줄 아냐? 정희병원이야, 정희병원. 거기다 쟤가 무남독녀 외동딸이란다. 누군지 모르지만 아무튼 쟤 데려가는 놈은 땡잡은 거지. 우리 의대에서 쟤 모르는 애, 아무도 없다. 완전 유명인사라니까."

연준은 시끄러운 기훈의 말소리를 흘려들으며 친구와 함께 웃으며 지나가는 여대생을 홀린 듯 쳐다보았다. 기훈의 말처럼 그녀의 외모가 예뻐서도, 유명한 종합병원 집안의 딸이어서도 아니었다.

그냥 웃는 모습이 참 밝고 예뻐서였다.

5월의 하얀 햇살 아래, 친구의 이야기에 웃음을 터뜨리는 그녀는 정말 행복해 보였다.

그리고 그때부터였다.

스무 살 봄, 햇살, 싱그러움, 파릇함, 행복, 설렘.

이런 단어를 떠올릴 때면 연준은 자연스레 그 시각, 그 장면이 떠올랐다. 그냥 한 장의 사진처럼 머릿속에 각인이 되었던 것 같다. 그래서인지 별다른 의미를 두시 않고서도 그 사람을 떠올릴 때면 괜스레 가슴이 두근거리고 설레고 행복해지는 기분이 들었다. 생각해 보면 굉장히 웃긴 일이었다. 성도 이름도 모르는, 그저 스쳐 지나가듯 우연히 본 누군가를 떠올리며 마치 사랑에 빠진 소년처럼 가슴이 두근거린다는 게.

어쩌면 그냥, 그 시간의 행복한 잔상 같은 것인지도 모른다.

아마 그렇기 때문에 지금, 그 행복한 잔상을 막상 대면하고 나니 얼떨떨한 기분이 드는 걸지도 몰랐다. 물론 언젠가 살면서 한 번쯤은 우연히 마주치게 될지도 모른다고 생각해 본 적은 있었다. 하나 이렇게 같은 동네에서 매일 얼굴을 부딪치며 살게 될 것이라고는 단 한 번도 생각해 본 적이 없었다.

머릿속에서 커다란 실뭉당이가 굴러다니는 것처럼 뒤죽박죽 오만 생각이 다 들었다.

반갑다. 설렌다. 떨린다.

그러고 보니 제대로 된 첫인사도 나누지 못했다.

당신은 날 알지 못하겠지만 나는 당신을 알고 있습니다. 그리고 꽤 오랜 시간 동안 당신을 기억하고 있었습니다. 당신은 내게 있어서…… 그러니까 당신은…….

그다음은 뭐라 설명을 해야 할까. 도대체 무슨 말을 할 수 있을까.

전혀 아무 상관 없는 사람, 잘 알지도 못하는 사람이지만 무조건 행복하게 살기를 빌었고 또 그럴 거라 막연히 믿고 살았다. 누구나에게 그런 사람이 한두 명쯤 있겠지만 연준에게 있어 그 대상은 그녀였다. 그리고 그건 절대적인 믿음과도 같았다.

재킷 안에서 작은 진동이 느껴졌다. 연준은 서둘러 휴대전화를 꺼냈다. 장 원장이었다.

"네, 큰아버지."

〈그래. 진료 다 끝났냐?〉

"예, 다 끝났습니다."

〈잘됐구나. 그럼 지금 바로 집으로 오너라. 한 사장이 가게에서 저녁 같이 먹자고 하네.〉

어제 공항에서 늦게 도착을 한 터라 미영에게 잘 다녀왔다는 인사조차도 못했다.

"그럴게요. 지금 바로 출발하겠습니다."

연준은 전화를 끊고 곧바로 자리를 털고 일어섰다. 성큼 발걸음을 내딛었다 연준은 문득 뒤를 돌아보았다.

봉운약국.

간판은 화사하게 바뀌어 있었지만 상호는 그대로였다.

어울리지 않는 것 같으면서도 어울리는 것 같기도 했다. 보고 있자니 자기도 모르게 웃음이 새어 나왔다. 연준은 다시 빙글 몸을 돌렸다. 지루하던 겨울이 끝나고 어느새 봄이 오는 모양이었다.

＊

라벤더 하우스 뒤편 테라스에 놓인 식탁 위에는 푸심한 저녁상이 치려졌다. 오늘 저녁 메뉴는 바비큐였다. 가게 안에서 미영의 목소리가 들려왔다.

"수민아, 여기 야채랑 소시지 좀 가지고 갈래?"

"네, 고모."

수저를 놓던 수민이 가게 안으로 들어가려고 하자 불을 지피던 장 원장이 수민의 팔을 붙잡았다.

"됐어요. 내가 할 테니까 수민 양은 그냥 앉아 있어요. 아, 이 사람아. 하루 종일 일하고 온 사람한테 피곤하게 뭘 자꾸 그렇게 시켜?"

가게 안으로 들어가며 구시렁 잔소리를 늘어놓는 장 원장의 모습에 수민은 작게 웃었다.

"도대체 그 시골에서 뭘 한다고 혼자서 궁상맞게……."

딱히 내색은 안 하지만 누나 걱정을 엄청나게 하던 수민의 아버지였다. 하지만 막상 수민이 내려와서 보니 미영은 아주 잘 지내고 있었다. 그리고 그건 근처에 사는 장 원장의 덕분이기도 했다. 초등학교 동창인 두 사람 모두 현재는 혼자인 터라 그런지 함께 보내는 시간이 많았다. 물론 수민이야 약국 공사가 거의 마무리될 쯤에서야 이곳에 내려왔기 때문에 장 원장과 친해질 시간적 여유는 없었지만 그래도 그 짧은 시간 동안에도 그가 신뢰할 수 있는 좋은 사람이란 사실은 알 수 있었다.

"수민아! 고기 좀 먼저 굽고 있을래?"

미영의 목소리가 들려왔다.

"네! 고모!"

수저를 마저 놓고 수민은 고기를 담은 접시를 가지고 바비큐 불판으로 향했다. 바비큐 통 안에 든 숯불은 어느새 벌겋게 달아올라 있었다. 석쇠와 조금의 사이를 두고 손을 가만히 대보았다. 제법 따끈했다.

수민은 접시 위에 놓인 고기를 집어 석쇠 위에 올렸다. 지글지글하는 소리와 함께 하얀 연기가 모락모락 피어올랐다. 그러고 보니 오늘 아침은 개업 때문에 정신이 없어서 먹는 둥 마는 둥 했고 점심은 개업떡으로 대충 때운 터였다. 맛깔스럽게 익어가는 고기 냄새에 금세 입안에 침이 돌았다. 접시 위, 고기를 듬뿍 집어 석쇠 위에 한꺼번에 올렸다. 지이익, 달궈진 석쇠 위에 닿은 붉은색 고기가 금세 회색빛으로 변했다. 석쇠 위에 가득 올려둔 고기가 지글지글, 익어가면서 모락모락 오르던 연기의 양도 점점 더 많아졌다.

“쿨럭.”

연기를 마신 수민이 기침을 하며 손을 부쳤다. 눈이 매워 얼굴을 찌푸린 채 고기를 뒤적거리는데 부스럭 발소리가 들렸다. 시야를 뿌옇게 가린 연기를 손으로 대충 헤치며 수민은 고개를 들었다. 눈물이 찔끔 난 눈을 꾹 감았다 다시 떴다. 그제야 눈앞이 보였다.

“……어?”

남자의 외마디 소리가 들려왔다.

……그였다. 장연준.

무척이나 당황한 얼굴이었다.

콜록. 수민은 연방 기침을 뱉으며 고운 이맛살을 찡그렸다. 잠시 놀라서 무방비하게 서 있는 틈을 타 연기들이 몽땅 딜러든 탓이었다. 눈은 맵고 목은 따갑고 정신없이 기침을 하는데 거짓말처럼 물잔이 불쑥 눈앞에 나타났다. 어느새 다가온 연준이 수민에게 물을 내밀고 있었다.

“드세요.”

수민에게 물잔을 넘겨준 뒤 여준은 그녀의 손에서 집게를 가져 갔다. 그러고는 능숙한 솜씨로 고기를 뒤적이며 굽기 시작했다. 간신히 기침을 가라앉히고서야 수민이 연준에게 인사를 건넸다.

“고마워요.”

“……아닙니다.”

놀란 듯 연준의 대답 소리가 조금 머뭇거렸다. 하지만 이내 정색을 하고서 도리어 수민에게 물었다.

“아니, 그런데 여긴 어떻게…….”

어쩐지 심란해 보이기까지 하는 그의 모습에 수민은 웃음이 새어 나오고 말았다. 전혀 알아보지 못하는 모양이었다. 이 상황이 재밌기도 하고 조금 서운하기도 했다. 무슨 말부터 해야 할까, 잠시 고민하는데 뒤에서 미영의 반가운 말소리가 들려왔다.

"어! 장 선생 왔네! 어서 와요, 장 선생. 우리 오랜만이지?"

"연준이 왔냐?"

미영과 장 원장이 고기와 함께 구워 먹을 소시지와 쌈 야채, 찌개와 밑반찬들을 가지고 나란히 테라스로 나왔다.

"아…… 네, 다녀왔습니다."

얼떨떨한 얼굴로 연준이 두 사람에게 고개를 숙였다. 미영이 테이블 위에 반찬을 내려놓으며 연준과 수민을 번갈아 보았다.

"두 사람, 오늘 낮에 서로 인사했지?"

어쩌나 싶어, 수민은 대답 대신 연준을 보았다. 수민을 대하는 미영의 친근한 태도에 연준은 조금 전보다 더욱 당황한 모습이었다. 수민은 새어 나오는 웃음을 꾹 참으려 헛기침을 하는 척, 손으로 가볍게 입을 막았다.

"어머? 두 사람, 아직 서로 모르는 거야?"

설마, 하는 투로 미영의 목소리가 올라갔다.

"하긴 장 선생이 어제 밤에 왔다니까 그럴 수도 있었겠다. 장 원장도 참, 그래도 진작 귀띔이나마 해주지."

미영이 장 원장을 돌아보며 하는 말에 연준의 시선도 장 원장을 향했다. 도대체 이게 어떻게 된 상황인지 선뜻 파악이 되질 않았다.

"어? 연준아, 내가 말 안 했냐? 여기 한 선생이 한 사장 조카라고."

"……예?"

연준의 눈이 답지 않게 커지자 장 원장이 머리를 긁적였다.

"어라, 내가 말 안 했나 보구나. 말한 줄 알았더니만."

"장 원장, 정신 똑바로 챙겨. 우리 나이에 깜빡깜빡하면 큰일 나. 잘 알면서 왜 그래?"

미영이 장 원장을 향해 밉지 않게 눈을 흘기다 이내 웃는 얼굴로 연준을 보았다.

"장 선생, 놀랐겠네. 인사해요. 이쪽은 내 조카인 한수민 약사. 봉운약국 인수해서 오늘 개업했어요."

미영의 말에 연준의 미간에 새겨진 주름이 짙어졌다.

……한수민. 분명 미영이 한수민이라고 했다.

"수민아. 이쪽은 장 원장 큰 조카, 장연준 선생. 장 원장 대신에 봉운의원을 책임지고 있……."

미영의 소개가 길어지자 장 원장이 답답한 듯 끼어들었다.

"뭘 그렇게 장황하게 설명해? 두 사람, 어릴 때 이미 알던 사이일 건데. 연준이 너, 기억 안 나냐? 저기 감나무 집 손녀딸! 너, 중학교 때 여기에서 지내는 동안 수민 양도 방학 때마다 놀러 왔었다고 들었는데."

"어머, 장 선생이 중학교 때 여기에서 지냈어? 그럼 두 사람, 서로 잘 알겠네. 설마 어릴 때라 다 까먹은 건 아니지?"

연준의 시선이 수민에게로 천천히 옮겨갔다. 수민과 눈이 마주쳤다. 수민이 싱긋 웃었다.

말도 안 된다.

연준은 눈을 가느다랗게 뜨고 믿을 수 없다는 듯 혼잣말을 중얼거렸다.

"설마······."

간신히 웃음을 삼키고서 수민이 먼저 연준을 향해 손을 내밀었다.

"오랜만이에요."

무슨 말부터 해야 할지 아무 생각도 나지 않았다. 그냥 머릿속이 멍했다. 가슴이 미친 듯 뛰고 있었다. 그러니까 지금 눈앞에 있는 이 여자가, 아니, 대학 시절 우연히 보았던 그녀가······ 어린 시절, 이웃집 할머니 집에 방학 때마다 놀러 오던 그 꼬맹이 한수민이라고?

여전히 혼란스러운 얼굴로 연준은 천천히 손을 들어 수민이 내민 손을 잡았다.

"······어."

마주 잡은 연준의 손은 남자답게 크고 따뜻했다. 불현듯 터미널에서 연준의 머리를 잡아 뜯던 그의 아내 생각이 났다. 함께 온 걸까. 손을 풀며 수민이 그의 뒤를 살짝 건너다보던 찰나였다.

"어머! 내 정신 좀 봐!"

갑자기 터져 나온 소리에 놀라 모두의 시선이 미영에게로 향했다. 장 원장이 서둘러 물었다.

"한 사장, 왜 그래? 무슨 일이야?"

"고기 양념해 놓고 김치냉장고에 그냥 넣어두고 왔지 뭐야."

"고기?"

장 원장의 말에 고개를 끄덕이던 미영이 다시 또 탄식을 터뜨렸다.

"어머! 그리고 보니 장아찌도 안 들고 왔나 봐. 매실 장아찌랑 깻잎 장아찌랑 다 그릇에 담아놓고서······ 아유, 나 정말 요새 왜 이러니?"

이맛살을 찌푸린 미영을 보며 장 원장이 혀를 찼다.

"나더러 깜빡깜빡한다고 정신 차리라고 하더니만 사돈 남 말은……."

"어휴, 그러게."

"됐어. 별일도 아닌 걸로 호들갑은…… 난 또 무슨 큰일이라고."

장 원장이 김빠진 듯 핀잔 섞인 한숨을 내쉬었다. 수민이 웃으며 미영에게 말했다.

"고모, 제가 가져올게요."

"그럴래? 그런데 어두워서 너 혼자 가기 뭐한데……."

말꼬리를 흐리며 수민을 보던 미영의 눈길이 그 옆에 있던 연순에게로 움직였다.

"장 신생, 우리 수민이랑 같이 좀 다녀올래요?"

풀 냄새가 밤공기 속에 짙게 배어 있었다. 나란히 걸음을 뗄 때마다 바스락바스락, 흙 이지러지는 소리가 들렸다.

"많이 놀랐죠?"

수민이 묻는 말에 연준의 입가에 멋쩍은 웃음이 스쳤다.

"조금."

머쓱해서 조금이라 말은 했지만 사실은 수민의 말처럼 아주 많이 놀랐다. 지금도 얼떨떨한 기분이었다.

일전에 전화 통화로 장 원장에게 미영의 조카가 어쩌면 이곳에 내려와 당분간 함께 있을지 모른다는 이야기를 얼핏 듣긴 했었다. 하지만 정연의 결혼식이다 뭐다, 정신이 하나도 없는 통에 그만 까

많게 잊고 있었다. 하긴 만약 이야기를 더 들었더라도 이곳에 와서 지내게 되었다는 한 사장의 조카가 자신이 기억하던 그 여자, 그리고 예전 자신이 기억하던 그 말괄량이 꼬마일 거란 생각은 전혀 못 했겠지만 말이다.

"터미널에서 보았던 그분일 줄은 몰랐어요."

그 역시 마찬가지였다.

"그래도 조금 서운하다. 어릴 때 그렇게 친했는데 어쩜 그렇게 몰라볼 수가 있어요? 그래도 난 아까 낮에 보고 알아차렸었는데."

그거야…… 너무 많이 변했으니까. 오히려 알아보는 게 더 이상할 정도였다. 어릴 때 그 꼬맹이가 지금과 같은 모습일 거라고 그 누가 상상했겠냐 말이다.

"참, 그럼 와이프는 지금 산후 조리하는 중이에요?"

순간, 정적이 흐르고 수민과 나란히 걷던 연준이 자리에 우뚝 멈춰 섰다. 수민의 걸음도 멈췄다. 무슨 문제가 있냐는 듯한 그녀의 표정에 연준이 나직이 한숨을 내쉬었다.

역시나 생각했던 대로였다.

"혹시 지난번에 터미널에서 본 것 때문에 그런 거라면……."

잠시 심호흡을 하고 연준은 힘을 주어 또박또박 말했다.

"나 싱글인데."

"……네?"

선뜻 무슨 말인지 이해가 가지 않는 듯 수민이 눈을 깜빡거렸다. 그런 수민을 보며 연준은 조금 더 명확하게 다시 한 번 말했다.

"나, 결혼 안 했다고."

연준을 빤히 바라보다 수민이 머뭇거리며 머리를 잡아 뜯는 모션을 취했다.

"그럼 지난번에 그분은……."

연준의 입에서 또다시 가는 한숨 소리가 새어 나왔다.

"친구 와이픈데 친구 녀석이 일 때문에 조금 늦는 바람에 내가 제수씨를 데리고 터미널로 바로 가야만 했었거든. 아무래도 구급차가 마을 안에까지 오기에는 너무 시간이 걸려서."

"아……."

연준의 설명에 수민이 머리에 두었던 손을 내렸다. 당황한 듯 연준을 보고 있다 이내 수민이 정색을 하고 두 손을 모은 채 고개를 깊게 숙여 사과를 했다.

"정말 미안해요. 내가 괜한 오해를 해서……."

깍듯하기 그지없는 수민의 사과에 외려 연준이 더욱 당황해 허리를 깊게 숙였다.

"아니, 사과를 받으려고 한 말이 아니라 단지 난 네가 그런 오해를 안 했으면 해서……."

맙소사. 급한 마음에 제멋대로 튀어나온 소리에 이번에는 연준의 얼굴이 뜨겁게 달아올랐다.

"그러니까 제 말은 충분히 그렇게 오해할 수 있는 상황이었으니까 전혀 미안해하지 않으셔도 된다는 말이라……."

미치겠다. 난데없이 웬 높임말이 튀어나오는 건지.

아니나 다를까. 생뚱맞은 높임말에 수민의 눈매가 커다래지며 뺨이 살짝 움직였다.

"아니, 정말 괜찮다는 말인데. 그러니까 다른 뜻이 있어 절대 그런 건 아니고……."

말을 하면 할수록 혀가 꼬이고 문장 하나 제대로 마무리 짓지 못하는 게 어쩐지 바보가 되는 느낌이다. 대학병원에 있을 때는 바늘 하나 안 들어갈 것처럼 완벽주의자라는 말을 듣던 장연준이 오늘따라 왜 이런지 모르겠다. 그나마 다행인 건 벌건 대낮이 아니라 당황한 얼굴색은 덜 보일 거라는 점이었다. 만약 친구인 기훈이 얼굴은 온통 시뻘개져서 버벅거리는 자신의 모습을 보았다면 가관이라며 배를 잡고 뒤로 넘어갔을 테다.

어색한 정적만 흐르던 가운데 문득 수민이 입을 가리며 작게 웃었다. 눈이 마주치자 수민이 얼른 웃음을 가다듬으며 다시 사과를 건넸다.

"미안해요, 웃어서."

"괜찮……."

연준이 괜찮다는 말을 하려던 찰나, 수민이 웃으며 그의 말을 이었다.

"이번에도 괜찮다는 말 하려 그랬죠?"

연준이 생각했던 것보다 수민은 훨씬 더 밝아 보였다. 예전 어릴 때와 별반 달라진 게 없었다. 전혀 생각지도 않은 말실수에 잔뜩 당황해 미간을 구기고 있던 연준도 덕분에 피식 웃고 말았다. 그런 연준을 보며 수민이 그제야 안심이 된 듯 제 가슴을 토닥였다.

"그래도 다행이에요. 다른 사람들 앞에서 말실수 안 한 게. 하마터면 정말 큰 실수할 뻔했잖아요."

만약 수민이 사람들 앞에서 그런 말을 했다면 결혼도 한 놈이 아내를 몰래 숨겨둔 채 그동안 총각 행세 했던 거냐며, 하마터면 우리 귀한 손녀를 너 같은 난봉꾼에게 보낼 뻔했다고 온 마을의 할머

니들이 달려와 멱살을 잡았을지도 모른다. 연준이 작게 픽 웃으며
수민을 보았다.

"그러게. 그래도 덕분에 이렇게 웃었으니 나쁘진 않은데."

서로를 보며 웃다 두 사람은 다시 길을 걷기 시작했다. 겨울 냄
새가 살짝 묻어 있는 이른 봄바람이 제법 쌀쌀한지 수민이 팔을 슬
쩍 문질렀다.

"시골이라 조금 춥다."

연준이 입고 있던 재킷을 벗어 수민에게 건네주었다.

"불편하지 않으면 입어. 그러다 감기 걸리면 고생해."

"오빠도 추울 건데."

"난 익숙해져서 괜찮아."

"고마워요. 그럼 집에 도착할 때까지만 입고 있을게요."

혹시 불편하다고 거절하면 오히려 무안했을 법도 한데 수민은
선뜻 그의 친절을 받아들였다. 연준에게는 딱 맞는 재킷이지만 수
민에게는 무척이나 커다랬다. 어쩐지 조금 더 가까워진 기분에 연
준의 눈매가 슬며시 휘어졌다.

어디선가 풀벌레 우는 소리가 들려왔다. 코끝을 맴도는 풀 냄새,
밤하늘에 걸린 은은한 달빛, 발밑에 닿는 보드라운 흙의 감촉. 늘
지나다니던 길이지만 왠지 오늘따라 새롭게만 느껴졌다.

"오빠."

음, 무언가 곰곰이 생각하며 손을 곱아보던 수민이 연준을 불렀다.

"우리 마지막으로 본 게 내가 12살 때였나? 13살 때였나?"

아주 오래전 기억을 떠올리다 연준이 고개를 끄덕였다.

"너, 12살 때였던 것 같은데? 내가 중학교 3학년 때였으니까."

"그렇죠? 오빠랑 내가 세 살 차이였으니까."

연준이 생일이 빨라 학년으로는 4학년 차이가 났지만 나이로는 분명 세 살 차이였다. 그러고 보니 어언 20년 가까운 세월이 흘렀다.

"세월 정말 빠르다. 거의 이십 년이네. 그런데 오빤 하나도 안 변한 것 같아요."

연준이 피식 웃다 이내 정색을 하고 수민을 보았다.

"어디가 똑같은데?"

갑자기 날아온 질문에 수민이 멈칫거렸지만 금세 웃으며 말을 이었다.

"키도 크고 그때처럼 안경도 근사하게 잘 어울리고……."

"그리고?"

"그리고 여전히 잘생겼는데?"

완곡함이라고는 1g도 없는 직설적인 대답에 연준의 표정이 굳어 버렸다. 당황해 귓불이 붉어지는 그를 힐끔 보며 수민이 장난기 섞인 웃음을 터뜨렸다.

"당황하면 귓불만 빨갛게 되는 것도 여전히 똑같고."

편안한 수민의 말투에 연준도 결국은 쿡, 웃고 말았다.

"우리 어릴 때, 기억나요? 애들이 오빠 정말 좋아했었잖아요. 누구였더라. 음…… 수미, 주현이, 은진이. 맞다. 경숙이. 경숙이가 오빠한테 막 편지도 쓰고 그랬는데."

음, 소리를 내며 연준이 가볍게 고개를 끄덕였다. 오랜만에 들어 본 이름들이었다. 어릴 때, 그를 보면 볼을 새빨갛게 물들이고 고개만 꾸벅 숙이고 도망가던 아이들의 모습이 선하게 떠올랐다. 그리고 그 뒤를 지나며 연준을 향해 개구지게 웃던 보이시한 짧은 머리를 한 새하얀 얼굴의 여자아이의 얼굴도 그려졌다. 연준의 입가에 픽, 작은 미소가 스몄다.

"그리고 보니 궁금하네. 오빠 혹시 걔들 소식 들은 거 있어요?"

수민이 묻는 말에 연준은 고개를 갸웃거렸다.

"글쎄."

"너무한다. 걔들이 오빠를 얼마나 좋아했는데."

수민이 장난스럽게 야유를 보냈지만 어쩔 수 없었다. 단 한 번도 그 아이들의 안부를 궁금해한 적이 없었으니까. 그리고 그맘때 누군가를 좋아하고 동경했던 건 대부분 사람들이 한 번쯤 경험해 본 일이었을 테고 그건 아련한 옛 어릴 적 기억의 한 축일 뿐이었다. 그 아이들도 그렇게 여길 거였고 그 이상의 의미를 둘 법한 일은 아니었다.

"그리고 보니 나들 셜혼했겠다."

"그러게."

골목길로 접어들자 길게 이어진 담벼락 너머로 커다란 감나무 한 그루가 보였다. 바로 미영의 집이었다.

"오빠는 왜 아직 결혼 안 했어요? 오빠 좋다는 사람, 엄청 많았을 것 같은데."

수민의 질문에 연준의 걸음이 살짝 무뎌졌다.

"그냥."

별 대수롭지 않다는 투로 대답을 하곤 연준은 저도 모르게 작게 심호흡을 했다. 그리고 오늘 낮, 다시 봤을 때부터 내내 궁금했던 질문을 기어이 하고 말았다.

"그러는 넌? 결혼…… 했어?"

이번에는 수민의 발걸음이 멈칫거렸다. 하지만 금세 다시 걸음을 떼며 수민은 아무렇지 않게 대꾸했다.

"나도 아직."

발끝에 닿는 흙을 톡 차며 수민은 한숨 섞인 미소를 지었다. 고개를 들자 연준의 얼굴이 보인다.

"그럼 우리, 동지네요? 이웃사촌이자 미혼 동지."

장난스레 하는 말에 연준도 따라 웃었다. 차분한 밤공기에 나직한 웃음소리가 듣기 좋았다.

나란히 걷는데 문득 노란 불빛이 환하게 길을 밝혔다. 고개를 든 연준이 자리에 멈춰 섰다. 어느새 미영의 집 앞이었다. 저도 모르게 작은 한숨이 새어 나왔다. 묘하게 아쉬운 느낌이었다. 수민이 입고 있던 재킷을 벗어 연준에게 돌려주었다.

"여기서 잠깐만 기다릴래요? 안에 들어가서 얼른 가지고 나올게요."

연준이 고개를 살짝 끄덕이며 재킷을 받아 들자 수민이 고맙다는 듯 빙긋 웃고는 이내 문을 열었다. 찰칵, 하는 작은 소리가 들렸다. 문을 열고 안으로 들어서려던 수민이 불현듯 뒤를 돌아보았다.

"오빠."

재킷을 입으려다 말고 연준이 수민을 보았다.

"응."

연준과 시선이 마주치자 수민의 눈매가 싱긋 예쁘게 휘어졌다.

"앞으로 잘 부탁할게요."

"그래, 나도."

"……다시 만나서 정말 좋아요."

수민이 빙그레 웃으며 하는 말에 연준도 따라 웃으며 조금 전과 똑같은 대답을 했다.

"그래."

수민은 잠깐만 기다리란 말을 남기고 이내 대문 안으로 들어갔다. 잠시 후, 노란 불빛도 따라 꺼졌다. 수민이 사라진 대문을 잠시 빤히 보다 연준은 가볍게 심호흡을 하고서 재킷을 입었다. 그의 재킷에 어느새 산뜻한 향기가 묻어 있었다. 습관처럼 타이 매무새를 만져 보다 연준은 대문 앞으로 천천히 걸음을 뗐다. 딸깍, 대문 옆 노란 불빛이 다시 켜졌다. 숨을 가득 들이마시고 내쉬는 연준의 입꼬리가 이내 부드럽게 풀어졌다.

가볍게 주먹을 쥐고 새어 니오는 웃음을 막아보았지만 마음처럼 쉽지가 않았다.

"……미치겠네."

혼잣말을 중얼거리다 연준은 커다란 손으로 얼굴을 덮었다. 왜 웃음이 나오는지 모르겠지만 아무튼 자꾸만 웃음이 났다. 큼, 애써 웃음을 삼키며 연준은 고개를 들어 하늘을 보았다.

작고 하얀 구슬을 흩뿌려 놓은 듯 새카만 밤하늘에 별들이 총총히 빛나고 있었다.

오랜만에 느끼는 기분 좋은 봄밤이었다.

"할머니 말씀 잘 들어야 해. 울고불고 떼쓰고 그러지 말고. 알았어?"

정희는 곱고 하얀 손을 들어 딸아이의 머리를 부드럽게 쓰다듬어 주며 당부했다. 하지만 말이 채 끝나기도 전에 수민은 엄마인 정희의 품으로 파고들며 칭얼거렸다.

"싫어! 나도 데리고 가!"

"애도 참…… 네가 애기도 아니고 자꾸 이럴래, 정말?"

"싫다구! 엄마, 엄마! 가지 마! 응?"

작은 한숨을 내쉬며 정희는 품을 파고드는 수민을 떼어놓고 허리를 펴고 일어섰다. 그리고 살가운 웃음을 지으며 복남을 보았다.

"어머님, 그럼 전 이만 서울로 올라가 볼게요."

"그래, 조심해가 올라가그라. 아는 내가 잘 볼 테니까 걱정 말고."

"예, 그럴게요. 어머님, 그럼 도착해서 바로 전화 드릴게요. 수민아, 엄마 간다."

"엄마! 엄마!"

가지 말라며 칭얼거리는 수민을 복남이 꼭 부둥켜안고 있는 동안 정희는 재빨리 차에 올라탔다. 이내 뿌연 연기를 남기며 정희가 탄 검은 세단이 떠나갔다.

"……갔다."

차분한 목소리였다. 복남은 주름진 눈을 크게 뜨고 손녀를 내려다보았다. 엄마가 가기 전까지만 해도 가지 말라 떼를 쓰더니만 언제 그랬냐는 듯 아이는 그새 멀쩡해져 있었다.

"수민아, 니 괜않나?"

"어? 뭐가?"

"느이 엄마 가뻣는데 괜않냐꼬?"

"할머니도 참, 내가 어린앤가? 이번 방학 지나면 나도 이제 4학년 된단 말이야."

"그, 글나."

얼떨떨한 듯 고개를 끄덕이는 복남을 보며 수민이 어깨를 으쓱거렸다. 그러고는 짊어지고 있던 가방을 벗어 대청에 던져 놓다시피 하고는 구두를 벗고 운동화로 갈아 신었다.

"할머니, 나 나가서 놀고 올게! 썰매 탈 거야!"

"어데? 지금?"

"어. 할머니, 나 저녁때 맛있는 거 해줘!"

싱긋 웃으며 손을 흔들어 보이고 수민은 곧장 밖으로 달려 나갔다.

"아이고, 야야! 그래 입고 나가믄 감기 든다! 으이?"

복남이 따라 나가봤지만 이미 수민은 저 멀리 내뺀 뒤였다.

"아이고, 저 야시 같으니라고. ……그마이 놀고 싶어가 그동안 우째 참았노."

엄마랑 떨어지기 싫다며 울고불고 난리치지는 않을까 걱정했더니만 쓸데없는 염려였다. 정희가 두고 간 갈비며 굴비를 들고 부엌으로 들어가는 복남의 주름진 입가에 웃음꽃이 피어났다.

"준비……."

묘한 긴장감이 흘렀다. 아이들 모두 눈에 힘을 잔뜩 주고 저쪽 논의 끝을 바라보았다.

"시땅!"

출발 선언에 아이들 모두가 있는 힘껏 얼음을 찍었다. 팍! 얼음이 튀며 여러 개의 썰매가 앞다투어 미끄러져 나갔다.

하나, 둘! 하나, 둘! 하나, 둘!

꽝꽝 언 하얀 논바닥 위에 작은 몸을 실은 네 개의 썰매가 제각각 열심히 앞으로 나아갔다. 그 가운데 가장 앞으로 나온 두 개의 썰매 위에는 수민과 경숙이 나란히 올라타 있었다.

"야! 한수민이! 니 저리 비키라!"

"웃기네? 너나 저리 비키시지!"

서로의 길을 빼앗기지 않으려고 모두들 눈에 불을 켜고 앞만 보고 팔에 힘을 주었다. 뾰족한 송곳이 얼음을 찍을 때마다 하얀 파편이 튀고 썰매가 앞으로 나아갔다. 수민은 입술을 앙다물고 부지런히 얼음을 밀어냈다. 지난 겨울방학 때 경숙을 한 번도 이기지 못했던 게 한이 맺히다시피 했던 터라 이번에는 무슨 일이 있어도 반드시 이기리라, 서울에서 오는 내내 다짐했던 수민이었다.

드디어 결승점이 눈앞에 보였다. 저기만 지나면 이기는 거였다!

"으악!"

외마디 비명 소리와 함께 제일 앞서 있던 수민의 썰매가 그만 나동그라지고 말았다.

"아싸!"

결승선에 제일 먼저 들어온 경숙이 썰매에서 벌떡 일어나 몸을 흔들며 소리를 질렀다.

"내가 이깄다!"

허탈한 얼굴로 경숙을 보다 수민이 작은 주먹을 쥐고 꽝꽝 언 논바닥을 쾅 두드렸디. 넘어져서 아픈 것보다 진 게 더욱 분했다.

"얼레리꼴레리! 내가 이겼지롱!"

성숙이 혀를 내밀며 약을 올리자 수민은 화가 나 씩씩거리다 크게 소리쳤다.

"야! 네가 밀었지?"

"아이다! 우와, 야 진짜 웃기네. 지 혼자 넘어져 놓고 누구한테 뒤집어씩……."

수민의 말에 억울한 듯 버럭 고함을 지르던 경숙이 문득 입을 꾹 다물었다.

"어! 맞지? 네가 민 거 맞지?"

옳다구나 싶어 수민의 목소리가 조금 더 커지는데 경숙이 기겁하며 황급히 손을 내저었다. 얼굴이 아주 새빨개져 있었다.

"조용히 좀 해라! 다 들리겠다!"

"뭐? 왜?"

이상하다 싶어 주변을 둘러보니 아이들 모두가 경숙과 똑같이 홍당무 같은 얼굴을 하고 있었다.

"진짜 잘생깃다."

미경이 하는 소리에 수민의 눈길도 따라 움직였다. 논둑길 위에 손으로 짠 두터운 목도리를 두른 소년 하나가 자전거를 타고 지나가고 있었다. 짧게 자른 머리카락이 제일 먼저 눈에 들어왔고 반듯한 이마와 그 아래, 반짝거리는 안경이 보였다. 사실 얼굴을 자세히 볼 새도 없었다. 자전거를 타고 있었고 그대로 쓩, 하고 지나가 버렸으니까.

"아, 가삣다.

아쉽다는 듯 여기저기서 탄식하는 소리가 들려왔다. 도대체 누구기에 이 난리야? 수민은 궁금한 듯 옆에 있는 경숙을 쿡 찔렀다.

"쟤가 누군데 그래?"

"자가 뭐꼬? 오빠야한테."

"오빠야아?"

"그래, 중학교 1학년 오빠야다. 방학 끝남 이제 2학년 올라간다 아이가."

"중학교 1학년? 네가 중학생 오빠를 어떻게 알아?"

"우리 큰오빠야랑 한 반이다 아이가. 그리고 저 오빠야가 얼마나 유명한지 아나. 서울에서 전학 오자마자 전교 1등 하고, 것뿐인 줄 아나. 도내 과학 경시대횐가 수학 경시대회에서도 1등하고 나가는 대회마다 암튼 다 1등이다!"

마치 자기 자랑을 하듯 턱을 치켜들고 경숙이 의기양양하게 이야기를 늘어놓았다.

"근데 도시아들은 원래 저렇게 다들 말끔하니 잘생깃나 마, 얼굴도 뽀얘가 가까이서 보믄 욱수로 잘생깃대이.”

“중학교 1학년? 그럼 4학년, 5학년, 6학년, 중학교 1학…….”

천천히 손을 곱아보던 수민이 눈을 깜빡거렸다. 중학교 1학년이라면 무려 네 살이나 많다. 아이들의 얼굴을 보다 수민이 이내 흐익, 하는 소리를 내며 인상을 찡그렸다.

“설마 너희들 전부 저 나이 많은 중학생을 좋아하는 건 아니지?”

침묵이 흘렀다. 그리고 별안간 약속이나 한 듯 아이들이 서로 저마다 얼굴을 보고 팔짝팔짝 뛰면서 거세게 부인했다.

“누, 누가 좋아한다는 기고? 야 봐라?”

“그, 그래! 아이다!”

“네, 내도! 내도 진짜 아이다!”

죽어도 아니라며 부인하는 친구들의 얼굴을 보다 수민의 입꼬리가 씨익, 올라갔다.

암만 그래 봤자 이미 다 들켰다.

수민은 킥킥 웃으며 조금 전 자전거가 사라진 방향을 보았다.

“그런데 저 사람 이름이 뭔데?”

저녁때가 되자 짚불 태우는 냄새가 마을 곳곳에 진동을 했다. 수민이 씩씩거리며 대문을 밀고 마당으로 들어왔다.

“니가 이름 알아서 뭐 할라꼬?”

“이름 가르쳐 주는 게 뭐 그리 대수라고…… 진짜 웃기시네. 치, 그깟 이름 내가 못 알아낼 줄 알고?”

구시렁거리며 대청으로 올라서는데 댓돌 위에 처음 보는 신발 두 켤레가 놓여 있었다. 누가 왔나 싶은데 부엌에서 복남이 밥상을 들고 나와 대청 위에 놓았다.

"수민이 왔나?"

복남이 든 밥상 위에 밥그릇이 네 개가 있었다.

"할머니, 누가 왔어?"

혹시 엄마, 아빠인가 싶어 댓돌을 다시 봤다. 하나는 복남이 신고 다니는 털 달린 고무신이랑 같은 거였고 다른 하나는 낡긴 했지만 깨끗한 남자 운동화였다. 누군지는 모르겠지만 분명 엄마, 아빠가 신고 다닐 만한 신은 아니었다.

"할머니, 누가……."

수민이 복남을 부르는데 안방 문이 벌컥 열렸다.

"아이구, 그 무거븐 걸 혼자 들고 왔나? 내를 부르지."

걸쭉한 할머니 목소리가 들리고 뒤이어 누군가 급하게 방에서 나와 복남의 손에서 상을 받아 들었다.

"이리 주세요, 할머니. 제가 들게요."

삐쭉하게 큰 키에 짧은 머리, 하얀 얼굴, 반짝이는 안경. 그 중학생이다!

"어!"

수민의 눈이 커다래졌다.

"아까……!"

수민이 저도 모르게 버럭 내지른 소리에 소년의 시선이 움직였다. 안경 너머, 맑은 눈빛이 수민에게 다가왔다.

"와?"

복남이 묻는 말에 수민은 아무 말도 않고 고개만 내저었다.

"와 그라노? 뭔 일 있나? 아이구, 연준아. 니는 무거울 텐데 얼른 안으로 들가기라."

손녀의 얼굴을 살펴보다 무거운 상을 들고 있는 연준에게 생각이 미쳤는지 복남이 얼른 들어가라며 손짓을 했다. 복남에게 고개를 꾸벅 숙이고 소년은 이내 뒤돌아서 상을 들고 방 안으로 들어갔다.

"무슨 일인데 그라노? 아들하고 싸웠나? 하이고마, 추븐 데서 월매나 놀았으면 얼굴이 이래 새빨갛노?"

수민의 얼굴을 만져 보던 복남이 화들짝 놀라 손녀를 보았다.

"니 와 이래 열이 나노? 어데 아프나?"

수민은 고개만 절레절레 저었다.

"하이고마, 추븐 데 너무 오래 있었는갑다. 얼른 들가자, 진짜 삼기 늘어삐겠다. 으이?"

복남은 꽁꽁 언 손녀의 손을 잡고 대청으로 올라갔다. 할머니 손에 이끌려 방으로 들어가며 수민은 다시 뒤돌아 댓돌을 보았다. 제멋대로 놓아진 작고 빨간 자신의 구두 옆에 낡은 흰 운동화 한 켤레가 가지런히 놓여 있었다.

"안녕하세요."

인사를 하자 아랫목에 앉아 있던 노인이 반갑다며 손부터 잡아끌었다. 복남의 집 근처에 사는 은동댁 할머니였다.

"아이고, 니 윽수로 마이 컸네. 마, 손이 꽝꽝 얼었다. 여게 와서 앉어라."

따끈한 아랫목에 수민을 앉히고서 노인은 차가운 손을 연방 비

벼주며 살갑게 웃었다.

"느이 할매가 니 왔다고 맛있는 걸 얼매나 했는지 이래 우리도 같이 먹자 캐가 왔다. 니 덕에 우리도 오늘 포식하게 생깃다. 동생도 퍼뜩 여 앉아라."

수민은 밥상 앞에 앉아 맞은편을 힐끔 보았다. 맞다. 아까 그 중학생이 분명했다.

"참말로 새삼시럽게 와 그라노? 며칠 전에는 형님이 거하게 차리가 내한테 한상 대접했었으믄서. 연준아, 마이 묵어라. 모자라면 더 말하고."

연준. 이름이 연준인가 보다. 수저를 드는 수민의 입술 끝이 살짝 올라갔다. 내일 경숙을 보자마자 '연준아!' 라고 외쳐야겠다.

"수민이 니도 마이 묵고. 참, 느그 둘이 아직 모르재? 수민이, 니 저 오빠야 한 번도 안 봤재?"

물그릇을 놓아주며 복남이 물었다. 수민은 짧게 고개를 끄덕였다.

"앞으로 자주 볼 긴데 인사해라. 저짝은 은동댁 할머니 손주 연준이다. 보자. 수민이가 3학년이고 연준이가 중학교 1학년이니까 그카믄…… 연준이가 수민이 야보다…… 하나, 두이, 서이, 너이. 연준이가 수민이 니보다 네 살 오빠네. 맞재?"

복남의 말에 은동댁이 손사래를 치며 끼어들었다.

"으데? 우리 연준이가 생일이 빨라 학교 먼저 들어가가 글치, 나이로만 따지믄 세 살 차이지."

"아, 글나? 그카믄 연준아, 여는 우리 손녀다. 우리 아는 방학 동안에 계속 있을 끼고 니보다 세 살 동생이니까 오빠인 니가 잘 좀 돌봐줘라. 알았재?"

복남의 당부에 연준이 고개를 꾸벅 숙이고는 수민을 힐끔 보았다.

무슨 남자가 얼굴이 저렇게 뽀얀지 검은 안경테가 더욱 도드라져 보였다. 안경테 너머 맑고 까만 눈동자가 수민을 가만히 향하고 있었다.

콩콩콩.

정체불명의 소리가 수민의 귓가에 울렸다.

이게 무슨 소린지 수민이 채 파악을 하기도 전에 연준이 고개를 돌렸다. 그리고 거짓말처럼 콩콩 뛰던 소리도 사라졌다.

"……뭐야?"

수민의 작은 이맛살이 확 구겨졌다.

"설마 너희들 선부 저 나이 많은 중학생을 좋아하는 건 아니지?"

경숙을 비롯한 아이들에게 놀리듯 물었던 자신이었다. 밥숟가락을 입에 넣다 수민은 허억, 제 입을 막았다.

말도 안 돼!

"와? 돌 씹었나? 얼른 여게 뱉어라."

복남이 걱정스런 얼굴로 손을 내밀었지만 수민은 고개를 휙휙 저어댔다. 눈만 슬쩍 돌리자 은동댁 할머니는 물론이고 연준도 의아한 얼굴로 보고 있었다. 시선이 마주치자 흠칫 놀라 움찔거렸지만 이내 수민은 눈에 힘을 부릅 주고 연준을 위협하듯 째려보았다.

절대 다른 애들처럼 저 나이 많은 중학생을 좋아하지는 않을 거다.

절대!

넷. 멀리 보기

가벼운 한숨 소리와 함께 수민이 자리에 멈춰 섰다. 낮은 플랫 구두인데도 불구하고 울퉁불퉁한 흙길이다 보니 발이 많이 아팠다. 무릎을 콩콩 두드리다 수민은 다시 가방을 추슬러 어깨에 멨다. 미영에게 얼핏 듣기로는 버스 정류장이 15분 거리에 있다고 했는데 벌써 20분을 걸었는데도 불구하고 버스 정류장은 도무지 보이지가 않았다. 평소에 미영의 차를 타고 다닐 때는 넉넉잡아 30분이면 도착하고도 남았건만 지금은 약국에 도착하기는커녕 버스 정류장도 제대로 못 찾고 헤매고 있었다.

"이러다 약국에도 지각하게 생겼네."

난처하게 주변을 두리번거리는데 먼 곳에서 소리가 들려왔다. 혹시 택시나 버스일까 싶어 고개를 빼고 보았다. 하지만 저만치에서 오는 건 차가 아닌 자전거였다.

정말 하다못해 자전거라도 탈 줄 알았으면 좋으련만.

한숨을 폭 내쉬고 다시 가려고 걸음을 떼는데 발뒤꿈치가 불에 덴 듯 쓰라렸다. 앉을 만한 곳을 찾아보느라 주변을 두리번거리니 마침 근처에 커다란 돌이 놓여 있었다. 서둘러 앉아 신을 벗자 빨갛게 쓸린 발뒤꿈치가 보였다. 몇 번 신지 않았던 터라 신이 발에 익지 않은 모양이었다. 고운 이맛살을 찌푸린 채 발을 들여다보고 있는데 끼익, 하는 소리와 함께 자전거가 그녀의 앞에 섰다. 무심히 올려다본 수민의 눈이 커졌다.

"여기서 뭐 해?"

자전거에서 내려 의아한 눈길로 수민을 내려다보고 있는 사람은 다름 아닌 연준이었다.

"오빠."

쭈그리고 앉아 있던 수민이 반갑게 일어섰다. 너무 막막했던 터라 아는 사람을 만나자 절로 얼굴이 환해졌다.

수민의 차림을 훑어보던 연준의 시선이 그녀의 발치에서 멈칫거렸다. 단정하던 그의 미간이 금세 비딱해졌다. 수민은 얼른 신을 신고 아무 일 없다는 듯 웃었다.

"설마…… 여기서 약국까지 걸어가려고?"

자기가 물으면서도 말도 안 된다는 투였다.

"……설마요."

연준처럼 콧잔등을 살짝 찡그린 채 수민은 설마 그럴 리가 있겠냐며 웃어 보였다. 그제야 걱정스럽던 연준의 표정이 조금 풀어졌다.

"실은 버스 정류장을 찾고 있었는데 못 찾았어요."

수민이 어깨를 으쓱거리며 말했다. 진지하게 그녀의 말을 듣고 있던 연준이 눈썹을 비스듬히 기울였다.

"버스 정류장이라면 이미 지났는데."

"……말도 안 돼."

그럴 리가 없다며 당황해서 뒤를 돌아보는 수민의 모습에 연준은 쿡, 낮게 웃었다.

"정말! 내가 얼마나 꼼꼼하게 살펴보며 왔는데 정류장 같은 거 못 봤거든요. 어디 있었지?"

손부채를 한 채 수민은 멀찍이 자신이 온 길을 돌아보았다. 하지만 보일 리가 없었다.

"아마 못 보고 지나쳤을 거야."

외지인이 찾기 힘든 정류장이었다. 아마 백이면 백, 전부 못 찾을 거였다.

수민이 가벼운 한숨을 내쉬며 이마를 짚었다. 난처한 듯 고운 이맛살을 살짝 찡그린 그녀의 얼굴 위로 아침 햇살이 하얗게 내리쬐고 있었다. 가뜩이나 하얀 얼굴이 투명하리만큼 반짝거린다.

저도 모르게 빤히 그녀의 얼굴을 바라보다 고개를 돌리던 수민과 시선이 부딪치고 말았다. 수민의 눈매가 자연스레 휘어지며 빙긋 웃음이 담긴다.

큼, 연준은 민망함에 헛기침을 하며 시계를 보는 척 고개를 숙였다. 그의 귓불에 붉은 물이 들었다.

8시 17분.

도시처럼 콜택시를 마음대로 쉽게 부를 수 있는 게 아니니 지금 다시 집으로 돌아가 차를 가지고 와야만 했다. 조금 늦기야 하겠지만 딱히 그보다 나은 방법이 생각나지 않았다. 한데 그러려면 수민을 혼자 이곳에 남겨두고 가야 하는데 그것 역시 내키지가 않는 일이었다. 아무리 아침이라지만 수민에게는 낯선 곳이었다. 지나다니는 사람도 없으니 위험하다면 충분히 위험할 수도 있었다.

물론 방법이 영 없는 건 아니다. 사실 가장 좋은 건 지금 이대로 그냥, 갈 길을 가는 거였다. 물론 수민을 그의 자전거 뒷좌석에 태운다는 전제하에 말이다.

"오빠, 미안한데……."

"불편하겠지만."

동시에 말하고서 똑같이 입을 닫았다. 잠시 정적이 흐르다 누가 먼저랄 것도 없이 두 사람 모두 웃음이 터졌다.

"먼저 말해."

연준이 손을 내밀었다. 수민도 똑같이 사양하며 그에게 먼저 말하란 듯 고개를 저었다.

"아냐, 오빠 먼저 말해요."

"아냐, 괜찮아."

연준이 다시 한 번 거절하지 웃음을 미금은 채 수민이 작은 헛기침을 하며 말문을 열었다.

"오빠, 미안하지만 병원 가는 길까지 자전거 뒤에 태워줄 수 있어요?"

같은 생각을 하고 있었다. 잠시 정적이 흐르고 연준의 입꼬리가 씩 올라갔다. 그의 표정을 본 수민도 풋, 작게 소리 내어 웃었다. 그 역시 같은 말을 하려고 했던 걸 수민도 알아차린 것 같았다. 피식, 짧게 웃으며 연준이 고개를 끄덕였다.

"타."

“고마워요.”

수민이 가방을 들어 자전거 뒷좌석에 조심스레 앉았다. 연준도 자전거에 타려다 갑자기 가방을 열어 작은 약상자를 꺼냈다. 그리고 그 속에서 연고와 밴드를 꺼내 수민의 앞에 허리를 굽혔다. 영문을 몰라 당황해 자리에서 일어서려는 수민을 만류한 건 연준이었다.

“앉아 있어. 잠깐이면 돼.”

잠깐 실례한다는 말과 함께 연준이 그녀의 발을 잡고 신을 벗겼다. 신에 쓸려 빨갛게 상처 난 곳이 드러나자 연준이 나직이 혀를 찼다. 피가 배어날 정도였다. 미간을 찌푸린 채 연준은 곧바로 연고 뚜껑을 열었다.

연고를 바르고 밴드를 붙이고…… 고작해야 1, 2분.

아주 짧은 시간이었다. 수민의 신을 다시 신겨주고서 연준이 허리를 펴고 일어섰다.

“그럼, 갈까?”

자전거에 타려던 연준이 수민에게로 다시 몸을 돌렸다.

“가방, 불편할 것 같은데 앞에 놓아둘게. 괜찮지?”

수민의 가방을 바구니 안에 넣고 스탠드를 올린 뒤 연준이 자전거에 탔다. 시간을 확인한 뒤 연준이 뒤에 앉은 수민을 돌아보았다.

“좀 늦어서 아무래도 조금 빨리 가야 할 것 같다. 꽉 잡아.”

얼떨떨한 얼굴로 그를 보던 수민이 얼른 고개를 끄덕였다.

“그럼 출발할게.”

그리고 그의 말처럼 자전거가 출발했다. 엉거주춤 있던 수민은 저도 모르게 그의 허리를 꽉 부둥켜안았다.

햇살이 참 좋았다. 불어오는 바람도, 바람결에 묻어난 풀 냄새도 좋았다. 도로가에 늘어선 새파란 나뭇잎이 시야를 스쳐 지나갔다. 기분이 절로 상쾌해지는 아침이었다.

"오래 걸었어?"

"음…… 한 20분 정도?"

등 뒤에서 들려오는 수민의 대답에 연준이 인상을 찌푸렸다. 운동화도 아닌 구두를 신고 흙길을 그만큼 걸었으니 발이 성할 리가 없었다.

"매일 고모가 데려다 주셔서 이렇게 많이 걸어야 하는지 몰랐어요. 이럴 줄 알았으면 운동화라도 신고 나올 걸 그랬나 봐요."

수민도 똑같은 생각을 하고 있었던 모양이다. 연준의 눈가에 짧은 미소가 스쳐 지나갔다.

"한 사장님, 아직 주무시지?"

마치 본 것처럼 확신하는 연준의 말투에 수민도 이내 웃고 말았다.

"장 원장님도 아직 주무시나 봐요."

아침 일찍 출근을 해야 하는 수민과 연준은 술을 거의 입에 대지 않았다지만 미영과 장 원장은 거의 오늘 새벽까지 주거니 받거니 하며 술을 마신 터였다. 꼭두새벽이면 눈을 뜨는 장 원장이 연준이 아침에 집을 나올 때까지 일어나지 못했으니 아침잠 많은 미영은 굳이 보지 않아도 뻔했다.

갑자기 연준이 도로 한 켠에 자전거를 멈춰 세웠다.

"저기야, 버스 정류장."

연준이 가리키는 도로 맞은편으로 수민의 고개도 향했다. 비닐

하우스 앞으로 난 도로와 공터 사이에 파라솔 하나가 세워져 있었다. 그리고 그 아래에는 빨간 의자 세 개가 사이좋게 옹기종기 놓여 있었다.

"어디요?"

"저 파라솔이 있는 곳."

"……예?"

못 찾는 게 당연했다. 버스 정차를 알리는 표시판조차 없이 파라솔 아래 달랑 놓아져 있는 의자 세 개가 다라니.

"무슨 버스 정류장이 표지판도 하나 없어요?"

등 뒤에서 들려오는 황당한 말소리에 연준은 웃음을 터뜨렸다.

"파라솔을 자세히 봐봐."

"파라솔이요?"

그러고 보니 흐릿하게 새겨진 무슨 글자가 있었다. 손부채를 하고 눈을 가늘게 찌푸린 채 수민이 한 글자씩 따라 읽었다.

"연홍리 버스 정류……."

정말이었다.

파라솔 천에는 매직으로 '연홍리 버스 정류장' 이라 적혀져 있었다. 하지만 그것조차도 햇빛에 바래서 많이 옅어진 터였다. 어이없는 얼굴로 보고 있다 수민도 이내 웃고 말았다. 연준도 피식 웃으며 다시 페달을 밟았다. 수민이 그제야 기억이 난 듯 작은 탄식을 터뜨렸다.

"그러고 보니 아까 저거랑 똑같은 거 봤는데. 자세히 좀 들여다 볼 걸 그랬어요."

"처음 본 외지인들은 찾기가 힘들지."

"그러게. 생각도 못했어요, 참……."

황당하다며 짜증 낼 법도 한데 수민은 즐겁게 웃었다. 연준의 입가에도 옅은 미소가 스몄다.

"안 그래도 올해 안에 봉운읍 내 모든 버스 정류장을 개조한다니까……. 표지판 생기고 그럼 이제 헷갈리고 그런 경우는 없을 거야."

이런저런 이야기를 하다 보니 어느새 자전거는 읍내로 접어들었다. 바람결에 흔들리는 머리카락을 귀 뒤로 쓸어 넘기는 수민의 얼굴이 산뜻했다.

"평소에도 매일 이렇게 자전거로 출근해요?"

"매일은 아니고…… 아무래도 운동할 시간이 모자란 편이라 일주일에 세 번 정도는 자전거로 출근하려고 하는 편이야."

수민이 고개를 끄덕끄덕 거렸다.

"그러지 말고 너도 내일부터 같이 자전거 타고 다닐래?"

잠시 머뭇거리던 수민이 이내 웃으며 부끄럽다는 듯 대답했다.

"저 실은 자전거 아직 못 타요."

"아직?"

연준이 의외라는 투로 물었다.

"어릴 때 몇 번 배우긴 했는데 계속 넘어지니까 그냥 안 배웠던 것 같아요. 그리고 커서 운전할 수 있게 되면서부터는 아예 탈 생각도 안 했고요."

항상 마음속으로 배우고 싶다 생각은 했지만 그게 다였다. 어릴 때는 무서워서였고 나이가 들어서는 마땅히 가르쳐 줄 사람이 없어서였다. 아마 여전히 차를 운전할 수 있었더라면 자전거를 배워야겠다는 생각을 평생 하지 않았을지도 모른다.

저 멀리 약국이 보인다 싶더니 도착하는 건 금방이었다. 수민이 자전거에서 폴짝 뛰어내려 연준에게 인사했다.

"고마워요, 오빠. 덕분에 너무 잘 왔어요."

연준도 자전거에서 내려 수민에게 가방을 건네주었다.

"괜히 저 때문에 아침부터 오빠가 고생한 건 아닌가 모르겠어요."

"아냐. 어차피 오는 길이었는데, 뭐."

괜찮다는 연준의 대답에 수민이 빙긋 미소 짓고는 가방을 어깨에 멨다.

"나중에 시간 나면 약국에 언제든 와요. 차 한잔 대접할게요."

"그래."

연준에게 인사를 한 뒤 수민은 뒤돌아서 약국 앞으로 걸어갔다. 가방에서 키홀더를 찾아 꺼내는데 연준이 부르는 소리가 들렸다.

"수민아."

열쇠를 꺼내다 말고 수민이 뒤를 돌아보았다. 무슨 할 말 있나 물어보려던 찰나, 수민을 가만히 보던 연준이 말했다.

"자전거 아직 배우고 싶으면 내가 가르쳐 줄까?"

"……오빠가요?"

수민의 눈이 동그래졌다.

뜨거운 물을 붓자 하얀 김이 솔솔 올라왔다. 금세 달콤한 커피 향이 주변에 가득 퍼졌다. 머그컵 두 잔을 쥐고서 이 간호사가 데스크 쪽으로 왔다. 커피잔을 내려놓고 컴퓨터를 켠 다음, 이 간호사의 고개가 문 쪽으로 향했다. 무슨 일인지 황 간호사가 병원 입구에 몸을 반쯤 숨기고 바깥을 몰래 내다보고 있었다.

"언니, 커피 마셔요!"

"……오야!"

"언니! 커피 다 식는다니까?"

"오야! 쪼매만 쫌 있어봐라!"

건성으로 손을 대충 내젓고는 황 간호사는 여전히 고개를 뺀 채 바깥을 지켜보고 있었다. 아무래도 이상하다. 이 간호사는 곱게 화장한 눈썹을 찡그리다 이내 머그컵을 내려놓고 데스크 밖으로 나왔다.

"뭔데 그래요?"

하지만 몇 발지고 떼기도 전에 황 산호사가 먼저 후다닥 그녀에게로 뛰어왔다. 그러고는 이 간호사의 손목을 잡아채서 얼른 데스크 안으로 들어갔다.

"왜요? 무슨 일인데?"

"빅뉴스다! 빅뉴스!"

"빅뉴스요?"

이 간호사를 보며 황 간호사가 입꼬리를 씩 만 채 눈을 찡긋거렸다. 무슨 영문인지 몰라 이 간호사가 재차 물어보려던 때, 낮은 목소리가 들려왔다.

"좋은 아침입니다."

깍듯하게 인사하며 병원으로 들어서는 이는 연준이었다. 평소에도 말끔한 얼굴이지만 왠지 오늘따라 유난히 얼굴이 좋아 보였다. 웃을 듯 말 듯 애매한 표정으로 연준을 보고 있던 황 간호사가 슬쩍 운을 뗐다.

“선생님, 오늘 엄청 기분 좋아 보이시네예. 무슨 좋은 일 있었어예?”

“그러게. 선생님, 무슨 좋은 일 있으신 것 같아요.”

이 간호사도 황 간호사의 말에 맞장구를 쳤다.

“글쎄요. 별일이라고 할 만한 게 없는데.”

조금 곤혹스러운 듯 말끝을 흐리다 헛기침을 하고는 연준이 금세 원장실 안으로 들어갔다. 문이 닫히고 나서야 황 간호사가 피식, 의미심장한 웃음을 지었다.

“뭐꼬? 장 선생님도 어쩔 수 없는 남자 맞네. 뭐, 눈이 안 높고 이상형이 없어? 에라이!”

혼잣말을 하다 말고 황 간호사가 이 간호사를 휙 돌아보았다.

“니, 좀 전에 내가 뭐 봤는지 아나?”

“나야 모르죠.”

이 간호사가 눈이 동그래진 채 고개를 설레설레 저었다.

“장 선생님하고 한 선생님.”

“한 선생님?”

“아, 요게 약국 한수민 선생!”

답답한 듯 목소리를 높였다 황 간호사가 얼른 제 입을 막았다. 그러고는 이 간호사 뒤로 보이는 원장실을 슬쩍 확인한 뒤에야 다시 소곤소곤 말을 이었다.

“그 둘이 떡하니 한 자전거에서 내리더란 말이다.”

“……한 자전거요? 그게 무슨 말이에요?”

“야, 참말 답답하구로. 뭔 말인지 모르겠나? 장 선생님이 자전거 뒤에 한 선생님을 떡하니 태우고 왔다 안 카나.”

"예? 진짜요?"

이 간호사가 놀라 소리를 지르자 황 간호사가 서둘러 이 간호사의 입을 막으며 목소리를 죽였다.

"그래. 내가 그라니까 이라지. 이건 딱…… 마음이 있다 카는 소리다, 암만."

눈이 휘둥그레져서 황 간호사를 뚫어져라 바라보던 이 간호사가 말도 안 된다는 듯 입을 비죽였다.

"에이, 말도 안 돼. 우리 선생님이 무슨. 저 하이드가요?"

'하이드'는 이 간호사가 연준을 부르는 일종의 별명이었다. 평소의 모습과 환자들 대할 때의 모습이 180도 다르다며 지킬과 하이드, 특히 자신에게는 거의 '하이드' 같은 모습이니 딱이라나 뭐라나.

"야 봐라? 아까 실실 웃으면서 들어오는 거 못 봤나? 얼굴에 떡 하니 써났다 아이드나. 내, 오늘 억수로 기분 좋습니데이. 그게 뭐 때문이겠노? 뻔하지."

원장실을 힐끔 바라보다 이 간호사가 고개를 저었다.

"에이, 말도 안 돼. 언니도 우리 선생님 알면서 그래요."

"어라? 진짜라니까 그러네?"

"저 하이드가 어디 누구 좋아하고 그럴 사람이에요? 그리고 여태 온 마을 사람들이 자기 딸이며 손녀며 데리고 와서 코앞에 들이밀어도 눈도 깜짝 안 했잖아요."

여전히 못 믿겠다는 이 간호사의 태도에 황 간호사가 답답한 듯 가슴을 쿵쿵 쳤다.

"거야 지 타입이 아니었으니까 그런 거고. 안 글나? 지도 지가 좋아하는 여자 스타일이 있을 텐데."

“암만 그래도.”

“암만은 무슨! 척 보면 척이지. 아이구…… 마, 한 선생이랑 같이 있던 장 선생 얼굴을 수진이 네가 봤어야 하는데. 그캤으믄 네 입에서도 아니란 소리가 절대 안 나온다!”

“우리 선생님 얼굴이 어땠는데요?”

“우쨌겠노? 마, 볼이 발그레해 갖고 완전 좋아죽더라니까.”

“그거야 언니가 그렇게 생각하고 보니까 그런 거 아니에요? 그리고 두 사람이 언제 봤다고. 언제 좋아할 시간이나 있었어요?”

“야가 뭘 몰라도 한참 모르네. 야야, 남녀 사이란 건 마, 첫눈에도 불꽃이 파파팍 튈 수도 있는 기라.”

“에이.”

“에이는 무슨. 니가 그라니까 여태 남자친구 한번 옳게 못 사귀 본 기다.”

“아니, 다른 사람이면 몰라. 장 선생님이요? 말도 안 돼.”

끝까지 믿을 수 없다며 부인하는 이 간호사를 보다 황 간호사가 씨익, 미소 지었다.

“니 그라믄 내캉 내기 한판 안 할래?”

“내기요?”

“두 사람 사귄다, 안 사귄다에 만 원 빵. 우짤래? 할래?”

잠시 머뭇거렸지만 이 간호사는 이내 흔쾌히 고개를 끄덕였다.

“그래요. 뭐, 그게 어렵나.”

“그라믄 니는 우데 걸라노? 내는 무조건 사귄다에 만 원.”

“그럼 난 무조건 안 사귄다, 에 만 원!”

걸렸다! 데스크에 기대고 있던 몸을 벌떡 일으키며 황 간호사가 신나게 손을 튕겼다.

"오케이! 내기했대이! 니, 절대 무르기 없대이! 무슨 일이 있어도, 네버!"

"안 물러요. 언니나 나한테 만 원 줄 준비해요."

"오냐, 함 두고 보자."

원장실을 바라보는 황 간호사의 입가에 자신만만한 미소가 그려졌다.

가운을 입고 책상 앞에 앉으려다 말고 연준은 거울을 슬쩍 보았다. 옅은 미소를 띤 자신의 얼굴이 보였다. 한데 그 모습이 썩 나쁘진 않았다. 피식 웃으며 의자를 당겨 자리에 앉자마자 연준은 책상 서랍에 든 명함첩을 꺼냈다. 병원에 남는 자전거가 있다고는 했지만 그런 게 있을 리가 없었다.

"여기 분명히 어디 있었던 것 같은데……."

작년에 자전거를 사고 분명 명함을 받아두었던 기억이 났다. 한 장씩 찬찬히 살펴보던 연준의 눈이 반짝였다.

행운자전거.

연준은 수화기를 들어 명함에 적힌 번호를 꾹꾹 눌렀다.

"여보세요? 행운자전거죠? 예. 여쭤볼 말이 있어서 전화했습니다. 자전거를 하나 사려고 하는데…… 혹시 젊은 여자 분이 탈 만한 자전거 있겠습니까?"

〈당연히 있지예. 무슨 색깔 찾으십니꺼?〉

색깔이라…… 그러고 보니 그 생각은 하지 않았다. 잠시 곰곰이 생각을 하느라 연준의 얼굴이 조금 심각해졌다. 수민과 어울리는

색은 과연 어떤 걸지, 감이 제대로 오지 않는다.

"……글쎄요. 일단 예쁘게 생긴 거면 다 괜찮은데."

〈그럼 일단 직접 와서 보고 고르는 게 낫겠는데예. 색깔은 여러 가지가 다 있으니까 걱정 말고 일단 와보이소.〉

"그럼 오후 1시쯤에 제가 직접 가겠습니다. 네, 이따 뵙겠습니다."

수화기를 내려놓으며 연준의 입가에 기분 좋은 미소가 스몄다. 명함을 다시 서랍 안에 넣고 커피를 한 모금 마시려다 말고 곰곰이 생각에 빠졌다.

빨간색이 좋을까, 아님 깔끔하게 검은색이 좋을까? 수민에게는 어떤 색깔이 잘 어울릴까.

똑똑. 노크 소리와 함께 황 간호사가 진료실 안으로 들어왔다.

"선생님, 오늘 진료 시간 시작이라예."

연준이 살짝 미소 지으며 고개를 끄덕였다.

"환자 분 들어오시라 하세요."

황 간호사가 나가자마자 늘 그랬듯 바쁜 하루가 시작되었다. 한숨 돌릴 틈도 없이 오전 내내 진료를 보고 드디어 점심시간이 되었다. 연준은 서둘러 가운을 벗어놓고 진료실을 나섰다.

"어? 선생님, 점심 안 드세예?"

"어디 가세요?"

간호사 휴게실로 도시락을 가지고 가던 황 간호사와 이 간호사가 어리둥절한 얼굴로 물었다.

"일이 좀 있어서요. 먼저들 드십시오."

연준은 점심 식사도 거른 채 급히 병원을 나섰다.

자전거 가게에 도착했을 때 주인아저씨가 연준의 앞에 제일 먼저 가져다준 건 진노랑 빛깔의 자전거였다.

"이기 엊그제 들어온 긴데, 어때예? 예쁘지예?"

주인아저씨 말처럼 예쁘기는 했는데 수민과는 어쩐지 어울리지 않는 것 같았다.

"다른 건 없습니까?"

"다른 거? 아, 당연히 있지예. 여, 가만있어 보이소. 내, 갖다 주꾸마."

안으로 들어간 아저씨가 다시 들고 나온 자전거는 새빨간 색이었다.

"이건 이떻습니꺼? 우리 가세에 오는 섫은 여자들마다 전부 다 이거 보고 이쁘다고 한 소리씩 한다 아입니꺼."

처음에는 막연히 빨간색이 잘 어울릴 것 같았는데 막상 보고 나니 이것 역시 어쩐지 수민에게는 어울리지 않는 것 같았다. 연준이 흔쾌히 좋다는 말을 하지 않아서인지 아저씨가 먼저 다시 가게 안으로 들어갔다. 그리고 잠시 후, 아저씨가 자진거 한 대를 나시 들고 나왔다.

"이거 함 보이소. 이기 가격이 젤로 비싸가 내가 안 내놨던 긴데. 마음에 들라나 모르겠네."

아저씨가 가지고 나온 자전거를 연준의 앞에 내려놓았다.

티 한 점 없는 깔끔한 흰색의 바디에 반질반질 윤이 나는 밤색의 바퀴와 안장, 그리고 앞에 달린 같은 색의 작은 바구니.

완벽했다.

수민과 닮았다.

햇살 아래, 반짝반짝 빛이 나는 자전거를 보던 연준의 입술 끝이 살짝 올라갔다.

"그걸로 하겠습니다."

한 치의 망설임도 없이 연준은 단호하게 대답했다.

"……너무 예뻐요."

수민의 말처럼 여자들이라면 누구나 한 번쯤 가지고 싶다고 생각할 만큼 예쁜 자전거였다. 의자와 바구니를 손으로 천천히 쓸어 보는 수민의 입가에 환한 미소가 피어났다. 손잡이에 달린 버튼을 누르자 헤드라이트 불빛까지 켜졌다.

"마음에 들어?"

자전거에서 눈을 떼지 못하며 수민이 연방 고개를 끄덕였다.

"정말 너무 예뻐요. 안 쓰는 자전거라 그래서…… 이렇게 새것일 줄은 몰랐어요."

가슴이 뜨끔했지만 연준은 애써 입꼬리를 끌어 올려 미소를 지었다.

"다행이네, 새것처럼 보인다니까. 그렇잖아도 창고에 내내 처박혀 있던 게 조금 아까웠었거든."

허리를 굽혀 몸체며 바퀴를 찬찬히 살펴보며 수민이 신기한 듯 중얼거렸다.

"그런데 정말 새것 같아요. 흠도 하나도 없고 바퀴도 정말 깨끗하고."

억지로 웃다 보니 사레가 걸려 기침이 나왔다.

"괜찮아요?"

깜짝 놀라 쳐다보는 수민의 모습에 연준은 애써 기침을 삼키며 입가에 고인 미소를 꿋꿋하게 지켰다.

"미안, 잠깐 사레가…… 아무튼 그게 라커 칠 새로 싹 하고 바퀴도 갈고 그래서 그렇지, 절대 새건 아냐."

수민이 미안한 듯 말끝을 흐렸다.

"그래도 이렇게 좋은 걸 그냥 어떻게 받아요."

이럴 줄 알았으면 못이라도 구해서 어디 한 군데 살짝 긁어놓기라도 할 걸 그랬다. 하지만 지금 와서 후회한다고 해봤자 없는 흠이 당장 생길 리가 없다.

"그렇다고 나도 남한테 그냥 얻은 걸 다시 돈 주고 팔 수도 없는 노릇이고. 어떡하지?"

저도 모르게 거짓말이 술술 흘러나왔다. 장연준이 이리 구차하세 서싯발에 변명을 늘어놓게 될 줄이야……. 그를 아는 남들도 그렇겠지만 본인 역시 단 한 번도 상상해 본 적 없는 일이었다.

"사실 그렇게 좋은 자전거는 아냐. 깨끗해서 좋게 보이는 거지."

봉운읍에서 제일 비싸고 좋은 자전거일 기라던 아저씨의 말이 떠올랐지만 아무렴 어떤가. 산 사람이 그렇다 하면 그런 것인 법.

아니나 다를까. 그렇게 좋은 건 아니라는 연준의 일관된 말에 수민의 눈빛이 살짝 흔들렸다.

이때다. 연준은 마지막 승부수를 던졌다.

"어차피 네가 안 타면 딱히 탈 사람도 없고 다시 창고에 넣어두는 수밖에 없는데…… 가뜩이나 비좁은 창고 안에 계속 자리 차지하고 있는 것도 좀 그렇고. 아무래도 그럼 버리는 수밖에……."

부러 말끝을 흐렸다. 연준은 난처한 듯 턱을 매만지며 수민을 슬쩍 살펴보았다. 고민하는 얼굴로 자전거를 가만히 바라보다 수민이 마침내 고개를 끄덕였다.

"그럼 오빠 말대로 제가 고맙게 잘 쓸게요."

"그래, 그렇게 해."

연준이 흔쾌히 대답하자 수민의 뺨에 예쁜 볼우물이 살짝 패었다.

"대신 저녁은 제가 대접할게요. 괜찮죠?"

"그럼."

"그럼 전 먼저 나가서 기다릴게요. 정리하고 나와요."

"그래, 그럴게."

기분 좋은 듯 수민이 자전거를 끌고 밖으로 나가는 모습을 지켜보다 연준은 책상을 정리하는 척 뒤로 돌았다. 그리고 주먹을 가슴 앞으로 가져와 힘차게 꽉 쥐었다.

"……예스."

저녁을 먹은 뒤 두 사람이 곧바로 온 곳은 병원에서 얼마 떨어져 있지 않은 곳에 위치한 고등학교였다. 학교 건물에 드문드문 불이 켜져 있긴 했지만 운동장은 온전히 연준과 수민의 차지였다.

처음에 연준에게 자전거를 받았을 때만 해도 막 설레고 기분이 들떴는데 막상 타려고 보니 조금 겁이 났다. 수민은 나직이 심호흡을 하고서 조심스레 안장에 앉았다. 핸들을 꽉 쥐고 마음의 준비를 하고 있는데 웃음기 어린 목소리가 들려왔다.

"발."

"어?"

놀라서 쳐다봤더니 연준이 땅바닥을 가리켰다.

“아······.”

자전거를 배우겠다며 정작 발은 단단하게 바닥에 딛고 있었다. 수민도 제 실수가 어이없는지 그만 웃고 말았다.

“그냥 몇 번 넘어진다 생각하면 긴장이 덜 될 거야. 다들 넘어지면서 배우니까 부끄러워할 필요도 없고.”

수민은 조금 쑥스러운 듯 고개를 끄덕였다.

“그럼 이제 한번 시작해 볼까?”

연준이 수민의 자전거 뒷부분을 잡아주었다. 출발하려고 핸들을 꽉 쥐고 있다 수민이 연준을 다시 돌아보았다.

“근데 실은.”

연준이 굽히고 있던 히리를 펴고 수민을 똑바로 보았다. 잠시 머뭇거리다 수민이 작은 소리로 말했다.

“나, 엄청 운농지에 몸치에 거기다 기계치예요.”

수민이 고백처럼 하는 말에 연준은 저도 모르게 웃음이 났다.

“너무 겁먹지 마. 운전면허 따는 것보다 훨씬 쉬운데. 운전, 할 줄 안다며.”

“오수했거든요.”

순간, 정적이 흘렀다.

연준은 아무 말도 하지 않고 그저 눈만 크게 떴다. 하긴 그의 그런 반응이 전혀 낯선 건 아니었다. 수민이 작은 목소리로 겨우 말을 이었다.

“운전면허 오수했어요, 저. 그것도 겨우 턱걸이로.”

외고 입학시험부터 대학교 입학시험, 그리고 다른 여타의 시험에서도 단 한 번도 실패해 본 적 없었던 그녀였다. 그런데 정작 남들은 한 번에 턱턱 잘도 붙는 운전면허에서는 어떻게 이럴 수 있을까 싶을 정도로 계속 떨어졌었다. 스스로도 바보 같다 생각한 적이 여러 번인데 하물며 다른 사람들은 오죽할까.

정적이 길어졌다.

진지한 얼굴로 수민을 바라보고 있던 연준이 조금 당황스럽다는 듯 고개를 숙였다. 그리고 그것도 모자라 한 손으로 얼굴을 가렸다. 그 역시 한심하다 생각하는 모양이었다.

하지만 다음 순간, 수민의 귓가에 들려온 건 뜻밖에도 낮은 웃음소리였다. 입을 틀어막고 소리를 잔뜩 죽인 채였지만 연준은 어깨까지 들썩거리고 있었다.

"미안, 정말 웃으면 안 되는 건데."

간신히 웃음을 다스리고서 큼, 헛기침을 하며 연준이 고개를 들었다. 사실 수민이 운동신경이 없다는 건 이미 알고 있었다. 어렸을 때, 수민에게 제일 처음 자전거를 가르쳐 준 사람이 바로 자신이었으니까. 서운하게도 수민은 그 사실을 까맣게 잊은 듯하지만 말이다.

"그 정도 끈기면 충분히 배울 수 있으니까 마음 편하게 해."

연준이 빙긋 미소 지으며 할 수 있다는 듯 고개를 끄덕여 주었다. 그 덕분에 수민도 조금은 마음이 편해졌다. 수민은 알겠단 듯 고개를 끄덕이고서 앞을 보고 바로 앉았다.

"당연히 넘어지면서 배우는 거니까 너무 겁먹지 말고."

수민에게 자전거를 처음 가르쳐 주던 날도 그렇게 말했었다.

"열 번이고 스무 번이고 네가 확실하게 마스터할 때까지 내가 계속 뒤에서 잡아주고 있을 테니까 걱정 마. 넘어질까 겁나서 발밑만 보면 절대 못 배워. 균형 잡고 시야는 멀리 보고. 알았지?"

연준이 수민의 자전거 뒷부분을 등을 토닥여 주듯 가볍게 손바닥으로 툭툭 쳤다.

"내가 뒤에서 꽉 붙들고 있다는 거 잊지 말고 마음 편하게."

띄엄띄엄 가로등이 서 있긴 했지만 사위는 어두운 편이었다.

"그럼 나 믿고 발 떼봐."

수민은 크게 심호흡을 하고 발을 떼었다. 그리고 거짓말처럼 자전거가 천천히 움직이기 시작했다. 당장에라도 넘어질 것처럼 자전거가 비틀거렸다.

"겁내지 말고 균형 잡고."

연준의 말소리가 들려왔다. 수민은 숨을 크게 늘이켰다.

"고개 들고."

핸들에 있는 버튼을 꽉 누르자 헤드라이트 불빛이 수민의 앞을 밝혀주었다.

"멀리 봐."

연준의 말대로 수민은 고개를 들었다. 그리고 멀리 보았다. 신기하게도 뒤에 연준이 있다는 생각을 하자 넘어지는 것도 더 이상 그렇게 무섭지만은 않았다.

"나도 썰매 만들어 줘!"

〈애가 뚱딴지같이 갑자기 무슨 소릴 하는 거야?〉

"사서 보내주든가 만들어주든가, 암튼 나도 썰매 구해달라고!"

〈여기서 그런 걸 어떻게 구해?〉

"그럼 어떡해! 애들이 치사하게 지들 썰매라고 나더러 타지 말라 그런단 말이야!"

수민이 바락 소리를 내지르자 잠시 침묵하던 수화기 속에서도 그에 질세라 고함 소리가 버럭 흘러나왔다.

〈애가 정말! 쓸데없는 소리 말고 가져간 영어책이나 공부해! 너, 설에 엄마가 내려가서 얼마나 했나 볼 거야? 수민이 너, 그리고 가져간 학습지는 다 했어?〉

엄마도 치사한 건 마찬가지다. 말문이 막혀 수민의 조그만 얼굴이 붉으락푸르락하는데 그 속도 모르고 정희가 재차 불렀다.

〈한수민, 너 엄마가 부르는데 대답 안 해? 학습지 공부 어쨌냐니까?〉

"이씨! 몰라! 엄마, 바보!"

고함을 내지르고 수민은 수화기를 쾅 내려놓았다.

혼자 씩씩거리고 앉아 있다 수민은 옷을 챙겨 입고 밖으로 나갔다. 매섭도록 차가운 바람에 코끝이 금세 따가워졌지만, 할머니가 짜준 목도리를 눈 아래까지 칭칭 묶어 매고 신을 신고 마당을 나섰다.

"야! 내 끼다! 니는 니 썰매 디믄 되잖아!"

치사한 계집애 같으니라고. 동네 아이들 중 수민만 썰매가 없다는 걸 뻔히 알면서도 그런 말을 했다는 건 수민에게 썰매를 타지 말란 소리였다.

"아우!"

경숙이 눈앞에 있기라도 한 것처럼 수민은 주먹을 꽉 쥐고 혼자 허공에 대고 어퍼컷을 날렸다. 아마도 요 근래, 계속해서 수민이 썰매타기에서 이긴 게 맘에 들지 않았던 모양이었다. 습관처럼 동네 밖으로 나가려다 수민은 입을 비죽이며 다시 돌아섰다. 분명 아이들 모두 신나게 썰매를 타고 있을 건데 타지도 못할 거, 부러운 얼굴로 보기는 싫었다.

날이 추워 그런지 동네 안에 돌아다니는 사람도 없었다. 황량한 골목길을 터덜터덜 걷는데 발치에 뭔가 툭 걸렸다. 메추리알만 한

크기의 작은 돌멩이였다. 수민은 입술을 앙다물고 화풀이를 하듯
신나게 돌멩이를 걷어찼다.

휙!

포물선을 그리며 날아간 돌멩이는 탱, 하는 소리와 함께 담벼락
아래 얌전히 세워져 있던 자전거에 부딪쳤다. 수민의 눈이 휘둥그
레졌다. 주변을 급히 살피고서 수민은 후다닥 자전거가 세워진 곳
으로 뛰어갔다.

혹시 어디 찌그러진 건 아닌가.

수민은 눈을 크게 뜨고서 돌멩이가 부딪쳤을 거라고 짐작되는
곳을 살펴보았다. 조금 긁힌 것 같긴 하지만 다행히 우그러지거나
휜 것 같지는 않았다. 정말 다행이었다. 혼자 안도의 한숨을 내쉬
고 돌아서 가려다 수민은 이내 다시 뒤를 돌아보았다.

그러고 보니 은동댁 할머니 집이었다.

그렇다면 이 자전거는 그 연준인가 하는 중학생이 타고 다니는
자전거일 터.

수민은 눈을 가늘게 뜨고 주변을 휙 둘러보았다. 아무도 없
다. 까치발을 들고 콩콩 뛰어 담벼락 너머도 보았다. 역시 조용
하다. 짧게 숨을 내쉬고 수민은 자전거 위에 슬쩍 올라타 보았
다.

“뭐가 이렇게 길어?”

페달에 겨우 발을 올리고 돌려보았다. 스탠드를 세워둬 비록 앞
으로 나가지는 않았지만 붕붕, 바퀴 돌아가는 느낌이 신기하면서
도 재밌었다.

“아싸!”

어차피 심심하던 차. 수민은 허리를 숙이고 페달을 있는 힘껏 빨리 밟았다. 시간이 얼마나 지났는지도 모르고 혼자 열심히 자전거를 타는데 문득 대문 소리가 끼익, 들렸다. 반사적으로 수민의 고개가 옆으로 향했다.

그 중학생이 멀뚱멀뚱한 얼굴로 수민을 보고 있었다. 멍청하게 연준을 올려다보다 수민은 후다닥 자전거에서 내렸다. 급하게 내리려다 보니 몸이 기우뚱하는데, 연준이 얼른 손을 내밀어 수민을 잡아주었다.

에이씨…… 부끄럽게 시리!

도망가려는데 팔을 잡은 손이 놓질 않았다. 혹시 혼이라도 내려는 건가 싶어 잔뜩 겁을 집어먹은 순간, 니지믹한 목소리가 들려왔다.

"자전거, 타고 싶이?"

수민은 눈을 동그랗게 뜬 채 위를 올려다보았다.

철푸덕.

여섯 번째였다. 더욱 정확하게 말하자면 자전거를 가르쳐 주겠다고 한 지 35분이 지나서였다.

잘 참는다 싶더니 결국 수민이 울음을 터뜨렸다. 울리려고 자전거를 가르쳐 주겠다고 한 건 아니었다. 물론 계속해서 몇 번이나 타고도 1m도 못 가고 1초 만에 넘어질 거라는 건 더더욱 몰랐다. 연준은 당황해 급히 허리를 굽혔다.

"괜찮아?"

울음을 끅끅 몇 번 삼키더니 손등으로 눈을 쓱쓱 비볐다. 그리고는 연준을 보았다.

"오늘은 그만할 거니까 담에 또 가르쳐 줘."

해가 지났으니 이제 4학년에 올라간다고 했던가? 동생 정연보다 한 살 어린 나이였다. 만약 정연이었다면 두 번 다시 하지 않겠다며 울고불고 그랬을 텐데 조그만 녀석이 기특하다. 연준은 피식, 웃으며 수민의 머리를 쓰다듬어 주었다.

"그래, 다음번에."

딴에는 지쳤는지 수민이 한숨을 푹 내쉬었다. 조그만 녀석이 어깨까지 크게 들썩이며 한숨 내쉬는 모습이 웃겨 연준도 비죽, 웃음이 났다.

"그런데 왜 애들하고 안 놀고. 아까 보니까 다들 논에서 썰매 타는 것 같던데."

잊고 있었는데 연준이 다시 이야기를 꺼내는 바람에 또다시 기억이 났다. 저절로 수민의 입술이 비죽, 튀어나왔다.

"썰매 안 빌려준다잖아."

"썰매가 없어? 그래서 못 타는 거야?"

연준이 묻는 말에 수민이 고개를 끄덕였다.

"응. 내가 지난번에 자기 이겼다고 안 빌려주는 거야, 왕 치사하게."

볼에 바람을 넣어 한껏 빵빵하게 부풀린 채 수민은 인상을 썼다. 어쩐지 영화 '사탄의 인형'에 나오는 처키가 생각나 연준은 또다시 웃음이 나올 뻔했다.

"그럼 내가 썰매 하나 줄까?"

생각지도 못한 말에 수민이 눈을 크게 떴다.

“썰매, 있어?”

“창고에 하나 있는 것 같던데. 낡긴 했지만 손보면 괜찮을 거야.”

“나 줘!”

조금의 망설임도 없이 수민은 벌떡 일어나 소리쳤다. 그 모습에 연준도 피식, 웃으며 일어났다.

“그래. 그러니까 친구들이랑 싸우지 말고 사이좋게 놀아. 약속할 수 있지?”

머리를 쓱쓱 만져 주는 연준의 손이 아빠처럼 커다랗고 따뜻했다.

다른 아이들처럼 절대 이 나이 많은 중학생을 좋아하지 않을 거라 맹세했지만 어쩌면 그 맹세를 없던 걸로 해야 할지도 몰랐다. 아니, 어쩌면 벌써 그렇게 됐는지도 몰랐다. 연순을 올려다보는 수민의 얼굴에 방긋, 웃음꽃이 폈다.

다섯. 너에게 닿다

"아야!"

외마디 비명 소리와 함께 수민의 몸이 기우뚱하며 자전거에서 떨어졌다.

"괜찮아?"

연준이 서둘러 다가와 수민을 부축했다. 바지와 손바닥에 묻은 흙을 털어내기도 전에 수민이 바삐 물었다.

"그래도 어제보다 조금 더 갔죠?"

목소리가 조금 들떠 있었다. 고작 1m 남짓한 거리였을 뿐이지만 수민은 어제보다 조금 더 갔다는 사실만으로도 잔뜩 고무되어 있었다.

"안 아파?"

연준이 묻는데도 수민은 그저 밝은 얼굴로 도리질을 칠 뿐이었다. 그리고는 곧바로 자전거부터 일으켜 세웠다.

"이제 조금만 더 해보면 정말 잘 탈 수 있을 것 같아요."

"또 타려고?"

연준이 놀라서 묻는데도 수민은 그저 신이 나 있었다.

"조금만요. 감 잡은 것 같아요, 나!"

하지만 감 잡았다는 말이 허무할 정도로 이번에는 얼마 가지도 못해 바로 비틀거리며 넘어지고 말았다. 연준이 곧장 달려갔을 때 수민은 몸을 웅크린 채 무릎에 이마를 묻고 있었다. 혹시 크게 다친 건 아닐까. 연준이 급히 허리를 굽혀 수민의 앞에 앉았다.

"어디 많이 안 좋아?"

대답은커녕 수민은 고개도 들지 않고 긴 한숨만 푹 내쉴 뿐이었다. 연준의 가슴도 덩달아 철렁 내려앉았다. 하지만 연준의 걱정과 달리 이내 고개를 드는 수민의 얼굴에는 배시시, 웃음기가 묻어난 채였다. 연준은 나직이 안도의 한숨을 내쉬었다.

"부끄러워서요. 감 잡았다고 큰소리 빵빵 쳐놓고."

부끄러울 일도 많다. 사람을 그렇게 놀라게 해놓고 웃음이 나올까. 하나 수민의 웃는 모습을 보니 따라 웃을 수밖에 없었다. 한 달 가까운 시간 동안 옆에서 지켜본 바, 수민이 연준을 단숨에 무방비한 상태로 만들어 버릴 때가 있곤 했는데 지금이 바로 그런 때였다.

"정말 놀랐잖아. 어디 다친 데는 없어?"

도리질 치는 수민의 뺨에 예쁜 볼우물이 패었다.

"못 말리는 몸치에 운동치이긴 한데 다행히 뼈는 아주 튼튼해요. 감기도 잘 안 걸려요, 저."

“하늘이 그럴 때보면 참 공평하다니까. 그지?”

연준이 수민의 옆에 앉으며 짐짓 장난스럽게 말했다. 치, 밉지 않게 눈을 흘기다 수민도 이내 웃음을 터뜨렸다.

“하긴 정말 안 그랬음 큰일이긴 했을 거예요. 만날 이리 넘어지고 저리 넘어지고 그러는데. 저, 어릴 때부터 실은 엄청 잘 넘어졌거든요. 것도 대학교 때까지. 남들이랑 똑같은 평지 가다가도 혼자 막 넘어지고 했으니까.”

서늘하고 도도하게 생긴 외모랑 전혀 딴판인 모습이었다. 상상이 가지 않아 연준도 쿡, 웃음이 나왔다.

“더 이상 안 넘어지고 살면 좋을 텐데. 여기 와서도 여지없이 그러네요.”

수민이 넘어진 자전거 바퀴를 손으로 장난스럽게 톡 때렸다. 자전거 바퀴가 혼자 뱅그르르 돌았다.

“그러고 보면 사람 사는 게 자전거 타는 거랑 참 많이 닮은 것 같아요.”

가만히 바퀴 돌아가는 모습을 지켜보다 수민이 혼잣말처럼 중얼거렸다.

“중심 잘 잡고 열심히 페달 밟고…… 안 그럼 그대로 넘어져 버리고.”

바퀴가 멈추자 수민이 손을 내밀어 다시 바퀴를 밀었다. 바퀴가 다시 뱅그르르 돌았다. 가만히 지켜보는 수민의 입가에 조금 씁쓸한 미소가 고였다. 수민을 가만히 지켜보던 연준의 눈빛도 따라 깊어졌다.

어릴 때처럼 마냥 잘 지낼 줄로만 알았다. 오래전 그날, 햇살 아래 반짝반짝 빛나던 모습처럼 세상에서 가장 행복한 사람일 거라 여겼다. 부모님 품에서 예쁘고 좋은 것만 보고 그렇게 완벽하고 평안한 삶을 살 거라고, 남들 모두 가지고 있을 어렵고 힘든 일들도 오직 한수민이란 사람은 비켜갈 거라고 말이다. 하지만 그게 틀렸다는 걸 알려주듯 가끔씩 수민의 얼굴에서는 지독한 외로움이 물처럼 스몄다 사라지고는 했다. 그리고 그럴 때마다 이유 없이 연준의 가슴이 먹먹해지고는 했다.

도대체 그토록 힘겨워할 만한 일이 뭐였을까.

한수민, 누가 널 그렇게 아프게 했던 걸까.

연준은 씁쓸한 기분을 털어버리고 자리에서 일어섰다. 그러고는 싱긋 웃으며 수민에게 손을 내밀었다.

"혹시 알아? 이거 잘 타게 되면 너도 앞으로 넘어지는 일 없이 쭉, 앞만 보고 잘 달리게 될지."

그리고 나중에 정말 자전거를 잘 탈 수 있게 되면 그때는 페달을 굳이 안 밟아도 자전거가 앞으로 쭉쭉 잘 나갈 때도 있다는 걸 알게 될 거다.

수민의 입가에도 희미한 미소가 그려졌다. 연준이 내민 손을 잡고 일어서며 수민은 옷과 손에 묻은 흙을 털어냈다.

"정말 그때가 빨리 왔으면 좋겠네요."

한숨 쉬는 수민을 보다 연준이 웃으며 장난스레 물었다.

"너, 어릴 때 기억나?"

"어릴 때?"

"왜, 옛날에 내가 자전거 가르쳐 줬던 거."

연준의 말에 수민의 눈매가 가느스름해졌다. 잠시 옛 기억을 더듬던 그녀가 이내 짧은 탄성을 뱉었다.

"맞다! 정말 그랬었네?"

"그래. 어릴 때나 지금이나 별반 달라진 건 없지만."

연준의 말에 수민이 웃음을 터뜨렸다.

"왜, 그래도 그때보다 끈기는 제법 늘었어요. 그때는 조금 배우다 내가 못 배우겠다 도망갔잖아."

"나 자전거 안 타!"

처음에는 넘어져도 계속 배우겠다고 하더니 나중에는 한참을 넘어지고 넘어지다 결국은 안 되겠는지 울음을 터뜨리며 두 손 두 발 다 들었던 수민이었다. 어린 시절 그녀의 모습이 기억나 연준도 웃음이 났다.

"내 말 맞죠?"

연준의 머릿속을 들여다본 양, 말을 하고서 수민이 웃는 얼굴로 자전거에 앉았다.

"준비됐어?"

연준을 돌아보는 수민의 눈이 반달처럼 휘어졌다. 그리고 이내 씩씩하게 고개를 끄덕였다.

"준비됐어요. 이번에는 꼭 성공할 것 같아요."

연준도 웃으며 고개를 끄덕였다. 그 역시 이번에는 느낌이 좋았다.

"건투를 빈다."

연준의 격려에 수민이 장난스레 경례를 하듯 손을 이마에 가져다 댔다. 그리고 숨을 크게 들이켜고 진지한 얼굴로 수를 헤아렸다.

"하나, 둘, 셋."

"하나, 둘, 셋."

수민과 똑같이 셋을 헤아리고 연준은 힘껏 수민의 자전거를 뒤에서 밀었다. 그리고 자전거에서 손을 뗐다. 비틀거리며 수민이 탄 자전거가 앞으로 나아갔다. 금세라도 넘어질 듯 몇 번 좌우로 흔들거리긴 했지만 이번엔 다행스럽게도 넘어지지 않았다. 1m, 2m, 수민의 모습이 점차 멀어졌다. 제법 잘 나가던 자전거가 이번에는 왼쪽으로 커브를 돌았다. 운동장에 그려진 트랙에 맞춰 수민의 자전거가 거다란 원을 따라 앞으로 나아가고 있었다. 한 바퀴, 두 바퀴, 그리고 세 바퀴. 수민의 얼굴이 환하게 밝아졌다. 잔뜩 신이 나서 들뜬 그녀의 모습에 연준도 웃음을 터뜨렸다.

그렇게 십여 분쯤 지난 뒤에 연준의 앞에서 수민의 자전거가 딱 멈춰 섰다. 자전거에서 내리는 수민을 연준이 반갑게 맞아주었다.

"잘했……."

순간, 수민이 연준의 품에 뛰어들듯 그의 목을 와락 껴안았다. 연준은 말을 채 잇지도 못하고 그대로 얼어버렸다. 순식간에 머릿속이 하얗게 변해 버리며 아무것도 생각나지가 않았다. 아래를 쳐다볼 수도, 손을 움직일 수도 없었다. 그냥, 정말 아무것도 할 수가 없었다. 꼭 시간이 정지된 것만 같았다.

"오빠, 봤어요? 나, 이제 자전거 탈 줄 아는 거죠?"

수민이 잔뜩 흥분한 목소리로 물었지만 연준은 아무 대답도 할 수가 없었다. 그저 가슴만 미친 듯 뛰고 있었다.

시골의 밤은 도시보다 훨씬 일찍 잠이 든다. 11시가 다 되어가는 시각, 마을은 이미 고요해져 있었다. 좁고 울퉁불퉁한 길에 차가 덜커덩 흔들렸다.

수민의 집으로 들어가는 골목길 앞에 차를 세우고 연준은 옆을 돌아보았다.

"다 왔……."

말을 삼킨 연준의 입가에 옅은 미소가 그려졌다. 잠잠하다 싶더니 어느새 수민은 곤히 잠들어 있었다.

이제 자전거를 탈 줄 알게 되었으니 집까지 직접 자전거를 타고 가겠다는 수민을 말린 건 연준이었다. 하루 종일 약국에서 종종거리고 다닌 걸로도 모자라 잔뜩 긴장해 자전거를 타고 넘어지는 걸 반복한 그녀였다. 지금 당장은 괜찮은 것 같아도 피곤하지 않을 리가 없었다.

연준은 피식 웃으며 벨트를 풀고 좌석에 편하게 몸을 기댔다. 고개를 돌리자 수민의 얼굴이 보였다. 그러고 보니 처음이었다. 수민에게 자전거를 가르쳐 준 뒤로부터 늘 함께 출퇴근을 했지만 시간이 아무리 이르거나 늦어도 단 한 번도 연준의 차에서 잠이 든 적은 없었다.

창문을 살짝 열었다. 바람결에 짙은 풀 냄새가 차 안 가득 스며들어 왔다. 고요한 시각. 멀리서 들려오는 풀벌레 우는 소리와 가까이에서 들려오는 새근새근한 숨소리. 한적하고 편안한 밤이었다.

그대로 둬야 할지, 아니면 깨워야 할지 잠시 고민하다 연준은 후자를 택했다. 지금 곤하게 잠들면 밤에 잠이 오지 않을지도 몰랐다.

"한수민."

작은 목소리로 불렀을 뿐인데 수민의 눈이 반짝 떠졌다. 잠시 눈을 깜빡거리다 수민이 화들짝 놀라 몸을 일으켰다.

"……벌써 도착했어요?"

"예, 벌써 도착했습니다."

장난스런 연준의 말에 수민이 웃으며 차 문을 열었다. 연준도 차에서 내려 얼른 수민의 자전거를 꺼내주었다.

"많이 피곤하지? 얼른 들어가 쉬어."

"오빠야말로 피곤하겠어요. 매번 나 때문에 일찍 와서 쉬지도 못하고 덩달아 벌 섰잖아요."

수민과 힘께 서는 멀이라면 언제든 기꺼이 환영이었다.

"오늘로 그것도 끝인데, 뭐."

"그러게요. 다행이에요."

사실 시원한 마음보다는 서운한 마음이 더욱 컸다. 그래서 수민의 다행이라는 말에 연준은 그냥 웃고만 말았다.

"들어가."

"네, 오빠도 얼른 들어가세요."

수민이 웃으며 인사를 하고는 이내 자전거를 끌고 집으로 걸어갔다. 센서 등이 켜지며 대문 주변이 환해졌다. 가방에서 열쇠를 꺼내 문을 여는데 골목 어귀에 서 있는 연준의 모습이 보였다. 연준이 지내는 장 원장의 집은 여기에서 두 골목을 지나 나오는 갈림길에서 제일 처음 보이는 집이었다. 차 댈 곳이 마땅찮기 때문에 골목 어귀에 있는 너른 공터에 차를 세우고 수민이 집에 들어가는 걸 봐준 다음에 항상 그의 집으로 향했다.

왠지 모르겠지만 연준을 볼 때면 그냥 웃게 되었다. 그동안 많이 가까워졌다면 가까워졌다고 할 수 있는데도 불구하고 연준은 늘 적당한 거리를 유지해 줬고 그 선을 결코 넘어오는 법이 없었다. 이곳까지 왜 왔는지 궁금할 텐데도 그것에 대해서는 단 한 번도 물어보지 않았다. 그냥 지금의 수민을 있는 그대로 편하게 받아주고 대해주었다. 굳이 의식하는 것 같지 않았음에도 불구하고 배려가 늘 몸에 배어 있는 사람이랄까. 그러고 보면 어릴 때도 그랬던 것 같았다.

수민이 고개를 살짝 끄덕이며 인사를 건네자 멀찍이 서 있던 연준도 가볍게 고개를 끄덕여 인사를 했다.

엷은 미소를 머금은 채 수민은 자전거를 들고 집으로 들어갔다. 자전거를 마당 한 켠에 세워놓는데 문소리가 드르륵 들려왔다. 머리를 긁적거리며 미영이 대청마루로 나왔다.

"아유, 나도 모르게 깜빡 잠이 들었네. 수민이 이제 왔니?"

"네, 고모. 좀 늦었어요."

"피곤하겠다. 배는 안 고파?"

"괜찮아요."

"그래, 그럼 얼른 씻고 쉬어."

하품을 하며 방으로 들어가려는 미영을 수민이 다시 불렀다.

"고모!"

"응. 왜?"

"……고마워요, 고모."

난데없는 고맙다는 인사에 미영은 어리둥절한 얼굴로 눈만 깜빡거렸다.

"뭐가?"

"그냥…… 전부 다요."

수민을 빤히 보다 미영이 싱겁다는 듯 픽 웃고는 장난처럼 말을 받았다.

"오냐, 그래. 나도 전부 다 고맙다. 너 때문에 요즘 그래도 내가 독거노인은 아니잖니."

"고모도 참."

사춘기 소녀처럼 두 사람 모두 웃음이 터졌다.

"피곤할 텐데 얼른 씻고 자."

"네, 고모도 좋은 꿈 꾸세요."

"오냐!"

미영이 방으로 들어가고 난 뒤 수민도 나지막한 돌계단을 한 칸씩 올라갔다. 신을 벗고 방으로 들어가려다 다시 마루에 앉았다. 발을 내리고 고개를 들자 새까만 밤하늘이 보인다. 고운 먹물 빛깔 천에 작고 하얀 꽃을 흩뿌려 놓은 듯 밤하늘 가득 총총히 떠 있는 별이 예쁘기도 했다.

"수민아, 고모 여기 와서 정말 많이 편해졌거든. 수민이 너한테도 이곳이 그런 곳이 되면 좋겠다."

정말 그렇게 될 수 있을까, 반신반의했었다.

하지만 미영의 말처럼 이곳에 온 지 불과 두 달 남짓한 시간이 지났을 뿐인데도 정말 거짓말처럼 모든 것이 빠르게 안정되어 가고 있었다. 대학병원에서 나와 처음으로 약국도 운영하고 있고 또 늘 생각만 하던 자전거도 탈 줄 알게 되었다. 숨 쉬기 힘들 만큼 가슴이 꽉꽉 막히던 것도 없어졌고 밥도 잘 먹고 더 이상 악몽도 꾸지 않고 잠도 잘 자게 되었다.

자신이 생각해도 신기한 변화였다. 수민은 턱을 괸 채 기분 좋은 얼굴로 오랫동안 밤하늘을 바라보았다.

샤워를 하고 방에 들어오니 시간은 거의 12시가 다 되어 있었다. 젖은 머리를 수건으로 털어 말리다 연준은 문득 거울 너머로 보이는 책장을 돌아보았다. 두꺼운 앨범 몇 개가 책장 한 켠에 나란히 꽂혀 있었다. 머리를 닦던 수건을 의자에 대충 걸쳐 놓고 연준은 앨범을 꺼내 책상 앞에 앉았다.

아주 오랫동안 펼쳐 보지 않은 탓인지 앨범 위에 뽀얀 먼지가 앉아 있었다.

후.

크게 숨을 내쉬어 먼지를 한풀 날리고 앨범을 펼쳐 보았다.

제일 첫 페이지에 나와 있는 돌 사진을 필두로 어린 시절 그의 모습들이 차곡차곡 담겨 있었다.

그리고 열 장 즈음 넘겼을까. 연준이 안도의 한숨을 내쉬며 사진 한 장을 꺼냈다. 혹시 잃어버린 건 아닌가 했는데 다행스럽게도 그대로 있었다.

사진을 보는 그의 입꼬리가 자연스레 씩, 말려 올라갔다.

사진 속에는 잎이 무성한 감나무를 뒤로하고 카메라를 보고 있는 소녀가 있었다. 귀까지 몽땅 드러나도록 자른 짧은 머리를 한 소녀는 울 듯 말 듯한 표정이었다. 앞머리는 아예 눈썹 위로 껑충하게 올라가 있는 채였다.

"머리가 이게 뭐야! 할머니만 믿으래 놓고! 할머니 미워! 엉엉!"

늘 생글생글 기운차게 웃고 다니던 녀석이 뭐가 그렇게 서러운지 아주 꺼이꺼이, 온 동네가 떠나가도록 울어댔었다. 그것도 잡아당긴다고 한들 실어지지도 않을 머리를 주구장창 밑으로 당기며 말이다.

불현듯 떠오른 옛 기억에 연준의 어깨가 쿡쿡, 흔들렸다.

똑똑.

노크 소리에 연준은 얼른 사진을 내려놓고 문을 보았다. 끼익, 하는 소리와 함께 미닫이문이 열리며 장 원장이 빠끔히 고개를 들이밀었다.

"안 피곤해? 12시가 넘었는데 그만 자야지."

"예, 그럴게요."

"오냐, 좋은 꿈 꿔라."

장 원장이 문을 닫고 나간 뒤 연준도 의자를 밀어 넣고 침대에 누웠다.

한 번쯤은 미영에게 수민의 안부를 물어보고도 싶었다. 하지만 일이 바빠 늘 생각만 하다 정작 물어본 적은 없었다. 만약 조금 더 일찍, 미영에게 수민의 안부를 물어봤더라면 어땠을까.

그 아이가 어떻게 컸는지, 무슨 일을 하는지, 그때와 똑같은 모습인지, 그때처럼 잘 웃는지 단 한 번이라도 물어봤으면 좋았을 텐데.

천장을 보며 이 생각, 저 생각을 하다 연준은 다시 책상 위에 올려둔 사진을 가져와 보았다. 울지 않으려 얼굴에 힘을 준 터라 가뜩이나 큰 눈이 더욱 댕그랗게 보였다.

"……언제 이렇게 컸어."

사진 속 아이의 이마를 손가락으로 톡 튕기는 연준의 입가에 웃음이 묻어났다.

"할머니이!"

아주 온 동네가 떠나갈 듯 크고도 서러운 울음소리였다. 대청에 앉아 나물을 다듬던 복남이 손에 든 나물을 집어던지고 곧장 사립문으로 뛰어나갔다. 아니나 다를까, 엉엉 울며 들어오는 아이는 다름 아닌 수민이었다. 복남의 주름진 눈가가 휘둥그레 커졌다.

"아이구, 우리 강아지, 와 이래 우노? 으이?"

"할머니이!"

제 편을 만나자 서러움이 복받쳐 오른 듯 수민의 울음소리가 더욱 커졌다. 복남은 품으로 파고들며 울어대는 손녀를 번쩍 껴안아 들고 대청으로 향했다. 그리고 얼른 부엌으로 뛰어가 찬물이 담긴 그릇을 들고 나왔다.

"아이구마, 와 이래 울어대노? 마, 일단 이거부터 좀 마시봐라."

열한 살, 아직은 한참 부모 손을 탈 나이건만 제 할머니 혼자 있으면 심심하다며 부모와 떨어져 방학마다 내려와 함께 있어주는 기특한 손녀였다. 그런 아이가 숨도 제대로 못 쉬고 서럽게 꺽꺽 울어대는 통에 복남은 애간장이 바짝바짝 타들어갔다.

"고마 뚝해! 뭔 일인지 말을 해야 할미가 우째 해주재? 으이? 아이고 참말로. 고마 뚝 못하나?"

그릇을 입에 바짝 가져다 대고 사정을 하길 여러 번, 아이가 그제야 못 이긴 척 물을 한입 꿀꺽 마신다.

"아이고, 그래, 잘했다. 하믄 이제 할매한테 말해봐라. 와 우노? 으이?"

"할머니이! 내 머리……."

울음을 꿀꺽 삼키며 아이가 제 머리를 가리키며 말했다. 복남의 눈길이 손녀의 손을 따라 자연스레 위로 향했다. 순간, 복남이 고함을 지르며 수민의 작은 머리통을 두 손으로 꽉 부여잡았다.

"하이구마! 이게 뭐꼬? 으이?"

분명 아침에 나갈 때만 하더라도 곱게 하나로 묶어주었던 결 고운 머리카락 한가운데 하얀 껌딱지가 떡하니 묻어 있는 게 아닌가!

"이기, 이기 누가 이랬노! 언놈이고!"

"경숙이가."

"뭐라꼬? 그 가스나가 왜?"

"그게 연……."

울먹이던 수민이 무슨 말을 하려다 말고 입을 뚝 다물었다.

"와? 니가 가한테 뭐 잘못했나?"

수민이 고개를 절레절레 흔든다. 수민이 아무 잘못도 하지 않았다는 말에 복남은 흥분해 펄펄 뛰었다.

"니가 잘못도 안 했는데 가가 니한테 와 이런 짓꺼리를 했노? 으이? 참말로 뭐 그런 가시나가 다 있노?"

그건 바로…… 연준 때문이었다.

다른 여자아이들과는 말 한마디 제대로 나누지 않는 장연준과 유일하게 이야기를 나눌 수 있는 여자아이란 이유로, 요즘 수민은 연홍리 인근 마을에 사는 또래 아이들의 질투를 한 몸에 받고 있었다. 하지만 그걸 복남에게 곧이곧대로 말을 할 수는 없었다.

"아이고, 참말로. 수민아, 말 좀 해보그라. 할매 답답해가 숨 넘어가겄다. 가가 니한테 외 이린 짓을 했노? 으이'?"

복남의 계속된 채근에 수민은 까만 눈을 땡글땡글 굴리다 이내 고를 빌름서렸다. 이럴 땐 딱 한 가지 방법밖에 없었다.

"으앙!"

"참말 와 이라노! 야가 으지간히 놀랐나 보네! 야야, 고마해라. 그래 울면 진 빠지가 못 쓴다? 고마 뚝! 으이? 고마! 아이고, 참말로, 우야노!"

수민이 다시 또 울음을 터뜨리자 복남이 기겁해 수민의 어깨를 끌어안고 다독이기 바빴다.

"할머니이!"

"오야, 오야! 할매가 머리에 붙은 숭한 껌딱지, 후딱 떼줄 테니께 고마 울으라카이. 고마 뚝! 가만있어 봐라. 가시개를 우데 났뒀드라?"

수민의 등을 몇 번 투닥거려 주고 복남은 이내 가위를 찾느라 방으로 들어가 버렸다.

"아싸."

성공. 눈가를 쓱 닦고서 수민은 주먹을 꾹 쥐었다.

하지만 얼마 지나지 않아 또다시 집이 떠나가라, 수민이 통곡을 하기 시작했다. 눈물 콧물 쏙 빼며 울어대는 손녀를 달래랴, 가위를 들고 머리를 자르랴, 복남은 그야말로 혼이 나가기 일보 직전이었다.

"아이고, 참말 환장하겠네. 이기 와 이래 자꾸 삐뚜노?"

이번에는 또 왼쪽이 오른쪽보다 조금 길다. 분명 똑같이 자른다고 하는데도 왜 자꾸 삐뚤빼뚤 경사가 지는지 정말 알다가도 모를 일이었다. 코끝에 걸쳐진 돋보기를 추슬러 올리며 좌우 길이를 맞춰보다 복남은 다시 또 한숨을 뱉었다. 그렇잖아도 주름이 가득한 얼굴이 아예 꾸물꾸물 춤을 추고 있었다. 바닥에 뭉텅뭉텅 떨어지는 제 머리카락을 보다 수민이 이내 대청에 걸린 거울 앞으로 달려갔다.

"으악!"

수민이 거울을 붙들고서 비명을 질렀다. 이건 남자애도 아니고 여자애도 아닌, 정체불명의 괴생물체가 보자기를 펄럭이며 서 있었다.

"할머니이! 이게 뭐야아!"

수민의 울음소리가 더욱 커졌다. 어린 손녀 앞에서 땀을 쩔쩔 흘리며 복남은 애꿎은 가위를 이리저리 흔들어보았다.

"아무래도 가새기가 맛이 갔나 보다. 날이 와 이라노?"

"할머니이! 할머니만 믿으라더니 이게 뭐야?"

"하모. 할매만 믿음 된다카이 그러네. 느그 아빠랑 고모야들이
랑 전부 내가 머리 다 잘라가미 키왔는데. 니가 자꾸 울고 움직여
가 그렇다 아이가. 야야, 움직이지 말고 요 퍼뜩 와서 가만 앉아 있
으봐라. 이번에는 참말로 잘 잘라주꾸마."

"싫어!"

"하이고, 참말로 이번에는 진짜 잘 잘라준다카이 그라네. 퍼뜩
와서 앉으라카이. 으이?"

작은 대청을 사이에 두고 목에 보자기를 두른 수민과 가위를 든
복남이 신경전을 벌이던 그때였다.

"안녕하세요."

누군가 마당으로 들어왔다. 변성기가 지난 듯 낮고 차분한 목소
리였다. 복남도, 수민도 약속이나 한 듯 똑같이 마당을 보았다. 마
당으로 들어온 사람은 다름 아닌 연준이었다. 복남을 본 연준이 깍
듯하게 허리를 굽혀 인사부터 했다.

"오야, 연준이 왔나?"

"네, 할머니께서 옥수수 좀 쪘는데 맛 좀 보시라고……."

말을 하다 말고 연준의 눈이 순간 커다래졌다. 슈퍼맨처럼 보자
기를 두른 채 대청에 떡하니 서 있는 아이가 이상하게 눈에 익다
했더니 바로 수민이었다.

"……수민이?"

연준이 혼잣말처럼 중얼거리는 소리에 수민의 얼굴이 와락 일그
러졌다. 복남이 연준의 손에서 옥수수를 받아 대청에 놓으며 수민
을 불렀다.

"수민아, 이리 와가 옥수수부터 먹고 마저 자르자. 아이구마, 김이 모락모락 나는 게 뜨끈뜨끈하니 윽수로 맛있겠네! 연준아, 니도 여 앉아가 좀 먹고 가라. 내 퍼뜩 안에 들가가 시원한 수정과 좀 가지고 나오꾸마."

수민의 얼굴이 붉으락푸르락한다 싶더니 이내 작은 두 주먹을 꽉 쥐고 버럭 소리를 질렀다.

"할머니 미워!"

짧은 절규를 토해내고 수민은 신발도 신지 않고 쏜살같이 밖으로 내달렸다. 수민의 등에 달린 분홍색 보자기가 펄럭거렸다.

"아구, 야야! 참말로! 니, 머리를 그 꼬라지를 해가 우델 가노! 야야! 수민아!"

복남이 기겁해 쫓아 나가봤지만 이미 쌩 하고 내뺀 뒤였다.

"아구, 참말. 자를 우야노! 아가 머리에 껌을 붙이와가 내가 머리 좀 잘라준다는 게 고마 지 맘에 안 들어가 저란다. 우야노!"

복남이 발을 동동 구르는데 마당 한 켠에 서 있던 연준이 한 발짝 앞으로 나섰다.

"할머니, 제가 나가서 찾아볼게요."

엉엉.

동네 뒷산이었다. 야트막한 언덕에 있는 굵은 나무 둥치 아래, 누군가 분홍색 보자기를 뒤집어쓴 채 웅크리고 앉아 서럽게 울고 있었다. 연준은 안도의 한숨을 내쉬고 자전거에서 내려 수민의 앞에 허리를 굽히고 앉았다.

"너 여기서 뭐 해?"

연준의 목소리를 알아들은 건지 작게 흔들리던 수민의 어깨가 잠시 멈칫거렸다. 하지만 이내 언제 그랬냐는 듯 더욱 서러운 울음소리가 흘러나왔다. 연준은 피식 웃으며 수민이 뒤집어쓴 보자기를 잡았다. 하지만 얼마나 꼭 잡고 있는지 한참 실랑이를 한 뒤에야 겨우 보자기를 벗길 수가 있었다. 가뜩이나 더운 여름날, 눈물 콧물에다 땀까지 더해져 수민의 얼굴은 아주 새빨개져 형편없었다. 연준을 미운 눈길로 노려보다 수민이 이내 고함을 빽 하니 질렀다.

"오빠가 젤 미워! 저리로 가!"

걱정이 되어 찾으러 나왔던 건데 다짜고짜 민단다. 연준이 황당한 듯 수민을 보았디.

"내가 왜 미워?"

"거야……."

그거야 장연준, 네가 다른 애들이랑 안 놀아줘서 그렇잖아!

하지만 괜히 그 말을 했다 정말 연준이 다른 아이들과 놀아주는 건 아닌가 싶은 생각이 문득 머릿속을 스쳐 지나갔다.

"거야, 뭐?"

연준이 다시 물었다.

이대로 계속 아이들의 질투를 받을 것인가, 아니면 연준에게 말해 다른 아이들과도 놀라고 할 것인가. 잠시 갈등하다 수민은 결국 입을 다무는 편을 택했다. 차라리 그게 나았다. 다른 여자아이들에게 친절하게 대해주는 연준의 모습을 상상하니 이상하게 기분이 나빴다. 그냥 지금처럼 장연준과 친한 여자아이는 자기 하나만 있는 게 딱 좋았다. 그리고 내일부터는 질투에 눈이 멀어 자신을 괴롭히는 아이들에게 그에 걸맞은 응징을 하면 될 것이었다.

"한수민. 말 안 해? 내가 왜 밉냐니까?"

"아, 몰라! 암튼 오빠 때문이라고!"

차마 제 입으로 말하기 얼마나 속 좁고 부끄러운 일인데 눈치도 없이 왜 자꾸만 물어대는 건지!

난처한 마음에 수민이 울먹거리자 연준이 이내 '으이구!' 하며 수민의 머리를 장난스레 헝클었다. 그러고는 일어나 자전거로 가더니 바구니에서 수민의 신을 꺼내왔다.

"이게 뭐야. 발 안 다쳤어? 어디 아픈 데 없어?"

온통 흙이 묻어 더러워진 수민의 발을 자신의 손으로 툭툭 털어주다 연준이 자신의 티셔츠를 잡아당겨 마저 닦아주었다. 깨끗한 흰색이었던 연준의 티셔츠가 금세 흙으로 더러워졌다. 그리고 그만큼 수민의 발은 깨끗해졌다. 괜스레 미안한 마음에 수민은 발을 버둥거렸다.

"가만있어 봐. 신발 더러워진단 말이야."

"그러니까 왜 거기다 닦아! 오빠 옷도 더러워지잖아."

"옷이야 내가 빨면 되는걸 뭐."

"그럼 내 신발도 빨면 되는데 뭐."

수민의 말에 연준이 고개를 들더니 픽, 웃으며 수민의 머리를 장난스럽게 헝클었다.

"아무튼 한마디도 안 지지. 다 됐다."

연준이 옆에 놓인 신발을 들어 수민의 발에 신겨주었다. 시선이 부딪치자 연준이 싱글, 시원한 미소를 짓는다. 수민의 얼굴이 빨갛게 익어가는 사과빛으로 물들었다.

"많이도 울었네."

수민의 뺨을 축축하게 적신 눈물을 야무지게 닦아주고서 연준은 허리를 펴고 일어나 수민에게 손을 내밀었다.

"일어나."

"왜?"

연준은 픽, 웃으며 눈을 댕그랗게 뜨고 있는 수민의 손을 잡고 일으켰다.

"가자."

"어디로 가?"

"내 탓이라며. 그러니까 내가 해결해 줄게."

영문도 모른 채 수민은 연준의 자전서 뒷자리에 앉아 그의 허리춤을 꼭 잡았다.

연준이 수민을 데리고 간 곳은 읍내에 딱 하나 있는 미용실이었다. 이미 복남에 의해 이리 삐뚤, 저리 삐뚤 잘린 머리카락이라 미용사도 딱히 별다른 밤도는 없는지 그냥 길이에 맞게 살라줄 뿐이었다. 게다가 뒷머리 길이에 맞춰 예쁘게 잘라준다며 미용사가 손을 댄 앞머리는 아예 눈썹 위로 댕강 잘려 올라간 상태였다.

"머리가 원체 짧게 잘리가 맞춰 자른다고 했더니 고마 이렇네. 그래도 마, 윽수로 귀엽네. 아가 이쁘게 생기가 숏카트도 잘 어울린다. 그재?"

미용사는 변명인지 위로인지 모를 말을 하며 동의를 구하듯 연준을 보았다. 하지만 대답은커녕, 커다란 거울 앞에 앉아 코를 실룩거리는 수민의 표정에 연준은 애써 웃음을 꾹 참아야만 했다.

"이게 뭐야아!"

등 뒤에서 들려온 울음 섞인 절규에 연준은 또다시 쿡, 낮게 웃었다.

"이씨! 웃어? 이게 다 오빠 때문인데!"

선머슴 한수민이 어디로 갈까. 수민의 주먹이 연준의 등으로 퍽퍽 날아들었다.

"아야, 내가 언제 웃었다고 그래?"

"거짓말하네. 웃었잖아, 방금!"

"안 웃었어."

"아냐! 웃었잖아!"

"진짜 아니라니까?"

웃음을 애써 깨물으며 연준은 자전거를 세웠다. 수민이 기다렸다는 듯 자전거에서 통 뛰어내렸다. 짧은 머리가 못내 어색한 듯 머리를 자꾸 잡아당기다 수민이 연준을 노려보았다. 골이 나 새빨갛게 퉁퉁 부어오른 얼굴을 보다 연준은 씩 웃으며 수민의 앞머리를 손으로 쓱쓱 빗어주었다.

"예쁘기만 하구만, 뭘."

"뭐? 이게 뭐가 예뻐! 완전 남자 머리잖아!"

여전히 툴툴거리는 말투였지만 그래도 조금 전보다 목소리는 훨씬 누그러져 있었다.

"아니라니까 그러네. 정말 예쁘다니까?"

눈을 가늘게 뜨고 연준을 노려보는 수민의 얼굴이 점점 빨개졌다. 흥! 그러고는 이내 콧방귀를 뀌며 먼저 대문 안으로 쏘옥 들어 갔다. 연준도 픽, 작게 웃고는 수민의 뒤를 따라 들어갔다.

대청에 앉아 나물을 다듬고 있던 복남이 얼른 마당으로 내려와 수민을 반갑게 맞았다.

"아이고! 이게 누꼬! 으이? 우리 수민이 아이가!"

"할머니이!"

수민이 어리광을 부리며 복남의 품에 포옥 안겼다. 복남은 수민의 등을 토닥여 주며 마당으로 들어서는 연준을 향해 주름진 얼굴 가득 미소를 지었다.

"아이구마. 우리 수민이, 와 이래 이뻐지가 왔노? 으이? 우예 이미이 이뻐?"

"……진짜?"

수민이 슬그머니 묻는 소리에 복남은 손뼉을 치며 고개를 끄덕 였다.

"하모! 월매나 이뻐짓는지 할매가 닌지 몰라볼 뻔했다 아이가. 참말로 이쁘네."

치, 수민이 입을 비죽 내밀었지만 기분은 훨씬 풀어져 있었다.

"아이고마, 그라지 말고 사진 한 방 박아놔야겠다! 으이? 여게 가만있어 보그래."

복남이 후다닥 안방으로 들어가더니 이내 카메라를 가지고 밖으로 나왔다. 그러고는 마당 한 켠에 서 있던 연준을 손짓해 불렀다.

"연준아, 니도 여와서 수민이 옆에 나란히 서봐라."

난데없는 부름에 연준의 얼굴에 가득하던 미소가 걷혔다.

"……저도요?"

“하모. 둘이 같이 사진 한 장 박자.”

복남은 머뭇거리던 연준의 손을 잡고 끌어다 수민의 곁에 세우고서 만족스럽게 웃었다.

“아이고, 둘이 고래 나란히 서 있으니까 참말로 이쁘네. 그라믄 찍는대이.”

복남이 카메라를 들어 얼굴로 가져갔다. 연준은 옆에 서 있는 수민을 힐끔 내려다보았다. 얼굴을 잔뜩 찌푸리고서 손으로 짧은 머리를 계속 잡아당기고 있었다. 연준의 입꼬리가 피식, 휘어졌다.

“예쁘다니까.”

연준은 수민이 헝클인 머리카락을 다듬어주고서 자연스럽게 수민의 어깨를 감쌌다.

“자! 요게 할매 봐라! 찍는대이!”

치, 입을 비죽 내미는 수민을 보며 연준은 낮게 쿡, 웃었다.

“하나, 두나, 서이, 김치!”

나란히 선 두 아이가 카메라를 향해 웃었다.

파란 하늘이 유난히 반짝거리던 어느 여름날이었다.

여섯. 그는 어때?

이제 정말 완연한 봄이었다.

방에서 나와 구두를 신다 말고 수민은 하늘을 보았다. 손톱으로 긁으면 쨍, 하니 소리가 날 것처럼 맑고 푸르렀다. 그러고 보니 이 곳에 내려온 지도 벌써 세 달째였다. 수민은 미소를 머금고 가만히 하늘을 보다 숨을 한껏 들이켰다.

"……좋다."

바람 냄새, 풀 냄새, 흙냄새, 그 어느 것 하나 할 것 없이 정겹고 향긋했다.

"이제 출근하니?"

마당 한편에 꾸며진 화단에 물을 주던 미영이 수민을 돌아보았다.

"네, 고모."

수민이 싱긋 웃으며 마당에 내려섰다.

“요새 뭐, 기분 좋은 일 있니? 있음 나한테도 말해줘. 같이 좀 웃자.”

미영이 묻는 말에 수민의 입가에 배시시, 웃음이 묻어났다.

“아뇨? 별다른 일 없는데. 왜요, 좋아 보여요?”

“응.”

“글쎄…… 딱히 별건 없는데. 봄이라 그런가?”

“한수민 너, 봄바람 조심해. 그거 은근 무섭다?”

미영이 피식, 웃으며 놀리듯 말했다. 그리고 고개를 들어 하늘을 바라보았다.

“야, 그러고 보니 진짜 봄이구나. 바람이 살랑살랑, 아주 사람 가슴을 들었다 났다 하네.”

눈을 감고 바람을 느끼다 미영이 피식 웃으며 이내 눈을 떴다.

“고모는 딱 너만 한 나이였을 때 이맘때쯤 되면 늘 몸살을 앓았었다? 왜 그랬는줄 알아?”

수민이 고개를 젓자 미영이 눈을 찡긋거리며 그 이유를 말했다.

“연애하고 싶어서.”

“고모도 참…….”

싱거운 대답에 수민이 웃음 짓자 미영도 신 나게 깔깔거리며 고개를 젖혔다.

“진짜야. 딱 3, 4월 요맘때쯤 되면 연애하고 싶어서 막 몸이 떨렸다니까? 어릴 때는 너무 어려서 봄의 참맛을 몰랐고 딱 서른 가까이 되면서부터 아주 미치겠더라고. 봄 타느라.”

미영이 하는 말을 재밌게 듣고 있다 수민이 배시시 미소 지으며 물었다.

"지금은요?"

푸하! 미영이 어림없다는 표정으로 단호하게 고개를 저었다.

"연애는 무슨. 이젠 늙어서 그럴 힘도 없네요. 뭐…… 그래도 혹시나 근사한 사람 나타나면 또 모르지, 가슴이 떨릴는지."

"장 원장님 계시잖아요."

"장 원장?"

미영이 눈을 깜빡거리며 수민의 얼굴을 빤히 바라보았다. 그리고 몇 초 후, 미영의 입술이 실룩실룩 거리더니 푸하하, 웃음이 터졌다.

"그 영감탱이?"

박장대소하던 미영이 눈물까지 닦아내며 말을 이었다.

"야! 내가 암만 이렇게 나이가 들었디고는 해도 남자 보는 눈까지 늙은 건 아니거든요?"

"왜요, 장 원장님 멋지잖아요. 로맨스그레이에 딱인데."

수민의 말에 미영의 웃음이 다시 터졌다. 그러다 겨우겨우 웃음을 참고 말을 이었다.

"야! 내가 걔 어릴 때 냇가에서 홀딱 벗고 목욕하는 것까지 다 본 사이다. 로맨스그레이는 무슨…… 로맨스가 왔다가도 내가 걔 벗은 몸 생각하면 홀딱 깨서 도망가겠다!"

세상에서 제일 웃긴 이야기를 들었다는 것처럼 미영이 깔깔거리고 웃다 문득 수민을 보았다.

"그러는 넌? 장 선생 어떤데?"

"네?"

"장 선생."

"장 선생이요?"

장 선생이 누구냐는 듯한 눈빛에 미영이 답답한 듯 되물었다.

"장연준 말이야."

"……."

"장 선생 어떻냐고. 남자로 말이야."

아무 대답도 없이 수민은 눈만 깜빡였다. 말문이 막힌 탓이었다. 수민을 빤히 바라보며 미영이 호기심 어린 표정으로 다시 물었다.

"장 선생, 괜찮지?"

얼떨떨한 얼굴로 미영을 바라보다 수민이 조금 어색하게 고개를 끄덕였다.

"아, ……응. 네."

"아, 응, 네. 이게 뭐야. 그게 다야?"

수민의 싱거운 대답에 미영이 눈을 크게 떴다. 어색한 정적이 흐르다 별안간 수민이 화들짝 놀라 시계를 보았다. 8시 5분 전이었다.

"어, 늦었다. 고모, 저 다녀올게요."

"어머! 벌써 시간이 그렇게 됐어? 그래, 조심해서 잘 다녀와."

미영의 배웅을 받으며 수민은 서둘러 자전거를 끌고 대문 밖으로 나왔다. 죄지은 것도, 거짓말을 한 것도 없는데 괜스레 가슴이 쿵쾅거렸다.

페달을 밟으려다 말고 수민은 다시 발을 바닥에 디뎠다.

"장 선생 어때?"

장연준이 어떻냐고? 수민의 얼굴이 조금 전처럼 다시 혼란스러워졌다.

……참 좋은 사람.

그래, 참 좋은 사람이었다. 그리고 어릴 적 알고 지냈던 친한 오빠이기도 했다.

그냥 그렇게 말하면 그뿐이었다. 그런데 이상하게도 그 순간, 말문이 막혀 버렸다.

도대체 왜 당황했던 걸까.

그때 누군가 그녀의 어깨를 톡톡 두드렸다.

"한수민."

깜짝 놀라 돌아보았더니 연준이 자전거에서 내리고 있었다. 의아한 얼굴로 수민을 보던 그가 이내 픽 웃는다.

"무슨 생각을 그렇게 곰똑히 하기에 불리도 몰라."

수민의 얼굴이 저도 모르게 빨개졌다. 그런 그녀의 모습에 연준이 미간을 슬쩍 찌푸리며 손을 내밀었다.

"혹시 어디 아파? 열 있는 것 같은데."

연준이 걱정스러운 표정으로 수민의 이마를 짚어보았다. 하지만 발그레한 얼굴과 다르게 수민의 체온은 정상이었다.

"이상하네. 열은 딱히 없는데……."

수민은 급히 숨을 들이켰다. 딸꾹. 이번에는 정체불명의 소리가 튀어나왔다. 서로 눈이 마주쳤다. 의아한 듯 수민의 얼굴을 살피던 연준이 먼저 나직이 웃음을 터뜨렸다.

"아침 먹은 게 소화가 잘 안 됐나 봐요. 이제 괜찮아요. 가요, 그만. 늦겠어요."

혼란스러운 감정을 애써 삼키고 수민은 어색하나마 미소를 지었다.

그래, 그냥 전혀 생각지도 않은 질문이라 조금 당황했을 뿐이다. 전혀 이상한 일이 아니었다. 더 복잡하게 생각할 필요는 없었다.

"고모는 괜한 말을 해서는……."

괜히 미영의 탓을 하며 수민은 자전거 페달을 밟는 데 온 신경을 썼다. 부드러운 바람에 달아오른 얼굴이 한시라도 빨리 식혀지기를 바라면서.

✱

〈어이, 장연준! 잘 지냈냐?〉

아침 진료를 십여 분쯤 앞두고서였다. 휴대전화 너머에서 들려오는 반가운 목소리에 연준의 얼굴도 밝아졌다.

"웬일이야?"

〈웬일은 무슨. 야, 인마. 연락 좀 하고 살자. 어떻게 넌 거기 내려가고 난 이후로 더 비싸게 구냐? 뭐, 그 시골구석에 우렁 각시라도 숨겨놨어?〉

기훈은 늘 그랬듯 장난스럽고 생기가 넘쳤다. 워낙에 오래된 친구다 보니 연준도 저도 모르게 슬며시 장난기가 발동했다.

"왜, 난 우렁 각시 없으란 법 있냐?"

연준의 대꾸에 별안간 저쪽에서 꽥 소리가 터져 나왔다.

〈야! 너, 진짜야? 너 설마!〉

"설마 뭐?"

〈설마 도둑장가 든 건 아니겠지!〉

역시 하나를 이야기하면 열 발짝 먼저 튀어나가는 게 딱 박기훈

다웠다. 연준이 대답은 않고 피식 웃기만 하자 기훈이 다시금 소리를 버럭 질렀다.

〈야! 진짜야? 워메! 워메에!〉

마음은 급한데 말이 안 나오니 이상한 감탄사만 나오는 모양이었다. 답답해서 발을 동동 구르고 있을 모습이 안 봐도 눈에 선하게 그려져 연준의 웃음소리가 더욱 커졌다.

"그건 또 언제 배운 말이냐?"

〈야, 인마. 그게 중요하냐? 그나저나 너 진짜 도둑장가라도 든 거야? 누구야? 어떤 여자야?〉

수민의 이야기를 할까 하다 연준은 그냥 아무 말을 않는 편을 택했다. 따지고 보면 아무 사이도 아닌데 다른 사람에 사신의 말을 한 걸 알면 수민의 기분이 상할 것 같아서였다.

"넌 정말 그놈의 급한 성실머리 때문에 언제 일 한번 제대로 칠 거다. 오버 좀 하지 마."

〈아냐?〉

"그럼 맞겠냐?"

연준의 핀잔에 전화기 너머에서 김빠진 한숨 소리가 흘러나왔다. 하지만 그것도 잠시였다. 언제 그랬냐는 듯 기훈이 다시 느물거리며 은근한 목소리로 아는 척을 해왔다.

〈장연준이 그런 농담을 다 하고. 야, 자식! 그래, 재밌었다. 암, 사람이 모름지기 농담도 가끔 하며 살아야지. 내가 실컷 웃어주마. 하하하! 근데 너, 인마. 진짜 뭐가 있긴 있나 본데? 뭐냐? 응? 솔직하게 불어봐.〉

그래도 오랫동안 알고 지낸 덕분인지 눈치가 영 젬병은 아닌 녀석이었다. 하긴 그렇게 머리가 나빴다면 의사가 되지도 못했겠지만 말이다.

"용건이나 말해. 엄한 소리 그만 늘어놓고."

〈성질하고는. 말해주면 어디가 덧나냐?〉

"끊는다."

〈야! 알았어. 말해, 말한다고. 혹시 이번 주말에 시간 되냐?〉

"이번 주말? 별다른 건 없는데. 무슨 일인데?"

〈딴 건 아니고 우리가 니네 동네로 의료봉사나 좀 갈까 해서. 괜찮지?〉

"의료봉사?"

〈그래, 의료봉사. 남들 못 가 안달인 비단길 던져 버리고 자기 혼자 멋진 척하느라 시골 촌구석에 가서 고생하는 네놈 보니 좀 배알이 꼴려서. 우리도 폼 좀 잡아보려 그런다.〉

"야, 인마! 넌 그런 일이면 미리 말을 좀 하던가."

〈서프라이즈 하려고 그랬지. 그리고 뭐, 오늘이 월요일이니까 일주일 전이네. 이만하면 미리 말하는 거지.〉

기가 찼지만 낮도깨비 같은 기훈의 행동을 하루 이틀 겪은 것도 아니었기에 연준은 그냥 혼자 고개만 절레절레 흔들고 말았다.

"그래서 몇 명이나 오는데?"

〈몇 명은? 야, 내가 이번 봉사팀 왕고야. 왕고가 간다는데 밑에 것들이 무슨 잔말이 많아. 그냥 내 밑으로 다 모여야지.〉

"지수 선배랑 효석 선배는?"

지수와 효석은 연준보다 한 학번 위의 선배들로 이런 일에 빠지는 법이 없는 이들이었다. 그런 그들이 오지 않는다니 조금 의외였다.

〈다들 무슨 세미나 있고 암튼 바쁘더라구. 야, 암튼 간에 걱정 말고 기다리고 있어. 손 모자라지 않게 죄다 끌고 갈 테니까. 그리고 내가 누구야, 28년의 유구한 역사를 가진 인영 닥터스클럽의 제28대 회장님 아니냐.〉

기훈의 말에 연준은 피식 웃음이 났다.

〈아무튼 조만간 다들 몰려갈 테니까 준비하고 있어라. 아참, 상은이가 그날 두고 보자고 안부 꼭 좀 전해달래.〉

"그래, 알았어. 사람 수랑 정해지면 연락 바로 주고."

전화를 끊고 나서 혼자 픽 웃는데 황 간호사가 진료실 안으로 들어와 물었다.

"선생님, 녹차 한 잔 드릴까에?"

잠시 생각하다 연준은 이내 고개를 저었다.

"……아뇨, 괜찮아요. 진료 시간 좀 남았죠?"

연준의 말에 황 간호사의 시선이 벽에 걸린 시계로 향했다.

"예, 그런데 어딜 가실라꼬예?"

"그럼 잠깐만 어디 좀 다녀올게요."

연준은 말을 마치기가 무섭게 어리둥절한 얼굴로 쳐다보는 황 간호사를 뒤로하고 곧바로 병원을 나왔다. 그리고 봉운약국으로 향했다.

의료봉사라…… 서울에 있을 적에야 매년 가곤 했지만 막상 이곳으로 내려오고 난 뒤로는 까맣게 잊고 있었다. 피식 웃으며 고개를 드는데 약국이 보였다. 마침 청소를 하고 있던 중이었는지 문을 활짝 열어놓은 채였다.

"제발 그만 좀 해!"

　문득 터져 나온 고함 소리에 연준의 걸음이 멈춰 섰다. 투명한 유리창 너머 수민의 모습이 보였다.

　"엄마, 제발 좀!"
　수민의 뺨이 발갛게 달아올랐다. 엄마와 실랑이를 하는 것도 이젠 정말 지긋지긋했다. 수민은 가쁜 숨을 내쉬며 이마를 짚었다. 무거운 침묵 사이로 꺼질 듯한 그녀의 목소리가 흘러나왔다.
　"선볼 생각도 없고 결혼 생각도 없어요. 그러니까 이런 일로 다신 전화하지 마세요."
　하지만 그런 수민의 말을 들어줄 정희가 아니었다.
　〈너 아직도 그 일 때문에 그러니? 너도 피해자야. 그런데 네가 왜 죄인처럼 그러고 있어? 아니, 말마따나 네가 지금 누구 때문에 그런 시골구석에 가서 그러고 있는데?〉
　"엄마, 제발 좀 그만해요."
　〈너야말로 제발 그만 좀 해. 그 망할 녀석 때문에 네 인생이 엉망이 되어버렸는데! 그 자식이 결혼 앞두고 엉뚱한 짓만 하지 않았더라면 저도 안 죽었을 테고 너도…….〉
　더는 참아낼 수가 없었다.
　"어쨌거나 나 때문이잖아요!"
　수민의 비명과도 같은 소리 뒤로 팽팽한 긴장감이 전화선을 타고 흘렀다.
　"나 때문에…… 그 사람 그렇게 된 거잖아요. ……나 때문에 그 사람이 죽었다구요."
　나직한 숨소리 끝에 먼저 입을 연 사람은 정희였다.

〈멍청한 것 같으니라고. 그게 왜 너 때문이야? 네가 그 녀석, 죽으라고 등 떠밀었니? 그 자식이 제 발로…….〉

"엄마!"

〈잔말 말고 최 기사 보낼 테니까 이번 주 토요일에 서울로 와. 놓치기 아까운 자리야.〉

"아뇨, 토요일에 일 있어요. 그러니까 쓸데없이 괜한 약속 잡고 그러지 마세요."

수민의 냉담한 거절에도 불구하고 정희는 예의 그 우아한 말투로 딸에게 경고했다.

〈이번에도 엄마 말 안 들으면 내가 당장 내려가 끌고 올 거니까 알아서 해.〉

"맘대로 하세요. 엄마가 오든 말든 난 절대 서울 안 갈 테니까."

〈니 징밀…….〉

"끊을게요."

수민은 곧장 전화를 내려놓고 숨을 내쉬었다. 온몸의 핏기가 빠져나간 것처럼 수민의 얼굴이 하얗게 질렸다.

부모님의 마음을 모르는 건 아니었다. 태현을 원망하는 그들의 마음도 당연히 알고 있었다. 아니, 수민도 그들처럼 똑같이 태현을 원망할 수 있었더라면 차라리 좋았을 거였다. 하지만 그럴 수가 없었다.

자신을 쳐다보던 태현의 마지막 눈빛을 도무지 지울 수가 없었다.

"나, 보내줘. 부탁할게. ……그 여자 없으면 나, 죽어. 수민아."

그때 그를 보내줬으면 어떠했을까. 그랬다면…… 차라리 모든 게 좋아졌을까.

투명한 유리창 너머 하얗게 쏟아지는 햇살에 눈이 부셨다.

수민은 피곤한 듯 이마를 쓸어 올리다 이내 걸레를 잡고 책상을 박박 닦기 시작했다.

✴

"선생님?"

누군가 그의 팔을 툭 쳤다. 고개를 들자 황 간호사가 걱정스런 얼굴로 그를 보고 있었다.

"무슨 생각 하신다고 불러도 몰라예? 환자 분 기다리시는데 처방전 퍼뜩 작성 안 해주시고……."

"아……."

그제야 맞은편에 앉은 감 씨의 얼굴이 보였다. 연준은 서둘러 사과 인사를 건네고 처방전을 마저 작성했다.

"죄송합니다. 3일 치 약 처방해 드렸으니까 물 많이 드시고 소금물로 입 자주 헹구시고요. 약 드시고도 계속 불편하시면 다시 병원에 나오세요."

이상한 듯 연준을 바라보던 황 간호사가 환자를 데리고 나간 뒤, 연준은 나직이 숨을 뱉으며 이마를 괴었다. 오늘 하루, 계속 딴생각을 하기 일쑤였다.

"선생님, 무슨 일 있어예? 어디 아프신 거 아닙니꺼?"

황 간호사가 다시 진료실로 돌아와 걱정스레 물었다.

“요새 감기 환자가 좀 많아가 혹시 선생님 감기 옮은 거 아니라 예?”

피식 웃으며 연준은 고개를 저었다.

“아뇨, 괜찮습니다.”

“괜찮기는예. 얼굴이 엄청 안 좋은데. 오늘 진료 끝났으니까 퍼뜩 집에 들어가가 좀 쉬세예. 뒷정리는 우리가 싹 다 해놓고 갈 테니까. 알았지예?”

연준은 대충 고개를 끄덕이고는 고개를 돌려 창밖을 바라보았다. 평소답지 않은 모습인 걸 그 역시도 잘 알고 있었다. 그리고 그 이유 역시 잘 알고 있었다.

아침나절에 본 수민의 모습이 하루 종일 머릿속을 떠나질 않았다.

핏기 없이 하얗게 질린 얼굴로 비명을 지르듯 소리치던 수민이었다.

아마도 집에서 억지로 선을 보게 하려는 모양이었다. 그리고 수민은 그런 부모님의 의사를 완강하게 거부하고 있었다.

무슨 일 때문에 이곳까지 내려온 건지 모르겠지만 아무튼 분명한 건 수민의 부모님이 딸을 이곳에 오랫동안 두지 않으려 한다는 거였다. 하긴 고모인 미영이 함께 있다고는 해도 부모 입장에서는 떨어져 있는 딸이 걱정되는 건 너무도 당연했다. 어쩌면 싫다고는 하지만 수민 역시 부모님의 뜻을 언제까지나 막무가내로 거절할 수만은 없다는 걸 잘 알고 있을 거였다.

옅은 한숨을 내쉬고서 연준은 책상을 정리하고 진료실을 나왔다. 터덜터덜한 걸음으로 병원을 나서다 연준은 문득 미간을 찌푸렸다.

그러고 보니 오늘 하루 종일 기분이 나빴다. 그것도 무척이나.

도대체 왜? 왜 기분이 나빴던 걸까.

수민이 선을 보든 말든 그건 자신과 아무 상관이 없는 일이었다.

"앞으로 이웃사촌으로 자주 볼 건데 두 사람, 서로 인사해."

언제였더라. 수민을 처음 본 날, 미영이 두 사람을 소개시켜 주며 그런 말을 했었다.

이웃사촌.

……아니.

만약 미영의 말처럼 정말 단순한 이웃사촌이라면 이런 기분이 들 리가 없었다. 불안하고 초조하고 찜찜하고, 한마디로 이런 망할 기분이 들어서는 안 된단 말이었다.

병원을 나오는 그의 눈에 봉운약국이라 쓰인 간판이 제일 먼저 눈에 들어왔다. 환하게 불이 밝혀져 있었다.

차분한 눈길로 약국을 바라보며 서 있다 연준이 걸음을 뗐다.

때마침 수민도 자전거를 가지고 약국에서 나오는 중이었다. 그리고 거짓말처럼 그녀가 병원 쪽을 돌아보았다. 수민과 눈이 마주쳤고 연준의 걸음이 멈췄다. 수민이 손을 흔들며 싱긋 웃었다.

어떤 게 맞는 건지 그 역시 확신할 수 없었다. 하지만 단 하나 분명한 건 지금, 이 상태는 아니란 거였다. 연준은 수민을 향해 다시 걸음을 옮겼다.

"이제 퇴근하는 거예요?"

"그래. 너도?"

"네. 잘됐다. 같이 가요, 우리."

빙긋 웃던 수민은 평소와 별반 다를 바 없어 보였다.

우리.

수민이 말한 그 짧은 단어를 입안에서 가만히 되뇌어보았다. 왠지 기분이 이상했다.

"오빠?"

"……어? 어."

연준의 얼굴을 찬찬히 살펴보다 수민이 걱정스럽게 미간을 살짝 찡그렸다.

"혹시 무슨 일 있었어요?"

속을 훤히 들여다보는 것 같은 질문에 연준은 괜스레 뜨끔해졌다. 딴에는 슬쩍 웃는다고 했는데 표정이 영 어색했던 모양이다. 연준이 쑥스러운 미소를 지으며 턱을 매만졌다.

"아니, 별일 없어."

"그럼 다행이구요."

수민은 그제야 안심이 되는 듯 옅은 한숨을 지으며 빙긋 웃었다. 묘한 기분이었다. 그냥 별거 아닌 작은 행동이었지만 누군가 자신을 걱정해 준다는 게, 그리고 그 누군가가 한수민이란 사실에 연준은 심장 언저리가 간질거리는 것만 같았다.

"혹시 토요일에…… 시간 돼?"

저도 모르게 튀어나온 말이었다. 아차, 하는 순간 수민이 의아한 얼굴로 연준을 보았다.

"토요일이요? 별일은 없는데."

별일 없단 수민의 대답에 안도의 한숨부터 나왔다. 그리고 무슨 조울증에 걸린 것처럼 갑자기 기분이 좋아졌다. 수민이 별일 없다는데 왜 자신이 안도하며 기분이 좋아지는 걸까. 이런 정체불명의 복잡한 기분은 대체 무엇 때문이며 이 증상을 뭐라 설명할 수 있는 걸까.

머릿속에서 커다란 털실 한 뭉텅이가 제멋대로 이리저리 굴러다니는 것만 같은데 문득 수민이 물었다.

"무슨 일인데요?"

"어?"

"토요일에 시간 있냐 물었잖아요."

이제 와서 아무 일 아니니 신경 쓰지 말라고 할 수도 없는 노릇이었다. 문득 기훈의 말이 떠올랐다.

"야, 이번 주말에 시간 되냐? 의료봉사 갈까 하는데."

살다 보니 그 녀석이 도움이 될 때가 다 있다니…… 이래서 세상 오래 살고 볼 일이라 그러는 걸까.

연준의 입꼬리가 싱긋이 올라갔다.

"별건 아니고. 그날, 서울에서 사람들이 좀 올 건데 시간 괜찮으면 너도 오는 게 어떨까 해서."

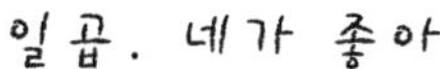

일곱. 네가 좋아

"안녕하십니까, 선배님!"

"오랜만이에요! 형!"

인영외고 의료봉사단체 닥터스.

커다란 관광버스 옆에 붙여진 플랜카드가 봄바람에 펄렁였다.

연준은 버스에서 내리는 반가운 얼굴들과 인사를 나누느라 바빴다.

"다야?"

연준의 질문에 2학번 후배인 정식이 사람들을 둘러보다 고개를 저었다.

"아뇨. 보자…… 그러니까."

정식이 뒤를 돌아보던 그때, 호탕한 웃음소리가 요란스럽게도 터져 나왔다.

"헤이! 와썹 베이비! 오우, 장지라르!"

한 10초간 연준은 수민에게 함께 오자고 한 걸 진심으로 후회했다. 나란히 곁에 서 있던 수민이 고개를 숙이며 쿡, 낮게 웃었다. 하지만 연준이 뭐라 대꾸도 하기 전에 기훈의 머리로 누군가의 손이 세차게 날아들었다.

"말 좀 그렇게 싼티 나게 하지 말랬지."

기훈의 뒤를 따라 버스에서 내리는 사람은 역시 상은이었다. 비딱하던 연준의 미간이 언제 그랬냐는 듯 반갑게 펴졌다.

"야! 강상은, 너! 아우……."

불시의 습격을 받은 기훈이 뒷머리를 부여잡고 있다 버럭 소리를 질렀건만 상은은 익숙한 듯 눈 하나 깜짝하지 않고 태연하게 말을 받았다.

"이제 나이도 있고 제발 좀 점잖게, 사회적 지위와 품위에 맞게 행동하라 몇 번을 말했어?"

"아이씨! 야, 그럼 넌 이게 사회적 지위와 품위에 맞게 행동하는 거냐? 어?"

기훈의 거센 항의에 상은은 검지를 들고 우아하게 좌우로 흔들었다.

"위대한 트레이너는 때와 장소를 가리지 않는 법이니까. 넌 24시간 1년 365일 풀 하드 트레이닝을 받아야 할 초절정 싼티 언행 대상자거든."

티격태격하는 두 사람의 모습에 놀랄 만도 하건만 대부분의 사람들은 별 관심 없다는 듯 짐을 내리고 풀고, 모두가 각자 맡은 일에 열심이었다. 오로지 수민만 놀라서 눈을 크게 뜨고 두 사람을 지켜볼 뿐이었다.

“뭐?”

“그리고 내가 누누이 말했지. 친구를 부를 때는 우아하고 품위 있게 친구의 이름을 부르거나 손을 내밀어 악수부터 하는 거라고. 와썹 베이비, 지랄, 이런 싼티 밴 소리는 빼는 게 친구에 대한 예의라고.”

자신의 말에 하등 틀린 게 있냐는 듯 상은은 가볍게 어깨를 으쓱이고는 연준을 향해 돌아섰다.

상은이 상큼한 미소를 지으며 팔을 벌려 연준을 안았다. 연준도 씩 웃으며 상은의 등을 가볍게 토닥여 주고서 오랜 친구의 얼굴을 보았다.

“잘 지냈지?”

“그럼. 너도 잘 지냈지?”

“나야 늘 그렇지. 얼굴 좋아 보이네. 다행이다.”

반갑게 웃던 상은의 시선이 문득 연준의 옆으로 향했다. 햇살 아래, 여자의 피부가 하얗게 반짝였다. 눈이 마주치자 여자의 눈매가 싱긋 유선형으로 휘어졌다.

“아무래도 연준이 녀석, 그 시골에 가서 여자 만난 것 같단 말이야? 딱 느낌이 오더라고.”

기훈이 했던 말이 떠올랐다. 늘 그랬듯 맞으면 좋고 아니면 말고 식의 그냥 해본 말인가 했더니 이번에는 진짜였나 보다. 상은의 눈빛이 호기심에 반짝 빛났다.

“안녕하……”

상은이 인사를 건네려는 그때였다.

끼익!

검정색 고급 세단이 버스가 정차해 있는 곳으로 달려와 멈춰 섰다. 사람들의 이목이 모두 쏠린 가운데 차에서 내린 이는 다름 아닌 미영이었다. 주변을 두리번거린 그녀가 이내 수민을 발견하고는 손을 흔들었다.

"수민아, 잠깐만."

차에서 내리는 미영을 보자마자 수민의 얼굴이 굳어졌다. 수민은 상은과 기훈, 그리고 연준에게 살짝 눈인사를 건네고는 이내 미영에게로 향했다.

"고모, 어쩐 일이에요?"

"너야말로 어떻게 된 거야? 올케가 아주 난리가 났던데."

그럴 거라 생각했다. 수민이 가까이 가자 기다렸단 듯 김 기사가 차에서 내려 인사를 건넸기 때문이었다.

"오늘 저녁에 약속 있다며."

"아뇨. 제가 한 약속 아니에요, 고모."

수민이 단호하게 고개를 젓자 미영이 어찌 된 일인지 알겠다는 듯 한숨을 내쉬었다.

"알았다. 그럼 올케한테는 내가 전화할게. 김 기사는 다시 보내도록 하고. 그럼 됐지?"

수민의 어깨를 토닥여 주며 미영이 미소 지었다. 불편하던 수민의 표정도 그제야 부드럽게 풀어졌다.

"……고마워요, 고모."

"됐어, 애. 너랑 나 사이에 무슨……."

"그래도 엄마가 가만 안 있을 텐데."

앞으로 닥칠 일을 생각하자 수민도, 미영도 약속이나 한 듯 금세 미간을 찌푸렸다. 하지만 이내 미영이 씩 웃어 보였다.

"니네 엄마가 또 나한텐 꼼짝 못하잖니. 오랜만에 미운 시누이 모드 발동 좀 해보지, 뭐."

수민과 미영이 이야기 나누는 모습을 멀찍이서 지켜보고 있던 기훈이 별안간 연준의 팔을 더듬거리며 잡았다.

"야, 맞지? 한수민?"

반쯤 넋이 나간 얼굴로 기훈이 연준을 휙 돌아보았다.

"저 아줌마도 수민이라 그랬지? 맞지? 한수민?"

기훈이 수민을 알고 있단 사실이 이상한지 가만히 지켜보넌 상은이 끼어들었다.

"누군데 기훈이 네가 알아?"

"아! 왜 몰라, 당연히 알지. 한수민이 얼마나 유명……."

하지만 말을 하다 말고 기훈이 이내 도리질을 치며 손을 내저었다.

"전후 사정은 너무 기니까 그건 나중에 이야기하자고. 죄우지간에 야, 장연준. 쟤, 한수민 맞지? 근데 쟤가 여기 왜 있어?"

기훈이 계속 조르며 묻는데도 연준은 입을 꾹 닫은 채 심각한 얼굴로 수민을 볼 뿐이었다. 연준과 수민의 모습을 번갈아 보던 기훈이 옳다구나, 소리치며 손뼉을 짝 쳤다.

"웬일이니, 웬일이야? ……세상에나. 그럼 그 소문이 다 맞았단 거야? 난 하도 말이 안 돼서 당연히 헛소문이거니 했는데."

기훈이 턱을 빼고서 심각하게 혼잣말을 중얼거렸다. 비로소 연준의 시선이 수민에게서 떨어졌다. 연준이 눈을 슬쩍 찌푸린 채 기훈을 돌아보았다.

"……무슨 소문?"

"아니, 내가 왜 전에 쟤, 결혼한댔잖아."

주변을 휙 둘러보고 사람이 없는 걸 확인한 기훈이 손을 들어 입을 가리고서 소곤거렸다.

"근데 그 결혼이 완전 파토 났다 하더라구."

연준 대신 상은이 궁금한 듯 물었다.

"왜?"

"결혼하기로 한 남자가 바람이 나서 결혼 깨고 다른 여자랑 도망 갔다나 뭐라나? 암튼 이게 첫 번째 소문이고. 두 번째는 또……."

수민이 멀찍이 있는 걸 슬쩍 확인한 기훈의 목소리가 조금 더 은밀해졌다.

"그 남자가 죽었다더라고. 그것도 결혼식 전날에."

연준의 눈매가 살짝 흔들렸다.

"그런데 내가 그게 헛소문이거니 한 게 그 후에도 다니던 병원에 잘 다녔다 하더라구. 그래서 사람들 전부 다 긴가민가했었지."

침묵이 흘렀다. 기훈이 연준과 상은의 얼굴을 번갈아 보다 어깨를 으쓱이며 두 손을 내밀었다.

"아니, 그렇잖아. 결혼할 사람이 다른 여자랑 도망을 갔든 죽었든 그랬다는데 어느 여자가 아무 일 없었다는 듯이 병원에 다니냐고? 말이 안 되지. 그러니까 다들 그냥 헛소문이겠거니 한 거고."

"아니, 누가 그런 악의적인 헛소문을 퍼뜨려?"

이야기를 듣고 있던 상은이 황당한 듯 되물었다.

"그게 한수민, 쟤가 대학 때부터 워낙 유명하다 보니까 못 먹는

감 찔러나 본다고 막 별별 소문 다 퍼뜨리고 다니는 할 일 없는 놈들이 꽤 있었거든."

기훈이 주절거리며 계속 신이 나 말을 이었다.

"아, 맞다. 그러고 보니 작년 겨울에 갑자기 사표 내고 외국으로 떠났단 말도 있었다. 뭐, 근데 그것도 그냥 그런가 보다 했지, 정말 여기 있을 줄은 꿈에도 몰랐네. 야, 그런데 진짜 어떻게 된 거야? 너는 쟤 여기 왜 와 있는지 아냐?"

기훈이 묻는 말에 대답은 않고 연준이 나직이 물었다.

"그 소리 어디서 들었어?"

"무슨 말?"

"결혼 이야기."

"결혼? 아…… 결혼 파투 난 거? 그거야 우리 동기들 중에 쟤 모르는 애가 있어야지. 동기들끼리 모이면 쟤 이야기 가끔 하곤 하니까. 그리고 쟤가 결혼하려고 했던 그 남자가 아마 명윤대 의대에 있었을걸. 당연히 소문이 돌지."

기훈이 그걸 모르겠냐는 투로 대꾸하다 별안간 눈을 찡그리고는 연준을 보았다.

"야, 근데 쟤가 여기 왜 왔어? 설마 너랑 무슨 관계 있는 건 아니지?"

"……."

"어라? 근데 여기 올 정도면 너랑 무슨 관계가 있단 말이잖아. 야, 뭐야? 어? 야! 장연준, 말 안 해?"

기훈이 흥미로운 얼굴로 재차 물어댔지만 연준은 묵묵히 수민을 응시하고만 있었다.

때마침 수민과 이야기를 나누던 미영이 다시 바쁘게 차를 타고 떠났다. 차가 완전히 보이지 않게 되고 나서야 수민이 몸을 돌렸다. 연준네와 눈이 마주치자 수민이 웃으며 고개를 살짝 끄덕였다.

"야, 온다! 어우씨, 이럴 줄 알았으면 옷 좀 좋은 거 입고 머리도 좀 만지고 그러고 올걸."

기훈이 호들갑스럽게 옷을 만지고 머리를 매만지는데 연준이 그런 친구의 팔을 붙잡았다.

"……왜?"

기훈의 눈이 커졌다. 여느 때답지 않게 연준의 얼굴은 웃음기 하나 없이 싸늘하게 가라앉아 있었다.

"야…… 뭐야, 너 왜 그래? 무섭게."

"넌 그냥 수민이 처음 보는 사람인 척해줘."

"뭐? 왜? 학교 후밴데 왜 모른 척해? 거기다 쟤가 얼마나 유명한 앤데……."

"그냥 좀 내 말대로 해줘."

연준의 단호한 태도에 기훈이 황당한 듯 눈을 크게 떴다.

"아니, 무슨 이유라도 말을 해줘야……."

"어우, 배야! 뭘 잘못 먹었나? 배가 왜 이렇게 아파?"

두 사람의 대화를 들으며 눈치를 살피던 상은이 기훈의 말을 댕강 잘랐다. 그러고는 화장실에 가야겠다며 기훈의 팔을 잡아끌었다.

"아니, 야. 강상은! 아, 배 아프다면서 난 왜 또 끌고 가!"

연준에게 묻고 싶은 게 하나둘이 아닌 얼굴이었지만 기훈은 이내 상은에게 질질 끌려 사라졌다. 친구들이 모두 다 가고 나서야 연준은 나직이 숨을 삼켰다.

별 상관 없을 거라 생각했다. 그가 그렇듯 같은 또래, 같은 학교 동문을 만나면 오히려 반가워할 줄 알았다. 하지만 실수였다. 이곳까지 내려와야만 했던 수민의 마음을 굳이 미루어 짐작하지 않아도 그건 정말 자신의 오만한 착각일 뿐이었다.

아마도 수민은 자신에 대해 남들이 아무 생각 없이 쏟아내는 아픈 말들, 그것도 정확하지 않은 그런 이야기들을 이곳에서까지 듣고 싶지는 않을 거였다.

고개를 들자 저만치서 걸어오는 수민이 보였다. 서로의 시선이 닿자 늘 그랬듯 수민의 한쪽 뺨에 작은 볼우물이 살짝 파인다.

"나 때문에 사람이 죽었어!"

……설사 그렇다 한들 그게 무슨 상관이란 말인가.

뭐든 아무 상관 없었다. 장연준에게 한수민은 그냥, 한수민일 뿐이었다.

연준은 수민을 향해 발걸음을 떼었다.

"오늘 모두 수고하셨습니다!"

기훈의 선창에 맞춰 모든 사람들이 들고 있던 잔을 부딪치며 환호성을 질렀다.

인영 닥터스 의료봉사단이 이곳에 도착한 건 낮 12시였다. 가볍게 도시락으로 점심 식사를 해결하고 난 뒤부터 곧장 시작된 진료는 밤 9시가 되어서야 끝이 났다. 봉운읍 내 각 마을의 이장들이 부지런히 집집마다 전화로 알린 덕분에 무료 진료소를 찾아온 이들 수는 생각보다 많았다. 내과, 치과, 거기다 한방 치료까지 제법 알찬 무료진료에 진료소를 찾아왔던 사람들도 흡족한 얼굴로 돌아갔다. 물론 성공적으로 진료를 마친 인영 닥터스 멤버들의 표정도 마찬가지였다.

고기를 한두 점쯤 집어먹다 기훈은 연준을 보았다. 남들은 놀고 먹는다고 정신이 없는데 혼자 뜨거운 불 앞에서 묵묵히 고기를 굽고 있었다. 아마 제대로 먹지도 못했을 게 분명했다. 기훈의 미간이 비딱하게 기울어졌다. 쌈 채소와 쌈장을 들고 자리에서 일어선 뒤 기훈은 연준에게로 걸음을 옮겼다. 매캐한 연기가 눈과 코로 밀어닥친 탓에 절로 기침이 났다.

한창 고기를 굽던 연준이 고개를 흘끔 들고는 이내 다시 고기를 뒤집었다.

"왜? 고기 모자라?"

"네가 그렇게 열과 성을 다해 미친 듯이 구워대는데 모자랄 리가 있겠냐?"

이기죽거리는 친구의 말투에 연준은 픽, 웃고 말았다.

"왜?"

"오랜만이다 싶어서."

"그건 아냐? 무심한 녀석 같으니라고. 어떻게 내가 연락을 안 하면 먼저 연락하는 법이 없어요. 인마, 그만 구워. 웬만큼 먹었는지 다들 이젠 먹지도 않아. 저기도 잔뜩 있다고. 너만 안 먹었지."

기훈은 의자에 털썩 앉아 상추와 깻잎을 손바닥에 펼치고 그 위에다 노릇노릇 잘 구워진 뜨거운 고기 두 점을 놓았다. 그리고 마늘과 고추, 쌈장을 알맞게 놓고 쌈을 싸 연준에게 내밀었다.

"아, 해."

"됐어. 내가 먹을게."

"거참! 하라면 하란 대로 할 것이지!"

투덜거리던 기훈이 벌떡 일어나 연준의 입에 우격다짐으로 쌈을 밀어 넣었다.

"맛이 아주 죽여주시죠? 너님이 아주 열과 성을 다해 구워서 그런지 맛이 기똥차게 죽여줍다."

기훈이 장난스럽게 웃고는 상추를 펼쳐 물기를 툭툭 털어냈다.

"그나지나 어떻게 된 거야?"

"뭘?"

"뭘은 무슨……."

고개를 들자 기훈이 손가락으로 어딘가를 쓱 가리켰다. 그곳에는 상은과 나란히 앉아 이야기를 나누는 수민이 있었다.

"아까 쟤가 너더러 오빠라던데 왜 네가 한수민이 오빠야. 어?"

궁금해 죽겠다는 투로 기훈이 물었지만 연준은 그냥 미소만 짓고 말았다.

"이 자식, 웃어? 어, 그래. 둘만 아는 뭔가가 있단 거냐?"

장난스레 이기죽거리다 기훈이 은근한 말투로 연준을 떠보았다.

"야, 솔직히 말해봐. 너 쟤랑 뭐 있지?"

"뭐가?"

"아, 뭐긴 뭐야. 섬싱말이야. 이를 테면 러브에 관련된?"

연준의 입꼬리가 피식 휘어졌다.

"웃어? 이 자식, 진짜 뭐가 있긴 한가 보네?"

무슨 생각이 들었는지 기훈이 돌연 접시 위에 놓인 고기를 연준의 입에 마구 넣었다.

"왜?"

"왜긴 왜야? 일단 빨리 씹어! 아, 얼른!"

영문도 모르고 연준은 기훈이 입에 넣어주는 고기를 얼떨결에 받아 씹었다. 깨끗하게 한 접시를 다 비우고 나서야 기훈이 연준의 손을 덥석 잡아 쥐었다.

"네가 말을 안 하니 내가 오랜만에 직접 낚싯대를 한번 드리워 봐야겠다."

"무슨 낚싯대?"

"너 바보냐? 낚싯대를 왜 놓겠냐? 고기 낚으려고 그러지. 그럼 월척을 잡으러 가봅시다! 렛츠 고!"

도무지 알아듣지 못할 소리를 혼자 늘어놓더니만 기훈이 씩 웃으며 연준을 잡아끌었다.

"어! 나도 그 중학교 다녔었는데! 몇 기예요?"

정식이 반갑게 수민에게 악수를 청했다. 하지만 그 손을 잡은 사람은 수민이 아닌 기훈이었다.

"헉!"

정식이 급히 숨을 들이켰다. 고른 치열을 자랑이라도 하듯 환하게 웃으며 기훈이 정식의 엉덩이를 툭 찼다.

"어이! 옆으로!"

"다른 데 자리 많은데……."

"얌마, 너도 나이 들어봐! 한 걸음 떼는 게 얼마나 고역인지. 아,

궁둥짝 안 들어? 얼른 우로 궁둥짝 세 번 이동 실시!"

정식이 구시렁거리며 옆으로 비키자 기훈이 만족스러운 얼굴로 연준의 손을 잡아당겨 그 자리에 연준을 앉혔다. 바로 수민의 옆자리였다. 그러고는 자신은 연준과 정식의 사이에 엉덩이를 비벼 앉았다. 아예 대놓고 티를 내는 행동에 연준은 당황스러운 듯 미간을 찌푸리며 기훈을 보았다. 하지만 기훈은 뭐가 그렇게 좋은지 싱글벙글 미소를 지은 채였다. 손뼉을 크게 짝 치고 기훈이 주변을 휙 둘러보았다.

"자, 우리 오랜만에 이렇게 다들 모였는데 게임이나 하고 놀까?"

갑작스런 제안에 서로의 얼굴을 한 번씩 쳐다보다 이내 모두들 흔쾌히 고개를 끄덕였다.

"좋습니다!"

"어떤 게임요? 삼육구? 공공칠빵?"

그때 누군가 말했다.

"'시장에 가면' 은 어때요?"

빙고! 기다렸다는 듯 기훈이 냅다 손가락을 튕기며 외쳤다.

"오케이! 시장에 가면. 아, 오늘은 그런데 손님도 계시고 하니 좀 럭셔리하게."

기훈이 상은을 보며 어깨를 으쓱였다.

"백화점에 가면?"

다들 고개를 끄덕거리자 기훈이 의기양양하게 앞에 놓인 소주병과 맥주병을 양손에 잡고 가볍게 흔들었다.

"소주, 맥주, 소맥, 소백산맥, 원하는 대로 드립니다! 물론 흑기사, 흑장미 다 가능하고. 오케이?"

"오케이!"

"오예! 그럼 시작한다!"

씩 웃으며 연준과 수민을 힐끔 본 기훈은 이내 양팔을 힘차게 푸덕거리며 튕기기 시작했다.

"백화점에 가면 침대도 있고 컴퓨터도 있고 텔레비전도 있고 오이도 있고 블라우스도 있고 바지도 있고 미니스커트도 있고 원피스도 있고 구두도 있고 핸드백도 있고 냄비도 있고 김치도 있고 사과도 있고 튀김도 있고 케이크도 있고 골프채도 있고 등산화도 있고 운동화도 있고."

수민이 차근차근 하나씩 말하고는 연준을 보았다. 연준은 가볍게 고개를 끄덕이고 수민이 말한 걸 고대로 읊었다.

"백화점에 가면 침대도 있고 컴퓨터도 있고 텔레비전도 있고 오이도 있고 블라우스도 있고 바지도 있고 미니스커트도 있고 원피스도 있고 구두도 있고 핸드백도 있고 냄비도 있고 김치도 있고 사과도 있고 튀김도 있고 케이크도 있고 골프채도 있고 등산화도 있고 운동화도 있고."

여기까지는 수민이 말한 그대로였다. 다음 한 바퀴가 그대로 다시 돌란 법은 없지만 외우는 데는 도가 튼 녀석들이니 그러지 말란 법도 없었다. 혹시나 수민에게 다시 돌아올 것을 대비해 아무래도 여기에서 끝내는 편이 나았다.

"에르메스 오 도랑쥬 베르트Eau d' Orange Verte도 있고."

잔뜩 긴장해 연준의 말을 듣고 있던 기훈의 얼굴이 순간 멍해졌다.

"뭐?"

"오케이! 땡."

연준은 씩 웃으며 가차 없이 땡을 외쳤다.

"아니, 넌 무슨 알아듣지도 못하는 외계어를 씨부리고는 나더러……."

억울하다며 기훈이 항변을 했지만 다음 차례인 정식은 신이 나서 소주잔을 이미 대령한 상태였다.

"받으시지요!"

"에이씨!"

기훈이 소주를 벌컥 한입에 털어 넣고는 입을 쓱 닦았다. 벌써 다섯 잔째였다. 그것도 모두 연준에게 당한 거였다. 처음에는 수민에게 술을 먹일 작정이었는데 연준이 눈치챈 탓에 단 한 차례의 공격도 성공하지 못하고 있었다. 어디서 듣도 보도 못한 이상한 이름의 향수들을 줄줄 외워대니 속수무책 당할 수밖에 없었다.

"그만할까?"

연준이 물었다.

"됐거든! 다시 해!"

분기탱천해 기훈이 다시 '고'를 외쳤다.

"야, 이번에는 전자마트로 해!"

광고에 자주 나오는 익숙한 전자마트 이름을 외치며 기훈이 팔을 튕기기 시작했다. 연준은 고개를 내저으며 옆에 있던 수민을 보았다. 상은과 간간이 귓속말을 나누는 그녀는 퍽 즐거워 보였다. 어쩔 수가 없다. 연준은 피식 웃으며 머릿속에 저장된 전자제품의 모델명을 하나씩 되짚어보았다. 그런데 문득 그의 주머니에서 진동이 느껴졌다. 휴대전화를 꺼내 발신인을 확인하던 연준의 눈매가 살짝 커졌다.

"여보세요?"

"어! 뭐야, 너 이번 게임 기권이냐?"

연준이 전화를 받으며 일어서자 기훈이 이게 웬 떡이냐 하는 얼굴로 연준에게 물었다. 연준은 대충 고개를 끄덕이고는 뒤로 물러섰다.

"그래, 나야. 지금? 아냐. 괜찮으니까 말해. 나야 잘 지내지. 넌? 그래, 오빠도 많이 보고 싶지."

오빠?

오빠도 많이 보고 싶지?

문득 들려온 목소리에 수민의 고개가 절로 연준에게로 향했다. 사람들과 조금 떨어진 곳에서 전화 통화를 하고 있는 그의 얼굴에 기분 좋은 미소가 한가득 스며 있었다. 그 모습에 수민의 미간이 슬며시 찡그려졌다.

"뭐…… 정말? 정말이야? ……그래, 축하해. 몸은 괜찮고? 나야 당연히 좋지, 왜 안 좋겠어? 하하, 그래?"

도대체 누구랑 전화를 하는 걸까?

뛸 듯이 기뻐하는 연준의 모습이 조금 어색하게까지 느껴지던 순간, 그만 그와 눈이 마주치고 말았다. 금세 고개를 돌렸지만 수민의 뺨이 발갛게 달아올랐다. 다시 슬쩍 연준을 보자 그는 수민에게는 눈길도 주지 않고 여전히 기분 좋게 웃으며 전화 통화에 열중이었다.

이상하게 서운한 기분이 들었다.

그때였다.

"아싸! 수민 씨로구나!"

기훈이 외치는 소리에 수민은 퍼뜩 정신이 들어 주변을 둘러보았다. 연준이 통화하는 모습에 신경 쓰느라 그만 게임을 깜빡하고 있었다. 그렇다고 못 들었으니 처음부터 다시 하자고 할 수도 없는 노릇이었다.

"에헤라디야! 자아, 소주로 하실 건지, 맥주로 하실 건지, 아니면 소맥으로 하실 건지? 물론 소백산맥도 가능합니다만 어떤 걸로 대령해 드릴까요?"

뭐가 그렇게 신이 나는지 기훈은 앞에 놓인 여러 개의 술병을 흔들어 보였다.

하는 수 없었다. 음, 잠시 고민하다 수민은 맥주를 가리켰다.

"맥주로 할게요."

"오케이! 맥주! 콜!"

기훈이 맥주를 따르는데 갑자기 옆에 앉아 있던 정식이 손을 번쩍 들었다.

"제가 흑기사를 신청하겠습니다!"

술을 따르다 말고 기훈이 경직된 얼굴로 옆을 돌아보았다.

"뭐? 네가?"

"옙!"

연준의 반응을 보려고 벌인 짓인데 연준이 잠깐 전화를 받는 사이 엉뚱한 놈이 좋다고 덤벼든 꼴이었다. 한마디로 죽 쒀서 개 주게 생겼다. 기훈은 미적거리며 연준을 힐끔 돌아보았다. 연준은 여전히 전화를 받고 있었다. 평소에 잘 웃지도 않는 놈이 환하게 웃기까지 하면서.

"흑기사하면 소원 한 가지 들어주는 거 맞죠?"

"그, 그랬나?"

"옙! 그렇습니다!"

기대에 부푼 정식의 목소리에 잔뜩 힘이 들어가 있었다.

"얼른 주십시오!"

"그, 그럼 뭐……."

정식이 얼른 달라며 양손을 쭉 내밀고 있는데 별다른 수가 없었다. 하는 수 없이 정식에게 잔을 주려고 하는데 수민의 말소리가 들렸다.

"아뇨. 그냥 제가 마실게요."

기훈은 순간 '아싸!'를 외칠 뻔했다.

"진짜요? 아니, 제가 흑기사를 하면 되는데."

수민의 거절에 정식이 조금 당황스러운 듯 말을 덧붙였다. 한데도 수민은 웃으며 손을 내저었다.

"괜찮아요. 저, 주세요. 제가 마실게요."

역시 한수민이다. 하긴 대학 때부터 주변에서 수없이 많은 놈들한테 대시를 받았을 테니 당연히 철벽녀가 될 수밖에 없었을 터. 어쨌거나 아주 바람직한 마인드였다. 기훈은 싱글거리며 술을 쭉 따라 수민에게 내밀었다.

"자아, 무조건 원샷! 중간에 쉬면 곱하기 두 배! 오케이?"

수민이 하얀 거품이 인 잔을 받아 드는데 저만치에 서 있는 연준의 모습이 눈에 들어왔다. 누구랑 무슨 통화를 하는지 모르겠지만 이쪽에는 아예 관심도 없이 통화에만 열중이었다. 물론 여전히 환하게 웃으며 말이다.

단정하던 수민의 눈썹이 비딱하게 기울어졌다. 손에 쥐고 있던 맥주잔을 가만히 바라보다 수민은 짧은 심호흡을 하고 눈을 감았다. 그리고 그대로 잔을 입으로 가져갔다.

"좀 괜찮아요?"

빨개진 얼굴을 손으로 감싸고 있던 수민의 눈앞에 물잔이 나타났다. 상은이었다.

"힘들었죠? 사람들이 짓궂게 굴어서."

수민은 물잔을 받아 들며 조금 민망한 웃음을 지었다. 괜찮을 줄 알았다. 예전에는 사람들과 몇 시간쯤 이야기를 나누며 술잔을 기울이는 건 아무렇지 않았으니까. 하지만 꽤 오랫동안 술을 마시지 않아서인지 고작 맥주 몇 잔에 수민의 얼굴은 새빨갛게 달아올라 있었다. 그래도 상은이 가져다준 물잔을 얼굴에 가져다 대자 열기가 조금은 가라앉는 것만 같았다.

"몇 잔 안 마셨는데 저만 이래요."

"그게 정상이에요. 쟤들이 비정상이지. 쟤들은 술을 마시는 게 아니라 아예 들이붓는 수준이거든요. 술이랑 무슨 원수가 졌는지 네가 이기나 내가 이기나, 내기라도 하는 것 같다니까요? 자존심 세울 데가 따로 있지, 왜 쓸데없이 저런 데 자존심을 내세우나 몰라요."

상은이 혀를 차며 하는 소리에 수민은 쿡, 웃음을 터뜨렸다. 상은도 따라 웃고는 뒤로 기지개를 켜며 한껏 숨을 들이켰다.

"와아, 좋다. 시골 냄새."

수민도 상은이 그런 것처럼 똑같이 몸을 뒤로 젖히고 하늘을 보았다.

"꽃 핀 것 같다. 그죠?"

정말 새카만 밤하늘은 하얀 꽃이 핀 것처럼 온통 별로 가득했다.

"두 사람 좋겠다. 만날 저런 밤하늘 볼 거 아냐."

하늘을 보던 상은이 픽, 웃으며 수민에게 말했다.

"처음에 연준이가 이곳에 내려간다기에 기훈이랑 내가 많이 반대했어요. 그것도 엄청. 사실 우리 셋, 고등학교 때부터 워낙 친하게 지내 그런지 이젠 친구라기보다는 가족 같거든요."

고등학교 때 만나서 지금까지 만나왔으면 정말 인생의 반을 함께한 거나 다름없었다. 문득 그런 세 사람의 우정이 부럽기도 해 수민의 입가에도 옅은 미소가 그려졌다.

"사실 우리는 연준이가 펠로우 끝나면 당연히 미국 쪽으로 연수를 갈 거라 생각했었어요. 연준이 꿈이기도 했고. 그런데 난데없이 여길 오겠다잖아요. 그래서 우리가 미쳤다고, 왜 사서 고생하냐, 혼자 멋있는 척한다 그러면서 정말 욕도 엄청 하고 말리기도 엄청 말렸었는데."

연준이 미국으로 연수를 가려고 했다는 사실은 상은에게서 처음 들었다.

"그랬는데 직접 와서 보니까 연준이가 결정 잘한 것 같아요. 정말 하루가 어떻게 가는지도 모르고 십여 년을 그렇게 정신없이 살았거든요. 물론 저렇게 크고 예쁜 별도 못 보고. 암튼 똑똑한 녀석이라니까."

장난기 섞인 말속에 친구에 대한 뿌듯함이 가득 배어 있었다. 상은이 그렇지 않냐는 듯 쳐다보자 수민도 그냥 웃고 말았다.

"수민 씨는 어때요? 이곳 생활, 마음에 들어요? 연준이 말로는 여기 온 지 얼마 안 되었다는 것 같던데.”

“네, 올 2월쯤?”

“부럽다. 나도 병원 때려치우고 그냥 여기 올까요? 연준이한테 자리 하나 만들어달라 그러고.”

오늘 처음 본 사인데도 시원시원한 성격 때문인지 마치 오래 알고 지낸 사람처럼 친근하게 느껴졌다.

“참, 그런데 오늘 무슨 기분 나쁜 일 있었던 건 아니죠?”

상은의 뜬금없는 질문에 수민의 눈이 커다래졌다.

“아뇨.”

“다행이다. 난 아까 수민 씨 술 마시는 거 보고 혹시 뭐 기분 상하 일 있나 싶어서 걱정했기든요.”

“아까요?”

“오빠도 좋지 그럼.”

그때를 말하는 걸까. 수민의 눈길이 저도 모르게 연준에게로 향했다. 얼굴이 화끈거렸다. 정말 왜 그랬던 걸까.

“수민 씨? 괜찮아요?”

상은이 부르는 말에 수민은 서둘러 고개를 돌렸다. 상은이 걱정스레 쳐다보고 있었다. 그냥 별일 아니란 듯 웃어 보였다. 하지만 가슴은 제멋대로 콩닥콩닥 뛰고 있는 상태였다. 무슨 말을 해야 하는지 난감하던 찰나, 상은이 아쉬운 듯 긴 한숨을 내쉬었다.

“에이, 술은 내가 마시고 취했어야 하는데. 난 왜 술이 안 취하나 몰라.”

상은의 얼굴을 가만히 보다 수민이 걱정스레 물었다.

"뭐, 기분 나쁜 일 있으셨어요?"

수민의 질문에 상은이 눈만 깜빡거리다 이내 웃음을 터뜨렸다.

"아뇨. 기분 나쁜 일은 아니고……."

말할까 말까 고민하는 얼굴로 잠시 머뭇거리던 상은이 주변을 휙 둘러보았다. 그러고는 수민에게로 몸을 기울여 속닥거렸다.

"실은 오늘 고백하려고 했거든요."

"……고백이요?"

수민의 눈이 커졌다. 그런 수민의 반응에 상은이 웃음을 반쯤 머금고서 고개를 끄덕였다.

"그럼……."

"에이, 기분이다. 수민 씨한테만 말해줄게요. 실은 제가 좋아……."

"야! 강상!"

난데없이 끼어든 소리에 상은이 김샌다는 듯 한숨을 푹 내쉬었다.

"강상은! 잠깐만 일루 와봐!"

연준과 함께 있던 기훈이 상은을 부르며 열심히 손을 흔들고 있었다. 어쩔 수 없단 듯 픽 웃어 보이고 상은이 엉덩이를 털며 자리에서 일어섰다.

"잠깐만요, 수민 씨."

수민에게 양해를 구하고 상은이 바삐 기훈에게로 갔다. 수민의 눈길도 상은을 따라 움직였다. 기훈과 연준, 상은까지 세 명이서 머리를 맞대고 무언가를 열심히 상의했다.

"잠깐만 있어봐, 내가 확인 좀 하고 올게."

기훈이 잠시 자리를 뜬 사이 상은과 연준은 종이에 글을 적어가며 이야기를 나누었다. 아무래도 회계 비용에 대해 상의하는 모양이었다. 상은이 무슨 말을 하자 연준의 눈매가 부드럽게 휘어졌다. 그리고 연준이 고개를 들다가 문득 이쪽을 보았다.

눈이 마주쳤다.

연준이 빙그레 웃었다. 수민도 얼른 입꼬리를 끌어당겼다.

다행스럽게도 기훈이 다시 돌아오자 연준도 이내 고개를 돌렸다.

간신히 가라앉혔던 술기운이 다시 올라오는지 얼굴이 뜨거워졌다. 아무래도 바람을 쐬어야 할 것만 같았다.

짧게 심호흡을 하고서 수민은 곧바로 자리에서 일어났다.

날이 제법 더워진다 싶었는데 밤공기는 낮에 비해 서늘한 편이었다. 골목 어귀에 놓인 벤치에 앉아 수민은 크게 숨을 쉬었다. 옅은 술 냄새가 코끝을 간질이다 이내 공기 중으로 사라졌다.

"괜찮아?"

나지막하고 부드러운, 아주 낯익은 목소리였다. 고개를 들자 연준이 옆에 서 있었다.

"……오빠."

"앉아도 돼?"

수민이 고개를 끄덕이자 연준이 그녀의 옆에 앉았다. 딸깍. 맑은 소리가 울리고 연준이 수민에게 손을 내밀었다. 그의 손에 작은 커피캔이 들려 있었다.

"술 좀 깰 거야."

긴장하고 있다 그가 내민 커피를 보자 한숨과 함께 웃음이 핏,

새어 나오고 말았다.

"……고마워요."

"이렇게 좋아할 줄 알았으면 짝으로 그냥 어깨에 이고 지고 올 걸 그랬다."

수민의 웃음소리가 조금 더 커졌다. 열이 올랐던 손바닥에 음료수 캔의 찬 기운이 전해진다. 그 덕분에 마음도 조금은 편안해졌다.

"술도 잘 못 마시는 녀석이…… 담부터는 술 마시지 마. 그 녀석들이 술을 얼마나 마시는데 같이 마셔."

꼭 어릴 때처럼 연준이 수민의 머리칼을 장난스럽게 헝클이며 당부했다. 짐짓 장난스런 행동이지만 그 속에 담긴 걱정을 읽을 수가 있었다.

"내가 술 얼마나 잘 마시는데……. 이 정도로는 까딱없어요."

수민의 항변에 연준의 입술이 피식, 휘어졌다.

"진짜라니까? 안 마셔서 그렇지, 계속 마시면 금방 또 늘 걸요?"

연준이 얼씨구, 하며 쿡 웃고는 수민을 보았다.

"그리고 오늘은 정말 몇 잔 마시지도 않았는데, 뭐. 오빠가 앞에서 다 막아줬잖아요."

"……알고 있었어?"

"설마 그것도 눈치 못 챘을까 봐?"

수민이 핏, 웃으며 발치에 있는 흙을 툭 차고는 연준을 보았다.

"그나저나 남자가 무슨 향수 이름을 그렇게 많이 알아요?"

남자한테 향수를 선물할 리는 없을 터. 그렇다면 도대체 어떤 여자한테 그렇게 많은 향수를 선물한 걸까. 하지만 궁금증도 잠시뿐.

괜히 물었다 싶은 순간, 연준의 목소리가 들려왔다.

"외웠지. 술 안 마시려면 무조건 복잡하고 긴 걸로 외우는 수밖에 없더라고."

전혀 생각지도 못한 대답이었다. 잠시 멍한 표정으로 있다 이내 수민이 소리 내 웃었다. 맑은 웃음소리가 고요한 밤공기에 떠다녔다.

"피곤하지?"

"조금. 실은 이런 봉사활동이 처음이거든요. 근데 하기 잘했다 싶어요."

수민의 말에 연준의 얼굴에도 옅은 미소가 어렸다. 혹시나 기훈이 쓸데없는 말을 하지 않을까 마음 졸였었는데, 별 탈 없이 넘어가서 다행이었다.

"다음번에도 이런 기회가 있으면 저도 또 끼워줘요."

"그래."

멀리서 개 짖는 소리가 들리다 이내 잦아들었다. 시간이 늦어 그런지 마을 전체가 잠이 든 것처럼 고요했다. 수민의 눈길이 연준에게로 가만히 향했다. 평소와 다름없는 모습이었다.

"아까 누구 전화였어요?"

문득 생각난 것처럼 물었지만 사실은 내내 궁금했던 거였다. 스스로도 이상하다 싶을 만큼 머릿속에서 떠나지 않았으니까.

"전화?"

연준은 무슨 전화인지 기억나지 않는 모양이었다.

"왜 아까, 게임할 때……."

"아, 그거."

그제야 기억이 났는지 연준의 입꼬리가 씩 말려 올라갔다.

"동생."

"……동생이요?"

"응, 결혼해서 지금 미국에서 살거든."

"아…….."

저도 모르게 수민은 안도의 한숨을 내쉬고 말았다. 왜인지 모르겠지만 내내 목에 걸려 있던 가시가 내려간 것처럼 가슴 언저리가 개운한 기분이었다. 그런 수민의 반응이 의아한 듯 연준이 물끄러미 그녀를 보았다. 수민은 별일 아닌 것처럼 얼른 미소를 지어 보였다.

"아니, 무슨 좋은 일 있나 보다 해서. 전화 통화 할 때 보니까 오빠, 기분 엄청 좋아 보이던데."

"응, 내년에 내가 외삼촌이 된다네."

수민의 눈이 동그래졌다.

"그럼…….."

연준이 싱긋 웃으며 고개를 끄덕였다. 수민의 얼굴에도 닮은 미소가 환하게 피어났다.

"세상에! 축하해요, 오빠."

"그래, 고마워. 그런데 좋긴 한데…… 멀리 떨어져 있으니까 조금 걱정도 되고 그래."

동생을 걱정하는 연준의 마음이 이해가 갔다. 그러면서도 조금은 부러웠다. 술이라고 마신 건 고작 맥주 두어 잔이 다일 뿐인데 괜스레 가슴 한 켠에 허한 바람이 든 것만 같다.

"왜?"

눈치도 빠르다.

“아뇨.”

수민이 금세 손을 내저으며 부인을 해봤지만 연준은 쉽게 물러설 눈치가 아니었다.

“무슨 일인데?”

하는 수 없이 수민은 픽, 웃으며 실토했다.

“그냥…… 부러워서요.”

“누가?”

“오빠 동생이요.”

선뜻 이해가 가지 않는 듯 연준이 눈을 가늘게 뜨고 수민을 보았다.

“오빠, 생각 안 나요? 우리 어릴 때.”

“어릴 때?”

“만날 내가 오빠더러 우리 오빠 하라고 막 우겼던 거.”

연준도 그제야 픽, 웃음을 지었다.

“나랑 같이 서울 가자. 응? 오빠, 우리 집에 가!”

방학이 끝나 서울로 돌아갈 때쯤이면 어김없이 수민이 울며불며 떼를 쓰곤 했었다.

“내가 어떻게 니네 집에 가. 우리 집은 여긴데.”

“왜? 그냥 우리 오빠하면 되잖아!”

그동안 잊고 지냈던 아주 오래된 기억이었다.

“사실 어릴 때부터 오빠가 내 친오빠였으면 좋겠다고 늘 생각했었는데. 오빠, 그건 몰랐죠?”

수민이 웃으며 연준을 보았다. 한데 조금 전과 달리 연준은 웃음기 하나 없는 얼굴이었다. 왠지 분위기가 어색해졌다.

“오빠는 나 같은 동생 별론가 보다. 뭐야, 조금 서운해지려 그래.”

그냥 별 뜻 없이 웃으며 농담처럼 한 말이었다. 하지만 연준은 여전히 웃지도 않고 그저 수민을 가만히 응시하고만 있었다. 그렇게 무거운 침묵이 흘렀다. 갑작스레 분위기가 이상해지자 수민은 당황스러워졌다.

“난 너, 동생으로 생각해 본 적 없어.”

연준이 나직이 입을 열었다.

화가 난 것도, 기분이 나쁜 것도 아니었다. 그냥 차분하게 진심을 담아 말했을 뿐이다.

무슨 말인지 선뜻 이해가 가지 않는 듯 수민이 놀란 얼굴로 그를 보았다. 연준은 이마를 쓸어 올리며 한숨을 내쉬었다. 머릿속이 뒤죽박죽 혼란스러웠다. 무슨 말을 해야 할지 그 역시 당황스럽기는 마찬가지였다. 이렇게 말을 꺼내게 될 줄은 그 역시도 생각하지 못했다. 하지만 그냥, 아무렇지 않게 웃으며 넘기는 건 싫었다. 그럴 수가 없었다.

“아니, 그래. 아마 너처럼 나도 그랬던 적이 있었을 거야. 우리 어렸을 때, 그땐 나도 널 동생으로 생각했겠지. 그런데 지금은 아냐.”

가슴이 두근거렸다. 아니, 그보다 심하게 뛰고 있었다. 연준은 짧은 한숨을 삼키고 용기를 그러모아 가까스로 말했다.

"너 좋아해."

정적이 흘렀다. 연준을 바라보던 수민의 눈매가 믿을 수 없다는 듯 휘둥그레 커졌다. 그리고 한참이 지난 후에야 수민이 겨우 입을 열었다.

"……오빠, 난."

하지만 다음 말을 쉬이 꺼낼 수가 없었다. 아니, 무슨 말을 해야 할지조차 알 수가 없었다. 그냥 머릿속이 새하얗게 변하며 아무 말도, 아무 생각도 들지 않았다.

당황해하는 수민을 보며 연준은 다시 한 번 분명히 말했다.

"네가 말하는 그런 오빠로서가 아니라…… 남자로서 네가 좋아, 한수민."

캄캄한 가운데, 한참 동안 수민과 연준은 서로를 그렇게 바라보고 있었다. 풀벌레 우는 소리가 들리던 어느 이른 여름날 밤이었다.

여덟. 인생의 좋은 때

역시나였다. 봉운약국은 불이 꺼진 채 문이 닫혀 있었다.

연준은 무거운 한숨을 삼키며 얼굴을 쓸어 올렸다. 잔뜩 긴장하고 있다 순식간에 온몸에서 힘이 쭉 빠지는 듯한 기분이었다.

벌써 일주일째였다.

그 일이 있고 난 이후부터 수민은 연준을 피하고 있었다. 물론 그럴지도 모른다는 생각을 아예 못한 건 아니었다. 그런 이야기를 듣고 아무렇지 않은 척하는 게 어쩌면 더 이상할 거니까. 아니, 만약 그랬더라면 오히려 더 서운했을 거였다. 그건 연준의 말을 못 들은 척하겠다는 것이고 그렇다면 그건 분명 'NO' 라는 대답이니까 말이다.

문득 진동이 느껴졌다. 짧은 순간, 심박수가 급격하게 빨라졌다. 하지만 휴대전화 액정에 뜬 이름은 연준이 기다리던 이름이 아니었다.

〈헤이, 장연준이!〉

심드렁한 목소리의 주인공은 기훈이었다.

〈얌마, 넌 어떻게 된 게 잘 도착했냐는 안부 전화 한 통 없냐?〉

상은에게 잘 도착했냐는 안부 통화를 한 게 고작이었다. 변명이 겠지만 다른 누구에게 연락할 정신이 없었다. 다른 무언가를 챙길 여력도 없었다. 남들 앞에서야 아무렇지 않은 척, 괜찮은 척 안간 힘을 쓰고 있었지만 사실은 전혀 그렇지가 못했다. 조금 더 정확하 게 말하자면 그날, 수민에게 얼결에 고백을 하고 난 이후부터는 시 간이 어떻게 지나는지도 모를 정도로 조금 얼이 빠진 상태였다. 오 로지 한수빈이란 대상을 향해서만 온몸의 신경세포가 잔뜩 곤두서 있는 것만 같았다.

물론 잘 알고 있었다. 이 나이 먹도록 고작 여자한테 고백하고 난 뒤에 이렇게 혼자 덜덜 떨고 있다는 게 바보 같다는 걸. 하지만 그걸 잘 알면서도 전화가 올 때면 긴장해서 침이 바짝 마르고 진료 실 문이 열릴 때마다 깜짝깜짝 놀라곤 했다. 물론 그때마다 번번이 실망도 따라왔지만 말이다.

〈이 자식은 뭐 한다고 대답도 안 해? 야! 장연준!〉

하릴없이 주인도 없는 봉운약국만 노려보고 서 있는데 기훈이 와, 고함을 질렀다.

"……아, 미안."

〈뭐야, 무슨 일 있어?〉

"아무 일 없어. 왜?"

〈왜긴. 야, 아주 거기서 이틀 푹 쉬다 왔더니 폐가 다 깨끗해진

느낌이다. 그나저나 너, 진도 좀 뺐냐?〉

"뭐?"

〈한수민이랑은 뭐 어떻게 진도 좀 뺐냐고. 솔직히 말해봐. 니네 둘, 무슨 섬싱 있지? 그런데 올 때 보니까 한수민 표정이 영 아니던 데.〉

눈치 한번 기가 막히게 빠르다. 무슨 말을 해야 할지 연준이 잠시 고민하는데 별안간 휴대전화 너머에서 우렁찬 웃음소리가 터져 나왔다.

〈설마 고백이라도 했다 퇴짜라도 맞은 거냐? 그래?〉

연준은 아무 대답도 하지 않았다. 아니, 못했다. 그러자 전화 너머 쩌렁쩌렁 울려대던 웃음소리도 뚝 그쳤다. 그리고 1분여쯤, 무거운 침묵이 흘렀다.

〈뭐야? 너 진짜야?〉

제기랄.

연준은 나지막이 중얼거리고는 이마를 짚었다. 그 소리가 또 들린 모양인지 기훈이 아예 껄껄거리며 뒤로 넘어가는 소리가 들려왔다.

〈푸하하! 야, 너 진짜 차였어? 으하하하하하하! 세상에, 장연준 싫다는 여자도 다 있네. 으하하하하!〉

자칭 베스트 프렌드란 놈이 위로는 못할망정 웃느라 정신을 못 차리다니…… 망할 놈의 자식 같으니라고.

"끊어, 인마."

〈아니, 야! 그러지 말고 이 형님한테 자초지종을…….〉

기훈이 뭐라 주절거리는 소리가 들려왔지만 연준은 그대로 통화

종료 버튼을 눌러 버렸다. 그때였다.

"연준아."

누군가 어깨를 두드렸다. 뒤를 돌아보자 놀랍게도 상은이 웃으며 서 있었다.

"……상은아."

"에스오에스 치러 왔는데. 시간 돼?"

상은은 웃고 있었지만 당장에라도 울 것 같은 얼굴이었다.

뚝.

정말 전화가 끊어졌다. 눈물이 맺힌 채 휴대전화를 물끄러미 내려다보다 기훈은 이내 소파에 벌렁 나자빠져 박장대소를 했다.

"푸하하하하하하하하!"

한참을 눈물이 쏙 빠지도록 웃다가 기훈은 벌떡 일어나 상은에게 전화를 걸었다.

이 재미나고 신나는 소식을 혼자 알고 넘어갈 수는 없는 법.

지루한 신호음이 이어지다 뚝 끊겼다. 그리고 상은의 목소리가 들려왔다.

"강상!"

〈왜?〉

"아, 진짜 전화 받는 매너하고는. 연준이랑 짰냐? 인사부터 좀 하자. 응?"

〈연준이랑 통화했어?〉

"그래. 야야! 강상! 완전 대박 뉴스! 너 이거 들음 완전 깜짝 놀랄 거다."

〈뭔데?〉

"연준이 있잖냐. 그 녀석, 한수민한테 고백했다 차인 모양이야."

기훈은 소파에서 데굴데굴 구르며 신이 나 말했다. 당연히 상은도 함께 웃을 줄 알았다.

〈그래? 알았어. 나중에 연준이한테 전화나 한번 해봐야겠다. 나 지금 바빠서 전화 못 받으니까 그만 끊자.〉

그 말을 끝으로 전화는 뚝 끊겼다.

기대했던 것과 전혀 다른 반응이었다. 기훈은 전화기를 들고 고개를 갸웃거리다 다시 통화버튼을 눌렀다. 몇 번의 신호음이 이어지고 또 전화가 뚝 끊겼다. 그리고 문자 한 통이 날아왔다.

〈선봐. 이따 전화할게.〉

멀뚱멀뚱 메시지 내용을 보고 있다 기훈이 고개를 들었다. 멍청하게 눈만 깜빡거리다 기훈이 혼잣말을 중얼거렸다.

"……선을 봐? 누가?"

휴대전화를 들여다보던 기훈이 갑자기 벌떡 일어나 소리를 질렀다.

"강상은이 선을 본다고?"

*

약국 앞에 차가 멈춰 섰다. 휴대전화를 놓고 와서 다시 가지러 온 참이었다.

“5분이면 되지?”

미영이 묻는 말에 안전벨트를 풀던 수민의 손이 멈칫거렸다.

“아무래도 그냥, 고모 먼저 들어가시는 게 낫겠어요.”

“왜?”

“새로 들어온 약 정리도 해야 하고…… 늦게 끝날 것 같아서요.”

“그래? 그럼 내가 도와줄까?”

미영이 안전벨트를 풀려고 하자 수민이 서둘러 손을 내저었다. 단체 선물 주문이 들어와서 장 원장과 함께 하루 종일 선물 포장 작업을 했던 미영이었다. 그렇지 않아도 여기까지 데리러 와준 것만으로도 죄송하던 차에 오랫동안 기다려 달라고 할 순 없었다.

“아니에요. 그냥 지 혼자 해도 돼요. 안 그래도 고모도 오늘 피곤하실 건데.”

“어우, 하긴 어깨며 팔이며 쑤시긴 한다. 그래도 너 혼자 어떻게 오려구?”

“자전거 타고 갈게요.”

약국에 놔둔 자전거 이야기를 꺼내자마자 미영이 인상부터 찡그렸다.

“발목 괜찮겠어?”

“아…….”

맞다. 발목을 접질렸단 핑계로 미영이 지난 일주일, 차로 출퇴근을 도와주고 있었던 걸 깜빡했다. 수민은 애써 웃으며 고개를 끄덕였다.

“많이 좋아져서 괜찮을 것 같아요.”

“그래? 그래도 좀 그런데…….”

영 마음이 놓이지 않는 듯 수민을 보던 미영이 문득 고개를 숙여 차창 밖을 내다보았다.

"어머, 잘됐네. 불 켜진 거 보니까 장 선생 아직 퇴근 안 했나 보다."

수민의 시선도 창밖으로 향했다. 미영의 말처럼 '봉운의원'이란 간판에 불이 환하게 들어와 있었다.

"그럼 장 선생한테 말해서 같이 와. 혼자는 위험하니까. 응?"

미영의 말에 수민은 어색하게나마 입가를 움직여 미소 비슷한 걸 만들어 보였다.

"……그럴게요."

"그래, 그럼. 수고해."

미영에게 인사를 하고 수민은 차에서 내렸다. 그리고 미영의 차가 완전히 시야에서 사라질 때까지 가만히 서 있다 약국으로 향했다. 하지만 몇 걸음 채 가지도 못하고 우뚝 멈춰 설 수밖에 없었다.

고개를 돌리자 환하게 불이 켜진 병원이 보였다.

지난 일주일, 줄곧 연준을 피해 다녔던 그녀였다.

"너 좋아해."

연준이 자신을 좋아한다.

그럴 거라고는 정말 단 한 번도 생각해 본 적 없었다.

대체 언제부터였을까?

부담스럽게 할 생각은 아니었다며, 연준은 놀라게 해서 미안하다고 했다. 그리고 지금 당장 어떤 대답을 듣길 바라고 한 이야기도 아니라 했다. 그냥, 자신의 마음이 그렇다는 걸 말하고 싶었을 뿐이라고, 아무렇지 않은 척 웃으며 넘길 수 없었을 뿐이라고, 그러기 싫었을 뿐이라며 말이다.

고백 끝에 한숨을 내쉬던 연준처럼 수민도 나직이 숨을 뱉었다.

연준이 사과할 일이 아니었다. 아니, 사과는 수민이 해야 마땅했다. 가타부타 어떤 말도 없이 그저 피해 다니기만 했으니까.

연준이 싫어서가 아니었다.

물론 그가 한 말을 아무렇지 않게 받아들일 수는 없었다. 하지만 그건 그가 싫어서도, 혹은 부담스러워 그런 것도 아니었다. 단지 어떤 대답을 해야 할지, 어떻게 행동을 해야 할지 도무지 알 수가 없어서었다. 넷 날 며칠 잠도 제대로 못 자가며 곰곰이 생각을 해 봤지만 도무지 해답이 나오지가 않았다.

정말 단지 그뿐이었다.

단 하나 분명한 건, 지금처럼 피하기만 해서는 아무런 해결이 나오지 않을 거란 거였다. 그리고 계속 그러다가는 어쩌면 장연준이란 사람을 영영 잃어버릴지도 모른다는 거였다.

그래서 더 겁이 났다.

심호흡을 크게 하고서 수민은 천천히 병원 쪽으로 걸음을 돌렸다.

병원 현관 유리문 너머 데스크는 텅 비어 있었다. 수민은 조심스럽게 문을 열고 안으로 들어섰다. 고요한 적막감에 더욱 긴장이 되었다. 소리 나지 않게 걸음을 떼는데 어디선가 불현듯 말소리가 들렸다.

"생각해 봤더니 17년이더라. 우리 만난 뒤로 계속이었으니까…… 장장 그렇게 17년 동안 줄곧 바라봤어. 다른 사람 좋아해 본 적도 없고…… 너도 알잖아.”

울먹이는 여자 목소리였다.

“그래, 알아.”

연준이었다.

수민은 저도 모르게 자리에 멈춰 서고 말았다. 살짝 열린 진료실 문틈으로 누군가가 보였다. 수민도 아는 사람이었다.

“그런데 어떻게 나한테 이래.”

상은이 연준에게 기대어 흐느껴 울었다. 깊은 한숨 소리와 함께 연준은 말없이 손을 뻗어 상은의 어깨를 토닥여 주기만 했다.

“수민 씨한테만 말하는 건데…… 실은 오늘 고백하려고 했거든 요.”

잔뜩 설레는 얼굴로 수민에게 자신의 마음을 귀띔해 주던 상은 이었다.

……아무래도 잘못 온 것 같았다.

수민은 천천히 뒷걸음질을 치다 그대로 뒤돌아서 병원을 나왔 다.

팽!

코를 풀고서 상은이 고개를 들었다. 토끼처럼 새빨간 눈을 한 채 갑자기 웃음을 터뜨렸다.

“미치겠다. 이게 뭔 짓이야?”

내내 걱정스럽게 친구를 보고 있던 연준의 미간도 그제야 조금 부드럽게 풀어졌다.

"괜찮아?"

"몇 년 동안 못 울었던 거, 그냥 다 울었더니 속 시원하다야. 근데 연준이 네가 생각해도 나 좀 미친 것 같지?"

"아니 다행이다."

연준이 건네주는 물을 한 번에 몽땅 마셔 버리고 상은이 잔을 내려놓았다. 그녀의 말처럼 한결 후련해 보이는 얼굴이었다.

지잉.

테이블 위에 올려둔 상은의 휴대전화가 진동했다. 전화를 흘끔 내려다본 상은이 받질 않자 연준이 전화를 들어보았다.

박기훈.

익숙한 이름이 보였다.

"안 받아?"

연준이 묻는 말에 상은은 고개만 저었다. 어쩔 수 없단 듯 연준도 전화를 내려놓았다. 정적이 흐르는 가운데 진동 소리만 울리다 이내 꺼졌다. 턱을 괴고 휴대전화만 내려다보고 있던 상은이 한숨을 지으며 연준에게 물었다.

"기훈이, 아까 너한테 아무 말 안 하지?"

연준이 대답 대신 고개를 끄덕였다. 그럴 줄 알았단 것처럼 상은이 피식 웃었다.

“얼마나 펄쩍 뛰는지…… 꼭 경기할 것처럼 뒤로 넘어가더라. 연준이 네가 그걸 봤어야 하는데.”

씁쓸한 미소를 짓는 친구의 모습에 연준은 아무런 말도 할 수가 없었다.

상은이 기훈에게 우정이 아닌 다른 감정을 가지고 있단 건 오래전부터 알고 있었다. 당사자인 기훈만 몰랐을 뿐이다. 아니, 어쩌면 기훈도 알고 있었는데 모른 척하고 있었을지도 모르겠다. 기훈에게 상은은 조금 특별한 친구였으니까.

무거운 분위기가 이어지다 문득 상은이 어이없다는 듯 말을 이었다.

“근데 정말 내가 궁금해서 물어보는 건데 박기훈 걔 정말 모자란 거 아니야? 여자가 자길 좋다고 고백을 했는데 어쩜 그렇게 귀신 본 것처럼 경기 일으키며 뒤로 넘어갈 수가 있어?”

연준의 입매도 피식, 휘어졌다.

“그러게, 왜 그렇게 멍청한 녀석을 그렇게 오랫동안 좋아해. 그냥 다른 사람 좋아해 버리지.”

“그러게. 너나 좋아할걸.”

상은의 말에 연준이 두 손바닥을 들어 보이며 단호하게 고개를 저었다.

“난 사양이다.”

“이놈이나 저놈이나 죄다 의리 없는 놈들뿐이네.”

상은이 밉지 않게 눈을 흘기는데 다시 전화가 왔다. 액정에 뜬 번호를 확인하더니 상은이 아예 전원을 꺼버렸다. 그러고는 피식, 웃으며 연준을 보았다.

"아까 내가 문자 하날 보냈거든."

"뭐라 보냈는데?"

"선본다고."

"뭐?"

잠시 정적이 흐르다 연준도 이내 웃음을 터뜨렸다. 굳이 눈으로 보지 않아도 기훈이 펄펄 뛰는 모습이 충분히 그려졌기 때문이다.

"그래서 앞으로 어쩌려고?"

연준이 묻는 말에 상은이 고개를 갸웃거리더니 혼잣말처럼 중얼거렸다.

"글쎄, 병원이나 그만둘까?"

"……농담하지 말고."

"진짜야."

이건 상은이 기훈에게 고백했다 퇴짜 맞았단 소리보다 더 놀라운 폭탄 발언이었다.

"병원을 왜 그만둬?"

답지 않게 놀라서 펄쩍 뛰는 연준의 모습에 상은이 깔깔대고 웃었다.

"넌 이게 웃을 일이야?"

"그렇다고 울 일도 아니잖아."

상은이 싱긋이 웃으며 어깨를 으쓱했다.

"그동안 열심히 살았으니까 바람 좀 실컷 쐬는 것도 나쁘지 않잖아."

"여행 가게?"

“여행도 가고 남도 돕고. 일단 생각은 그래. 그래도 뭐, 말처럼 쉽게 지금 당장 병원을 그만둘 순 없으니까…… 천천히 준비부터 해야지.”

“부모님은?”

“안 그래도 말 꺼냈더니 난리가 났지. 그럴 거면 결혼하고 나가라고, 안 그럼 부모 자식 인연 끊자고 난리시더라.”

“그래서?”

“그래서는 뭐. 그럼 부모님 말씀대로 결혼하고 나가겠다 그랬지.”

“뭐?”

연준의 목소리가 높아졌다. 그런 친구의 반응에도 상은은 별 대수롭지 않다는 듯 말을 이었다.

“우리 엄마, 아주 건수 잡았다 싶었는지 아까 전화 와서 당장 내일부터 선보래.”

“선?”

“그래. 그러니까 아까 내가 박기훈한테 선본다고 문자 보낸 것도 따지고 보면 거짓말은 아닌 거지.”

갈수록 첩첩산중이었다. 머리가 지끈지끈 아파와 연준은 한숨을 내쉬며 이마를 짚었다.

“난 도대체 이게 지금 다 무슨 말인지 모르겠다.”

“그나저나 연준이 너야말로 어떻게 된 거야?”

“뭘?”

“아까 기훈이가 한 말.”

상은의 질문에 연준의 표정이 난처해졌다. 무슨 말을 어디서부터 해야 할지 모르겠는데 때마침 고맙게도 병원 전화벨이 울렸다.

"잠깐만."

상은에게 양해를 구하고 연준은 곧바로 책상으로 가 전화를 받았다.

"여보세요?"

〈장 선생?〉

전화를 건 사람은 미영이었다.

"예, 안녕하세요?"

〈나야 늘 안녕하지. 장 선생, 다름이 아니라 혹시 우리 수민이랑 같이 있어요?〉

갑자스레 나온 수민의 이름에 연준이 미산을 찡그렸다.

"아뇨."

〈어머, 그래요? 그럼 아무 연락도 없었고?〉

미영이 놀라 되묻는 말에 연준은 가슴이 덜커덩, 내려앉았다.

"혹시 수민이한테 무슨 일이라도……."

〈아니, 그런 건 아니고…… 실은 아까 같이 집에 가다가 휴대선화 놓고 왔대서 다시 약국에 데려다 줬었거든요. 그런데 밀린 일 좀 한다고 아무래도 늦을 것 같다기에 그럼 장 선생이랑 같이 오라고 했더니만……. 막 도착해서 전화했더니 애가 전화를 안 받네. 약국에 해도 안 받고. 화장실에 갔나?〉

연준은 책상 위에 놓인 휴대전화를 살펴보았다. 하지만 걸려온 전화는 없었다.

"그게 언제쯤이었습니까?"

〈글쎄…… 내가 방금 막 집에 들어왔으니까. 한 이십 분 됐나?

장 선생, 미안한데 부탁 좀 할게요. 나중에 퇴근할 때 약국 좀 들여 다보고 우리 수민이랑 같이 좀 와줄 수 있어요?〉

그러겠다고 대답을 하고 전화를 끊은 뒤에 연준은 가만히 휴대 전화를 들여다보았다.

20분 전이라…….

"왜? 수민 씨한테 무슨 일 있대?"

"……잠깐만."

연준은 상은에게 양해를 구하고 서둘러 병원을 나와 약국으로 달려갔다. 하지만 수민이 있을 거라던 미영의 말과 달리 약국은 불이 꺼져 있었다. 급히 주변을 둘러보았지만 어디에서도 수민의 모습은 보이지가 않았다.

연준은 한숨을 내쉬며 머리를 쓸어 올렸다.

"어머, 수민아."

대문 소리에 방문을 열고 나오던 미영이 놀라서 수민을 불렀다.

"왜 벌써 왔어? 약국 일은?"

마당으로 들어서던 수민은 머쓱한 미소를 지었다.

"감기 기운이 좀 있는 것 같아서…… 그냥 바로 왔어요."

"그래? 잘했다. 아플 때는 쉬어야지. 그나저나 혼자 온 거야? 장 선생은?"

"……일하는 데 방해될까 싶어 먼저 왔어요."

"그래? 병원도 일이 많나 보네. 지금 시각까지…….”

수민에게로 다가온 미영이 이마를 짚어보았다.

"어머, 열이 좀 있네. 가만있어 봐, 내가 저녁부터 차려올게. 약 먹고 한숨 자자.”

“아뇨, 고모. 약 먹었어요.”

“벌써?”

“네, 저 들어가서 좀 쉴게요.”

“그래, 그럼. 보일러 틀어줄 테니까 한숨 푹 자.”

수민은 미영에게 인사를 한 뒤 곧장 자신의 방으로 들어갔다. 그러고는 불을 켜지도 않고 그냥 그대로 바닥에 누웠다. 온몸이 물에 젖은 솜뭉치처럼 축 늘어져 무겁기만 했다. 몸을 모로 돌리는데 시선 끝에 가방이 들어왔다.

반대편으로 몸을 돌렸지만 이내 다시 몸을 돌릴 수밖에 없었다. 수민은 한침 동안 가방을 노려보기만 하다 손을 뻗어 가방 안에 든 휴대전화를 꺼냈다. 전원을 켜자 새카맣던 화면이 환해졌다.

부재중 수신전화 7통.

잠시 머뭇거리다 수민은 통화 목록을 눌렀다.

집.

고모.

그리고…… 장연준. 장연준. 장연준. 장연준. 장연준.

마지막 전화는 불과 3분 전쯤 걸려온 것이었다.

이상하게 가슴 언저리가 울컥하는 것만 같았다.

대체 뭘 기대했던 걸까. 먼저 도망갈 생각부터 한 사람은 자신이었고, 무슨 말을 해야 할지도 몰라 며칠 동안 피해 다니기만 한 사람도 자신이었다. 연준에 대한 자신의 마음이 어떤 건지 제대로 알지도 못하면서, 아니, 겁이 나 자신의 마음을 제대로 들여다보지도 못했으면서 이런 기분이 드는 건 너무도 한심하고 못난 짓이었다.

“생각해 봤더니 17년이더라. 우리 만난 뒤로 계속이었으니까…… 장장 그렇게 17년 동안 줄곧 바라봤어. 다른 사람 좋아해 본 적도 없고…… 너도 알잖아.”

“그래, 알아.”

연준의 앞에서 서럽게 울던 상은과 그런 상은을 안쓰럽게 토닥여 주던 연준의 모습이 떠올랐다.

17년.

기껏해야 어릴 적, 방학 때 본 게 고작이었고 다시 만난 지 채 반년이 되지 않았다.

그동안 연준과 상은이 함께해 왔던 시간에 비하면 정말 턱도 없이 부족한 시간이었다.

소년에서 청년이 된, 그리고 어른이 된 연준의 모습을 쭉 지켜보며 그 오랜 시간을 함께 보낸 사람은 한수민이 아닌 강상은이었다. 수민이 한 번도 본 적 없었던 연준의 모습을 알고 있는 사람도 상은이었다.

“태현 씨랑 나, 당신보다 우리가 먼저였어요. 만난 것도, 사랑한 것도, 결혼을 약속한 것도 다 우리가 먼저였어요. 그러니까 제발 태현 씨 나한테 보내줘요. ……제발요.”

“나 보내줘, 수민아. 넌 나 없이도 살 수 있지만 그 여잔 나 없이 안 돼. 그 여자 없으면 나 죽어, 수민아.”

애써 묻어두었던 말들이 다시 또렷하게 되살아나 수민의 가슴을 비수처럼 날카롭게 찔러댔다.

그냥 그를 사랑했던 것뿐이었다. 어린 날, 철없었던 시절 꿈꾸었던 것처럼 열정적인 사랑을 한 건 아니었지만 그래도 그 마음 역시 사랑이었다. 그와 함께라면 한평생을 서로 아껴주고 신뢰하며 살 수 있을 거라 생각했고, 단 한 번도 그 사실을 의심해 본 적도 없었다. 하지만 그건 혼자만의 착각일 뿐이었다. 그리고 수민은 그걸 인정하지 못했다. 그래서 쓸데없는 오기를 부려보았다.

당신들 마음 따위, 당신들 사랑 따위 상관없다고, 내 알 바 아니라고 독하게 마음먹었다. 어떻게든 제 사람, 제 사랑을 지키겠다고 이를 악물었었다. 안 본 걸로 하겠다고, 안 들은 걸로 하겠다고, 아예 없었던 일로 하겠다고. 그렇게 해서라도 제자리 지키겠노라고 귀도 닫고, 눈도 닫았었다. 하지만 그 결과는 참혹했다.

수민은 두 눈을 질끈 감았다.

또다시 다른 누구와 얽히기 싫었다. 다른 이들 사이에 본의 아니게 끼어드는 것도, 그 사이에 놓이게 되는 것도 싫었다. 다른 이에게 상처를 주는 것도, 상처를 받는 것도 하고 싶지 않았다. 그 대가가 어떤지는 이미 충분하게 깨달았으니까. 이미 충분히 아플 만큼 아팠으니까. 정말 이제 더는 그러고 싶지 않았다.

고요한 방 안에 수민의 한숨 소리가 나직이 깔렸다.

바깥에서 발자국 소리가 자박자박 들리는가 싶더니 이내 문이 드르륵 열렸다. 미영이 방 안으로 들어오는 게 느껴졌다. 수민은 숨을 삼키며 눈을 꼭 감았다.

"참, 수민아. 아까 너희 엄마가…… 어머, 얘가 벌써 자네."

보온병과 컵이 담긴 쟁반을 수민의 머리맡에 내려놓고는 미영이 이불을 꺼내 펼쳐 수민의 몸을 덮어주었다. 그리고 베개를 꺼내 수민의 머리를 받쳐 주는데 진동 소리가 들려왔다.

지이잉. 지이잉.

미영이 이불을 들춰 보았다. 수민의 손 근처에 놓인 휴대전화가 진동하고 있었다.

연준이었다.

수민을 힐끔 본 미영이 서둘러 휴대전화를 가지고 밖으로 나갔다.

"여보세요? 장 선생? 나, 수민이 고모예요. 우리 수민이 조금 전에 막 집으로 왔어요. 감기 기운이 있다고…… 약 먹었다더니 금세 잠이 들었네. 그래요, 내일 장 선생한테 전화 왔다고 전해줄게요. 신경 써줘서 고마워요. 그래요, 들어가요."

통화가 끝났다. 문이 열리는가 싶더니 미영이 들어와 수민의 앞에 휴대전화를 내려놓고 나갔다. 발자국 소리가 사라지고 이내 다시 정적이 찾아왔다.

그제야 수민은 감은 눈을 떴다. 가만히 손을 뻗어 휴대전화를 잡았다.

통화 목록을 누르자 연준의 이름이 보였다.

휴대전화를 만지작거리는 수민의 눈빛이 어둠처럼 먹먹하게 젖어 들어갔다.

아홉. 들여다보기

"어머, 올케."

"수민이는요?"

"글쎄…… 아직 자는 것 같던데?"

바깥이 조금 소란스럽긴 했지만 꿈인 줄로만 알았다. 늦게까지 잠을 이루지 못하다 동이 트는 걸 보고서야 겨우 잠이 들었던 수민이었다. 문소리가 드르륵 들렸다.

"한수민."

갑작스레 쏟아진 햇살에 수민은 미간을 찡그리며 머리끝까지 이불을 끌어당겼다.

"한수민!"

……목소리가 꽤 선명하게 들렸다.

"안 일어날래?"

수민이 눈을 떴다. 이불을 내리고 문 쪽을 돌아보았다. 잠이 가시지 않아 어른거리는 시야 사이로 문 앞에 서 있는 누군가가 보였다.

완벽하게 세팅해 우아하게 틀어 올린 밤색 머리칼, 깔끔한 아이보리색 투피스, 그리고 낯익은 얼굴.

수민의 눈이 가느스름해졌다.

"……엄마?"

설마, 하는 딸의 말투에 정희의 입꼬리가 싱긋이 휘어졌다.

"그래, 얼른 일어나서 준비해. 서울 가야지."

……서울? 대체 그게 무슨 말인지 물어보려던 찰나, 정희가 웃으며 말을 이었다.

"내가 말했잖니. 네가 안 오면 내가 내려와서 직접 끌고 갈 거라고. 수민이 너도 내 마음대로 하랬잖니."

사람이 너무 기가 차면 말이 나오지 않는 법이었다. 황당한 얼굴의 딸을 보고도 정희는 표정 하나 변하지 않고 말을 이었다.

"준비하려면 시간이 꽤 걸릴 거야. 서두르렴, 우리 딸."

✳

"봉운약국이 문을 닫았다고요? 어머, 웬일이지? 여태 한 번도 그런 적 없었는데."

바깥에서 들려온 목소리에 처방전을 작성하던 연준의 손이 멈칫거렸다. 황 간호사 역시 고개를 돌려 바깥을 내다보다 이내 종종걸음으로 나갔다.

"그라믄 번거롭더라도 요 아래 버스터미널 옆에 칠화약국으로 가시야 돼예."

곧 문소리가 들리고 황 간호사가 다시 진료실 안으로 들어왔다.

"봉운약국이 문 닫았다 카네예. 오늘 한 선생님하고 같이 출근 안 하셨어예?"

"……예."

짧은 대답과 함께 연준은 곧바로 처방전을 마저 작성했다.

"처방전 일주일 치 작성해 드릴 테니까요, 당분간은 산 올라오지 않도록 이것저것 주의하셔야 할 게 많을 겁니다. 식사 후 세 시간 동안 절대 눕지 마시고요. 담배, 술, 커피나 차도 드시면 안 되고, 과일, 단 종류의 음식도 삼가셔아 하고요. 약물치료랑 생활습관, 식이조절이 동반되어야 하는 거니까 꼭 주의하세요."

여준이 환자에게 주의할 점을 일러준 뒤 황 간호사가 환자를 안내해 이내 밖으로 나갔다.

연준은 안경을 벗고 양 손바닥으로 눈을 꾹 짚었다. 간밤에 잠을 잘 못 잔 탓에 피곤함이 몰려왔다.

"선생님, 커피라도 한잔 드릴까예?"

문득 들려온 목소리에 고개를 들자 황 간호사가 걱정스레 쳐다보고 있었다.

"아뇨, 괜찮습니다."

"정말 괜찮겠어예?"

"……걱정 말고 일 보세요."

"그라믄 뭐 필요한 게 있음 말씀하시고예."

황 간호사가 나간 뒤, 연준은 휴대전화를 보았다.

수민에게서는 여전히 아무런 연락도 없었다. 가슴 한 켠이 답답해져 왔다.

뭘 어떻게 해야 하는 걸까.

그렇게 부담스러웠던 걸까. 보기도 싫을 만큼?

지난 일주일 내내 그랬듯 부정적인 생각이 머릿속을 가득 메우기 시작했다. 기대를 접어야 했다. 그래야 한다는 걸 잘 알고 있었다. 굳이 대답을 듣지 않았지만 지금의 상황을 보면 그게 옳은 행동이었다.

그렇다고 수민에게 없었던 일로 하자고 말을 할 수도 없었다. 그냥 예전처럼 아는 동생, 아는 오빠로 지내자 할 수도 없었다. 예전과 똑같이 아무렇지 않게 수민을 대할 자신도 없었다.

그럼 이제 어떻게 해야 하는 걸까.

하릴없이 휴대전화를 노려보는데 연준의 휴대전화가 지이잉, 진동했다. 찰나의 두근거림과 함께 기훈의 이름을 본 순간, 진한 실망감이 밀려왔다. 가뜩이나 머릿속이 복잡한데 망할 녀석까지 짐을 얹어대고 있었다. 짧은 한숨을 삼키고서 연준이 전화를 받았다.

“여보세요?”

〈야!〉

말투가 심통스럽기도 했다.

“왜?”

〈너, 강상이랑 연락했어?〉

“그건 왜?”

〈아, 연락했냐니까.〉

“그래, 연락했어.”

연준의 말에 대답 대신 씩씩거리는 숨소리만 들려왔다.

"여보세요?"

〈너한테 무슨 말 안 해?〉

"무슨 말?"

〈아니, 뭐…… 그런 거 있잖아.〉

"그런 게 뭔데? 똑바로 말을 하던가."

〈아니, 뭐…… 아, 왜 그런 거 있잖아.〉

"할 말 없음 전화 끊어. 너랑 시답잖은 실랑이 할 기분 아냐."

〈야! 아이씨, 그래! 말한다, 말해!〉

제 입으로 말한다고 하고서도 기훈은 한참 동안 말을 꺼내지 못했다.

"끊는다."

〈상은이 선 발이야!〉

기훈이 무슨 일로 전화했는지는 처음부터 알고 있었다. 그리고 역시나 연준이 생각한 그대로였다.

〈상은이, 진짜 오늘 선본대?〉

"그래."

〈……어디서 본대?〉

"그걸 내가 어떻게 알아. 궁금하면 네가 전화해 보던가."

〈야이씨! 내 전화 안 받는다고!〉

하는 짓이 꼭 미운 일곱 살 같다.

"그런데 네가 그게 왜 궁금한데?"

연준이 묻는 말에 건너편에서 움찔하는 녀석이 느껴졌다. 당황해하고 있는 게 훤히 보였다. 상은의 말마따나 17년을 본 녀석이었다. 녀석을 어떻게 다뤄야 하는지는 너무도 잘 알고 있었다.

"할 말 없으면 끊던가."

연준의 무뚝뚝한 대구에 전화 건너편에서 소리가 버럭 튀어나왔다.

〈……당연히 궁금하잖아!〉

"그게 왜 당연한데?"

〈……치, 친구니까!〉

연준의 입술이 피식, 휘어졌다. 연준이 아무 말도 하지 않자 기훈이 답답한 듯 그를 불렀다.

〈여보세요? 야, 장연준.〉

"친구 좋아하시네."

〈뭐? 야!〉

"너 같은 인간이 세상에서 제일 못돼 처먹었어. 그딴 소리 할 거면 집어치우고 전화 끊어. 네 헛소리 들어줄 기분 아니니까."

〈야이씨, 네가 친구야? 어?〉

"왜? 너 하기는 싫고 막상 다른 사람이랑 선본다니 배 아프냐? 뭐, 이런 못나빠진 놈이 다 있어?"

〈뭐야, 너 알았어?〉

"덜떨어진 놈 같으니라고. ……끊어."

〈야! 네가 다 들었으면 나한테 이럼 더 안 되는 거 아냐! 어? 내 기분이 지금 얼마나 엿 같은지 네가 알아? 야, 차라리 고백을 하지 말던가! 나더러 좋아한다 해놓고 다른 남자랑 선을 본다니, 이게 말이 되냐? 어! 진짜 너무하잖아.〉

"너무한 건 너야, 이 자식아. 그딴 소리 할 거면 끊는다."

전화기를 귀에서 떼던 그 순간, 기훈의 절박한 목소리가 흘러나왔다.

〈친구야! 나 좀 살려줘!〉

비딱하게 기울어져 있던 연준의 입매가 피식, 허물어졌다.

"상은이 어디 있는지 알면 뭘 어떡할 건데?"

＊

"사진보다 훨씬 더 미인이세요."

상대방의 칭찬에도 수민은 아무 표정 변화 없이 다시 시선을 내리깔았다.

새벽부터 실랑이를 벌였지만 막무가내인 정희를 당해낼 수 없었다. 싫다는 수민을 기사와 함께 억지로 차에 태우고서 정희는 곧장 이곳으로 왔다. 그나마 차 안에서 버티고 버텨 헤어샵과 백화점을 피한 것만 해도 다행이었다. 지금이라도 그냥 자리를 박차고 일어나고 싶었지만 만약 그랬다가는 당장 정희의 귀에 들어갈 거였다. 그러면 정희는 다시 또 약속을 잡을 테고 그때는 아예 보란 듯이 수민의 옆자리를 지키고 앉아 있을 게 분명했다. 차라리 대충 시간이나 뭉개고 적당히 거절한 다음에 일어서는 게 그나마 최선이었다.

"시골에 계신다 들었는데 불편하진 않으세요?"

"네."

짧은 대답에 상대가 무안해하는 걸 느꼈지만 수민은 무심히 커피만 마셨다.

주말 호텔 내 커피숍은 빈자리가 없을 정도로 꽉 차 있었다. 그리고 대부분이 선을 보고 있었다.

"하하, 공기 좋고 한적하고 좋긴 하겠어요. 그래도 어디 서울만 하겠어요. 서울은 언제쯤 올라올 생각이세요? 듣자 하니 병원 운영에 별 관심이 없으시다는 것 같던데…… 부모님께서 서운하시겠어요. 아버님께서 은퇴하시고 나면 수민 씨가 병원 맡으셔야 할 텐데 말이에요. 사실 아랫사람들이 일을 한다고는 하지만 그래도 엄밀히 따지면 남이거든요. 아무렴, 내 사람이라곤 해도 가족만 하겠어요. 참, 나중에 수민 씨가 병원을 물려받게 되면 우리 호텔과 함께 서비스를 연계하는 것도 좋을 것 같은데. 수민 씨 생각은 어때요? 요즘 의료관광산업에 대해서 다들 관심 있어 하잖아요."

수민이 지금 앉아 있는 호텔의 차남이라 했던 것 같다. 무슨 말을 들었는지 모르겠지만 혼자 김칫국을 너무 심하게 들이마신 모양이었다. 지루해서 그만 일어나야겠다 싶은 찰나,

"강상은!"

우아한 피아노 선율을 깨고 들려온 고함 소리에 수민은 깜짝 놀라 고개를 돌렸다. 비단 수민뿐 아니라 커피숍 내 모든 사람들 역시 놀라 소리가 난 곳을 보았다. 고함 소리의 주인은 놀랍게도 수민도 아는 사람이었다.

박기훈.

그리고 기훈이 뚜벅뚜벅 걸어간 곳에 앉아 있는 사람 역시 수민이 아는 이였다.

강상은.

생각지도 못한 광경에 수민의 눈이 커졌다. 기훈이 무작정 상은

을 잡아끌었고 상은이 그런 기훈의 손을 뿌리쳤다.

"박기훈, 너 미쳤어? 왜 이래?"

"어! 미쳤다, 그래! 너야말로 이거 반칙 아냐?"

"뭐?"

"너한테만 17년 세월이 소중했던 거 아니라구! 나한테도 그래! 그런데 네 마음대로 고백하고 너 혼자 끝내면 다냐? 어? 나는? 나는 어떡하라고!"

황당한 얼굴로 기훈을 보고 있던 상은 역시 버럭 화를 냈다.

"친구라며! 너한테 난 친구일 뿐이라며!"

"그래, 친구! 친구였어! 그런데 이젠 아닐 수도 있을 것 같다고!"

말을 잠시 멈추고 기훈이 심사가 복잡한 듯 머리를 마구 헝클었다.

"이게 뭔지 나도 잘 모르겠는데, 친구든 뭐든, 아무튼…… 아무튼 너 안 보고 살 자신은 없다고! 그러니까 나한테 시간을 좀 줘!"

"시간을 주면?"

상은의 질문에 기훈이 선뜻 아무런 대답을 하지 못했다. 그곳에 앉아 있던 대부분의 사람들 모두가 궁금한 듯 두 사람을 지켜보며 기훈의 대답을 기다렸다. 조금 떨어진 곳에서 지켜보던 수민도 숨을 삼켰다. 가슴이 뛰었다. 하지만 기훈은 끝까지 아무런 대답을 하지 못했다.

"……나쁜 자식. 그래, 넌 끝까지 이기적이지. 너 같은 놈을 내가 왜……."

상처받은 상은의 말소리에 물기가 차올랐다.

"뭐? 이기적? 누가 이기적인데? 처음부터 끝까지 계속 네 마음대로면서 지금 누가 누구더러 이기적이란 거야?"

"됐어, 이 말미잘 같은 자식아! 사내새끼가 되어서 지 마음 들여다보는 것도 무서워서 전전긍긍하는 주제에 뭐? 시간을 줘?"

"야! 강상은!"

"비켜! 이 비겁한 놈아!"

한 치의 물러섬도 없이 팽팽하게 맞서던 가운데 상은이 먼저 기훈을 밀치고 자리를 떴다.

"야! 너 어디 가! 말 마저 하고 가! 내가 뭘 그렇게 잘못했는데! 아니, 잘못한 게 있음 말을 하던가! 야! 상은아!"

기훈이 급히 상은의 뒤를 쫓아나간 뒤, 시뻘게진 얼굴로 상은의 맞은편에 앉아 있던 남자도 허둥지둥 밖으로 나가 버렸다. 지켜보고 있던 사람들은 황당한 웃음을 지으며 다시 자신들의 이야기에 열중했다. 수민도 고개를 돌렸다. 가만히 찻잔만 내려다보다 다 식은 커피를 한 모금 마셨다.

"하하, 별 웃긴 사람들도 다 있네요, 정말."

수민의 맞은편에 앉아 있던 남자가 조금 전 벌어진 촌극에 너털웃음을 터뜨렸다.

"딱 보니 답 나오네요. 자기가 찬 여자가 선본다니 급해서 뛰어나온 거 보면 자기가 하려니 안 내키고 남 주기는 아깝고, 뭐 그런 거죠. 덕분에 재밌는 구경 했네요. 그죠?"

수민이 미간을 찡그리고서 맞은편에 앉은 남자를 똑바로 쳐다보았다.

"저게 재밌으세요?"

남자가 당황해 눈을 크게 떴다.

"네? 아니, 전……."

"먼저 실례하겠습니다. 커피 값은 제가 계산하도록 할게요."

"……예? 아니, 저기."

"그리고 서로의 집에는 각자 알아서 이야기하고 마무리하도록 하죠. 앞으로 두 번 다시 볼 일 없었으면 합니다."

수민은 가볍게 목례를 건네고 곧바로 일어나 자리를 떠났다. 남자가 부르는 소리가 뒤에서 들려왔지만 수민은 뒤돌아보지 않고 커피숍을 빠져나왔다. 멍한 얼굴로 바삐 걷다 수민이 갑자기 자리에 멈춰 섰다.

"널 안 보고 살 자신은 없다고!"

상은을 향해 기훈이 한 말이었다.

그러게. 그것보다 중요한 게 어디 있다고.

심장이 뛰기 시작했다.

나직이 심호흡을 하는 수민의 눈동자가 점차 또렷해졌다. 가방을 쥔 수민의 주먹에 힘이 꾹 들어갔다.

……답은 하나였다.

멈춰 서 있던 수민이 다시 걸음을 뗐다.

＊

토닥토닥, 내리는 빗소리가 듣기 좋은 밤이었다.

책장을 넘기다 말고 연준은 문득 고개를 들어 창밖을 보았다.

아무런 예고도 없이 오후부터 내리기 시작한 비는 좀처럼 그칠 기미가 보이지 않았다. 하필이면 차도 가져오지 않은 날이었다. 하는 수 없이 비가 그치면 갈 생각으로 기다리고는 있었지만 이대로라면 아예 여기서 밤을 꼴딱 새야 할지도 몰랐다. 어떡해야 하나, 싶어 물끄러미 창밖을 바라보는데 문득 밖에서 무슨 소리가 들려왔다.

쿵쿵쿵쿵쿵.

연준은 문 쪽을 돌아보았다.

쿵쿵쿵쿵쿵.

소리가 좀 더 커졌다. 누군가 문을 두드리고 있었다. 연준의 눈길이 책상 위 시계로 향했다. 9시가 조금 넘어 있었다.

"이 시각에 누가……."

시계를 보다 연준은 의아한 얼굴로 자리에서 일어나 밖으로 나갔다. 누군가 문 밖에 서 있었다. 그리고 그 사람은 다름 아닌 수민이었다.

잠시 멍청하게 서 있던 연준이 이내 서둘러 다가가 문을 열었다. 비에 흠뻑 젖은 채 서 있는 사람은 정말 수민이었다. 연준은 심장이 발끝까지 툭, 떨어지는 기분이었다.

"……수민아."

"택시가 안 잡혀서 걸어왔더니…… 꼴이 이래요."

수민이 어색한 미소를 지으며 겨우 말했다. 아무리 여름이라지만 비를 맞은 탓에 입술이 새파랗게 질려 있었다.

"일단 들어와."

수민을 서둘러 안으로 들이고 연준은 문을 닫았다. 갑작스런 상황에 당황스럽기도 했지만 그보다는 무슨 일이 생긴 건 아닌지 걱정스러운 마음이 더욱 컸다.

"일단 닦을 수건부터 가져와야겠다."

수민을 진료실에 데려다 주고 탕비실로 가려던 연준이 얼어붙은 듯 자리에 멈춰 섰다. 고개를 내려 자신의 손을 보았다. 하얗고 가는 손이 그의 손을 꼭 붙잡고 있었다.

"좋아했던 사람이 있었어요."

등 뒤에서 수민의 나직한 말소리가 들려왔다.

"운명 같은 사랑은 아니었지만 그래도 만나면 좋았고, 이 사람이라면 결혼해서 평생 함께해도 괜찮을 거란 확신 같은 것도 들었고…… 그래서 그 사람과 결혼하기로 했었어요. 그런데……."

차분하던 수민의 목소리가 잠시 흔들렸다. 연준의 마음도 따라 흔들렸다.

"결혼식이 며칠 안 남았을 때, 어떤 여자가 날 찾아왔었어요. 그 사람, 첫사랑이었대요. 서로 좋아했는데 그 사람 집안 반대가 너무 심해서…… 어쩔 수 없이 헤어졌었다고요. 그런데 더는 안 되겠다고, 그러니 그 사람 다시 자기한테 보내달라고……. 그 사람도 그 여자랑 같은 말을 했었어요. 보내달라고…… 놓아달라고……. 분명 나랑 결혼하기로 했는데…… 그 사람은 내가 아닌 그 여자를 사랑한다고."

애써 담담한 척하던 수민의 목소리에 조금씩 물기가 차올랐다.

✳

"수민아!"

"싫어!"

그런 수민의 어깨를 태현이 강하게 잡아챘다.

"수민아, 넌 나 없이 살 수 있지만 그 여자는……."

태현의 숨소리가 떨렸다. 수민과 눈을 맞추고 그가 힘겹게 말을 이었다.

"그 여자는 나 없이 안 돼."

"……태현 씨."

"그러니까 나, 보내줘. 부탁할게, 수민아."

도로를 지나다니던 차 소리도 사람들의 말소리도 거짓말처럼 사라졌다. 대신 웅웅, 귓가에 불쾌한 이명만이 맴돌았다.

"……싫어."

"수민아."

"싫어. 안 해!"

수민의 가는 몸이 크게 휘청거렸다. 물기가 그렁하게 차오른 눈으로 태현을 노려보다 수민이 중얼거렸다.

"……나, 당신 사랑해."

가까스로 참고 있던 눈물이 거짓말처럼 후드득, 떨어져 내렸다. 마음도 형편없이 무너져 내렸다.

"그런데 어떻게 나한테 이래. ……당신, 나한테 이러면 안 되는 거잖아."

흐느끼는 수민의 모습에 태현의 눈자위도 붉게 젖어들었다.

"……너한테 이러면 안 되는 거 아는데…… 나도 어떻게든 이러지 않으려고 했는데……."

태현도 울먹이고 있었다.

"그런데 그렇게 할 수가 없어. 그 여자 없이, 단 하루도 버틸 자신이 없어."

내일이면 자신과 결혼할 남자가 다른 여자를 사랑한다며 울고 있었다.

"그 여자 없으면 나, 죽어. 수민아."

차라리 그 말만은 하지 않았으면 좋았을 걸.

태현은 끝까지 잔인했다. 팽팽히 흐르던 긴장 사이로 작은 말소리가 흘러나왔다.

"……그럼 죽어."

수민이 중얼거렸다.

"설사 그렇게 된다 하더라도."

수민에게 향해 있던 태현의 시선이 멈칫거렸다.

"그래도 난 당신…… 안 보내. 아니, 안 버려."

띠리리리리리. 신호등 알림음 소리가 울리며 고요하게 멈춰져 있던 사위가 다시 움직이기 시작했다. 소란스러운 가운데 수민의 눈길이 천천히 태현에게로 움직였다.

"내가 당신 버릴 때까지 당신, 내 옆에 있어야 해."

태현을 버린다 할지라도 그건 어디까지나 온전히 자신의 뜻이어야만 했다. 자신이 버리고 싶을 때, 그때 버릴 거였다. 그리고 분명히 지금은 그때가 아니었다.

"그게 내가 우리 약속을 저버린 당신한테 내리는 벌이야."

수민의 어깨를 잡고 있던 태현의 손이 툭, 떨어졌다. 그가 한 발짝 뒤로 물러섰다.

"그러니까 우리는 내일, 예정대로 결혼할 거예요."

앵무새가 외운 말을 읊조리듯이 수민은 감정 없이 말을 맺었다. 태현은 방금 전 자신이 들은 말을 믿을 수가 없다는 얼굴이었다. 그런 그를 남겨두고서 수민은 그대로 뒤돌아섰다. 순간, 시야가 핑, 흔들렸다. 바쁘게 오가는 사람들 너머로 초록색 막대가 반쯤 남은 신호등이 보였다. 뺨을 흥건하게 적신 눈물을 대충 닦으며 수민은 사람들 틈으로 끼어들었다.

"……수민아!"

태현의 목소리였다. 순간, 수민의 걸음이 멈춰 섰다. 가슴이 요동치며 울음이 울컥, 치받아 올랐다.

"수민아!"

터질 것 같은 울음을 꾹 눌러 삼키며 수민이 다시 걸음을 뗐다. 바삐 오가는 사람들 틈에 어깨를 세게 부딪쳤지만 아프지도 않았다. 넋이 나간 사람처럼 오로지 앞만 바라볼 뿐이었다.

띠리리리리, 띠리리리리.

초록 막대가 점차 짧아지고 있었다.

"한수민!"

가까워진 목소리에 수민은 뛰기 시작했다. 계속 태현의 목소리가 들려왔다. 하지만 뒤돌아보지 않았다.

"수민아!"

끼익!

거의 동시에 들려온 소리였다. 수민이 멈춰 섰다. 숨을 들이켜는 그녀의 눈동자가 커다래졌다.

"꺄악!"

자지러지는 사람들의 비명 소리가 들려왔다. 천천히 뒤를 돌아보는 수민의 머리 위로 오후의 붉은 햇볕이 강하게 내리쬐었다. 부신 듯 눈을 찌푸리던 그녀의 몸이 종이인형처럼 힘없이 풀썩 쓰러졌다.

"이봐요! 아가씨!"

주변에 다가온 사람들의 목소리가 환청처럼 떠돌았다. 수민은 자꾸만 감기는 눈꺼풀을 애써 밀어 올렸다. 가파르게 기울어진 하늘과 사람들, 그리고 그 가운데…… 회색빛 아스팔트를 등지고 그가 누워 있었다.

"……태현 씨."

수민이 기억하는 태현의 마지막 모습이었다.

＊

"……싫다고 했어요. 그렇게 못한다고. 우린 예정대로 결혼할 거라고. 그 여자 없으면 죽는다는 그 사람에게…… 차라리 내 옆에서 죽으라고, 그래도 난 못 보내준다고."

그날의 기억이 고스란히 되살아났다. 그리고 그날처럼 목구멍으로 쓰디쓴 무언가가 울컥하며 넘어왔다. 수민의 어깨가 가늘게 흔들렸다.

그 누구에게도 단 한 번도 해본 적 없던 말이었다.

차마 입 밖으로 꺼낼 수조차 없었던 말.

"그랬는데 정말 거짓말처럼…… 그 사람이 죽어버렸어요. 내 눈 앞에서…… 그렇게."

속이 아파 곪아 터지는데도 삼키고, 삼키고 계속 그렇게 속으로 묻어두기만 했던 말들.

시야가 물기로 어른거리다 꾹꾹 눌러 참았던 눈물이 결국 제멋대로 터지고 말았다. 수민은 떨리는 입술을 꾹 깨물고 애써 울음을 삼켰다.

“……수민아.”

연준의 목소리가 들렸다. 고개를 들자 어느새 그가 돌아서서 자신을 보고 있었다.

“겁이 났어요.”

토닥토닥, 떨어지는 빗소리 사이로 떨리는 수민의 말소리가 흘러나왔다.

“너무 아프고 나니까 정말 바보 겁쟁이가 되어버린 건지 바보 같다는 거 알면서, 그러면 안 된다는 거 알면서도, 또다시 누군가에게 마음 주면 다시 또 상처받고 그럴까 봐, 그게 너무 무섭고 싫었어요.”

수민은 애써 웃으며 용기 내어 연준과 눈을 맞췄다.

“그런데…… 그렇게 아프다는 걸 너무도 잘 아는데.”

“…….”

“그딴 거 다 제쳐두고…… 장연준이란 사람을 잃는 게 제일 겁나고 무서웠어요.”

장연준을 잃기 싫다.

수민의 그 말을 듣는 순간, 연준은 그대로 손을 뻗어 수민을 감싸 안았다. 어떤 말도 할 수 없었다. 그저 가슴팍이 욱신거리며 아릴 뿐이었다.

그때, 그런 말을 들으며 수민이 얼마만큼 아팠을지 가늠조차 되지 않았다.

따뜻한 연준의 품에서 수민은 아이처럼 왈칵 울음을 터뜨렸다. 그런 수민을 안고서 연준은 부드럽게 그녀의 등을 쓸어주기만 했다.

"널 아프게 하는 일, 없도록 할게. 약속해."

비 오는 소리를 뒤로하고 연준의 진심이 나직이 흘러나왔다.

문이 딸깍, 열렸다. 커다란 남자 박스티에 면바지를 입은 수민이 어색한 걸음으로 진료실에 들어왔다. 바짓단을 두어 번 걷었음에도 바지가 바닥에 질질 끌렸다.

수민은 안도의 한숨을 뱉었다. 다행스럽게도 연준은 없었다. 간호사 라커룸에서 옷을 갈아입는 동안 내내 걱정했었던 그녀였다. 서울에서 내려오면서 줄곧 머릿속에 든 생각은 오직 하나밖에 없었다. 하지만 막상 이야기를 하고 난 후, 연준의 얼굴을 어떻게 봐야 할지 이제는 그게 걱정이었다.

수민은 조심스럽게 진료실 안을 훑어보았다. 연준의 성격답게 책상이며 진료실 안은 깨끗하고 단정했다. 책을 읽고 있었던 모양인지 책상에는 책이 펼쳐져 있었다. 무슨 책인가 싶어 집어 드는데 문이 열렸다. 그리고 연준이 한 손에 수건과 드라이기를 들고 들어왔다.

"미안, 늦었지?"

수건과 드라이기를 내려놓고서 연준이 수민을 보고는 웃었다. 수민의 옷을 말릴 동안 입으라고 준 옷인데 아무래도 남자 옷이고 수민의 체구가 가는 편이다 보니 아이가 어른 옷을 입은 것처럼 커다랬다.

"옷 커서 불편하겠다. 앉아봐, 머리 말려야지."

가슴이 콩닥거렸지만 수민은 애써 아무렇지 않은 얼굴로 소파로 가서 앉았다. 연준이 드라이기를 켜고 수민의 옆으로 왔다.

위이잉.

부드럽고 따뜻한 바람에 기분이 절로 좋아졌다. 긴 손가락이 다정하게 머리끝을 스칠 때마다 수민의 얼굴에도 옅은 미소가 스쳤다.

"다 됐다."

드라이기를 내려놓은 연준이 가지고 온 건 온도계였다.

수민의 앞에 허리를 굽히고 앉은 연준이 수민의 귀에 온도계를 넣고 이내 다시 꺼냈다. 온도를 확인하고 난 뒤, 그가 다행이란 듯 안도의 한숨을 내쉬었다.

"36.8도네. 아까보다 많이 떨어져서 다행이다. 걱정, 많이 했었는데."

그냥 비 좀 맞았을 뿐인데 혹시 감기라도 걸릴까 봐 노심초사하는 그의 모습에 수민은 웃음이 났다. 온도계를 보던 연준의 시선이 수민에게로 향했다. 서로의 눈동자에 비친 모습이 보일 만큼 가까운 거리.

심장이 두근거리고 얼굴이 뜨거워졌다. 정적이 감돌던 그때, 가볍게 헛기침을 하고서 연준이 서둘러 허리를 펴고 자리에서 일어났다.

"……커피, 마실까?"

연준이 커피를 내리러 가자 수민은 나직이 숨을 뱉으며 가슴을 쓸어내렸다. 하마터면 심장 뛰는 소리가 연준에게까지 들릴 뻔했다. 힐끔 시선을 들자 저만치에 서 있는 연준의 뒷모습이 눈에 들어왔다. 심장 언저리가 간질거린다.

왜 진작 몰랐을까, 그를 좋아하고 있단 사실을.

“너 좋아해. 오빠로서가 아니라…… 남자로서 네가 좋아, 한수민.”

똑같은 마음이었는데. 바보처럼 왜 이제야 깨닫게 된 걸까.

“뜨겁다. 조심해.”

연준이 커피 두 잔을 가지고 왔다. 건네주는 머그컵을 받자 고소한 커피 향이 코끝으로 다가왔다. 한 모금 마시자 따끈한 커피가 목을 타고 내려가며 잔뜩 긴장하고 있던 어깨가 느슨해졌다. 맛이 어떤지 궁금한 듯 쳐다보는 연준을 향해 수민은 작게 웃었다.

“맛있어요.”

“그래? 다행이다.”

연준도 그제야 웃으며 수민의 옆자리에 앉았다.

조금의 사이를 두고 나란히 앉아 두 사람은 따뜻한 커피만 홀짝거렸다. 토닥토닥, 창문 너머로 들려오는 빗소리가 유난히 크게 들렸다. 어색한 바람에 커피만 마시다 보니 얼마 지나지 않아 컵이 가벼워졌다. 수민은 머그컵을 양손으로 쥔 채 곁눈질을 힐끔, 했다. 연준의 옆모습이 보였다. 단정한 이마선 아래 곧은 콧날이 이어져 있고, 그 사이에 긴 속눈썹이 날렵한 호를 그리며 자리 잡고 있었다. 모난 곳도 없고 못나게 삐져 나온 곳도 없다. 마치 솜씨 좋은 화공이 일필휘지로 그려 나간 듯 군더더기 없이 깔끔한 옆선이다. 게다가 햇볕에 그을리지도 않는지 푸른빛이 돌 만큼 하얀 피부색이 여자인 수민이 보기에도 부러울 정도로 깨끗했다. 잘생긴 건 이미 알고 있었는데도 왠지 평소와는 다른 느낌이다. 그런 수민의 시선이 느껴졌는지 연준이 문득 옆을 돌아보았다. 눈이 마주치자 당황하는 게 느껴진다.

"왜? 뭐 묻었어?"

뭐 묻었나 싶은지 연준이 손을 들어 얼굴을 만졌다. 길쭉한 손가락에도 수민의 시선이 머물렀다. 무심히 넘겼던 것 하나하나가 새삼스레 가슴을 뛰게 한다. 억지로 꽁꽁 걸어 잠그고 있던 빗장을 푸니 그 안에 감춰두었던 감정들이 봇물처럼 쏟아져 나오는 모양이다.

바보처럼 모르고 있었을 뿐이지, 이 사람을 참 많이 좋아하고 있었나 보다.

그제야 자신의 마음을 들여다본 수민이 혼자 작게 웃었다.

"……이상해."

커피를 한 모금 홀짝 마시고서 수민이 조그맣게 중얼거렸다.

"뭐가?"

연준이 묻는 말에 수민은 그냥 싱겁게 웃으며 고개를 저었다. 이 기분을 말로 설명할 순 없을 것 같았다.

"나야말로 이상하다."

궁금한 듯 쳐다보는 수민을 보며 연준이 싱긋, 웃었다. 그 웃는 입매가 참 예뻐 수민의 입가에도 덩달아 작은 미소가 스몄다.

"뭐가요?"

"지난 일주일이 지옥 같았는데……. 지금 이 순간이 안 믿겨. 그냥 얼떨떨하고."

"나도."

"……거짓말. 그건 못 믿겠다."

연준이 피식, 웃으며 수민의 앞머리를 손으로 장난스럽게 헝클었다.

"도망만 잘도 다녀놓고서. 내가 정말 누구 때문에 그동안 마음 끓인 거 생각하면…… 말을 말자. 응?"

편하게 장난치는 연준의 모습이 마치 어린 시절로 돌아간 것 같았다.

토닥토닥, 빗소리가 음악 소리처럼 들려왔다.

"비 오는 소리, 참 듣기 좋다."

"그러게."

수민의 말에 동의하며 연준이 커피를 마시다 문득 자리에서 일어나더니 창가로 갔다. 그리고 창문을 활짝 열고 그 앞에 의자 두 개를 놓았다. 연준의 손짓에 수민도 일어나 창가로 향했다. 수민이 왼쪽 의자에 앉자 그 옆에 연준도 나란히 앉았다.

와, 수민에게서 탄성이 흘러나왔다.

"좋다."

비가 내리는 밤공기가 청명했다. 그러고 보니 비 오는 풍경을 이렇게 가만히 앉아서 지켜보는 건 아주 오랜만이었다. 수민이 창턱에 팔을 괴고 바깥을 향해 크게 숨을 들이마셨다. 비 냄새, 흙 냄새, 풀 냄새…… 온통 여름 냄새로 가득했다.

"비 구경해 본 거 오랜만이지?"

"그러게. 이렇게 보니 되게 좋다, 시원하고."

가만히 창밖을 내다보던 수민이 갑자기 혼자 픽, 웃음을 지었다.

"오빠, 우리 어릴 때 기억나요? 왜, 내가 원두막에 서리하러 가 겠다가 갑자기 비가 쏟아져서 집에도 못 가고 그랬잖아요. 할머니 들은 우리 없어졌다고 막 찾아다니고 난리도 아니었고."

아주 오래전의 일이었다. 미간을 찡그린 채 잠시 기억을 더듬던 연준도 이내 환하게 웃으며 그녀의 말에 맞장구를 쳤다.

"그러게. 진짜 그랬었다. 너, 엄청 울고 그랬었는데."

"말도 마. 그때, 천둥벼락도 치고 그래서 얼마나 무서웠다고요."

그때의 기억이 선한지 수민이 고개를 절레절레 흔들었다. 아주 오래전 그날, 짧은 머리를 하고서 엉엉 울던 열한 살 어린 여자아 이가 생각나 연준은 저도 모르게 웃음이 터졌다.

"나 처음 봤을 때 어땠어요?"

수민이 궁금한 얼굴로 물었다.

"언제? 이번에?"

"음, 둘 다. 어릴 때랑 지금이랑."

"어릴 때라……."

지금도 기억이 선하지만 연준은 괜스레 기억나지 않는 듯 짐짓 심각한 표정을 지었다. 턱까지 괴고서 속으로 수를 헤아렸다. 53을 헤아릴 때쯤, 수민이 다시 물었다.

"설마 기억 안 나요?"

설마 그럴 리가. 연준은 새어 나오는 웃음을 꾹 참고서 미간을 찌푸렸다.

"글쎄."

"왜, 나, 초등학교 3학년 겨울방학이었나? 그때, 우리 할머니 집에서 처음 봤었잖아요. 저녁밥 먹으면서. 정말 기억 안 나요?"

"그랬나?"

기억이 잘 나지 않는다는 듯 고개를 갸웃거리자 수민이 실망한 듯 결국 입을 비죽이고 말았다.

"진짜 너무하네. 난 다 기억하고 있는데."

연준은 피식, 웃으며 수민의 이마를 손가락으로 가볍게 콩, 튕겼다.

"나도 다 기억하고 있네요, 이 아가씨야. 그 꼬마가 누군데 설마 잊었을까 봐?"

"뭐야. 오빤 진짜…… 난 정말 새까맣게 다 잊어버렸나 싶어 서운할 뻔했잖아요."

수민이 밉지 않게 눈을 흘기면서도 핏, 웃었다. 밝게 웃는 모습이 꼭 십 년 전쯤 기훈의 대학에서 보았던 그날의 모습과 겹쳐졌다.

연준의 입가에 옅은 미소가 스몄다. 연준이 수민의 손을 다정하게 잡았다.

"본과 3학년 중간고사 끝났을 때였나? 기훈이 녀석이 하도 자기 학교로 놀러 오래서 한 번 간 적이 있었어."

비 오는 소리에 연준의 목소리가 부드럽게 섞였다.

"학교 안 벤치에 앉아서 음료수 하나씩 마시고 있었는데 그때, 기훈이 녀석이 갑자기 그러는 거야. 야, 연준아. 저기 지나가는 여자애 보이냐?"

"우리 학교 약대에 이번에 들어온 신입생인데 완전 예쁘지?"

흥분해 떠들던 기훈의 목소리가 지금도 귓가에 생생했다.

"시험을 못 봐서 죽네 사네 하던 녀석이 그 여학생 보자마자 눈이 반짝반짝해서 입에 침을 튀기며 이야기하는 거야. 도대체 누군데 저렇게 호들갑인가 싶어 봤는데. 정말 참 예쁘더라."

아주 오래전 추억을 이야기하는 연준의 얼굴은 마치 그날로 돌아간 것처럼 설레어 보였다.

"왜, 사람이 반짝반짝해 보일 때가 있잖아. 그 여학생이 딱 그랬어. 보는 사람까지 행복해질 정도로 반짝반짝한 그런 거. 응, 그랬다. 진짜 예뻤어."

햇살에 반짝거리며 빛나던 그날의 풍경이 지금도 눈에 선했다.

"그때가 봄이 절정이었을 땐데 그 후로 딱 그맘때만 되면 그 여학생이 계속 생각났어. 이름도, 누군지도 모르는데 말이야. 그리고 그때마다 그 시절 나로 돌아간 것처럼 괜스레 설레고 기분 좋고 행복하고, 그렇더라."

연준이 잡고 있던 수민의 손을 토닥거리며 피식, 웃었다.

"그럼 그 여학생이 혹시 오빠, 첫사랑?"

연준의 이야기를 가만히 듣고 있던 수민이 눈을 가늘게 뜨고 물었다.

"글쎄…… 그건 잘 모르겠지만 아무튼 그 여학생 때문에 다른 여자를 못 만났던 건 사실이지. 지금까지 내 눈에 그렇게 예뻤던 사람이 없었거든."

치, 수민이 입술을 비죽였다.

"그렇게 예뻤어요?"

"응, 머리끝부터 발끝까지, 반짝반짝했다니까?"

"그 후로 따로 만난 적 없었어요?"

"왜 없어, 있지."

"언제 만났는데요?"

"올해."

"올해요?"

수민이 눈을 동그랗게 뜨고서 물었다. 연준은 웃음을 가까스로 삼키며 애써 태연한 얼굴로 고개를 끄덕였다.

"올해 언제요?"

"봄부터 계속."

"계속?"

"응."

"……계속 만났다구요? 그 여자를요?"

수민이 정색하며 물었다.

"설마 질투하는 거야?"

하나, 둘, 셋. 말문이 막힌 듯 눈만 깜빡이던 수민의 뺨이 순식간에 빨개졌다.

"……뭐야, 한수민. 정말 질투하는 거야?"

"지, 질투는 무슨…… 그런 거 아냐."

답지 않게 말까지 더듬으며 수민이 펄쩍 뛰었다.

"뭐야, 아닌 게 아닌데?"

"정말 아니라니까? 그냥, 그냥 좀 궁금해서……."

연준은 결국 쿡쿡거리고 웃고 말았다. 더는 안 되겠다. 연준이 수민의 뺨을 장난스럽게 집었다 놓았다.

"너잖아."

"……."

"이 아가씨야. 너라구, 그 여학생이."

너무 놀랐는지 수민이 눈만 깜빡거렸다. 연준이 웃으며 수민의 머리카락을 쓱쓱 헝클었다.

"우리 꼬맹이 아가씨, 눈치 없는 건 예나 지금이나 똑같네."

"……나?"

"그래, 너."

"오빠가 날…… 봤었다구요? 대학 때?"

"그러고 보니 십 년쯤 됐나? 아니다. 그보다 더 됐지?"

연준이 손가락을 헤아리며 햇수를 따지고 있는데 수민이 멍한 얼굴로 중얼거렸다.

"말도 안 돼. 어떻게 그럴 수가 있어? 안 그래요?"

"……인연이었나 봐, 너랑 나랑."

인연이란 연준의 말에 두 사람 모두 똑같이 핏, 웃었다. 서로의 눈을 응시하다 자석에 이끌리듯 연준이 수민에게로 천천히 다가갔다.

눈빛이 닿고 연준이 가만히 고개를 숙였다. 수민은 눈을 감았다. 입술이 닿았다.

컹컹! 어디선가 개 짖는 소리가 들렸다. 연준이 화들짝 놀라 얼굴을 뗐다.

서로의 얼굴을 뚫어져라 바라보다 약속이나 한 듯 동시에 웃음이 났다. 간신히 웃음을 멈추었을 때쯤, 연준이 수민의 손을 살짝 잡았다. 수민의 손가락도 연준의 손등을 살짝 덮었다.

연준이 다시 수민에게 다가갔고 ……그리고 조심스레 입술이 닿았다.

찌릿하니 온몸에 전기가 올랐다. 얽혀 있던 두 사람의 손가락에 힘이 들어갔다.

보드랍고 말캉하고…… 달다.

비 오는 여름밤, 둘만의 추억 한 가지가 또 쌓였다.

열. Date

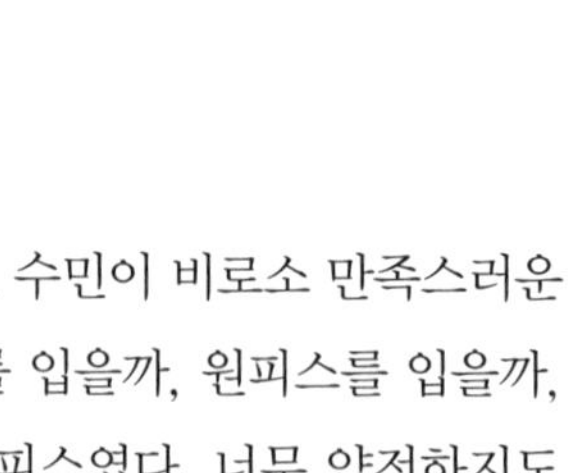

거울 앞에서 자신의 모습을 비춰보던 수민이 비로소 만족스러운 듯 싱긋이 웃었다. 블라우스와 스커트를 입을까, 원피스를 입을까, 한참 고민한 끝에 결정한 건 소라색 원피스였다. 너무 얌전하지도 않고 적당히 발랄하면서도 활동하기에 편한 스타일이라 어디를 가든 무난하게 어울릴 듯했다. 마지막까지 화장도 꼼꼼하게 챙기고서 수민은 밖으로 나왔다.

"어머, 이게 누구야!"

화단에 물을 주던 미영이 호들갑스럽게 감탄사를 내뱉었다.

"얘, 난 웬 탤런트가 우리 집에서 나오나 했다!"

"고모도 참……."

샌들을 신으며 수민이 쑥스러운 듯 작게 웃었다.

"아냐. 오늘따라 정말 너무 예쁜데? 누가 보면 무슨 데이트 있는 줄 알겠어.”

한 달 남짓 시간이 흐르는 동안, 미영에게는 아직 아무런 말을 하지 않고 있었다. 이유는 딱 하나였다. 혹시라도 정희의 귀에 들어갈까 싶어서였다.

“장 선생이랑 함께 간댔지? 장 원장 말 들으니 장 선생은 대학 은사 출판기념회에 간다는 것 같던데.”

“네.”

“그럼 올 때도 같이 오면 되겠네. 잘됐다. 혼자 오면 심심할 텐데. 그지?”

미영에게 거짓말을 한 게 조금 마음에 걸리긴 했지만 나중에 정희가 알게 되는 것보나는 차라리 그게 낫다 생각했다. 샌들을 마저 신고 마당으로 내려서며 수민은 미영에게 미안한 미소를 지어 보였다.

“아마 그럴 것 같아요.”

“참, 집에는 들렀다 올 거야?”

“아뇨. 엄마 알면 또 붙잡을 것 같아서요.”

“하긴.”

미영이 이해가 가는 듯 콧잔등을 찡그리며 핏, 웃었다.

“그래. 그럼 나도 비밀로 해줄 테니까 재밌게 놀다가 와.”

“네, 고모도 식사 잘 챙겨 드세요. 너무 늦지 않게 올게요.”

미영에게 웃으며 인사를 하고 수민은 집을 나섰다.

여름 햇살이 머리 위로 쏟아져 내렸다. 눈이 하얗게 부셔 손부채를 하는데 골목 끝에 세워진 차가 눈에 들어왔다. 그리고 그 앞에 서 있는 사람을 본 순간, 수민의 얼굴에 환한 미소가 피어났다. 골목길을 서둘러 걸어가는 그녀의 걸음걸이가 경쾌했다.

"미안해요. 오래 기다렸어요?"

부신 햇살에 연준은 손을 들어 수민의 이마를 가려주고는 고개를 저었다.

"아냐, 방금 왔어."

그러고 보니 오늘따라 연준의 옷차림이 평소와는 조금 달랐다.

회색 슈트에 새하얀 셔츠, 그리고 소라색의 타이.

늘 세미정장 스타일에 의사 가운을 입고 있는 것만 보았는데 오늘은 완벽한 정장 차림이었다. 그리고 연준에게 아주 근사하게 잘 어울렸다.

연준의 타이를 가만히 바라보던 수민의 시선이 자신이 입은 원피스로 향했다. 수민의 입술 끝이 예쁘게 올라갔다.

"그거, 알아요?"

"뭘?"

수민의 가는 손가락이 연준의 타이를 살짝 건드렸다.

"우리 오늘 나름 커플 룩이란 거."

수민과 자신의 옷을 물끄러미 내려다보던 연준의 입가에 피식, 웃음이 고이는가 싶더니 그가 수민의 손을 잡았다.

"왠지 오늘 하루 시작이 좋은데?"

"그러게."

수민도 예쁘게 웃으며 연준의 손을 마주 쥐었다. 웃음이 담긴 서로의 시선이 반짝, 다정하게도 오갔다.

맙소사.

영화를 보고 이른 저녁을 먹은 뒤, 수민은 연준을 따라 그의 은

사 출간회가 열린다는 호텔로 함께 왔다. 하지만 호텔 로비로 들어서자마자 수민은 저도 모르게 미간을 살짝 찡그렸다. 서울의 하고 많은 호텔 중에 왜 하필 이곳이란 말인가.

"교수님께 인사만 드리고 금방 나올게."

연준의 말에 수민은 얼른 난감한 표정을 감추었다. 별일 아닌 걸로 그를 걱정시키고 싶진 않았다.

"난 괜찮으니까 볼일 보고 편하게 와요."

알았다며 웃어 보이곤 연준이 엘리베이터 쪽으로 걸어갔다. 하지만 몇 발짝 걷다 말고 이내 다시 수민에게 돌아왔다.

"왜요?"

"심심하면 같이 가도 되는데. 같이 안 갈래?"

"안 심심할 것 같은데."

수민이 가방에서 책을 꺼내 보이며 빙긋 웃었다.

"뭐야, 준비성이 너무 철저하잖아."

연준이 김빠진다는 듯 어깨를 크게 털썩, 내려놓으며 한숨을 푹 내쉬었다. 그런 ㄱ의 모습에 수민이 작게 웃음을 터뜨렸다.

엘리베이터 도착음 소리가 울렸다. 연준이 아쉬운 듯 수민의 손을 놓았다.

"그럼 금방 다녀올게. 잠깐만 책 보고 있어."

"다녀와요."

"참."

무슨 할 말이 있는지 연준이 수민의 귓가에 고개를 기울였다.

"남자, 조심해."

"진짜…… 아까부터 자꾸 놀릴 거예요?"

차를 타고 오는 내내 오늘 수민이 너무 예뻐서 혼자 놔두기가 겁난다는 둥 농담을 하던 그였다. 그런 그의 장난이 싫지는 않으면서도 괜히 부끄러워 수민은 눈을 흘기며 가볍게 주먹을 쥐어 그를 때리는 시늉을 했다.

"이크!"

연준이 얼른 엘리베이터에 올라타고는 근엄한 표정으로 팔짱을 끼었다.

"정말 농담 아니니까 조심해. 알았지?"

"아무튼 끝까지 장난이야."

수민의 핀잔에 연준이 웃으며 손을 흔들었다. 수민도 마주 손을 흔들어주다 엘리베이터 문이 완전히 닫힌 뒤에야 커피숍으로 걸음을 옮겼다. 주말인데도 지난번처럼 사람이 많지는 않았다. 창가 자리에 앉아 홍차를 시키고 책을 꺼내 드는데 문득, 조금 전 연준이 했던 말이 떠올랐다.

"남자, 조심해."

수민은 실소했다.

남자라…… 설마, 그런 일이 있을까.

수민의 눈길이 커피숍 안을 휘, 둘러보았다. 지난번에 선을 보았던, 이름도 잘 생각나지 않는 그 남자 집안의 호텔이었다. 그 후로 전화도, 문자도 오긴 했지만 모두 스팸으로 등록한 뒤부터는 그마저도 딱 끊긴 상황이었다. 그러니 다시 만날 일은 없을 거였다. 수민은 피식, 웃으며 이내 책으로 시선을 내렸다.

그렇게 얼마나 지났을까.

"……수민 씨?"

문득 들려온 말소리에 고개를 들었다 수민의 얼굴이 이내 어두워졌다.

설마, 하는 상황은 때때로 정말 말도 안 되는 우연과 함께 벌어지기도 했다. 그리고 오늘이 바로 그랬다.

"맞네! 수민 씨."

그 남자였다. 반가워 죽겠다는 표정의 남자와 달리 수민의 얼굴은 찬물이라도 끼얹은 듯 싸늘해졌다.

"세상에, 무슨 이런 일이 다 있어요? 이야, 진짜 반갑다. 이상하게 이쪽으로 오고 싶너라니만 수민 씨 보려고 그랬나 봐요."

남자는 반갑다고 야단이었지만 수민은 전혀 그렇지가 못했다. 그냥 이대로 조용히 가주었으면 좋으련만 아쉽게도 남자는 전혀 그럴 생각이 없는지, 아무런 양해도 구하지 않고 수민의 맞은편 자리에 털썩 앉았다. 수민의 고운 눈썹이 비딱하게 올라갔다.

"여긴 웬일이에요?"

"……약속이 있어서요."

"이야, 아무튼 정말 반가워요. 그렇잖아도 그때 급하게 가버리셔서 엄청 서운했었거든요."

수민은 그때 이 남자에게 무슨 말을 했는지 곰곰이 생각해 보았다.

"서로의 집에는 각자 알아서 이야기하고 마무리하도록 하죠. 앞으로 두 번 다시 볼 일 없었으면 합니다."

그만하면 충분히 거절의 의사가 전해졌으리라 여겼는데 전혀 그렇지가 못한 모양이었다. 이럴 줄 알았으면 정말 예의 없이, 재수 없는 말을 있는 대로 퍼부어주고 왔어야만 했다. 뒤늦은 후회가 몰려왔다.

"그런데 무슨 약속인데 혼자 이렇게 있어요? 약속한 분이 아직 안 온 거예요?"

"아뇨. 잠깐 일이 생겨서 자리를 비웠어요. 곧 올 거예요."

"그래요? 그럼 잠깐 앉아 있어도 되겠네요."

일행이 있다 말하면 알아서 가줄 줄 알았는데 남자는 태연하게도 자리를 지키고 있었다. 수민이 인상을 찌푸리는데도 남자는 눈치 없이 웃으며 물었다.

"참, 그 후로 왜 연락 안 받으셨어요?"

당연했다. 수민이 보기도 전에 모두 스팸 처리되어 삭제되었으니까.

"수민 씨 어떻냐고 어머니께서 물어보시기에 전 더 만나보고 싶다고 했었거든요. 수민 씨 어머님께서 아무 말씀 안 하시던가요?"

넉살 좋게 웃기까지 하며 점점 더 곤란한 질문을 던지는 남자였다. 더군다나 스스로도 뻔히 알고 있을 대답을 묻는다는 건 대체 어떤 심사인지 알 수가 없었다. 차라리 이 자리에서 깔끔하게 끝내는 편이 나을 것 같았다. 보고 있던 책을 덮으며 수민은 남자를 보았다.

"저희 집에는 분명히 제 뜻을 밝혔는데 저희 어머니께서 전하지 않으셨나 보네요. 지난번에 말씀드렸던 것처럼 제 뜻은 지금도 똑같아요. 그러니 앞으로 두 번 다시……."

“에이, 한 번 보고 어떻게 그렇게 단정합니까. 나, 이래 봬도 꽤 괜찮은 놈이에요. 놓치면 아까울 건데. 그러니 생각 바꿔보는 건 어때요?”

이젠 황당함을 넘어서 불쾌하기까지 했다. 노골적으로 싫은 티를 내는데도 남자는 여간해서 물러날 기미가 안 보였다. 그렇다면 방법은 한 가지였다. 이 남자가 떠나지 않는다면 자신이 떠나는 수밖에.

“아뇨. 제 생각이 바뀔 일은 없을 것 같네요. 그럼 먼저 실례할게요.”

책을 챙긴 수민은 가방을 들고 자리에서 일어났다. 연준이 오기 전에 이 상황을 정리해야만 했다. 하지만 당황스럽게도 남자는 커피숍 밖까지 따라 나왔다.

“어디까지 가세요? 제가 모셔다 드릴게요.”

“사양히 겠습니다.”

“에이, 그러지 말고요.”

거절을 해도 도통 떨어지지 않는 터라 어떻게 해야 할지 난감하던 그때, 낯익은 목소리가 끼어들었다.

“수민아.”

고개를 돌린 수민의 눈빛이 당황해 흔들렸다. 엘리베이터에서 내린 연준이 커피숍 쪽으로 걸어오고 있었다.

“오빠.”

수민의 곁으로 온 연준의 시선이 남자에게로 향했다. 그 남자 역시 갑작스레 나타난 연준을 의아한 눈으로 마주 보았다.

“무슨 일 있어?”

“아뇨, 그냥 잠깐 좀…….”

"……누구, 아는 사람?"

연준이 묻는 말에 수민이 잠시 망설였다. 그리고 그새를 틈타 남자가 턱을 치켜들고서 품에서 명함을 꺼내 연준에게 내밀었다.

"지난달에 수민 씨랑 선을 본 신재철입니다."

명함을 받아 살펴보던 연준의 눈길이 남자에게로 향했다.

맙소사. 수민은 새어 나오는 한숨을 꾹 삼켰다. 이럴까 봐 서둘러 커피숍을 나온 거였는데 아무 소용이 없게 되어버렸다. 정희에 의해 억지로 끌려 나가다시피 한 자리였고 한 시간도 채 지나지 않아 곧바로 그곳에서 나왔었다. 별거 아닌 일로 연준의 오해를 사고 싶지 않았다. 또한 연준이 이런 일로 기분 상해하는 건 더더욱 싫었다.

"오빠, 실은……."

어떻게 된 일인지 설명해 주려는데 연준이 그런 수민을 보며 고개를 살짝 끄덕이고는 옅은 미소를 지었다. 그리고 연준도 이내 품에서 명함을 꺼내 신재철이란 이름을 가진 남자에게 내밀었다.

"안녕하세요, 장연준입니다."

명함을 살펴보던 남자가 아, 하는 소리와 함께 연준을 보았다.

"아, 봉운읍이면 수민 씨가 지금 내려가 지낸다는 그 시골 맞죠? 그럼 수민 씨 이웃사촌?"

이웃사촌이란 말에 연준이 태연하게 웃으며 말했다.

"네, 이웃사촌은 맞는데, 그보다는 더 가까운 사이죠."

"네? 가까운 사이라면……."

연준이 수민의 손을 다정하게 깍지 껴 잡았다. 앞에 서 있는 남자 보란 듯이.

"수민이 남자친굽니다."

"네?"

연준과 수민이 맞잡은 손을 본 남자의 눈이 이내 휘둥그레 커졌다. 그리고 남자는 금세 당황스러운 듯 수민과 연준의 얼굴을 번갈아 보았다.

"그럼 우린 이만 실례하겠습니다. 다른 바쁜 일이 있어서요."

얼떨떨한 얼굴로 쳐다보는 남자를 뒤로하고서 연준은 수민의 손을 잡은 채 호텔을 나섰다.

봉운읍에 도착했을 때, 날은 이미 제법 캄캄해져 있었다. 골목 어귀에 차를 세워두고서 두 사람은 나란히 수민의 집으로 걸어갔다. 수민은 옆을 힐끔 보았다. 호텔을 나와 함께 차를 타고 내려오는 동안에도 별 특별한 내색 없이 평소와 똑같았던 그였다. 한데 지금은 조금 달랐다. 연준의 표정이 여느 때와 달리 조금 어두워 보였다. 뭐랄까, 심란해 보인다고나 할까.

"미인해요."

집 앞에 다 왔을 즈음, 수민은 내내 목에 걸려 있던 말을 겨우 꺼냈다. 뜬금없는 소리에 놀랐는지 연준의 눈매가 살짝 커졌다.

"아까 호텔에서……."

기분이 안 좋은 건 당연할 거였다. 아니, 어쩌면 화났을지도 모른다. 만약 연준이 다른 여자와 선을 봤더라면 수민 역시 기분이 상했을 거니까.

"기분 많이 상했었죠? 그게 어떻게 된 거냐면……."

연준이 문득 멈춰 서더니 수민을 빤히 보았다. 수민도 연준을 가만히 올려다보았다. 몇 초간 그렇게 아무 말 없이 마주 보고 서 있는데 연준의 입술이 피식, 휘어졌다.

"이 아가씨야, 무슨 그런 말도 안 되는 생각을 해?"

마음이 한결 가벼워지긴 했지만 그렇다고 미안한 마음이 완전히 사라진 것도 아니었다.

"나도 오빠랑 똑같았을 거야. 자의든 아니든 다른 사람이랑 선 봤다는 사실만으로 기분 상했을 거예요. 그러니까 괜찮은 척하지 않아도 돼요, 내가 잘못한 거니까."

"진짜 아니라니까 그러네."

"오빠 내가 좋아하는 사람 얼굴 표정 하나 못 읽을 정도로 바보인 줄 아나 봐요."

평소라면 그냥 연준의 말을 믿고 넘어갔을 텐데 내내 미안하고 속상했던 탓인지 오늘은 쉬이 그럴 수가 없었다. 그 사람은 하필 그때 거기서 나타날 건 뭐람. 아니, 그보다 정희의 억지였다고는 하지만 그 자리에 나갔던 자신한테 더 화가 났다. 엄마가 어떻게 하든 나가지 말았어야 했다. 그랬더라면 이런 일로 연준이 마음 상할 일은 없었을 거니까.

고요한 침묵이 흐르다 문득 이마 위로 웃음기 어린 한숨 소리가 떨어졌다.

"화난 거 아냐. 그렇다고 기분 상한 것도 아니고. 그냥."

"그냥, 뭐?"

수민이 작은 목소리로 따라 물으며 고개를 들었다. 연준과 눈이 마주쳤다. 그가 피식, 웃으며 손을 뻗어 수민을 따뜻하게 안아주었다.

"그냥. 조금 질투가 나서 그래."

"……질투요?"

생각지도 못한 말이었다.

"거짓말."

"진짜."

진짜라는 연준의 대답에도 못 믿겠다는 듯 수민의 눈매가 새치름해졌다.

"정말 그래서라구요?"

"그럼 거짓말 같아?"

연준의 표정은 진지하기 짝이 없었다.

"말도 안 돼, 질투할 일이 뭐가 있어서."

"왜 질투가 안 나. 네가 나 아닌 다른 놈이랑 마주 앉아서 커피를 마시는 것도, 다른 놈이 네 이름 부르는 것도, 네가 다른 놈이랑 이야기하는 것도 다 싫은데."

"그냥 한 번 보고 만 사람이잖아요."

"어쨌거나. 그래도 싫어. 그냥 다른 놈이 너랑 같은 공간에 있다는 것 자체가 싫어. 생각 같아서는 네 주위 반경 100m에 남자라고는 나 하나만 있었으면 좋겠다고."

다른 사람도 아닌 연준이 이런 말을 할 줄은 정말 꿈에도 생각 못했다. 잠시 멍청하게 연준을 올려다보던 수민이 이내 실소를 터뜨렸다.

"왜 웃어? 유치해서?"

"아니, 그게 아니라……."

"그게 아닌 것 같은데?"

수민은 입을 가린 채 한참을 웃었다. 그러고는 겨우 웃음을 가다듬고 팔을 뻗어 연준을 가득 끌어안았다.

"장연준, 질투도 할 줄 아네?"

"난 뭐 남자 아닌가."

연준이 피식, 웃더니 수민의 머리 위에 턱을 올리더니 짐짓 심각하게 중얼거렸다.

"한수민 양은 왜 이렇게 예뻐서 날 불안하게 만들까. 이래서는 앞으로 잠시도 혼자 그냥 못 두겠잖아."

장난기 섞인 나직한 말소리에 수민은 소리 내 웃으며 연준을 더욱 꼭 안았다. 숨을 크게 들이마시자 밤공기에 익숙한 그의 냄새가 함께 묻어났다. 수민의 입가에 배시시, 미소가 스몄다.

"좋다, 우리 장 선생 냄새."

연준도 수민을 안은 팔에 힘을 꼭 주었다. 낮에는 그리 무덥던 공기도 밤이 되니 한풀 꺾인 채 제법 시원한 바람이 불었다.

"나, 오빠한테 한 가지 허락 맡을 거 있는데."

"뭔데?"

"일단 약속. 무조건 허락하기로."

뭔지 모르겠지만 수민의 말이라면 뭐든지 다 허락해 줄 수 있을 것만 같았다.

"알았어. 난 무조건 찬성. 뭔데?"

"별건 아니고. 조만간 부모님한테 얘기하려고요."

"뭘?"

"뭐긴 뭐야, 우리 이야기."

잠시 정적이 흘렀다. 연준이 수민을 안고 있던 팔을 풀었다. 그리고 눈도 깜빡거리지 않고 오랫동안 수민을 응시했다.

"뭘 해?"

"다녀왔습니다."
"어, 그래. 연준이 왔냐?"
거실에서 TV를 보고 있던 장 원장이 연준을 맞았다.
"교수님은 건강하시고?"
"네."
"그래, 피곤하겠다. 얼른 들어가 쉬려무나."
장 원장이 허허, 웃음을 지으며 곧 TV로 시선을 돌렸다. 그러고 보니 장 원장이 좋아하는 드라마가 할 시간이었다. TV에서는 장 원장이 좋아하는 드라마가 한창이었다.

"큰아버지한테도 말씀드려요. 나중에 아시면 섭섭하실라."

수민이 한 말이 떠올랐다.
"저, 큰아버지."
"어, 왜?"
대답을 하면서도 장 원장의 시선은 TV에서 떨어질 줄을 몰랐다. 잠시 머뭇거리다 연준은 그냥 미소만 짓고 말았다.
"……TV 너무 오래 보시지 말고 일찍 주무시라고요."
"그래, 알았다. 그렇잖아도 요놈만 보고 자려고."
장 원장에게 인사를 하고 연준은 곧장 방으로 들어갔다. 재킷을 벗기 전에 주머니에 든 소지품을 꺼내 책상 위에 놓는데 빳빳한 종이 한 장이 바닥에 툭 떨어졌다. 연준은 허리를 굽혀 바닥에 떨어진 종이를 집어 들었다.

아까 그 남자가 준 명함이었다. 명함을 뚫어져라 응시하다 연준은 넥타이를 풀며 침대 위에 앉았다.

수민과 선을 보았다던 그 남자. 그 으리으리한 호텔 차남이라 했던가?

"우리 부모님한테 이야기하려고요."

"……어."

수민의 말에 연준은 얼떨떨한 얼굴로 고개를 한 번 끄덕였다. 그런 연준의 모습에 수민이 픕, 작게 웃었다.

"오빠, 지금 너무 쉽게 허락했다고 나중에 분명 후회할걸요?"

"……왜?"

"우리 엄마, 보통이 아니시거든요. 내가 부모님께 말씀드리는 순간, 당장에라도 달려오실 거예요. 오빠 본다고. 아니다."

이야기를 하던 수민이 말을 잠시 멈추고 눈을 동그랗게 떴다.

"아까 그 사람, 호텔에서 봤잖아요. 만약 그 이야기가 우리 엄마한테 들어갔으면 당장 내일이라도 올지도 모르는데?"

"설마."

"그런가? 하긴 그 사람이 말 안 할 수도 있겠다."

거기까지 말하고 그럼 다행이라며 수민이 환하게 웃었다.

솔직하게 말해 수민의 부모님을 뵙는 건 하나도 겁나지 않았다. 우리 귀한 딸, 어디 감히 너같이 아무것도 없는 놈이 탐을 내냐고 어림없는 소리 집어치우라 욕을 해도 이해할 수 있었다. 받아들일 수 있었다. 하지만 그 때문에 수민이 힘들어지는 건 싫었다.

이제껏 살면서 단 한 번도 가진 게 부족해 아쉽다고 여겨본 적이 없던 연준이었다. 다른 친구들처럼 평범한 부모님 아래에서 자라진 않았지만 대신 그에게는 정연과 큰아버지인 장 원장의 가족이 있었기에 한 번도 외롭다는 생각을 해본 적이 없었다. 다른 것도 마찬가지였다. 경제적으로 크게 넉넉하진 않아도 그렇다고 해서 또 그게 부족한 것도 없었다. 아무래도 남들과는 조금 다른 가정에서 자랐기에 어릴 때부터 항상 무슨 일이 생기든 간에 그가 할 수 있는 한은 최선을 다했고, 그런 노력 덕분에 남들보다 좋은 학교에 가고 좋은 직업을 가질 수 있었다. 그랬기에 지금까지 이룬 모든 것에 대해 늘 뿌듯하고 자랑스럽게 생각했다. 하지만 그런 그답지 않게 수민과 선을 보았다던 그 남자를 보고 난 이후부터 연준은 이상하게도 자꾸만 아쉬운 생각이 들었다.

만약 자신이 가진 게 조금 더 많았다면 얼마나 좋았을까.

바보 같은 생각인 걸 아는데도 걱정이 되는 건 어쩔 수가 없었다.

불면 날아갈세라 고이 키웠을 외동딸. 부모가 되어 그런 딸에 걸맞은 좋은 사윗감을 기대하는 건 정말 너무도 당연한 것일 테다. 한데 그런 수민의 부모가 보기에 장연준이란 이가 과연 기대에 걸맞은 사윗감일까.

남들 다 있는 부모가 있는 것도 아니고 든든한 배경이 되어줄 수 있는 집안이 있는 것도 아니고 그렇다고 벌어놓은 재산이 많은 것도 아니다. 다른 이들 눈에 의사라는 직업이 번듯해 보일지는 모르겠지만 큰 병원을 운영하는 수민의 부모 주변에는 의사들이 넘쳐날 테고, 그러니 그것 역시 딱히 내세울 만한 거리는 아니었다.

드라마나 영화에서 이런 경우, '감히 너 따위가! 당장 우리 딸한테서 떨어져!' 라는 대사가 나오지 않던가. 그리고 현실에서 그런 경우가 없으란 법도 없지 않은가.

연준은 손에 쥐고 있던 남자의 명함을 물끄러미 바라보다 책상에 올려두었다.

그리된다면 어떻게 해야 하나.

장연준이란 이가 사위로서 마음에 차지 않는다고 하면 그땐 어떡해야 할까.

그는 아무래도 상관없었다.

어떤 말도 다 감내할 수 있었고 기다릴 수 있었다. 열 번이고 스무 번이고, 아니, 일 년이고 이 년이고 그는 기다릴 수 있을 테지만 그렇게 되면 그동안 수민이 받을 상처는 또 어떻게 해야 할까.

혼자 침대 끝에 앉아 멍하니 이런저런 생각을 하다 연준은 헛웃음을 지으며 이마를 쓸어 올렸다.

"⋯⋯한심하다, 장연준."

아직 일어나지도 않은 일을 미리 걱정부터 하는 멍청한 짓이라니.

연준은 침대 뒤로 털썩, 누워 천장을 바라며 한숨을 지었다.

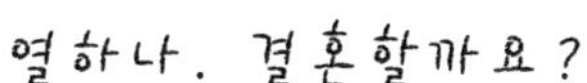

열하나. 결혼할까요?

　여느 때와 똑같은 아침이었다. 한데 진료 시간이 30분이나 남았을 때였다. 우아하고도 화려한 아이보리색 투피스를 입은 50대 여성 한 명이 병원으로 들어왔다. 한눈에 보기에도 이곳 사람은 아니었고 아파서 온 건 더더욱 아니었다. 진료 준비를 하던 황 간호사가 의아한 얼굴로 물었다.

　"아직 진료 시간 전인데예. 어떻게 오셨어예?"

　"진료 받으러 온 건 아니고, 장연준 선생님 좀 만나러 왔는데. 안에 있나요?"

　마치 자신이 이 병원 주인인 것처럼 스스럼없이 원장실 쪽으로 향하는 여자의 앞을 황 간호사가 얼른 가로막고 섰다.

　"아직 안 나오셨는데예?"

　"그래요?"

연준이 아직 출근 전이란 말에 여자는 잘 정리된 눈썹을 비딱하게 치켜세우더니 이내 우아한 태도로 손목에 찬 시계를 확인했다. 그러고는 다시 고개를 꼿꼿하게 세우고 황 간호사에게 물었다.

"여덟시 반인데 아직 출근을 안 했다…… 장연준 선생, 혹시 게으른 사람인가요?"

"예? 누구, 우리 장 선생님이예? 아닙니더! 우리 장 선생님만큼 부지런한 사람이 어딨다고."

"그래요?"

"당연하지예! 아이구, 참내, 얼마나 성실한 사람인데예!"

황 간호사가 펄쩍 뛰며 부인을 해봤지만 여자의 표정은 별반 달라지지 않았다.

"그럼 다행이네요. 원장실, 청소했나요? 안에서 좀 기다렸으면 싶은데."

"예? 아니, 뭐 청소는 했는데 그래도 선생님도 없는데……."

황 간호사가 당황해 말끝을 흐리며 이 간호사를 보았다. 이 간호사가 눈을 크게 뜨고 고개를 저어댔다. 황 간호사가 다시 여자를 보았다.

"죄송하지만예, 아무래도 선생님이 안 계시니까……."

다른 곳에서 기다려야 한다고 말을 하려 했다. 하지만 그런 황 간호사의 뒷말을 짐작이라도 한 듯 여자가 선수를 쳤다.

"기다릴 만한 다른 곳이 없어 그러니 양해 좀 해주셨으면 하는데, 그래도 어려울까요?"

눈빛이 부딪치기를 수 초간. 눈 한 번 깜빡하지 않고 자신을 쳐다보는 여자의 기운에 눌려 황 간호사는 저도 모르게 옆으로 주춤 비켜섰다.

"하기사 뭐, 그것도 그라긴 하니까…… 그라믄…….."

"고마워요. 참, 차는 괜찮으니까 신경 쓰지 말고 일들 봐요."

여자가 우아하게 싱긋 웃고는 황 간호사를 지나쳐 곧장 원장실로 들어갔다. 귀신이라도 본 것처럼 멍한 얼굴을 하고 있다가 황 간호사는 이 간호사를 돌아보았다.

"뭐꼬, 저 여자?"

"그러게요. 와, 포스 장난 아니다."

"내 말이. 딱 쳐다보며 '이랬어요? 저랬어요?' 하는데 말문이 턱 막히드라 아이가. 상난 아니네. 대체 누꼬?"

황 간호사와 이 간호사가 머리를 맞대고 쑥덕거리고 있는데 마침 연준이 출근을 했다.

"선생님예!"

황 간호사와 이 간호사가 소리를 죽인 채 손을 마구 흔들며 연준을 불렀다. 평소보다 훨씬 더 열렬하게 맞아주는 터라 연준의 표정이 의아해졌다.

"좋은 아침입니다."

"좋은 아침이 아닌 것 같은데예?"

"예?"

"손님이 왔어예."

"손님이요?"

황 간호사와 이 간호사가 똑같이 뒤를 돌아보았다. 연준의 시선도 따라 움직였다. 원장실이었다. 연준이 눈썹을 살짝 찡그렸다.

"원장실에 손님이 들어가 있습니까?"

괜히 혼날까 싶었는지 황 간호사가 억울하다는 목소리로 항변을 했다.

"그게예, 우리도 안 된다 캤는데. 말릴 새도 없이 마, 그냥 들어가 기다리겠며 그대로 밀고 들어가 버리가……."

"누구신지 안 물어봤습니까?"

"뉜지 말을 해야 알지. 한 50대쯤 됐나? 암튼 억수로 잘 차려입은 여자 분인데."

연준이 묻는 말에 황 간호사가 어깨를 으쓱하는데 이 간호사가 끼어들어 말을 거들었다.

"보통 분이 아닌 것 같아요. 포스가 무슨 드라마에서 볼 법한 재벌집 안주인 포스라니까요?"

"그제? 이래 눈 착 내리깔고, 목소리도 착 내리깔고…… 대체 뭐 하는 사람이고? 장 선생님, 뉜지 감도 안 와예?"

연준은 원장실을 물끄러미 바라보았다.

도대체 누굴까. 아침부터 찾아온 중년 여자라……. 하지만 아무리 생각을 해봐도 마땅한 사람이 생각나질 않았다.

"그럼 차 좀 부탁드리겠습니다."

"차는 됐다 카시든데예."

"그래요?"

"예, 그냥 얼른 들어가 보시라예."

연준은 미간을 살짝 찡그리고서 원장실로 향했다. 가볍게 노크를 하고 문을 열었다.

50대 중반쯤 되었을까? 가는 체구의 한 부인이 꼿꼿하게 등을 세우고서 소파에 앉아 있었다. 간호사들의 말처럼 풍기는 분위기가 왠지 모르게 위압적이었다.

연준을 본 그녀가 아주 재빠르게 연준의 위아래를 솜씨 좋게 훑어보았다. 그러고는 연준의 눈을 똑바로 바라보며 물었다.

"장연준 선생님?"

"예, 제가 장연준입니다만."

연준을 향하던 여자의 눈매가 싱긋이 휘어졌다. 웃는 모습이 그가 아는 누군가와 많이 닮았다 싶은 순간, 부인이 우아하게 자리에서 일어나 자신을 밝혔다.

"반가워요. 나, 수민이 엄마예요."

수민이 엄마.

"우리 엄마, 보통이 아닌 분이라 성밀 내일이라도 당장 쫓아올지 몰라요."

……수민이 어머니?

머릿속이 순식간에 새하얘지며 심장이 쿵, 하고 떨어졌다. 삼시 눈을 깜빡이던 연준이 급히 깍듯하게 허리를 굽혔다.

"처음 뵙겠습니다. 장연준입니다."

음, 정희가 고개를 가볍게 끄덕이고는 마치 이 방의 주인처럼 연준에게 자리를 권했다.

"앉아요. 참, 저쪽에 커피메이커 있던데 장 선생이 직접 내려 먹는 건가 봐요?"

정희가 손가락으로 가리키는 곳에 연준이 사용하는 커피메이커가 있었다. 간호사들한테 커피 심부름까지 시키기는 싫어 직접 내려 먹는 것이었다.

"예."

"그럼 장 선생이 직접 내려주는 커피, 나도 한 잔 마실 수 있을까요?"

"……잠시만 기다려 주십시오."

연준은 책상 위에 가방을 내려두고 재킷도 벗어 옷걸이에 걸었다. 그러고는 냉장고에서 생수병을 꺼내 커피메이커에 따르고 커피도 넣었다. 잠시 후, 치익 하는 소리와 함께 향긋한 커피 냄새가 흘러나왔다. 커피를 기다리는 동안, 연준은 정희에게서 등을 돌린 채 아주 나직이 숨을 내쉬었다. 이런 긴장감은 대학 입시 때 이후로 처음인 것만 같았다. 곧 커피가 다 내려졌다. 연준은 깔끔한 흰색 머그 두 잔에 커피를 따르고 정희에게로 가져갔다.

"고마워요."

정희가 커피 한 모금을 음미하듯 마시고는 흡족한 듯 고개를 끄덕였다.

"장 선생, 커피 취향이 나랑 같네요. 우리 수민이도 같은 걸로 마시는데."

사실은 수민이 사다 준 커피였다. 정희가 잔을 내려놓고 연준을 똑바로 보았다.

"키가 꽤 크네요. 183? 4?"

"183입니다."

"그래요. 사진보다 인물이 좋네."

사진? 연준이 묻기도 전에 정희가 한쪽 손을 가볍게 들며 양해를 구한다는 제스처를 취했다.

"미리 양해 구했어야 하는데 미안해요. 기분 나쁘게 들리겠지만 사실은 헤리티지 호텔에서 수민이와 함께 있었다는 이야기를 듣고 내가 장 선생에 대해 미리 좀 알아봤어요."

"네."

"기분, 많이 상했죠? 몰래 뒷조사한 것 같아서?"

둘러말하지 않고 직접 대놓고 물어보는 터라 연준은 살짝 당황스러웠다. 보통 분이 아니라던 수민의 말이 이해가 갔다.

"아닙니다."

"그래요, 그렇게 말해주면 고맙고. 다행히 장 선생이 모셨던 이대길 과장님이 우리 수민이 아버지와 잘 아는 사이라 실례를 무릅쓰고 여쭤봤었는데."

정희가 커피 한 모금을 마시느라 말을 잠시 밈췄다. 연준도 따라 커피를 마셨다. 애써 침착한 척하고는 있었지만 사실 입안이 바짝바짝 마르고 있었다.

"이 과장님이 장 선생을 참 많이 아끼셨나 봐요? 계속 좋은 점만 말씀해 주시기에 그래도 혹시나 해서 나쁜 점은 없냐 여쭤봤는데도 그런 건 절대 없으시다며, 과장님께서 보증이라도 서주시겠다 하시더라고요. 늘 딸이 있었으면 장 선생을 사위 삼고 싶었다 하시면서 우리 집 양반과 저한테 기회가 온 걸 고맙게 여기라면서요."

정희의 말처럼 고맙게도 연준을 유독 아껴주셨던 분이다. 혹시나 하고 걱정했던 것이 죄송할 지경이었다.

"아닙니다."

정희가 커피잔을 들며 연준에게 물었다.

"그리고 마침 장 원장님 조카라기에 다른 건 수민이 고모한테 대충 들었는데 여동생이 하나 있다죠? 올 초에 미국에서 결혼을 했다고. 어머님도 그쪽에 계시다던데.”

“네.”

“그럼 한국에 있는 가족은 장 원장님네 가족인 거죠?”

“네, 그렇습니다.”

연준의 대답에 고개를 끄덕거리던 정희가 별안간 뜬금없는 질문을 던졌다.

“혹시 연애 경험이 몇 번인지 물어봐도 될까요? 뭐, 가볍게 만났거나 아님 진지하게 만났거나.”

전혀 생각지도 못한 질문에 연준은 당혹스러워졌다. 대답이 궁금한 듯 정희가 빤히 그를 보다 작게 웃었다.

“실례되는 질문인 줄 알아요. 내가 너무하다 생각이 들겠지만 그래도 수민이 엄마 된 입장에서는 중요해서 어쩔 수 없이 묻게 되네요. 미안하지만 대답, 들을 수 있을까요?”

연준은 그제야 정희가 왜 그런 질문을 한 건지 알 것 같았다. 딸을 생각하는 엄마 입장에서는 어쩌면 너무도 당연한 걸지도 몰랐다. 같은 실수는 되풀이하고 싶지 않을 거니까.

“수민이가 처음입니다.”

“우리 수민이가요?”

일관된 표정을 유지하던 정희가 처음으로 살짝 놀란 기색을 띠었다.

“네.”

“아니, 왜…….”

도무지 이해가 가지 않는 듯 정희가 잘 정리된 눈썹을 살짝 치켜

올렸다.

"혹시나 해서 그러는데 내가 수민이 엄마라 솔직하게 말하지 못하는 거라면 그러지 않아도 돼요. 연애 한두 번 한 것 가지고 치사하게 굴 만큼 나 꽉 막힌 사람 아니니까. 그리고 장 선생 조건에 그 나이 되도록 사람 한 명 안 만났다는 게 오히려 더 이상한 일이기도 하고 말이에요. 장 선생 좋다고 따라다녔을 사람도 분명 여럿이었을 텐데."

정희의 말처럼 그를 좋아해서 따라다닌 여자가 꽤 많았던 건 사실이었다. 고등학교 때부터 대학교 때까진 말할 것도 없고 인턴, 레지던트, 거기다 펠로우 때도 같은 병원 의사부터 간호사, 환자, 보호자들끼지 많은 고백을 받았었다. 물론 소개팅이나 선도 많이 들어왔었다. 하지만 그들 중 어느 누구와도 진지하게 만나기는커녕 가볍게 커피 한 잔 마셔본 적도 없었다.

"사실은 사는 게 너무 바쁘고 빠듯해서 누군가를 만날 여유가 별로 없었습니다."

한마디로 말해 먹고살기가 바빠서였다. 아무리 장 원장이 부모처럼 돌봐준다고는 하지만 부모는 아니었다. 돌봐주는 것만 해도 고마운데 그런 큰아버지에게 비싼 학비며 생활비 같은 것들까지 부담 지워주기가 싫었다. 그래서 남들보다 더 열심히 살 수밖에 없었다. 여자를 만날래, 아니면 잠 한 시간 더 잘래, 하며 누군가 묻는다면 연준은 1초의 고민도 않고 후자를 택했다. 지금이야 여유가 있다지만 그때는 그런 고민조차 사치였을 만큼 바쁘고 고단했었다.

"하긴…… 의사들 정신없이 바쁜 거야 내가 잘 아니까."

정희는 그제야 미소를 지으며 커피를 한 모금 마셨다.

"혹시 데릴사위에 대해 생각해 본 적 있어요?"

"네?"

"알고 있겠지만 우리 부부한테 자식이라고는 수민이 하나가 다예요. 그러니 언제까지 여기에 혼자 둘 수도 없고 결혼하고 나면 우리랑 함께 살았으면 하는데, 장 선생 생각은 어떤지 궁금해서 이렇게 물어보는 거예요."

갑작스런 이야기에 놀란 연준과 달리 정희의 표정은 태연하기 그지없었다.

"장 선생도 우리 병원에 대해 알고 있죠?"

"……네."

"장 선생도 우리 수민이 만나면서 우리 병원에 대해 아예 생각해 보진 않았을 거라 생각하니까 이리저리 둘러말하진 않을게요. 우리 부부, 수민이가 약사가 되기를 결정한 후부터 수민이가 의사랑 결혼해서 우리 병원 맡아 해줬으면 하는 바람이 있었어요. 수민이는 일단 싫다고 하지만 그 애도 그렇게 자기 마음처럼 하기 싫다고 안 할 수 없다는 것 정도는 알고 있을 거예요. 우리 병원, 수민이 아버지와 내가 우리 아버지한테 물려받아 저만큼 키웠고 난 우리 수민이도 우리만큼, 아니, 우리보다 훨씬 더 잘해낼 거라 생각해요. 똑똑한 아이니까. 그리고 장 선생도 옆에서 많이 도와줄 거라 믿고요."

"……."

"머리 좋은 사람이니 내 말은 이쯤 하면 모두 다 이해할 거라 생각하고."

딸그락. 정희가 커피잔을 내려놓았다. 연준의 시선이 정희에게로 향했다.

"장 선생이나 우리 수민이나 나이가 있으니 결혼은 될 수 있는 한 빨리 했으면 하는데, 가능하면 올해 안으로. 어때요?"

"예?"

결혼이란 말에 연준의 눈매가 커졌다. 그런 연준의 반응이 마음에 들지 않는지 곱던 정희의 이맛살에 살짝 주름이 잡혔다.

"설마 우리 수민이와 결혼 생각도 않고 만나는 건 아니죠?"

"아닙니다! 그건."

수민과 결혼이라니. 그건 연준도 너무나 바라는 바였다. 수민을 만난 이후로 늘 꿈꾸던 일이었다. 연준의 대답에 그럼 되었다는 듯 정희가 우아한 미소를 지었다.

"그래요, 그럼 대충 우리끼린 이야기가 다 된 기라 생각할게요. 쇠뿔도 단김에 빼랬다고, 이왕 온 김에 장 원장님 뵙고 바로 상견례에 대해 상의하고 가야겠네요. 커피 잘 마셨어요."

정희가 우아한 자세로 자리에서 일어났다. 연준도 급히 따라 일어섰다.

고작 십 분 남짓한 시간 동안, 일사천리로 결혼 이야기까지 오고 갔다. 그야말로 귀신에 홀린 기분이었다. 여전히 얼떨떨한 얼굴로 연준도 정희의 뒤를 따라 원장실을 문을 나서는데 귀에 익은 목소리가 들렸다.

"안녕하세요."

간호사들을 향해 수민이 살갑게 웃으며 인사를 건넸다.

"한 선생님 오싯네. 선생님 만나러 오셨어예?"

“네, 안에 있죠?”

“그게 그렇긴 한데 지금 안에 손님이 들어가 계시가지고.”

“손님이요?”

아직 병원 진료도 시작하지 않았을 만큼 이른 시각이었다. 한데 손님이라니?

수민이 의아한 얼굴로 원장실 쪽을 쳐다보는데 마침 문이 열렸다. 연준이 누군가와 함께 나오고 있었다. 황 간호사가 말한 그 손님인 듯했다.

한데…… 낯익은 얼굴이었다.

잠시 눈을 깜빡이다 수민의 눈이 이내 휘둥그레졌다. 너무 당황스러운 탓에 아무 말도 할 수가 없었다. 그런 수민에게 정희가 예의 그 우아한 걸음걸이로 다가왔다. 수민이 말을 꺼내기도 전에 정희가 먼저 말을 꺼냈다.

“그렇잖아도 지금 막 너한테 갈 참이었다. 장 선생이랑은 이야기 끝냈고 나머진 우리 둘이 이야기하도록 하자꾸나.”

정희는 이내 뒤돌아 서서 연준에게 인사를 했다.

“장 선생은 그럼 진료 보도록 해요. 아침부터 시간 내줘서 고마웠어요.”

“아닙니다.”

“그래요, 그럼. 수민아, 가자.”

연준에게 고개를 살짝 끄덕여 보이고서 정희는 병원 입구 쪽으로 또박또박 걸어갔다. 멍한 얼굴로 정희의 뒷모습을 보던 수민이 연준을 보았다.

“어떻게…….”

"얘기는 이따 하고 일단 가봐. 어머님 기다리시게 하지 말고."

당황스러운 얼굴로 수민이 알았다는 듯 고개를 끄덕이고는 급히 병원을 나갔다. 연준은 나직이 한숨을 삼키며 이마를 짚었다. 머릿속이 온통 뒤죽박죽 난리도 아니었다.

황 간호사와 이 간호사의 시선이 병원 입구로, 다시 연준에게로 옮겨갔다. 인상을 잔뜩 쓰고 있다 연준은 이내 다시 원장실 안으로 들어갔다.

탁! 문이 닫히고 나서야 황 간호사와 이 간호사가 서로의 얼굴을 보았다.

"……어머님이라 캤나?"

어리둥절한 얼굴로 황 간호사가 물었다.

"내, 잘못 들었나?"

"나, 나도 그렇게 들은 것 같은데. 장 선생님이 어머님이라고……."

"그재? 니도 분명히 그래 들었재? 그라믄 이게…… 뭐꼬? 거기서 어머님이라면…… 느이 어무이도 아니고 우리 어무이도 아니고 장 선생님 어무이도 아니고. 그라믄……."

머리를 맞댄 채 곰곰이 되짚어보던 황 간호사와 이 간호사가 동시에 고개를 번쩍 치켜들었다.

히익!

황 간호사와 이 간호사의 입에서 약속이나 한 듯 비명과도 같은 소리가 터져 나왔다.

"한 선생님 엄마?"

"도대체 여긴 왜 온 거예요? 그것도 아무 말도 없이."

약국에 들어오기가 무섭게 수민은 다짜고짜 정희에게 따지고 물었다. 한데도 정희는 대답을 하는 대신에 그저 약국 여기저기를 둘러보며 혀를 차기 바빴다.

"약국이라고는 코딱지만 한 게…… 도대체 이 시골구석에서 왜 이러고 있는지 원. 난 아무리 생각해 봐도 네가 이해가 안 된다. 왜 이렇게 시키지도 않은 고생을 사서 하는지."

"엄마!"

"내가 네 엄마인 거 모르는 사람 여기 아무도 없어. 그러니 목소리 낮춰. 어디 엄마한테 소릴 높여, 얘가?"

정희가 약국 한쪽에 위치한 벤치에 앉더니 가방에서 명함 한 장을 꺼내 수민에게 내밀었다.

"네가 안 오니 내가 올 수밖에. 안 그러니?"

정희가 건네준 명함에는 수민에게 낯익은 이름 석 자가 적혀 있었다.

장연준.

이걸 어떻게 갖고 있을까 싶던 찰나 지난 일요일에 있었던 일이 스쳐 지나갔다. 이름도 잘 기억나지 않는 그 남자에게 연준이 자신의 명함을 줬었다. 아니나 다를까.

"설마하니 잡아뗄 생각은 아니겠지? 지난 주말에 헤리티지 호텔에서 신재철 씨를 만났다는 이야기, 들었다. 한눈에 보기에도 보통 사이가 아닌 것처럼 보였다는구나."

정희에게 이야기가 들어갈 거라고는 생각했지만 이렇게 빠를 줄은 몰랐다.

"그렇잖아도 엄마한테 말하려고 했어요, 만나는 사람 있다고."

"그래. 그래도 그런 생각이나마 하고 있었다는 게 참 반갑구나. 조금 더 일찍 말해줬으면 좋았을 테지만."

한숨을 내쉬며 이마를 쓸어 올리던 수민이 문득 인상을 찡그렸다.

"엄마, 설마 그 사람한테 이상한 말 한 거 아니죠?"

"이상한 말 뭐? 너랑 헤어지라는 그런 얘기?"

"엄마!"

수민의 안색이 파랗게 질렸다. 정희 성격에 그러지 말라는 법도 없었다.

"그렇게 자신이 없으면 그런 사람을 왜 만나?"

"그렇게 말하지 말아요. 엄마한테 그런 말 들을 그런 사람 아냐."

수민이 흥분해 정희에게 대들었다. 그런 딸의 반응에 정희의 눈초리가 살짝 올라갔다.

"엄마가 보기엔 그저 그런 의사 중 하나인지 모르겠지만 그 사람, 제 힘으로 여기까지 왔고 누구보다 마음 넉넉하고 반듯한 사람이에요. 엄마 눈에는 우리보다 가진 게 적다 여겨지겠지만 내가 보기엔 그 사람이 우리보다 훨씬 더 가진 게 많은 사람이라고요. 그러니까 엄마가 그렇게 함부로 말하고 대할 사람 아니⋯⋯."

"올해 안으로 결혼하라고 했다."

눈도 깜빡 않고 앉아 있던 정희가 태연한 얼굴로 수민의 말을 잘랐다.

주말도 아닌 주중에 갑자기 아침부터 찾아와 농담을 하지는 않을 터. 아니, 만약 농담이라고 하더라도 그 정도가 너무 과했다. 혹여나 연준에게 상처 되는 말이나 하지 않았을까, 전전긍긍했더니 이건 전혀 생각지도 못한 말이었다.

"엄마? 도대체 지금……."

"조금 전에 장 선생하고는 올해 안으로 결혼하기로 이야기 끝냈으니 더는 토 달지 마. 참, 아빠도 궁금해하시니까 이번 주 일요일에 집에 데리고 와. 일단 장 선생 큰아버지부터 만나 뵙고 상견례 날짜 잡을 테니까."

정희의 성격으로 보건대 허투루 그냥 하는 말이 결코 아니었다. 수민은 기가 차서 말이 다 안 나왔다.

"엄마, 지금 도대체 무슨 말을 하는 거예요?"

수민이 묻는 말에 정희는 간단하게 대답했다.

"결혼하라 하잖니."

"……."

"그래도 남자 보는 눈이 영 꽝은 아니더구나. 주변 평판도 좋고 인물도 괜찮고. 사내가 제법 무게도 있고 반듯하고."

여간해야 마음에 차는 사람이 없는 정희로서는 보기 드물 정도의 칭찬이었다. 정말 고맙고 다행이었다. 하지만 그것도 잠시, 너무도 갑작스럽게 벌어진 이 상황을 어떻게 정리해야 할지 걱정이 밀려오기 시작했다.

"엄마 말대로 정말 좋은 사람이에요. 하지만 올해 안에 결혼하는 건 무리예요. 그러고 싶지도 않고."

"뭐?"

내내 태연하던 정희가 못마땅한 듯 미간을 찌푸렸다.

"그럼 네 말은 지금 결혼을 안 하겠다는 거니?"

"결혼 안 하겠다는 게 아니라 일단 지금은 너무 이르다는 걸 말씀드리는 거예요.”

“그럼 언제 하려고? 너희들 나이가 얼마인 줄은 알아?”

워낙에 우유부단한 걸 싫어하는 터라 생각하면 바로 행동으로 옮겨야 하는 정희의 성격을 잘 알고는 있었지만 그래도 이건 아니었다. 등 떠밀려 결혼하는 건 싫었다. 수민은 단호하게 고개를 저었다.

“엄마, 나중에요. 나중에 때가 되면 그때 말씀드릴게요. 이렇게 막무가내로 밀어붙인다고 될 일은 아니잖아요.”

수민의 대답에 정희는 못마땅한 듯 눈썹을 치켜떴다.

“너, 또 어영부영하다 사람 놓치고 그때 가서 또 후회할래?”

무거운 정적이 흘렀다. 수민은 아무 대꾸도 하지 않고 정희를 바라보았다. 그런 딸의 표정에 정희도 실수했다 싶었는지 헛기침을 하며 자리에서 일어났다.

“갑작스럽다면 지금부터라도 생각해 봐. 무슨 일이든 때가 있고 미적거려 좋을 건 하나도 없으니까. 난 온 김에 고모나 보고 가야겠다.”

“병원에 안 가보셔도 돼요?”

“바쁜 일은 대충 어제 처리했고 나머진 내일 보면 돼. 참, 이번 주 일요일에 장 선생 데리고 집으로 오는 것 잊지 말고.”

“엄마, 좀 나중에.”

“아빠 궁금해하셔. 그동안 너 때문에 아빠 속 끓인 거 생각해 봐. 그래도 이게 무리한 부탁이니?”

수민은 옅은 한숨을 지으며 하는 수 없이 뒤로 한 발짝 물러섰다.

“알았어요. 일단 얘기는 해볼게요.”

"그래, 그럼 난 가보마."

정희를 배웅하고 난 뒤, 수민은 곧바로 연준에게 전화를 걸었다.

"지금 전화 통화 가능해요?"

〈아니, 지금 진료 중이야. 이따가 내가 다시 할게.〉

"알았어요. 수고해요."

전화를 끊고 난 뒤, 수민은 의자에 멍하니 앉아 있다 이내 테이블에 이마를 묻고 엎드렸다. 모르면 모를까, 정희 성격에 이대로 넘어가진 않을 거였다.

당분간 꽤 번거로울지도 모르겠단 생각에 수민은 골이 지끈지끈 아파왔다.

발 없는 말이 천 리 간다는 옛말 틀린 것 하나 없었다. 마을에 소문이 퍼지는 데는 불과 하루도 채 걸리지 않았다. 병원에 왔다 간 이들이 하나둘 이야기를 퍼뜨렸고, 또 그 소문을 들은 이들이 다시 하나둘씩 찾아와 황 간호사와 이 간호사에게 확인을 하고 갔다. 옥순도 그중 하나였다.

"참말이가?"

뒤늦게 소식을 듣고 온 옥순은 도무지 믿을 수 없다는 얼굴이었다.

"그라믄 내가 따신 밥 먹고 쓸데없이 없는 말 지어내겠어예."

황 간호사가 답답하다는 듯 옆에 있는 이 간호사를 보았다. 이 간호사 역시 얼른 고개를 끄덕였다.

"할머니, 맞아요. 우리 둘이 똑똑히 들었다니까요?"

"하긴, 내 첨부터 안 그러더나. 둘이 분위기가 야시꼬리한 게 이상하더라고. 그게 언제고. 둘이 자전거에서 같이 떡 타고 내리가.

참! 니, 내한테 만 원 내놔라.”

황 간호사가 이 간호사를 향해 손을 내밀었다. 뜬금없는 소리에 이 간호사의 눈매가 동그스름해졌다.

“와, 내가 수진이 니한테 내기하자 안 캤나? 내는 ‘두 사람 사귄다’에 만 원, 니는 ‘안 사귄다’에 만 원.”

그제야 기억이 났는지 이 간호사가 손뼉을 짝 쳤다.

“기억나재? 얼른 내놔라, 만 원!”

입을 비죽이며 이 간호사가 지갑에서 만 원을 꺼내 황 간호사에게 건넸다.

“땡큐다! 이래가 사람이 눈치가 빨라야 하는 기다.”

이야기를 가만히 듣고 있던 옥순이 끼어들어 물었다.

“하믄 참말 둘이 그렇고 그런 사이란 말이재?”

“그런 거 아이믄 뭐겠어예? 안 그래예?”

확신에 찬 황 간호사의 말에 이 간호사가 맞다며 추임새를 넣었다. 노인의 좁은 어깨가 힘없이 추욱 늘어졌다. 황 간호사는 고개를 설레설레 저으며 위로의 말을 건넸다.

“할매, 세상에 어디 남자가 장 선생님 하나뿐이겠어예? 그니까 손녀사위는 마, 다른 데서.”

“아이다! 내는 아무리 생각해 봐도 못 믿겠다. 이기 뭐, 잘못된 기라. 우리 장 선생이 다른 넘들처럼 얼굴 보고 헬렐레 해가 여자 보는 사람이 아닌데.”

“에이, 할매도 참. 약국 한 선생님이 어디 얼굴만 이뻐예? 대학도 좋은 데 나왔고 직업도 좋고, 거기다 얼굴 예쁘재, 성격도 좋재, 집안도 좋재, 흠 잡을 데가 어딨어예?”

황 간호사의 칭찬에 옥순이 버럭, 역정을 냈다.

"아이고, 마! 됐다! 내는 그런 거 한 개도 모르겠고. 장 선생, 어딨노? 내, 직접 물어볼란다."

옥순이 마치 전투라도 치를 것처럼 어깨를 한껏 곧추세우고서 원장실로 향하는데 때마침 원장실 문이 열렸다. 그리고 퇴근할 채비를 마친 연준이 나왔다. 병원 안에 있던 사람들의 시선이 모두 연준에게로 향했다. 사람들의 따가운 시선을 느꼈는지 연준이 잠시 멈칫거렸다.

"장 선생, 참말이가?"

옥순이 다짜고짜 물었다. 어리둥절한 얼굴로 병원 안 사람들을 둘러보던 연준의 눈길이 옥순에게로 향했다.

"네? 무슨 말씀이신지……."

"뭐긴 뭐라. 요 옆에 약국 선상님이랑 그렇고 그런 사이라 카는 게 맞냐고. 둘이 참말 연애하나?"

헉! 황 간호사와 이 간호사가 도리어 긴장해 숨을 들이켰다. 당황한 연준이 선뜻 대답을 하지 않자 옳다구나 싶었는지 옥순이 슬그머니 미소를 지으며 다시 물었다.

"아이재?"

난처한 듯 관자놀이를 슬쩍 매만지다 연준이 이내 입을 열었다.

"아뇨, 맞습니다."

병원 안이 순간 고요해졌다. 그리고 어디선가 누군가의 침 넘어가는 소리가 들렸다. 옥순이 주름진 눈을 크게 뜨고 혼잣말처럼 중얼거렸다.

"……참말로 그라믄 둘이 애인 사이라꼬?"

“네.”

연준은 담담하게 대답하고는 황 간호사를 보았다.

“지금 진료할 환자 분 안 계시죠?”

얼떨떨한 얼굴로 연준을 보다 황 간호사가 얼른 정신을 차리고 대답했다.

“아, 없, 없는데예. 없재?”

황 간호사가 이 간호사를 보자 그녀 역시 고개를 끄덕거렸다.

“예, 없어요.”

“그럼 전 일이 있어서 이만 먼저 퇴근하겠습니다. 두 분도 정리하시고 얼른 퇴근하세요.”

“예, 살펴 가세예.”

연준이 병원 안 사람들에게 인사를 건네고는 곧장 병원을 나갔다.

“끝났네, 끝났어. 어매야! 장 선생님, 자기 입으로 사귄다 칸 거 맞재?”

“웬일이니, 웬일이야?”

이 간호사와 호들갑스럽게 손뼉을 치던 황 간호사가 문득 옥순을 보았다.

“할매요, 손녀사위는 다른 데 가서 알아봐야겠는데예?”

✻

“네, 고모. 그렇잖아도 이제 가려고요. 네. 집에 가서 말씀드릴게요. 네, 고모. 그럼 들어가서 뵐게요.”

수민이 전화를 끊고서 크게 한숨을 지었다.

"고모님?"

연준이 묻는 말에 수민이 커피잔을 들며 고개를 끄덕였다. 연준이 와서 함께 커피를 마시며 한숨 돌리는 사이에 미영이 언제쯤 집에 오냐며 전화를 한 것이었다. 예상은 했지만 조금 놀라긴 했다는 미영에게 수민은 그동안 사실대로 말씀드리지 못해 죄송하다는 말밖에 할 수가 없었다.

"엄마가 고모랑 장 원장님께도 말씀드린 것 같던데. 장 원장님 연락, 없으셨어요?"

"아까 낮에 잠깐."

점심시간이 다 끝나갈 무렵 장 원장에게서 전화가 왔었다.

"연준아, 축하한다. 허허허! 정말 축하해!"

아직 결혼하기도 전인데 무슨 당장 내일 결혼이라도 할 것처럼 장 원장은 껄껄 웃으며 축하한다는 말을 몇 번씩이나 했다. 큰아버지가 그처럼 좋아하는 모습은 연준이 대학교에 입학할 때 이후로 처음인 것만 같았다. 심지어 아들인 성훈이 의대에 입학했을 때도 그만큼 좋아하시진 않았던 것 같아 마음 한 켠이 짠했다. 어쩌면 장 원장에게 연준은 조카라기보다 늘 애틋하고 가슴 아픈 아들 같았는지도 모르겠다.

"하루 종일 정신이 하나도 없어."

수민이 커피를 한 모금 마시고는 고개를 설레설레 저었다. 약을 사러 온 사람들뿐 아니라 다른 주민들까지 와서 약국 밖을 왔다 갔다 하며 수군거렸다. 그리고 차라리 그건 양반이었다. 정말 연준과 연애하는 게 맞냐며 아예 대놓고 물어보는 사람도 부지기수였으니까.

"오빠도 정신 하나도 없었죠?"

"나도 똑같았지, 뭐."

"아무튼 엄마 때문에 정말 못살아……."

수민이 투덜거리는데 연준은 픽, 웃음이 났다.

"그래도 난 어머님 뵈어서 너무 좋았는데."

의외였다.

"정말요?"

수민이 묻는 말에 연준이 미소 지으며 고개를 끄덕였다.

"솔직히 말하면 아침에는 조금 당황스럽고 놀라긴 했는데 그래도 어머님 뵙고 나니까 오히려 마음이 편해."

연준이 커피잔을 내려놓고서 수민을 다정한 눈길로 응시했다. 그 역시 아침부터 정신없었던 건 마찬가지였다. 물론 처음에 정희를 보았을 때 긴장도 하고 당황도 했었다. 하지만 결혼하란 이야기를 들은 뒤부터는 꼭 구름 위를 걷는 기분이었다.

"사실 그동안 조금 걱정했었거든, 부모님께서 혹시나 내가 마음에 안 차시면 어쩌나 싶어서."

"……그런 걱정을 왜 했어요."

말은 그리 했지만 사실 수민도 조금은 걱정했던 터라 그 마음을 이해할 수 있을 것 같았다.

"엄마가 곤란한 말, 많이 물었죠?"

"아니. 그리고 어머님 입장에서는 충분히 물어볼 수 있는 거였는데 뭐. 오히려 시원시원하셔서 좋던데?"

정희의 성격을 누구보다 잘 아는 터라 수민은 그렇게 말해주는 연준이 고마웠다. 수민은 아무 말 없이 미소 지으며 연준의 손을 꼭 잡았다. 둘이서 서로의 눈을 마주하고 웃다 수민이 농담처럼 말했다.

"그나저나 장연준이 봉운읍에서 이렇게나 대단한 사람인 줄 처음 알았어. 무슨 연예인 스캔들 난 것도 아니고 하루 종일 사람들이 얼마나 왔다 갔다 하는지. 눈치 보여 죽는 줄 알았다고요."

수민의 볼멘소리에 연준이 짐짓 으스대듯 어깨를 으쓱였다.

"당연한 걸 이제야 알았단 말이야?"

천연덕스런 그의 대답에 수민이 잠시 벙찐 얼굴을 하다 이내 웃음을 터뜨렸다.

"가자. 어른들 기다리시겠다. 궁금해서 목이 제법 늘어나셨을 것 같은데."

"그러게."

커피를 마저 마시고 자리에서 일어나다 수민이 문득 생각이 난 듯 연준을 불렀다.

"참, 오빠. 주말에 혹시 시간 있어요?"

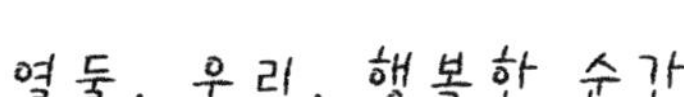

열둘. 우리, 행복한 순간

"안녕하십니까, 장연준입니다."

연준은 허리를 깍듯하게 숙여 한 원장에게 인사를 드렸다. 한 원장도 허허, 웃으며 연준의 손을 잡았다.

"그래, 잘 왔네. 나, 수민이 아버지일세."

그 옆에 있던 정희도 예의 그 우아한 미소를 지으며 연준을 반겼다.

"운전하고 오느라 힘들었죠? 길이 멀어서."

"아닙니다. 초대해 주셔서 감사합니다. 이건 어머님께서 꽃을 좋아한다고 하셔서요."

연준이 단정하게 인사를 하고서 정희에게 꽃다발을 건넸다. 하얀 안개꽃으로만 만든 꽃다발이었다. 처음에는 붉은 장미꽃으로만 사려고 했는데 그런 연준에게 수민이 귀띔을 해줬다.

"우리 엄마, 제일 좋아하는 꽃이 안개꽃이에요. 엄마랑 별로 안 어울리죠?"

화려한 외모나 분위기로 보아 붉은 장미가 잘 어울릴 거라 생각했던 터라 수민의 말처럼 조금 의외이긴 했다. 하지만 하얀 안개꽃 다발을 한 아름 품에 안은 채 환하게 웃는 얼굴을 보니 오히려 장미보다 이쪽이 더욱 잘 어울린다 싶었다.

"고마워요. 앞으로도 이런 선물이라면 언제든 환영이에요."

연준의 옆에 서 있던 수민이 입을 비죽였다.

"두 분, 딸은 이제 눈에 보이지도 않나 봐."

"허이구, 우리 딸. 오랜만이다?"

한 원장이 다정하게 수민을 안아주고는 이내 몸을 떼고서 딸의 얼굴을 보았다.

"우리 딸 얼굴 한번 보자. 아이구, 우리 딸이 원래 이렇게 예뻤나?"

"아버지 딸 원래 예뻤잖아요."

예전보다 훨씬 밝아진 딸의 모습에 안 원장의 눈가에 흐뭇한 주름이 잡혔다. 태현의 교통사고 이후, 1년을 힘들게 버티고 버티다 더는 안 되겠던지 도망치듯 시골로 간 딸이었다. 솔직히 수민에게 부담을 주기 싫어 그냥 아무 말 없이 지켜보고는 있었지만 그동안 남몰래 속 끓인 걸 생각하면 말도 못했다. 한데 얼마 전, 아내 정희가 뜬금없이 그에게 말했다.

"수민이 만나는 사람이 있더라고요. 오늘 가서 직접 보고 왔어요. 장 원장님 조카, 혹시 당신도 본 적 있어요?"

학필의 조카. 그러니까 정필의 아들이었다.

학필이야 중학교, 고등학교를 함께 다녔지만 그 동생인 정필과는 초등학교를 같이 다녔을 뿐 어른이 된 후로 본 적은 없었다. 그래도 어릴 적 한동네에서 함께 놀던 이웃집 형이었기에 어릴 적 모습은 생생히 기억이 났다. 십여 년 전쯤, 학회로 외국에 나가 있을 때 갑작스런 부고 소식을 들었던 터라 안타깝게도 장례식에 직접 가보지는 못하고 그 후에 따로 학필을 찾아가 위로의 뜻을 전하기도 했었다. 한데 그 아들이 이렇게 자라 수민과 좋은 연을 잇게 되었다니, 그 인연이 새삼 놀랍기만 했다. 어느새 눈시울이 붉어진 그가 이내 손을 뻗어 연준의 손을 잡고 토닥였다.

"자네, 이리 잘 자라줘서 고맙네. 정필이 형님도 기뻐할 걸세. 고맙네, 정말."

곁에 서 있던 정희가 한 원장의 옆구리를 쿡 찔렀다.

"이이가 애들 보는 앞에서 웬 눈물 바람이에요. 주책도 참."

정희의 타박에 한 원장이 민망한 듯 크게 웃음 짓자 수민과 연준도 마주 보며 웃었다.

"배고플 텐데 일단 밥부터 먹고 이야기해요. 문 앞에서 이러지 말고. 장 선생, 들어가요."

정희와 한 원장이 먼저 주방으로 들어가자 수민이 연준의 손을 잡았다.

"들어가요."

“그래.”

연준이 빙긋 웃으며 수민의 손을 마주 잡은 채 주방으로 향했다.

“그래, 골프는 좀 치나?”

“아직 배울 기회가 없었습니다. 죄송합니다.”

연준의 대답에 한 원장이 얼른 손사래를 쳤다.

“어이구, 그게 뭐 죄송할 일이라고. 천천히 배우면 되지. 안 그래?”

“그럼요. 참, 고모한테 듣기로는 장 원장님과 장 선생, 낚시 자주 갔다고 하던데.”

정희의 말이 끝나기도 전에 장 원장이 얼른 연준에게 물었다.

“자네, 낚시 좋아하나?”

“네, 아버님.”

“허허! 그래? 이거 잘됐구만! 잘됐어!”

한 원장이 순간 만세라도 부를 듯 팔을 번쩍 들어 올리며 껄껄대고 웃었다. 그 바람에 깜짝 놀란 정희는 어이없다는 듯 실소를 지었고 수민은 웃음을 참으며 연준에게 말했다.

“아버지가 낚시광이시거든요.”

“그래? 아버님, 다음에는 제가 모시고 갈 테니까 저 꼭 불러주십시오.”

“허허허! 당연하지! 그래, 언제가 좋을까? 아니다. 말 나온 김에 오늘 갈까? 어때? 자네, 밤낚시도 괜찮나?”

당장에라도 일어나 낚싯대를 챙기러 갈 태세였다.

“이 양반이 정말, 내일 병원은 안 갈 거예요? 장 선생도 내일 병원 출근해야죠!"

정희가 고개를 내저으며 그런 장 원장을 말렸다.

"아, 참. 그렇구만. 진작 알았으면 어제 오라 하는 건데. 자네, 조만간 꼭 나랑 같이 가는 걸세."

"예, 아버님."

"그래, 허허! 우리, 약속했어! 꼭일세! 내, 만날 여자들 틈에서 혼자 외로웠는데 우리 장 선생이 오니 이리 든든하고 기쁠 수가 없어. 허허허허허! 꼭 아들이 하나 생긴 것 같네."

한 원장이 고개를 뒤로 젖힌 채 껄껄대고 웃어대자 정희가 결국 한 소리를 했다.

"그만 좀 얘기하고 장 선생, 밥부터 먹게 해요. 아침부터 운전하고 오느라 배고플 텐데. 장 선생, 얼른 수저 들어요."

"괜찮습니다."

"괜찮긴…… 아직 반도 못 먹었네. 보자, 장 선생 게장 좋아한다기에 우리 아줌마랑 내가 오늘 새벽에 직접 담갔는데. 아줌마, 여기 접시 하나 가져다주세요."

"네, 사모님."

안성댁 아줌마가 접시를 가져다주자 정희가 직접 꽂게 한 조각을 들고 그 위에 꾹 짰다. 잘 손질된 손톱에 양념이 묻는 것도 아랑곳하지 않고 야무지게 살을 짜더니 발라낸 살에 다시 양념을 듬뿍 얹어 연준에게 내밀었다.

"이거 한번 먹어봐요. 입에 맞아야 할 텐데."

똑 부러지는 말투와 달리 다정하고 살가운 태도였다. 연준은 싱긋이 웃으며 정희가 내민 접시를 받았다.

"잘 먹겠습니다."

연준은 접시에 담긴 꽃게살을 젓가락으로 듬뿍 집어 입에 넣었다. 매콤하면서도 깔끔한 양념과 어우러지는 게살이 참 달고 향긋했다. 눈을 동그랗게 뜬 채 맛이 어떻냐는 듯 쳐다보는 정희를 향해 연준이 환하게 웃어 보였다.

"제가 먹어본 꽃게장 중에 제일 맛있는데요, 어머님."

"그래요? 다행이네. 많이 먹어요. 참, 잡채도 좋아한다면서."

정희가 소복이 담긴 잡채를 한 젓가락 가득 집어 연준의 앞접시에다 올려놓았다. 이번에도 역시 맛이 궁금한 듯 연준을 뚫어져라 쳐다보는 것도 잊지 않았다.

"잘 먹겠습니다."

연준은 정희가 덜어준 그 많은 양의 잡채를 한 젓가락에 들어 입에 넣었다.

"이것도 제가 먹어본 잡채 중에 제일 맛있는데요, 어머님."

"그래요?"

정희가 우아하게 웃으며 식탁 위에 차려져 있는 반찬들을 다시 쭉 훑어보다 굴비를 한 마리 통째로 들었다.

"이것도 한번 먹어봐요. 이게 보통 굴비가 아니라……."

"아이고, 참. 당신이야말로 자제 좀 해요. 장 선생, 먹다 체하겠네. 장 선생, 먹고 싶은 것 편하게 골라 먹게."

"아닙니다. 어머님께서 주시는 게 더 맛있는데요."

남편의 타박에 뾰로통해져 있던 것도 잠시, 싹싹하고 살가운 연준의 말에 정희의 얼굴에 웃음꽃이 폈다.

"그래요. 이 굴비가 얼마나 좋은 건데. 이 양반은 정말, 내가 장 선생 온다 그래서 이거 구하느라 전화를 몇 군데나 돌린 줄 알기나 해요?"

신이 나 굴비 살을 발라내는 정희의 모습에 한 원장도, 수민도, 그리고 연준도 웃음을 터뜨렸다. 이제 곧 가족이 될 그들의 화기애애한 첫 식사 시간이었다.

"속은 좀 괜찮아요? 그러니까 적당히 먹지, 준다고 그걸 다 먹어요?"

"어머님이 나 좋아하는 거라고 전부 다 신경 써서 준비하신 건데 그럼 안 먹어? 그리고 다 맛있었잖아."

수민이 연준의 등을 가볍게 두드리다 말고 이내 픽, 웃었다.

"아무튼 잘 먹는다고 계속 주는 사람이나 그걸 또 좋다고 계속 받아먹는 사람이나. 있어봐요, 소화제 좀 갖다 줄게."

수민이 방을 나가고 난 뒤, 연준은 방 안을 천천히 둘러보았다. 침대 맞은편에 위치한 아치형 창문 너머에서 발간 오후 햇살이 들어오고 있었다. 그동안 계속 방을 비워뒀음에도 먼지 하나 앉은 곳 없고 냉기조차 없는 걸 보니 딸을 생각하는 정희의 지극한 마음을 알 것 같았다.

연준은 창가로 걸어가 바깥 풍경을 감상했다. 파란 하늘과 맞닿은 청록색 나뭇잎들이 바람에 산들산들 흔들리고 있었다. 잘 정리된 정원 한쪽 끝에는 나무로 만들어진 그네와 벤치도 있었다. 수민이 태어나고 자란 집이라 했으니 저 그네의 주인도 아마 수민이었을 터. 나무 그네를 타는 꼬맹이의 해맑은 웃음소리가 귓가에 들려오는 듯했다.

한참 동안 창밖을 보다 고개를 돌리는데 벽 한 면을 가득 채운 책장이 눈에 들어왔다. 책을 좋아하는 건 익히 알고 있었지만 이렇게 책이 많을 줄은 미처 몰랐다. 아주 오래된 책들도 있었는데, 그중에는 절판이 되어 연준이 미처 구하지 못한 것도 있었다.

"오빠, 소화제 먹어요."

수민이 소화제를 들고 방으로 들어왔다.

"괜찮은데."

"얼른요."

더 사양했다가는 한 소리 들을 분위기였다. 연준은 꺼낸 책을 책상 위에 내려놓고 얼른 소화제를 받아먹었다.

"참, 약국 어떻게 하기로 했어? 업자랑 연락은 해봤어?"

연준이 묻는 말에 수민이 작게 한숨을 내쉬며 고개를 끄덕였다. 며칠 전, 큰비가 왔을 때 갑자기 약국 천장에서 비가 새서 크게 놀란 적이 있었다. 부랴부랴 공사 업체에 전화를 했고 어제 직접 와서 보고 간 참이었다.

"일단 급하니까 다음 주에 임시방편으로 비 새는 곳만 막기로 하고 나중에 며칠 날 잡아서 수리는 싹 해야 한대요. 워낙에 오래된 건물인데다 지을 때 마감 처리를 꼼꼼하게 하지 않고 대충 해서 손이 많이 가게 생겼대."

"그래? 뭐…… 그래도 해야지. 수리 날짜 정해지면 알려줘."

연준이 시무룩해져 있는 수민을 위로라도 하듯 장난스럽게 머리를 쓱 헝클었다. 그 덕에 금세 기분 좋아진 얼굴로 수민이 연준의 팔짱을 꼈다.

"그런데 나, 책 무지 많죠?"

은근히 뿌듯한 목소리다. 수민이 가끔씩 이렇게 어리광을 부리는 게 좋았다. 연준은 씩 웃으며 수민의 어깨를 당겨 안았다.

"그러게. 책 부잔데?"

"보고 싶은 것 있음 빌려가요. 나, 아무나 책 막 빌려주는 사람 아닌데 오빤 특별히 빌려줄게요."

"책 말고 다른 것도 좀 빌려주지."

"뭐……."

수민이 고개를 돌리는 순간, 연준이 가볍게 수민의 입술에 입을 맞췄다. 수민의 눈이 동그랗게 커졌다. 예쁘기도 하다. 연준이 낮은 소리로 웃으며 수민의 입술을 손가락으로 살짝 두드렸다.

"땡큐."

수민이 어이없다는 듯 눈을 가늘게 뜨고 연준을 노려보았다.

"이렇게 능글맞은 사람인 줄 생각도 못했어."

"그럼 내가 무슨 성인군자인 줄 알았어? 좋아하는 사람 옆에 두고 계속 감상만 하게?"

연준이 수민을 안은 팔에 힘을 주어 당겨 안았다. 그러고는 시치미를 뚝 떼고서 손을 들어 책을 쭉 훑어 내려가는 모습에 수민도 결국 웃고 말았다.

"어! 나 이 책, 꼭 보고 싶었는데 구하려고 하니 절판됐더라고. 이거 봐도 돼?"

연준이 책을 한 권 꺼내 들었다.

"이리 줘요. 내가 가방에 넣어 가져갈게."

수민이 가방을 열고는 시계를 보았다.

"음, 지금 가면 딱 맞겠다."

“어딜?”

가방에 책을 넣던 수민이 설마, 하는 얼굴로 연준을 돌아보았다.

“잊었어요? 오늘 기훈 씨랑 상은 씨, 만나기로 한 거?”

“뭐, 수민 씨 집에 다녀오는 길이라고?”

품! 기훈이 맥주를 마시다 입안에 든 걸 그대로 뿜었다.

“야, 인마! 너.”

연준이 인상을 쓰며 얼른 수민의 얼굴을 가렸다. 기훈의 옆에 있던 상은이 기훈의 등짝을 소리 나게 후려쳤다.

“아이씨! 야! 너!”

기훈이 펄쩍 뛰며 상은에게 소리를 질렀다. 하지만 그렇다고 움츠러들 상은이 아니었다.

“뭐!”

상은의 한마디에 기훈은 금세 눈치를 보며 맞은 제 등짝만 어루만졌다.

“아니, 아프다고. 때려도 좀 살살 때리지.”

“넌 아무튼 진짜! 수민 씨, 괜찮아요?”

“네, 괜찮아요.”

수민이 웃으며 괜찮다고 하는데도 연준은 수민의 여기저기를 꼼꼼히 살피느라 바빴다.

“정말 괜찮아?”

“네, 정말 괜찮아요.”

수민이 오히려 민망한 듯 연준에게 그러지 말라며 눈치를 줄 정도였다. 그런 두 사람의 모습에 기훈이 혀를 찼다.

"진짜 못 봐주겠네. 야, 내가 무슨 에어리언이냐? 내 침 좀 맞는
다고 죽……?"

짝! 기훈의 말이 채 끝나기도 전에 다시금 기훈의 등짝에 상은의
손이 내리꽂혔다. 동시에 기훈이 짧게 비명을 질렀다.

"야! 강상, 너 깡패야? 왜 툭하면 사람을 때려!"

"맞을 짓을 안 하면 되잖아, 안 하면!"

"에이, 진짜."

혼자 구시렁거리며 등을 벅벅 긁다 기훈이 연준에게 다시 물었
다.

"그럼 뭐야, 너희들 벌써 결혼하는 거야? 아, 그럼 안 되는데?"

"왜 안 돼?"

상은이 눈을 흘기자 기훈이 움찔거리며 손을 내저었다.

"아니, 그러니까 결혼은 하더라도 우리보다 빠르면 안 된다는
거지."

"우리?"

"그래, 우리."

기훈이 씩 웃더니 상은의 어깨에 손을 턱 올렸다.

"말 나온 김에 우리 그냥 다음 달에 결혼해 버릴까?"

"그 우리에 설마 내가 들어가는 건 아니겠지?"

상은의 심드렁한 대답에 기훈의 미간이 일그러졌다.

"야! 너, 진짜 이럴래?"

"뭘? 내가 언제 너랑 결혼한댔어?"

"야! 그럼 결혼도 안 할 거면서 멀쩡한 총각 가슴에 불은 왜 질
러! 네가 질렀잖아, 불! 여기다!"

기훈이 제 가슴을 탕탕 두드리며 화를 냈지만 상은은 무심히 고개를 돌리며 맥주를 한 모금 마실 뿐이었다. 그런 두 사람의 모습에 연준과 수민은 소리 없이 웃었다. 그때, 테이블 위에 올려둔 수민의 휴대전화가 가볍게 울렸다.

"잠깐 실례할게요."

수민이 웃으며 양해를 구하고는 이내 자리에서 일어나 밖으로 나가자 상은도 얼른 따라 일어났다.

"나도 잠깐만 실례."

"야! 대답하고 가야지? 강상! 야! 상은아!"

기훈의 애절한 목소리에도 불구하고 상은은 뒤 한 번 돌아보지 않고 화장실로 향했다. 황당한 얼굴로 그런 상은의 뒷모습만 바라보던 기훈이 이내 앞에 놓인 맥주를 들어 벌컥벌컥 마셨다.

"내가 진짜 미쳐 버리겠다니까. 강상, 요즘 얼마나 비딱선을 타시는지…… 아니, 병원 그만두고 어디, 인도네시아? 뭐, 거기로 봉사활동 가겠대. 쟤, 진짜 미친 거 아냐? 아무리 겁을 줘도 정도가 있지. 그게 말이 되냐고."

답답한 듯 고개를 내젓는 기훈을 보며 연준이 피식, 웃었다.

"그러게 진작 잘 좀 하지."

"야, 너까지 아픈 데 콕콕 찔러야겠냐?"

"상은이는 무려 17년인데 넌 고작 몇 달로 죽는소리야?"

"내가 알았냐?"

"인마, 눈치 없는 것도 죄야. 그러니까 군소리 마."

눈치 없는 것도 죄란 연준의 말에 발끈했던 기훈의 얼굴이 언제 그랬냐는 듯 시무룩해졌다.

“그래, 내가 죄인이다, 죄인이야. 아, 진짜 뒤늦게 이게 뭔 고생인지 모르겠네.”

땅이 꺼져라 한숨을 푹 내쉬다 기훈이 고개를 휙 들었다.

“야, 그런데 너 언제 수민 씨랑 그렇게 진도를 뺐냐? 벌써 결혼 이야기까지 나오는 거 보니 장난 아니네. 너무 술술 풀리는 게 어째 오히려 불안하다?”

“악담하는 거냐?”

“악담은 무슨. 조심하라고. 나는 이상하게 일이 너무 잘된다 싶음 불안하더라고. 그러다 꼭 뭐 하나씩 터지더라니까? 하긴 뭐, 너야 나처럼 덜렁거리는 성격이 아니니 다르겠지만.”

맥주잔을 들어 연준에게 건배를 청하며 기훈이 은근한 미소를 지었다.

“야! 그럼 너도 이제 로열패밀리 되는 거냐? 올! 죽이는데?”

“뭐?”

“맞잖아, 로열패밀리. 이야, 정희병원 외동사위라…… 거기다 수민 씨는 약사니까. 야, 그럼 나중에 그 병원 원장은 네가 되겠다. 안 그러냐?”

“네가 그러니까 상은이가 다 버리고 외국 간다 그러지.”

연준이 한심하다는 듯 혀를 차는데 마침 전화 받으러 밖에 나갔던 수민이 돌아왔다.

“고모.”

연준이 묻기도 전에 수민이 먼저 말을 꺼냈다.

“언제 오냐고?”

“아니. 백화점에서 뭐 좀 사다 달라고.”

“그래?”

연준이 시계를 보았다. 6시. 아무래도 지금 일어나야 할 것 같았다. 연준이 수민의 가방을 챙겼다.

“슬슬 일어나야겠다. 가자.”

수민이 연준을 데리고 간 곳은 백화점 식료품관 내에 있는 빵집이었다.

“고모가 여기 빵을 엄청 좋아하시거든요.”

“그래? 맛있나 보네. 그럼 난 큰아버지 드실 것 좀 사가야겠다.”

“그럼 내가 사줄게. 대신 큰아버님한테 가서 내가 사준 거라고 꼭 말씀드려야 해요.”

생색내는 거라며 작게 덧붙이는 말에 연준이 웃음을 터뜨렸다. 때마침 연준의 휴대전화 전화가 울렸다. 발신인을 확인한 연준의 웃음소리가 조금 더 커졌다.

“누군데요?”

“큰아버지. 양반은 못 되시겠다. 네, 큰아버지. 저예요.”

연준이 전화를 받으며 나가는 모습을 웃으며 보다 수민도 이내 다시 부지런히 빵을 고르기 시작했다. 미영이 좋아하는 빵을 고르고 난 뒤, 장 원장의 것도 골라 카운터로 가져갔다. 계산을 하느라 지갑을 꺼내는데 뒤에서 누군가의 목소리가 들려왔다.

“어머, 새아가.”

처음에는 누구를 부르는 말인지 몰랐다. 하지만 뒤이어 다시 한 번 들려온 소리에 지갑을 꺼내던 수민의 손이 멈칫거렸다.

“얘, 새아가. 수민이 맞지?”

천천히 뒤를 돌아본 그곳엔 반가운 얼굴로 누군가 서 있었다. 곱게 염색해 깔끔하게 틀어 올린 밤색 머리칼, 유난히 따뜻하고 선해 보이는 눈매. 예전에 비해 조금 수척해지긴 했지만 분명 수민이 알던 이였다.

"세상에. 이런 데서 널 다 보다니."

한때 수민이 어머님이라 불렀던 태현의 어머니, 서 여사였다.

"그동안 어떻게 지냈니?"

서 여사는 수민의 손을 붙잡고 반가워 어쩔 줄을 몰라 했다. 하지만 수민은 그런 서 여사의 반가움조차도 당황스럽기만 했다.

"……안녕하셨어요?"

"나야 늘 그렇지."

서 여사의 말처럼 정말 하나도 달라지지 않았다. 수민을 끔찍하게 아끼고 예뻐했던 그녀의 눈빛이나 얼굴은 예나 지금이나 똑같았다. 그런 그녀를 수민 역시 참 많이 따랐었다.

"그래, 넌 어찌 지냈어? 시골에 내려갔단 말은 들었는데. 잘 지낸 거야? 서울에는 언제 왔어? 왔으면 연락이라도 하지."

수민의 손을 연방 다정하게 토닥이던 서 여사가 서운한 빛을 살짝 드러냈다.

"그렇잖아도 너한테 연락을 한번 하려 했었단다. 곧 있으면 우리 태현이 기일이라 그런지 네 생각이 부쩍 나더니…… 어쩜 우리가 이리 만나려고 그랬나 보다."

그러고 보니 태현이 떠난 지 거의 2년이 다 되어가는데도 서 여사는 예전과 똑같이 수민을 '아가'라 부르고 있었다.

"……어머님."

“그래, 그래.”

너무 당황스러우니 아무 말도 생각나지 않았다. 한데 그런 수민의 시선 끝에 문득 전화 통화를 하는 연준의 모습이 들어왔다. 눈이 마주치자 그가 특유의 미소를 지었다. 심장이 쿵쾅쿵쾅 뛰기 시작했다. 때마침 전화 통화가 끝났는지 연준이 전화를 귀에서 떼고 있었다.

“손님.”

“…….”

“손님.”

재차 자신을 부르는 소리에 수민은 뒤를 돌아보았다. 직원이 종이가방 두 개를 내밀며 웃고 있었다.

“손님, 계산 도와드리겠습니다.”

그제야 정신이 번쩍 들며 마음이 급해졌다. 수민은 얼른 지갑을 꺼내 카드를 내밀었다. 그리고 부랴부랴 종이가방을 받아 들었다. 연준이 오기 전에 지금 빨리 여길 떠나야만 했다. 그가 알게 하고 싶지가 않았다. 하지만 그런 수민의 속내도 모른 채 서 여사가 다정히 웃으며 수민의 팔을 잡았다.

“아가, 우리 어디 가서 차라도 한잔…….”

“죄송해요.”

서 여사가 당황한 얼굴로 수민을 보았다. 태현을 만나는 동안, 아니, 서 여사를 알게 된 이후로 단 한 번도 이런 식으로 그녀의 말을 중간에 잘라본 적이 없었다. 수민의 눈길이 서 여사 등 뒤로 향했다. 저만치에서 연준이 오고 있었다.

“죄송합니다. 제가 일행이 기다리고 있어서 그만 가봐야 할 것 같아요."

수민의 목소리가 살짝 떨렸다.

"어머, 그래?"

아쉬운 기색이 역력했지만 서 여사는 할 수 없다는 듯 수민의 팔을 잡은 손을 뗐다.

"그럼 다음에 함께 식사라도 하자. 이리 보내서 섭섭하네."

"……정말 죄송합니다."

"아니다. 어서 가봐. 전화하마."

수민은 고개를 숙여 인사를 건네고 얼른 걸음을 뗐다. 서 여사를 지나쳐 열 걸음도 채 못 갔을 때, 연준이 웃으며 수민에게로 다가왔다. 그가 자연스럽게 수민의 손에서 종이가방을 받아 들었다.

"벌써 다 산 거야?"

"응, 가요."

수민은 어색한 웃음을 지으며 연준의 팔을 잡았다. 그냥 빨리 이 자리에서 벗어나고 싶었다. 서 여사와 연준이 마주치게 되는 일 따위, 없길 바랐다.

"손님!"

아니겠지.

"저기요, 손님!"

수민은 저도 모르게 눈을 질끈 감았다. 연준이 뒤를 돌아보는 것 같더니 수민을 불렀다.

"수민아, 너 부르는 것 같은데?"

작게 심호흡을 하고 수민은 뒤를 돌아보았다. 매장 안 사람들의 시선이 모두 수민에게 향해 있는 것만 같았다. 그리고 그 가운데

서 여사도 있었다. 시선이 마주친 순간, 서 여사의 눈매가 가느스름해졌다.

"손님, 카드 안 받아가셨어요!"

심장이 쿵쿵쿵쿵 뛰는 소리가 귓가에까지 들리는 듯했다. 얼굴에 열이 확 올랐다.

"잠깐만."

연준이 수민 대신 카운터로 가더니 웃으며 카드를 받아왔다. 연준이 서 여사의 옆을 지나칠 때 수민은 하마터면 손에 쥐고 있던 종이가방을 떨어뜨릴 뻔했다.

"큰일 날 뻔했어. 바로 알아서 다행이다."

"……그러게."

수민은 카드를 받아 지갑에 넣고는 고개를 들었다. 연준의 어깨 너머로 서 여사의 모습이 보였다. 그녀와 눈이 마주쳤다. 당황해하고 있었다. 수민은 애써 담담한 얼굴로 다시 한 번 고개를 숙여 인사를 하고서 뒤돌아섰다.

"가자."

연준이 자연스럽게 수민에게 손을 내밀었다. 수민은 망설임 없이 그의 손을 잡았다.

"다 왔다. 내리자."

봉운읍에 도착했을 때는 이미 밤 10시가 훌쩍 넘어 있었다. 수민은 안전벨트를 풀며 옆에 앉은 연준을 힐끔 보았다.

차를 타고 오는 내내, 말해야 하나 말아야 하나 고민했지만 답이 나오질 않았다. 말을 해도, 하지 않아도 마음은 똑같이 불편할 거였다.

"오빠."

수민은 조심스럽게 연준을 보았다. 연준도 그런 수민을 가만히 보았다. 그를 불러놓고도 한참을 말 못하다 수민은 겨우 입을 뗐다.

"아까."

하지만 역시나 말을 안 하는 게 낫지 않을까, 하는 생각이 수민의 입을 멈추게 했다. 그래, 굳이 말할 이유가 없었다. 연준이 옆에 있었던 것도 아닌데 괜히 말했다 기분만 상하게 하는 건지도 몰랐다. 그런 수민이 아무래도 이상했던지 수민을 바라보던 연준의 눈매 사이로 슬며시 주름이 새겨졌다.

"왜? 아까 무슨 일 있었어?"

연준이 묻는 말에 수민은 천천히 고개를 저었다.

"아니…… 아무 일 없었어."

"됐어, 그럼."

연준이 웃으며 수민의 손을 잡고는 좌석을 뒤로 눕혀 편히 기댔다.

"좋다. 서울 다녀오느라 피곤한데 우리 잠깐만 이러고 있다 내릴까?"

연준의 말에 수민은 가만히 고개를 끄덕이고는 그처럼 좌석을 눕혀 몸을 기댔다. 손바닥 건너 전해져 오는 그의 체온이 따뜻했다.

사위가 온통 고요한 가운데 풀벌레 우는 소리만 간간이 들려왔다. 차창 너머로 보이는 새카만 밤하늘에 하얀 별이 촘촘히 박혀 있었다.

참 편안한 밤이었다.

"아까 백화점에서 그 사람, 어머니를 만났어요."

수민은 내내 망설였던 이야기를 결국 꺼내고 말았다. 연준은 조금 놀란 듯 고개를 돌려 수민을 보기는 했지만 별다른 말을 하지는 않았다. 대신 위로라도 하듯 수민의 손을 가만히 힘주어 잡았다.

"뭐라 해야 할까. 그냥 너무 놀라고 당황스러워서……."

수민은 말을 잠시 멈추고 심호흡을 했다.

"……절대 기분이 나쁘거나 그런 건 아니었는데 그냥 그 상황이 너무…… 불편했어요."

지금의 이 기분을 말로 정확하게 표현하기가 쉽지가 않았다.

"사실은 무엇보다 오빠가 알게 하고 싶질 않았어요. 그래서 나, 엄청 예뻐해 주셨던 분인데 그 마음 잘 알면서 살갑게 손 한 번 잡아드리질 못하고…… 도망치듯 나와 버렸어."

힘든 고백을 마치고 수민이 작게 숨을 내쉬며 연준을 돌아보았다.

"오는 내내 말할까 하지 말까, 엄청 고민했는데…… 그래도 오빠한테 비밀 같은 건 만들기 싫어서……."

"……."

"나, 한심하죠?"

수민이 묻는 말에 연준이 고개를 저었다.

"아니."

"괜히 들었다. 안 들을 걸. 얘는 왜 나한테 이런 걸 말할까. 그런 생각 들지 않아요?"

“아니.”

연준이 좌석에서 몸을 떼고 팔을 벌려 수민을 꼭 안아주었다. 그리고 수민의 등을 다정하게 토닥여 주었다.

“잘했어.”

규칙적인 심장 소리, 따뜻한 숨소리, 그리고 등에서 울려오는 잔잔한 다독임에 수민은 나직이, 그리고 길게 숨을 내쉬었다. 불안하던 마음은 언제 그랬냐는 듯 빠르게 편안해져 갔다.

“원래 힘든 일 같은 거, 말하고 나면 한결 가벼워지잖아. 별일 아니라고 옆에서 말해주면 진짜 별일 아닌 것 같고.”

“그러게.”

연순이 수민의 뒷머리를 부드럽게 쓰다듬어 주었다.

“……잘했어. 말해줘서 고마워.”

“……나도 고마워요.”

나직한 대답 소리와 함께 비로소 수민의 입가에 옅은 미소가 깃들었다.

“그래. 정연이, 너도 몸 관리 잘하고. 그래, 너희 오라비 걱정은 더는 안 해도 되니까 네 생각 먼저 하고. 암, 네 몸이 제일 우선이야. 알지? 스트레스 받지 말고. 오냐. 연준이 오면 전해주마. 어머니한테 안부 전해주고. 그래, 들어가라.”

장 원장이 전화를 끊고 TV 볼륨 소리를 다시 키우는데 문이 열렸다.

“다녀왔습니다.”

“연준이냐?”

장 원장이 반갑게 자리에서 일어나 연준을 맞았다. 거실로 올라온 연준이 웃으며 장 원장에게 종이가방을 내밀었다.

"이게 뭐냐?"

연준이 내민 종이가방 안을 들여다보던 장 원장의 눈이 이내 휘둥그레졌다.

"어이쿠, 이게 다 무슨 빵이냐?"

"고모님께서 빵 좀 사다 달라고 전화하셨는데 수민이가 큰아버지 드시라고 함께 샀어요."

"그랬어? 아이구, 거참, 맛있게도 생겼다. 수민이가 마음 쓰는 게 참 예쁘구나. 이런 것도 신경 쓰고."

장 원장의 칭찬에 마치 자신이 칭찬을 듣기라도 한 것처럼 연준이 웃으며 넙죽 대답했다.

"네, 마음 쓰는 게 참 예뻐요."

"얼씨구, 저 녀석 저거…… 야, 이 녀석아! 널 칭찬한 것도 아닌데 뭐가 그렇게 좋아 입이 찢어져? 이 녀석, 이거 결혼도 하기 전에 아주 팔불출 다 됐네! 허허허!"

통박을 주면서도 그런 연준의 모습이 보기 좋은 듯 장 원장이 껄껄 웃어댔다.

"그래, 어른들은 잘해주시고?"

"네, 잘해주셨어요. 참, 아버님께서 조만간 큰아버지 한번 뵈러 오겠다고 하시던데요."

"그렇잖아도 아까 저녁에 전화가 왔더구나. 한 원장, 그 친구가 사람이 참 진국이다. 그러니 너도 장인이라 생각하지 말고 아버지 한 분 더 생겼다 여기고 잘해."

“그럴게요.”

싹싹한 연준의 대답에 장 원장은 흐뭇한 얼굴로 고개를 끄덕였다.

“그래, 연준이 네 걱정은 내가 안 한다. 원래 뭐든 잘 알아 하는 녀석이니까. 내, 물 받아줄 테니 따뜻한 데 몸 좀 푹 담갔다 자려무나. 그럼 피곤한 것도 좀 풀릴 게다.”

“제가 할게요.”

“아, 됐어. 그게 뭐 어려운 일이라고. 들어가서 옷부터 갈아입고 나오너라.”

얼른 들어가란 듯 손짓을 하고는 장 원장은 곧바로 욕실로 들어갔다.

연준은 방으로 들어와 곧바로 침대에 털썩 누웠다. 딴에는 마음 편히 간다고 했는데도 수민의 집에 처음 인사를 간 거라 그런지 마음과 다르게 몸은 제법 긴장을 했던 모양이었다. 긴장이 풀리니 그제야 피로가 몰려왔다. 하릴없이 천장을 보다 고개를 돌리자 손에 쥐고 있던 책이 보였다. 수민에게시 빌려온 책이었다. 연준의 입가에 피식, 미소가 그려졌다. 책을 펼쳐 안을 한번 보려는데 밖에서 장 원장이 부르는 소리가 들렸다.

“연준아! 물 받아놨다!”

“네!”

연준은 얼른 몸을 일으켰다. 손에 쥐고 있던 책을 책상에 내려놓으려는데 바닥에 뭔가 툭 떨어졌다. 사진이었다. 아무래도 책에서 빠진 듯했다. 연준은 허리를 굽혀 바닥에 떨어진 사진을 집어 보았다.

수민이었다. 그리고 그 옆에 한 남자가 있었다.

와인바에서 찍은 사진이었는데 카메라 앞에 누군가 브이 자로 장난스럽게 끼어든 걸 보니 다른 일행들도 있었던 모양이다.

그 가운데서 두 사람만이 유독 튀었다. 수민이 남자의 팔짱을 낀 채 환하게 웃고 있었다. 남자 또한 밝게 웃고 있었다. 두 사람은 자연스럽고 다정해 보였다.

보는 순간, 그냥 알 수 있었다.

"좋아했던 사람이 있었어요."

그 사람이란 걸.

서글서글한 눈매에 시원스럽게 웃는 입매. 같은 남자가 보기에도 여자들한테 꽤나 인기가 있었겠구나, 싶을 만큼 잘생긴 이였다. 게다가 따뜻해 보였다.

"운명 같은 사랑은 아니었지만 그래도 만나면 좋았고, 이 사람이라면 결혼해서 평생 함께해도 괜찮을 거란 확신 같은 것도 들었고…… 그래서 그 사람이랑 나, 결혼하기로 했었어요."

이런 사람이어서 수민도 좋아했었나 보다. 결혼을 생각했을 만큼.

그래서 마음이 더욱 무거워졌다. 어쩌면 연준이 짐작했던 것보다 그동안 수민이 견뎌야 했을 고통의 무게가 더 컸을지도 모르겠다.

"아까 백화점에서 그 사람, 어머니를 만났어요."

수민이 혼잣말처럼 중얼거렸던 말소리가 다시 들려오는 것 같았다.

이런 기분이었겠구나.

생각지도 못한 곳에서, 불시에 누군가에게 한 대 세게 두드려 맞은 것처럼 멍하고…… 가슴 한 켠에 구멍이라도 난 것처럼 먹먹한, 뭐라 말로 정확하게 할 수 없는 그런 기분.

불쾌한 것도, 나쁜 것도 아닌, 조금은 불편하고 묘한 그런 기분.

그냥 이야기로민 듣던 때와 눈으로 식섭 보는 건 확실히 달랐다.

왜 생각 못했던 걸까. 이렇게 아무런 마음의 준비도 없이 갑작스럽게 대면할 수도 있다는 걸.

그때 별안간 문이 드르륵, 열렸다.

"연준아! 물 다 식겠다. 뭐 하냐?"

연준은 깜짝 놀라 사진을 다시 책 속에 끼워 넣었다.

"책 보고 있었어? 물 식기 전에 씻고 피곤할 텐데 오늘은 그냥 자. 내일 보고. 어?"

"……예. 그럴게요."

"그래. 그럼 얼른 나오너라. 아, 참!"

장 원장이 문을 닫고 나가는가 싶더니 이내 다시 문을 열고 고개를 내밀었다.

"아까 너 오기 조금 전에 정연이한테 전화 왔었다."

"정연이가요?"

"그래. 너, 오늘 수민이네 집에 인사 갔다고 했더니 엄청 좋아하더구나. 내일, 전화 한번 해봐라."

"예. 그럴게요."

"오냐, 그럼 얼른 나와 씻고 쉬어라."

장 원장이 나가고 문이 다시 닫혔다. 연준은 나직이 숨을 내쉬며 책을 내려다보았다. 그리고 잠시 망설이다 그냥 그대로 책을 책상 위에 내려놓았다.

이미 지나간 일이다.

그냥 과거일 뿐이고 아무 의미를 둘 필요 없는 일이었다. 그러니 더 이상 이런 사진을 들여다보며 오래 생각할 필요도 없었다.

"……후."

연준은 심호흡을 하고 옷걸이에 걸린 트레이닝복을 집었다. 장 원장 말처럼 씻고 나면 이 불편한 기분도 가실 테지. 연준은 머릿속 생각을 흐트러뜨리려 고개를 내젓고는 문으로 향했다.

드르륵.

문을 반쯤 열다 말고 연준의 손이 멈칫거렸다.

연준이 천천히 뒤를 돌아보았다. 책상 위에 얌전히 놓아둔 책이 그의 시선에 들어왔다. 한참을 물끄러미 바라보다 연준은 다시 책상으로 걸어갔다. 그리고 책을 들어 사진을 꺼내보았다.

사진 속, 웃는 남자의 얼굴이…… 이상하게 낯이 익었다.

"요즘 이래도 되나, 싶을 만큼 행복해서 가끔 불안할 때가 있어요."

오후에 기훈과 상은을 만나러 가는 길에 수민이 문득 웃으며 말했었다.

"뭐가 불안해."
"그냥. 어느 날 갑자기 오빠가 팡! 하고 내 옆에서 사라져 버리면 어떡하나 싶어서."
"무슨 그런 말이 다 있어?"
"그러게. 그런데 너무 행복하니까 꼭 꿈꾸는 것 같단 말이야. 그러다 꿈에서 깨면 그동안의 일이 그냥 다 없었던 일이 되면 어쩌나 싶어서 겁나는 거고."

별소리 다 한다며 핀잔을 줬더니 수민이 자기가 생각해도 그렇다며 한참을 깔깔대고 웃었었다.
한데 정말 이상하게 갑자기 불안한 기분이 들었다. 그리고 그 순간, 머릿속에서 누군가의 얼굴이 스쳐 지나갔다. 반듯하던 연준의 미간이 와락 일그러졌다.
"……설마."
연준은 사진을 내려놓고 서둘러 책상 서랍을 열었다. 첫 번째 서랍. 두 번째 서랍. 서랍 속을 헤집는 연준의 손길이 바쁘고 거칠었다. 그리고 세 번째 서랍.
두툼한 노트 밑에 하얀색 앨범이 있었다.
연준은 앨범을 황급히 꺼냈다. 그리고 앨범을 열어 뒷장으로 넘겼다.
정연의 졸업식 날이었다. 당연히 갈 거라 생각해서 옷까지 다 갈아입고 병원을 나서던 길이었는데 급한 콜을 받았다. 해서 하는 수 없이 다시 병원으로 뛰어들어 가야만 했었다. 하나밖에 없는 오빠가 동생 졸업식에 가지 못한 게 마음에 걸려 두고두고 미안해했더니 그런 연준에게 정연이 앨범을 하나 가져왔었다.

"오빠 없이 졸업식 잘 치렀으니까 미안해하지 마. 오빠가 그러는 게 난 더 속상해. 오빠, 바쁜 거 나도 잘 아는데 뭘. 의사 고충을 간호사가 안 알아주면 누가 알아줘? 안 그래?"

연준이 마음 쓸까 봐 졸업식에서 찍은 사진들을 모조리 한 장씩 더 빼 앨범으로 만들어줬던 정연이었다. 행복하게 다른 사람들 축하받으며 졸업식 잘 치렀으니 더는 미안해하지 말라며 말이다. 간호학과라 그런지 정연과 함께 찍은 이들 대부분이 여자였는데 그 가운데 남자가 하나 있었다.

"정연이 사귀는 사람도 왔던데 인상이 아주 좋더라."

졸업식에 다녀온 장 원장의 말처럼 연준도 남자의 서글서글한 눈매와 환하게 웃는 모습이 보기 좋아 인상이 참 좋다 생각했었다.

"연준이 너보다 한 살 아래라던가? 그 친구도 정연이네 학교 대학병원에서 지금 수련의로 있더라."

정연이 다녔던 학교라면…… 명윤대.

"무슨 말? 아…… 결혼 파토 난 거? 거야 우리 동기들 중에 재 모르는 애가 있어야지. 동기들끼리 모이면 한수민, 재 이야기 가끔 하곤 하니까. 그리고 재가 결혼하려고 했던 그 남자가 아마 명윤대 의대에 있었을걸. 당연히 소문이 돌지."

기훈이 했던 말이 떠오르던 그때, 앨범을 넘기다 말고 연준이 멈 칫했다. 그리고 떨리는 손으로 사진 한 장을 꺼냈다.
학사모를 쓴 채 환하게 웃고 있는 정연과 그 옆에서 정연의 어깨 를 다정하게 안고 있는 남자.
연준은 책상 위에 둔 수민의 사진 옆에 정연의 사진을 나란히 놓 았다. 연준의 눈매가 가늘어졌다.
"……어떻게 이런 일이."
믿을 수가 없었다.
하지만 사진 속 두 남자는 분명 같은 사람이었다.

열셋. *May I love you*

　정연과 가장 친하게 지낸 친구이니 당연히 알 거라 생각했다. 그리고 연준의 생각대로였다. 사진을 보자마자 혜진은 고개를 끄덕였다.

　"맞아요. 태현 씨. 정연이가 만났던 사람."

　미리 짐작은 하고 있었지만 실제로 확인을 하게 되자 연준은 아무 말도 할 수가 없었다.

　혜진의 말에 따르면 정연이 대학교에 입학하고 1학년 가을쯤부터 사귀기 시작했고 정연이 졸업할 때까지 진지하게 만났다고 했다. 학교 내에서 제법 유명한 CC였다고 말이다. 그리고 두 사람이 헤어지게 된 건 정연이 대학을 졸업하고 얼마 지나지 않아서였다고 했다.

　"사실 사귀는 동안에도 계속 태현 씨네 집에서 반대를 했다고 들었어요. 그런데 정연이 대학 졸업하고 난 뒤 정식으로 태현 씨 집에 인사 간다고 했는데.”

오래전 일인데도 마치 그때의 기억이 나는 듯 혜진이 미간을 찡그렸다. 자세한 말은 하지 않았지만 무슨 일이 있었는지 표정만으로도 짐작할 수 있었다.

“결국 그때 부모님 성화에 못 이겨서 하는 수 없이 두 사람, 힘들게 헤어졌었어요. 그런데 2년 전쯤에…… 여름이 끝나갈 때였나? 정연이가 태현 씨를 다시 만났다고 하더라구요.”

혜진의 목소리 위로 그날, 비 오던 여름 밤, 수민이 하던 말소리가 겹쳐졌다.

“결혼식이 며칠 안 남았을 때, 어떤 여자가 날 찾아왔었어요 그 사람, 첫사랑이었대요.”

“그러지 말라고, 태현 씨 결혼 날짜까지 잡았다는 거 들었던 터라 서도 넣 번이나 말려봤었어요. 그런데…… 정연이가 생각보다 완강하더라고요. 그럴 수 없을 것 같다고…… 제 딴에도 잊으려고 해봤는데 도무지 그럴 수가 없다고, 그 사람 없으면 못 살 것 같다 그러더라고요.”

혜진이 먹먹한 얼굴로 커피를 한 모금 마시고 다시 이야기를 이었다.

“저도 더는 말릴 수가 없었어요. 무슨 일이 있어도 태현 씨 놓치고 싶지 않다고…… 정말 그럴 수만 있다면 무슨 짓이든 할 수 있을 것 같다면서 그 여자 찾아가서 무릎 꿇고 사정이라도 해보겠다

그러는데…… 어떻게 말려요. 정연이가 태현 씨랑 얼마나 좋아했
는지 옆에서 다 지켜본 사람이 전데. 그런데 공교롭게도 그 일 있
고 얼마 안 있어서 그만 태현 씨한테 사고가…….”

더는 듣고 있기가 힘이 들었다. 연준은 눈을 꾹 감았다.

“태현 씨 사고 이후에 정연이, 정말 많이 힘들어했어요. 태현 씨
죽은 게 자기 때문이라며 얼마나 괴로워했는지 몰라요. 자기만 다
시 안 만났더라면 그냥 집에서 선보라고 해서 만났던 그 여자와 잘
살고 있었을 거라고. 그땐 정연이가 너무 위태로워 보여서 저라도
오빠한테 말을 해야 하나 했었는데 다행히 도영 씨 만나면서 안정
찾아서 말 안 했어요. 무엇보다 도영 씨가 정연이한테 너무 잘하기
도 했고 정연이도 마음 열어서 지금은 잘 지내는 것 같고 해서
…… 시간이 약이겠거니 하고 저도 잊고 있었는데……. 그런데 그
때 일은 왜 다시 물으시는 거예요? 혹시 정연이한테 무슨 일이라도
생긴 거예요?”

혜진을 만나고 난 뒤, 차로 돌아와 연준은 좌석에 몸을 기댔다.

재킷 주머니에서 혜진에게 보여주었던 태현의 사진을 꺼냈다.
접어놓았던 나머지 반쪽 부분을 펴자 환하게 웃고 있는 수민의 얼
굴이 보였다.

그래도 어쩌면 아닐지도 모른다고 생각했다.

그냥 우연히 함께 찍혔을 수도 있는 사람이라고. 다른 지인들처
럼 그냥 알고 지내는 사람 중 한 명일지도 모른다고 그렇게 스스로
에게 최면을 걸 듯 몇 날 며칠을 버텼었다. 정말 사실이면 그땐 어
쩌나 싶어, 마치 아무 일 없었던 것처럼 그렇게 겨우 버텼는데……

결국 모두가 사실이었던 거다.

"서로 좋아했는데 그 사람 집안 반대가 너무 심해서…… 어쩔 수 없이 헤어졌었다며……. 그런데 더는 안 되겠다고, 그러니 그 사람 다시 자기한테 보내달라고……. 그 사람도 그 여자랑 같은 말을 했었어요. 보내달라고, 내가 아닌 그 여자를 사랑한다고."

정연이었다. 수민이 말한 그 여자가 바로 연준의 동생 장정연이었다.

한숨조차 나오질 않았다.

바보처럼 대체 왜 그랬던 걸까.

어쩌자고 그런 짓을 했던 걸까.

다른 사람에게 평생 씻지 못할 상처를 주면서까지 도대체 왜 그랬던 걸까. 그렇게까지 해서 그 남자를 가지면 행복할 거라 생각했던 걸까.

이젠 정말 어떻게 해야 할지 답이 보이지 않았다. 아무리 생각해 봐도 앞이 막막하기만 했다. 이마를 가린 채 좌석에 기댄 연준에게서 먹먹한 한숨이 흘러나왔다.

❋

"오빠?"

연준의 목소리를 듣자마자 정연의 입가에 해사한 웃음꽃이 피어났다. 정연의 시선이 자연스럽게 벽에 걸린 두 개의 시계로 향했다. 하나는 미국 시각을 가리키고 그 옆의 하나는 한국 시각을 가리키고 있었다. 한국은 밤 10시가 훌쩍 넘어 있었다.

"저녁은 먹었어? 주말인데 여태 일한 거야? 참, 얼마 전에 올케 언니 될 분 집에 다녀왔다면서. 큰아버지가 되게 예쁘고 좋은 사람이라고 칭찬 많이 하시던데. 어떤 사람이야? 약사라면서?"

그동안 궁금했던 것들을 이것저것 물어놓고 제가 생각해도 어이가 없는지 정연이 실소를 터뜨렸다.

"미안. 내가 대답할 새도 없이 너무 막 물었지? 너무 궁금한 게 많아서. 지금 집에 들어가는 길이야?"

하지만 전화 너머에서는 아무런 답이 없었다.

"……여보세요?"

정연은 혹시 전화가 끊어진 건 아닌가, 서둘러 전화를 보았다. 하지만 통화 시간은 여전히 흐르고 있었다.

"여보세요? 오빠, 내 말 안 들려? 그렇잖아도 나, 한국……."

〈……왜 그랬어?〉

잔뜩 멘 목소리, 거기다 발음도 분명치가 않았다. 정연이 고운 미간을 살짝 찡그렸다.

"오빠, 혹시 술 마셨어? 무슨 일 있는……."

〈……왜 그랬냐고!〉

순간, 터져 나온 연준의 고함 소리에 정연은 숨을 멈췄다.

〈네 욕심 때문에 몇 명이 힘들어진 줄은 알아?〉

"오빠……."

〈너만 행복하면 다른 사람 인생 같은 건 어떻게 돼도 아무 상관 없다 생각했어? 네가 어떻게…… 네가 어떻게 이래!〉

가슴이 철렁 내려앉았다.

"도대체 무슨 말을 하는지……."

〈너한테 정말 실망했다…….〉

그리고 웅얼거리던 말소리가 갑자기 뚝 끊겼다. 정연은 인상을 찌푸린 채 끊어진 전화기를 멍하니 내려다보았다.

도대체 무슨 일일까.

술에 취한 모습을 본 것도 처음이고 연준에게 이런 말을, 꾸지람을 들은 것도 처음이었다. 무슨 일이 생긴 건 아닌지 왈칵 걱정이 되었다. 정연이 전화기를 붙들고 서 있는데 뒤에서 누군가 그녀를 다정하게 껴안았다.

"무슨 전화야?"

도영이었다. 정연은 그제야 미소를 지으며 남편을 돌아보았다.

"오빠."

"어! 형님 전화야? 그럼 나도 바꿔주지."

부인이 예쁘면 처갓집 말뚝에다 대고 절을 한다는 옛말처럼 도영은 정연의 가족들에게 늘 싹싹하고 살갑게 굴었다. 그런 그에게 정연은 늘 고맙고도 미안했다.

"오빠, 술 마셨나 봐요. 막 알아듣지도 못하는 말 하는 거 보면."

도영이 호탕하게 웃었다. 처음 봤을 때도 그랬지만 워낙에 긍정적이고 낙천적인 사람이라 그런지 그와 함께 있을 때면 주변 분위기마저 즐겁게 바뀌었다.

"그래? 무슨 기분 좋은 일 있으셨나?"

도영의 말에 정연이 고개를 저었다.

"그래? 음, 그럼 뭐, 그냥 피곤해서 술 한잔하셨나 보다. 남자들 그럴 때 있거든. 참, 한국 들어간다는 이야긴 했어?”

“아니. 말 못했어요.”

“그래?”

도영과 이야기를 나누는데 정연의 휴대전화 벨이 다시 울렸다. 한국이었다. 정연은 서둘러 전화를 받았다.

“여보세요?”

〈정연아, 전화 통화 가능해?〉

혜진이었다.

“누구, 형님?”

도영이 입모양으로 소곤거리며 물었다.

“아니, 혜진이.”

“혜진 씨? 혜진 씨! 반가워요!”

도영이 장난기 어린 목소리로 정연의 휴대전화에 대고 인사를 건넸다. 정연이 못 말린다는 듯 핏 웃으며 도영의 팔을 가볍게 때렸다.

“그럼 통화해.”

도영이 미소 지으며 정연의 뺨에 가볍게 키스를 하고는 이내 밖으로 나갔다.

“응, 무슨 일이야? 아직 안 잤어?”

〈……옆에 도영 씨 있어?〉

“아냐. 방금 나갔어. 왜? 무슨 일인데?”

〈그게…….〉

혜진이 말을 머뭇거렸다.

“왜? 무슨 일인데?”

〈혹시 니네 오빠한테 전화 안 왔어?〉

"오빠?"

뜬금없는 혜진의 말에 정연의 눈매가 가느스름해졌다. 조금 전 알아듣지 못할 말을 하던 연준의 전화. 그리고 혜진의 전화. 분명 무슨 일이 있는 거다.

"무슨 일 있어?"

〈이런 말 해야 할지 말아야 할지 몰라서 고민했는데…… 일단 그래도 넌 알고 있어야 할 것 같아서.〉

그래도 선뜻 입이 떨어지지 않는지 한참을 머뭇거리다 혜진이 겨우 말을 꺼냈다.

〈아까 실은 정연이 니네 오빠 만났어. 보자고 연락하셨더라고.〉

"우리 오빠가 너한테 전화를 했어?"

연준이 혜진에게 먼저 전화를 걸어 보자고 했다. 도대체 왜? 혜진이 정연과 가장 친한 친구라 몇 번 보기는 했지만 그렇다고 연준과 따로 연락을 할 정도의 사이는 결코 아니었다. 조금 전 갑자기 전화가 걸려와 이상한 말을 하는 것도 그렇고, 아무래노 느낌이 좋지 못했다.

"갑자기 왜? 무슨 일로?"

〈태현 씨 사진을 들고 와서 너랑 만났던 사람 맞냐고, 확인하시 더라고.〉

태현.

그 이름을 듣는 순간, 정연은 저도 모르게 휴대전화를 꽉 쥐었다.

〈사진까지 들고 오셔서 아니라 할 수가 없었어. 그래서 아는 대

로 말씀드리긴 했는데 어쩐지 계속 마음에 걸리네. 내가 큰 실수한 것 같아서.〉

"……."

〈……여보세요? 정연아, 듣고 있어?〉

"……응. 괜찮아. 얘기해 줘서 고마워."

혜진과 전화를 끊고 난 뒤 정연은 침대 끝에 천천히 앉았다.

연준이 태현에 대해 물었다.

태현과 오랫동안 사귀면서도 연준에게 태현과의 사이에 대해 진지하게 이야기해 본 적은 없었다. 그냥 만나는 사람이 있다 정도로만 이야기했을 뿐이었다. 태현과 만나는 내내, 계속된 그의 집안의 반대는 이만하면 무뎌지겠지 싶으면서도 매번 정연의 가슴에 새로운 상처를 만들어냈다. 한데 연준한테까지 그런 상처를 만들어주고 싶진 않았다. 하나밖에 없는 동생이 집안 형편 때문에 사랑하는 남자 집에서 환영은커녕 모진 소리만 듣는다는 걸 알게 된다면 분명 연준의 마음 또한 정연 못지않게 많이 상했을 거였다. 아니, 어쩌면 더욱 힘들어했을지도 모른다. 어릴 때부터 부모 대신 자신이 정연의 보호자라 생각했던 연준이었다.

태현 때문에 죽을 만큼 힘들었을 때도, 아니, 심지어 죽고 싶었을 때도 연준에게 말하지 못했던 건, 아니, 말하지 않았던 건 바로 그 때문이었다.

한데 이제 와서 다시 그 일이 불거질 줄은 몰랐다.

대체 연준이 그걸 왜 물었던 걸까.

"왜 그랬어? 네 욕심 때문에 몇 명이 힘들어진 줄은 알아? 너만

행복하면 다른 사람 인생 같은 건 어떻게 돼도 아무 상관 없다 생
각했어? 네가 어떻게…… 네가 어떻게 이래!"

무슨 말을 하는지 알아들을 수 없었던 그 말들.

그게 태현의 일과 상관이 있을까.

침대 끝에 앉아 물끄러미 전화기를 내려다보던 정연이 통화버튼
을 눌렀다. 신호가 여러 번 갔지만 연준은 전화를 받지 않았다. 정
연은 전화를 끊고 나직이 한숨을 내쉬었다. 환하게 켜진 휴대전화
액정 화면에 달력이 보였다. 그리고 빨갛게 체크되어 있는 날짜가
보였다.

익숙한 날이다.

자꾸만 이상한 생각이 들었다. 갑자기 머리끝이 쭈뼛 설 정도로
온몸에 한기가 돌았다.

"왜 그러고 앉아 있어?"

도영이 들어온 줄도 몰랐다. 정연은 남편의 얼굴을 가만히 바라
보다 입을 뗐다.

"나, 아무래도 한국 가는 날짜 좀 당겨야 할 것 같아요."

연준은 차 시동을 끄고 피곤한 듯 좌석에 몸을 눕혔다. 이른 저
녁에 바에서 혼자 술 한잔을 하고서 차에서 잠이 들었다. 깨고 보
니 새벽 2시였고, 그 길로 곧장 내려온 터였다.

"콜록."

잔기침이 나왔다. 이마도 뜨거웠다. 열이 나는 것 같았다.

"오늘 꼭 가야 하는 거예요?"

가벼운 기침 소리 몇 번에 수민은 못내 걱정스러운 듯 미간을 찡그렸다. 수민에게는 친구가 병원을 개원해서 다녀와야 한다고 말했었다.
괜찮아, 라고 대답하자 수민이 하는 수 없다는 듯 차창 안으로 보온병을 내밀었다.

"대추랑 생강이랑 넣고 달인 거니까 기침 날 때마다 틈틈이 꼭 마셔요. 그리고 술 마시지 말고. 하긴 다들 의사니까 아픈 사람한테 술 마시란 소린 안 하겠지만."

연준은 수민이 건네준 보온병을 들어 만져 보았다.
묵직했다.
하나도 마시지 않은 걸 알게 되면 서운해할 텐데. 문득 그런 생각이 들어 연준은 뚜껑을 열어 차를 따랐다. 하얀 김과 함께 매콤한 생강향이 올라왔다. 차는 아직도 따뜻했다. 한 모금 마셔보았다. 대추가 들어가서 그런지 그렇게 많이 매운 편은 아니었다. 연준은 뚜껑에 담긴 차를 모두 다 마시고 다시 한 잔을 또 따라 마셨다. 다시 또 한 잔을 따르려던 연준의 손길이 문득 멈칫했다.

"그럼 조심해서 다녀와요. 도착하면 꼭 전화하고."

생글 웃으며 손을 흔들던 수민의 모습이 선하게 떠올랐다.

"수민아."

차가 떠날 수 있도록 한 발짝 뒤로 물러섰던 수민이 제 이름을 부르는 소리에 차창 쪽으로 다시 다가섰다. 연준이 할 말을 기다리며 가만히 시선을 맞춰오는 눈동자가 참 맑았다.

……그냥 우연히 찍힌 사진일 뿐이기를.

그가 아니기를.

제발, 부디 그 사람이 아니기를.

태어나 처음으로 신이란 존재를 찾았다. 햇살에 반짝이는 맑가 얼굴을 보며 얼마나 속으로 간절히 바랐는지 모른다. 하지만 신은 그런 간절한 바람을 들어주질 않았다.

미동도 없이 보온병을 쥐고 앉아 있다 연준은 창밖을 보았다.

동이 트고 있었다.

창문을 열자 제법 쌀쌀한 새벽 공기가 차 안으로 밀려들어 왔다.

그리 무덥던 여름도 가고 어느새 가을이 성큼 다가와 있었다. 그러고 보니 수민을 다시 보았던, 그 겨울 어느 날 기억이 떠올랐다.

언제 이만큼이나 그 아이를 좋아하게 된 걸까.

고작해야 일 년도 되지 않은 짧은 시간이었을 뿐인데. 그 짧은 시간 동안 그냥 속절없이 빠져들어 버렸다.

아니, 어쩌면 처음 본 순간부터 그랬을지도 모른다.

윤기가 흐르던 까만 머리, 새하얀 얼굴, 커다란 눈을 깜빡이던 그 어린 날. 햇살 속에서 반짝반짝 빛나며 환하게 웃음 짓던 대학 시절의 그날. 그리고 낡은 시골 터미널과 전혀 어울리지 않던, 마치 무채색 배경 속에서 혼자만 유독 선명해 보였던 그날.

그때마다 한수민이란 여자에게 홀리듯 시선을, 그리고 마음을, 그것도 하나도 남기지 않고 온전히 모두 뺏겼나 보다. 그래, 아마 그랬던 것 같다.

연준은 쓴웃음을 지으며 이마를 짚었다.

이젠 어떻게 해야 하는 걸까.

제 눈으로, 제 귀로 똑똑히 확인했는데 이젠 정말 어떻게 해야 하는 걸까.

"……싫다고 했어요. 그렇게 못한다고. 우린 예정대로 결혼할 거라고. 그 여자 없으면 죽는다는 그 사람에게…… 차라리 내 옆에 서 죽으라고, 그래도 난 못 보내준다고. 그랬는데 정말 거짓말처럼…… 그 사람이 죽어버렸어요. 내 눈앞에서…… 그렇게."

자신 때문에 사람이 죽었다며, 새파랗게 질려 비명을 지르듯 고통스럽게 지난날을 꺼내놓던 수민이었다. 한데 그런 그녀에게 어찌 말할까.

평온하고 행복했을 네 인생을 그렇게 힘들게 만든 사람이, 무참히 깨어버린 사람이 내 동생이라고, 내 하나밖에 없는 동생이라고.

그 말을 어찌 할까.

날 볼 때마다 최태현이란 사람이, 그리고 정연이 생각날 텐데 그럼 그때마다 또다시 끔찍했던 그날로 되돌아갈 텐데. 그런 너를 난 어쩌면 좋을까.

욕심이었다.

분명 욕심일 거다.

선택은 오로지 수민의 몫으로 넘겨야 한다. 그리고 그녀의 결정을 존중하고 따르면 된다.

수민이 싫다 그러면, 도저히 장연준을 볼 수 없을 것 같다 그러면 놓아주면 된다. 구질구질하게 붙잡지 말고 그녀의 행복을 빌어주며 고이 보내주면 된다.

그래, 그러면 된다.

머리로는, 이성으로는 당연히 그래야 한다 생각하고 또 그래야 한다는 걸 너무나도 잘 알고 있었다. 하지만 마음이 그렇지가 못했다.

지금 당장만 해도 이 모든 사실을 알았음에도 수민에게 아무 말 못하고 있지 않은가.

지금 차에서 내려 뛰어가면 수민을 바로 볼 수가 있는데, 모든 이야기를 해줄 수가 있는데 그렇게 하지 못하고 있지 않은가.

될 수 있다면, 아니, 그렇게 할 수만 있다면 수민이 영영 모르도록 하고 싶었다.

이런 이기적인 욕심으로 비뚤어진 치졸한 마음 따위, 수민의 곁에 있을 수만 있다면 평생 숨기며 살 수 있을 것만 같았다.

하나 그런 욕심을 부린다는 것 자체가 불가능한 일이다. 절대로 일어날 수 없는, 그런 말도 안 되는 일.

연준은 이마를 가리고 있던 손을 치우며 멀리 보이는 수민의 집을 바라보았다.

어떡할까. 수민아.

……이제 우리, 어떡하면 좋을까.

"아이고, 참. 이게 대체 무슨 일이야? 생전 아픈 거라곤 모르고 건강하던 녀석이 이게 무슨…… 연준아, 내 말 들리냐? 연준아."

큰아버지의 목소리를 들은 것도 같았다.

그리고 이마를 만지던 따뜻하고 부드러운 손길도 느꼈던 것 같다.

꿈에 돌아가신 아버지가 나왔다. 임종 때 그러셨던 것처럼 하나밖에 없는 동생, 정연을 잘 부탁한다며 연준의 손목을 잡고 놓아주질 않으셨다. 무겁고 갑갑했다. 아니, 무서웠다. 난 모르겠다고, 걔가 무슨 짓을 했는지 아버지는 아시냐고, 정연이 잘못 때문에 이제 내 인생이 형편없이 곤두박질치게 생겼다고, 내가 어떻게 살아야 될지 모르겠다고 미친 사람처럼 소리 지르며 손목을 털어내려 애를 썼지만 도무지 그럴 수가 없었다.

그리고 다시 꿈을 꾸었을 때, 수민의 모습이 보였다. 그녀의 앞에 다른 남자가 앉아 있었다. 뭐가 그렇게 재미난지 수민이 연방 즐겁게 웃음을 터뜨렸다.

저 남자는 대체 누굴까.

수민아. 나 안 보여? 수민아!

연준은 있는 힘껏 소리를 질렀지만 수민에게는 들리지 않는 모양이었다. 진흙에 빠진 것처럼 떨어지지 않는 발을 억지로 움직여보려 애를 쓰는데 수민이 문득 고개를 돌렸다. 웃음기가 싹 사라졌다. 연준을 보는 눈빛이 그렇게 싸늘할 수가 없다.

……수민아.

성가시다는 듯 수민이 남자의 손을 잡고 일어서더니 그의 팔짱을 끼고 뒤돌아서 가기 시작했다.

가지 마.

가지 마! 수민아!

연준은 눈을 떴다. 하얀 천장이 보였다. 고개를 돌리자 방문이 보이고 책상이 보이고 책장이 보인다. 모두 익숙한 것들이었다. 그제야 정신이 조금 또렷해졌다.

꿈이었구나.

째까째깍, 시계 초침 소리만 들려오고 있었다. 연준은 몸을 일으키고 팔을 보았다. 링거가 꽂혀 있었다. 그리고 침대 옆 협탁에는 물수건이 놓여 있었다. 도대체 어떻게 된 걸까.

수민의 집 앞에서 한참을 있다 집으로 왔다. 그리고 장 원장에게 인사를 하고 방으로 들어온 것까지는 기억이 났다.

"이 녀석아! 깼어?"

때마침 장 원장이 대야를 들고 들어오다 일어나 앉은 연준을 보고 서둘러 다가왔다.

"큰아버지."

"그래, 이 녀석아! 어이구! 아프면 아프다 말을 했어야지! 얼마나 놀란 줄 알아?"

장 원장이 근심 가득한 얼굴로 침대 끝에 걸터앉아 연준의 이마를 짚어보았다.

"……어떻게 된 거예요?"

"어떻게 되긴! 네 녀석이 방에 들어가자마자 갑자기 꽈당, 소리가 나서 놀라서 달려와 봤더니 네가 정신을 잃고 쓰러져 있지 뭐냐. 원, 몸이 얼마나 불덩이던지. 대체 그 몸으로 여기까지 운전은 어떻게 하고 왔어, 어? 의사라는 녀석이 제 몸 하나 건사 못해서 늙은이 심장을 이렇게 들었다 났다 해야겠냐?"

정신을 잃었던 걸까.

"그래, 몸은 좀 어때? 아직도 많이 아프냐? 열은 좀 떨어진 것 같은데."

"괜찮아요, 이제."

목이 꽉 잠겨 목소리가 잘 나오질 않았다. 그 모습이 안쓰러운지 장 원장이 혀를 쯧쯧 차며 연준의 등을 토닥였다.

"그래. 내, 죽부터 가져올 테니까 조금이라도 먹고 다시 푹 쉬어라. 감기몸살은 무조건 쉬는 게 약이다."

침대에서 일어서던 장 원장이 아차, 하며 손뼉을 쳤다.

"참. 수민이한테 전화부터 해줘라. 새벽에 너 쓰러진 거 알고는 하루 종일 옆에서 간호했어."

연준의 시선이 장 원장에게로 향했다.

"……수민이가요?"

"그래. 계속 있으려는 걸 이러다 수민이도 병날까 싶어 조금 전에 내가 들여보냈다. 이럴 줄 알았으면 깨어나는 거 보고 가라고 할걸 그랬어."

연준은 아무 대답도 않고 묵묵히 장 원장의 말을 듣고만 있었다. 그러다 장 원장이 방문을 열고 나가려던 찰나, 서둘러 입을 뗐다.

"큰아버지."

“그래, 왜?”

장 원장이 방을 나가다 말고 뒤를 돌아보았다. 잠시 머뭇거리다 연준은 결국 고개를 내젓고 말았다. 수민에게 대신 전화해 달라는 말을 차마 할 수는 없었다. 그랬다가는 장 원장이 이상하게 생각할 건 뻔했다.

“……그냥 죄송해서요.”

“원, 녀석, 싱겁기는. 사람이 로봇이 아닌데 아플 수도 있지, 뭘 그래. 그럼 잠시만 기다려라. 내, 죽 데워 올 테니까.”

장 원장이 방을 나간 뒤, 연준은 협탁 위에 놓아둔 전화를 집어 들었다. 벌써 밤 10시가 훌쩍 넘은 시각이었다.

새벽부터 이 시간까지…….

연준은 한숨을 내쉬며 이마를 쓸어 올렸다. 전화를 해야 하나 말아야 하나. 차라리 몸이 아프다는 핑계를 대는 한이 있더라도 장 원장에게 부탁할 걸 그랬나. 전화기를 내려다보며 한참을 망설이다 연준은 결국 수민의 번호를 눌렀다.

신호음이 가기 시작했다.

지이잉. 지이잉.

소리가 나는 곳은 연준의 베개 아래였다.

연준은 전화를 끊고서 수민의 휴대전화를 집어 들었다. 수민이 깜빡 잊고 놓고 간 모양이다. 물끄러미 수민의 전화기를 내려다보다 연준은 팔에 꽂고 있던 주사바늘을 뽑고 자리에서 일어났다.

밤공기는 제법 쌀쌀했지만 오히려 머리는 더욱 맑아졌다. 수민의 집으로 가는 골목길로 막 접어들었을 때였다. 누군가 골목 안에서 갑자기 툭 튀어나왔다.

"오빠?"

수민이었다. 연준도, 수민도 똑같이 놀라 서로를 바라보았다.

"그렇잖아도 오빠 집에 전화 놔두고 온 것 같아서 가지러 가던 중이었는데."

먼저 말을 꺼낸 사람은 수민이었다. 이제 막 씻은 참인지 얼굴이 말갰다. 수민이 한 발짝 다가서자 산뜻한 비누 향이 풍겼다. 숨소리가 느껴질 만큼 가까운 거리. 연준은 주머니에 넣고 있던 손을 꽉 말아 쥐었다.

"몸은 좀 괜찮아요?"

수민이 손을 뻗어 이마를 만지려는 찰나, 연준은 저도 모르게 뒤로 한 발짝 물러섰다.

자만이다.

괜찮을 거라, 스스로를 컨트롤할 수 있을 거라 믿었던 게 어리석었다.

당장에라도 만지고 싶고 안고 싶은데…… 그럴 수 없었다. 그래서는 안 되는 거였다.

자신에게 남은 인내심이란 인내심은 모조리 다 긁어모은 채 연준은 애써 미소 지었다.

"감기 옮을까 봐."

변명이라고 지껄인 게 조금은 효과가 있었는지 당황하던 수민이 이내 핏, 웃음 지었다.

"난 또 뭐라고. 괜찮아요."

수민이 다시 한 발짝 다가섰다. 연준은 그만큼 한 발짝 다시 물러섰다.

"……내가 안 괜찮아."

이상한 듯 쳐다보는 수민의 눈길을 더는 받아낼 자신이 없었다. 연준은 서둘러 수민의 휴대전화를 꺼내 내밀었다.

"받아. 그렇잖아도 가져다주러 가는 길이었어. ……밤공기 차다. 얼른 들어가."

"……오빠, 혹시 무슨 일 있었어요?"

수민이 묻는 말에 연준은 숨을 머금었다.

"……무슨 일."

말할까.

지금 말하는 편이 나을까.

한데 뭐라 말을 해야 하는 걸까. 어디서부터, 뭘 어떻게 말을 해야 하는 걸까.

"……오빠."

아무래도 이상한지 수민이 가까이 다가왔다. 순간, 연준은 입꼬리를 있는 힘껏 끌어당기며 고개를 서었다.

"없어. ……그런 거."

수민도 더는 다가오지 않고 제자리에 멈춰 섰다. 그리고 가만히 연준을 바라보다 그럼 되었다며 빙긋 웃었다. 분명 이상했을 텐데도 더는 아무것도 묻지 않고 수민은 연준이 내민 휴대전화를 받았다.

"다행이다. 얼른 들어가 쉬어요. 아직 몸도 안 좋은데 나 때문에 더 나빠지면 어떡해."

"……그래."

"그럼 나, 들어갈게요. 오빠도 얼른 들어가요. 그리고 전화 가져 다줘서 고마워요."

수민이 손을 흔들며 인사를 하고서 먼저 뒤돌아섰다. 연준도 천천히 뒤로 돌아서 걸음을 뗐다.

한 걸음. 두 걸음. 세 걸음. ……네 걸음.

자박자박, 등 뒤에서 수민이 멀어지는 소리가 들려왔다. 점점 작게.

연준이 멈춰 섰다.

수민이…… 멀어진다.

……될 대로 되라지.

연준은 그대로 뒤돌아서 수민에게로 뛰었다. 그리고 수민의 손을 세게 잡아챘다. 놀란 듯 수민이 눈을 크게 뜨고서 연준을 보았다.

생각이란 걸 할 새도 없었다.

연준은 고개를 숙여 수민의 입술을 찾았다.

여느 때처럼 부드럽지도, 조심스럽지도 않았다. 늘 그랬던 것처럼 수민을 배려하지도 않았다. 무언가에 쫓기는 사람처럼 조급하고 거칠었으며 잔뜩 힘이 들어간 채 밀어붙였다.

뜨겁다.

……너무 뜨거웠다. 온몸의 신경세포가 팔딱팔딱거리는가 싶더니 이내 미친 듯 뛰어댔고 머릿속이 온통 새하얗게 변해 버렸다. 심장소리가 쿵쿵쿵, 귓가에 울려댔고 그대로 숨이 막혀 죽을 것만 같았다. 오늘, 지금 이 순간 연준이 그랬다.

연준과의 키스가 끝났을 때, 수민은 온몸에 힘이 쭉 빠져 버렸다. 하마터면 자리에 주저앉을 것만 같아 자신의 허리를 잡고 있는 연준의 팔에 간신히 몸을 지탱해야만 했다. 그제야 시야가 또렷해지며 열기로 흐릿해진 연준의 눈동자가 보였다. 그리고 그의 눈동자를 통해 똑같이 열기로 들뜬 자신의 모습을 볼 수 있었다.

나직한 한숨 소리와 함께 연준이 수민의 어깨에 이마를 묻었다. 뜨거운 숨이 목에, 그리고 가슴에 떨어졌다.

"……사랑해."

연준의 팔을 잡고 있던 수민의 손가락 끝에 움찔, 힘이 들어갔다.

"……한수민, 사랑한다."

짧디짧은 달콤한 고백.

수민은 그저 길게 숨을 내쉬며 눈을 감았다.

열넷. 한여름 밤의 꿈

"사돈, 우리 저녁에 겉절이 해서 보쌈이나 해 먹을까?"

장 원장의 말에 미영이 뒤를 돌아보며 고개를 끄덕였다. 장 원장과 함께 밭에 다녀오는 그녀의 손에는 상추와 깻잎, 고추 등이 담긴 바구니가 들려 있었다.

"그러든가. 그런데 배추 그거 하나 가지고 되겠어? 하나 더 뽑아 올 걸 그랬다."

"아, 네 명이서 먹을 건데 이걸로 충분하지. 상추하고 깻잎도 잔뜩 땄는데."

장 원장은 막 밭에서 뽑아온 배추 한 포기를 품에 안아 들고 미영의 뒤를 따라 집으로 들어갔다.

"어?"

막 마당으로 들어섰던 미영이 우뚝, 자리에 멈춰 섰다. 그 바람에 장 원장이 미영의 등에 그만 고개를 박았다.

"아야! 아, 뭐 하는 거야?"

"장 원장, 손님 왔는데?"

"손님?"

손님이 왔다는 소리에 이마를 문지르던 장 원장이 고개를 들었다. 집 대청에 앉아 있던 젊은 여자가 웃으며 마당으로 내려섰다. 장 원장의 주름진 눈매가 이내 휘둥그레 커졌다.

"아니, 이게 누구야! 정연이 아니냐?"

"큰아버지."

장 원장은 얼른 들고 있던 배추를 내려놓고 정연에게로 다가가 덥석 손을 잡았다.

"잘 지내셨어요?"

정연의 살가운 인사에 장 원장은 너털웃음을 터뜨렸다.

"아, 그럼. 나야 잘 지냈지. 그나저나 연락도 없이 어쩐 일이야? 차 서방은? 같이 안 나왔어?"

"저, 먼저 나왔어요. 회사일 때문에 차 서방은 며칠 있다 나올 거고요."

"아이구, 그래? 그래. 잘했다, 잘했어."

"장 원장."

미영이 장 원장의 옆구리를 쿡 찔렀다. 연방 허허 웃고만 있던 장 원장이 아차, 하며 얼른 소개를 했다.

"참, 인사해. 한 사장, 여긴 연준이 동생 정연이. 정연아, 이쪽은 내 친구, 아니, 연준이랑 결혼할 아가씨 고모 되는 사람."

장 원장의 소개에 정연이 활짝 웃으며 미영에게 고개를 숙였다.

“처음 뵙겠습니다. 장정연입니다.”

“어머, 반가워요. 사돈처녀라 불러야 하나? 아유, 예쁘기도 해라.”

미영이 웃으며 정연과 악수를 했다.

“참, 그나저나 연준이한테 연락은 하고 온 거야? 난 아무 말도 못 들었는데?”

장 원장이 묻는 말에 정연이 고개를 저었다.

“아뇨. 며칠 전에 오빠랑 통화했었는데 말 안 했어요.”

“그랬어? 왜? 너 온다 그랬으면 엄청 좋아했을 텐데.”

“그렇잖아도 병원으로 갈까 하다 오빠 일하는 데 방해될까 봐 그냥 바로 이쪽으로 왔어요. 큰아버지도 빨리 보고 싶었고요.”

정연의 살가운 말에 장 원장이 허허, 기분 좋게 웃었다.

“녀석. 입에 침도 안 바르고 거짓말은. 그래, 일단 안으로 들어가서 이야기하자꾸나. 사돈, 사돈도 얼른 들어와.”

“그래. 먼저 들어가. 차 끓여서 따라 들어갈게.”

장 원장과 정연이 함께 안으로 들어가는 모습을 흐뭇하게 지켜보다 미영은 부엌으로 향했다. 아무리 떨어져 살아도 시누이는 시누이였다. 입 밖으로 꺼낸 적은 없지만 혹시나 멀리서라도 미운 시누이 짓을 하면 어쩌나, 조금 걱정했었는데 그럴 필요가 전혀 없어 보였다.

“장 선생 닮아 그런가 아주 예쁘네. 그러고 보니 우리 수민이랑 조금 닮은 것 같기도 하고. 참, 수민이한테 말을 해줘야 하나?”

휴대전화를 꺼내 수민의 번호를 누르다 말고 미영은 이내 씩 웃으며 고개를 저었다. 보아하니 연준을 깜짝 놀라게 해주고 싶어 몰래 온 모양인데 미리 알려줘 김을 빼는 건 예의가 아니었다.

＊

"콜록."

아침에 함께 출근하는 길에 그냥 가볍게 기침 한 번 했을 뿐인데 그때부터 연준은 세상 모든 근심을 짊어진 사람의 얼굴이 되었다. 아침에 일어나자마자 목이 조금 따끔하긴 했지만 약 먹을 정도는 아니라 생각했다. 해서 괜찮다고 했는데도 연준이 일하는 내내 전화를 걸어 진찰 한번 해보자며 채근을 해대는 통에 하는 수 없이 병원으로 온 터였다.

"아, 해봐."

심각한 얼굴로 연준이 수민의 앞에 앉았다. 말 잘 듣는 아이처럼 순하게 입을 벌렸다. 수민의 입안을 유심히 살펴보던 연준이 걱정스레 이맛살을 찌푸렸다.

"인후염이 조금 보이기는 하는데."

"심한 건 아니죠? 것 봐, 내가 별거 아니랬잖아."

"그래도 약 먹어야 해. 괜히 뒀다 심해지면 고생하는데."

자신 때문에 감기가 옮았다 생각하는지 많이 미안한 모양이었다. 연준이 처방전을 작성하느라 모니터를 골똘히 들여다보는 동안 수민은 그런 그의 모습을 가만히 보았다.

선이 단정한 이마, 눈, 코, 그리고 입.

며칠 전 기억이 손에 잡힐 듯 생생하게 떠올랐다. 수민은 저도 모르게 자신의 입술에 천천히 손을 가져다 댔다.

까슬하게 일어난 입술이 불처럼 뜨거웠었다.

말캉한 혀의 감촉. 뺨과 목에 와 닿던 뜨거운 숨결. 살갗을 부드럽게 쓰다듬던 크고 단단한 손.

사랑해.

한숨 같던 그의 고백.

"……수민아."

연준이 무슨 일 있냐는 듯 쳐다보고 있었다. 순식간에 수민의 뺨이 확 달아올랐다. 가슴이 콩닥콩닥 뛰었다.

"……열 오르는 것 같은데. 어디 다른 데 아픈 데 있어?"

연준이 안 되겠다는 듯 미간을 찡그리며 체온계를 다시 잡자 수민은 얼른 도리질을 쳤다.

"아냐. 그냥 잠깐……."

말문이 막혔다. 연준은 '잠깐…… 뭐?' 라는 눈빛으로 뚫어져라 수민을 보고 있었다. 그렇다고 하고 있던 생각을 솔직하게 말할 수는 없었다.

"끝났죠? 나, 그럼 갈게요. 약국 오래 비워두기도 그렇고."

얼른 자리에서 일어나려는데 그런 수민을 연준이 붙잡았다.

"수민아."

"……어?"

무슨 말을 할까. 수민이 당황해 연준을 빤히 보았다.

"저녁, 같이 먹자."

후. 안도의 한숨을 내쉬고서 수민은 어색하게나마 입꼬리를 끌어당겨 미소를 지었다.

"그래요. ……그럼 난 이만 가볼게요."

"그래. 나가자."

연준도 자리에서 일어났다.

"아니. 나 혼자 갈게. 오빠는 그냥 있어요."

수민은 화들짝 놀라 따라 나오려는 연준을 만류하고 얼른 밖으로 나갔다.

"한 선생님, 감기 걸리셨나 봐예."

황 간호사와 이 간호사는 벌써 처방전을 뽑아놓고 기다리고 있었다.

"아, 네."

한데 두 사람의 표정이 어쩐지 조금 이상했다. 웃을 듯 말 듯…… 야릇한 세 뭐탈까. '나는 네가 한 일을 다 알고 있다' 식의 그런 눈빛? 아니나 다를까. 병원비를 계산하느라 지갑에서 돈을 꺼내는데 황 간호사가 쿡쿡 웃으며 한마디 한다.

"그런데 참말로 감기가 유행이긴 유행인가 보네예. 우리 장 선생님도 감기 걸리가 고생했는데 한 선생님도 감기 걸린 거 보니까."

"예? 아…… 그러게요."

수민이 내민 돈을 받으며 황 간호사가 능글맞게 한마디 덧붙였다.

"장 선생님도 참말로, 암만 좋고 해도 감기 걸렸을 때는 조심 좀 하지. 괜히 한 선생님만 감기 옮구로."

"네?"

"아니, 감기가 워낙에 전염성이 강하니까 뭐, 옆에 있고 하든 감기가 옮을 수도 있다 그런 말이지예. 뭐 다른 게 있을라고예. 안 그래예?”

황 간호사의 넉살 섞인 말에 잔돈을 거슬러 주던 이 간호사가 픕, 웃었다.

“무슨 일입니까?”

갑작스런 연준의 등장에 황 간호사와 이 간호사가 얼른 웃음을 꿀떡 삼켰다.

“수민아, 무슨 일이야?”

연준이 가운에 양손을 찔러 넣은 채 수민에게로 걸어왔다. 표정이 냉랭한 게 한 소리 듣겠다 싶었는지 이 간호사가 황 간호사를 보며 난처한 듯 인상을 찡그렸다. 황 간호사 역시 조금은 겁먹은 눈치였다. 여차하다 괜히 분위기가 안 좋아질까 싶어 수민이 아무 일 없다는 듯 얼른 웃음을 지어 보였다.

“아니, 그냥 별일 아…….”

딸랑. 수민의 말이 채 끝나기도 전에 때마침 환자 한 명이 병원으로 들어왔다.

“나, 그럼 가볼게. 수고하세요.”

수민은 얼른 인사를 하고서 병원을 나왔다. 약국으로 돌아와서야 핏, 웃음이 났다.

“아무튼 짓궂다니까.”

이 간호사야 연준을 어려워하는 게 보였지만 황 간호사는 아무래도 나이가 있어 그런지 한결 편하게 연준을 대했다. 그래서인지 조그만 건수가 잡혔다 싶으면 수민과 연준을 놀리려 들었다. 오늘처럼 가끔 당황스러울 때도 있었지만 나름대로 선을 잘 지켜주는 터라 크게 기분이 상하는 일 없이 다들 웃고 넘어가는 정도였다.

처방전을 보며 혼자 웃다가 수민이 약제실로 들어가려는데 문자가 울렸다. 미영에게서 온 메시지였다.

〈수민아, 집에 손님 왔으니까 저녁에 장 선생이랑 일찍 들어와. 참, 그리고 마침 치즈가 다 떨어졌더라. 올 때 치즈 좀 사오면 땡큐!〉

"손님?"
도대체 누구기에 치즈까지 사오라는 건지 궁금했다. 손님이 누구냐고 문자를 적어 보냈더니 금방 답이 왔다.

〈그건 비밀. 대신 엄청 중요한 손님이니까 제일 좋은 치즈로 사와.〉

장난스런 미영의 성격이 짧은 문자에도 고스란히 배어나 있었다. 수민은 미영에게 일찍 들어가겠다고 문자를 보낸 뒤, 연준에게 전화를 걸었다.
"오빠, 어쩌죠? 오늘 저녁 같이 못할 것 같은네. 고모한테 연락 왔는데 집에 손님 왔대요."

"손님?"
차에서 내린 연준이 의아한 얼굴로 물었다.
"응, 그것도 무지 중요한 손님. 그래서 퇴근하자마자 오빠랑 무조건 빨리 들어오라 그러시던데."
"누군데?"
"나도 궁금해서 누군지 물었는데 비밀이래. 미리 말해주면 서프라이즈 하지 못하다고. 고모답죠?"

수민이 연준의 팔짱을 끼며 빙긋 웃었다.

"아쉽지만 우리 저녁은 내일로 미뤄야겠다."

"……수민아."

연준이 부르는 소리에 수민은 여느 때와 다름없이 대답했다.

"응."

"저녁에, 아니, 밤에…… 얘기 좀 할 수 있을까?"

수민이 걸음을 멈추고서 연준을 올려다보았다.

"무슨 얘긴데?"

"……이따가."

연준을 가만히 올려다보던 수민이 이내 핏, 웃었다.

"뭐야. 어쩐지 무섭네. 알았어요. 그러지, 뭐. 그럼 저녁 먹고 이따가 밤에 봐요."

"……그래."

그럼 되었다는 듯 수민이 싱긋 미소 지으며 연준의 팔짱을 다시 꼈다.

"그럼 얼른 가요. 어른들 기다리시겠다."

연준을 재촉해 다시 걷던 수민이 문득 아차, 하며 손을 내려다보았다.

"왜?"

수민이 난처한 얼굴로 연준을 보았다.

"치즈. 아까 차 뒷좌석에 놔뒀는데 내리면서 깜빡했어."

연준이 피식, 미소 지으며 팔짱을 끼고 있던 수민의 팔을 풀었다.

"난 또 무슨 큰일이라고. 먼저 들어가 있어. 내가 가져올게."

"정말? 그럼 오빠, 가방 나 줘요."

"됐어. 무거운 것도 아닌데 뭐. 얼른 들어가."

연준이 수민의 머리를 장난스럽게 톡톡 두드려 주고서 뒤돌아서 차 쪽으로 걸어갔다. 하지만 마치 수민이 지켜보는 걸 알기라도 한 것처럼 연준이 금세 다시 뒤를 돌아보았다.

"먼저 들어가."

"괜찮아요. 같이 들어갈래."

"날 쌀쌀해. 감기 심해지면 어떡하려고?"

아예 멈춰 서서 계속 들어가라고 손짓을 하는 터라 어쩔 수 없었다.

"아무튼 유난이야. 알았어요, 그럼. 먼저 들어갈 테니까 얼른 와요!"

별로 심하지도 않는 감기에 유난을 떤다며 핀잔을 주긴 했지만 집으로 향하는 수민의 얼굴에는 기분 좋은 미소가 한가득이었다. 집 가까이에 기자 마딩에 불이 환하게 켜져 있었다. 고기 굽는 냄새가 밖에까지 진동을 했다.

"제가 할게요. 앉아 계세요."

"아, 무슨 소리야. 미국에서 여기까지 오느라 피곤한 사람도 있는데 이게 무슨 일이라고. 정연이 너야말로 앉아 있어."

"저, 정말 괜찮아요. 이리 주세요."

"아이고, 참. 나야말로 괜찮다니 그러네."

장 원장과 젊은 여자가 다정하게 실랑이를 벌이는 소리가 대문 밖에까지 들려왔다. 수민이 대문을 막 열고 들어서는데 어느새 미영도 대화에 끼어들어 장 원장의 편을 들고 있었다.

"그래, 장 원장 말처럼 우리한테 맡기고 정연 씨는 좀 앉아 있어요. 그래도 오늘 우리 집 귀한 손님이신데 손님을 어떻게 막 부려먹어."

"괜찮아요. 제가 무슨 손님이라고. 그냥 저 막 부려먹으셔도 돼요."

웃음기 어린 차분하고 고운 목소리를 보아하건대 20대 후반에서 30대 초반쯤 되었을까?

"아이구, 귀하디귀한 사돈한테 어떻게 그래. 그거 나한테 주고 여기, 가만히 앉아 있어요. 응?"

순간, 미영의 입에서 나온 '사돈'이란 단어에 마당으로 들어서던 수민이 자리에 멈춰 섰다.

사돈? 미영이 말하는 사돈이라면 분명 연준의 가족이란 말일 터. 하지만 수민이 알기로 연준에게 가족이라고 해봤자 장 원장네가 전부였다.

도대체 누굴까.

순간, 수민의 머릿속에 누군가가 떠오르긴 했다.

결혼해서 지금은 미국에서 살고 있다는 연준의 하나밖에 없는 여동생.

하지만 연준에게서 아무 말도 들은 게 없었다. 설마하니 미국에서 여기까지 오면서 연준에게 아무 말도 하지 않고 나올 리는 없었을 텐데. 그러면 대체 누굴까. 궁금증이 이는 와중에도 수민은 서둘러 자신의 옷차림새부터 살폈다. 그때였다.

"어! 수민이 왔네? 언제 왔어?"

바비큐 통 앞에서 손으로 연기를 밀어내던 미영이 반갑게 수민을 불렀다. 미영의 앞 바비큐 통 위에는 고기며 소세지, 야채 등이 먹음직스럽게 구워져 가고 있었고, 그 옆에 위치한 평상 위에는 이미 음식이 한가득 차려져 있었다.

"장 선생은?"

"장본 거 차에 두고 와서 가지러 갔어요."

"그래?"

미영과 이야기를 나누는데 주방에서 반찬을 가지고 나오던 장 원장이 수민을 보고 환한 얼굴로 인사를 건넸다.

"아이구! 수민이 왔어? 오늘도 수고했다."

수민도 웃으며 상 원장에게 꾸벅, 인사를 했다.

"네, 다녀왔습니다. 이리 주세요. 제가 할게요."

"아냐! 됐어. 여태 일하다 온 사람한테."

수민이 얼른 가방을 내려놓고 소매를 걷어 올리자 장 원장이 그러지 말라며 손을 내저었다. 그러고는 안을 향해 소리쳤다.

"정연아! 밖에 얼른 나와 봐라. 네 올케 될 사람 왔어."

올케? 수민이 화들짝 놀라 미영을 보았다.

"……그럼."

미영이 웃으며 수민의 짐작이 맞다는 듯 고개를 끄덕였다.

"그래, 장 선생 여동생 왔어. 장 선생, 암말 안 하지? 일부러 오빠 놀라게 해주고 싶어서 연락도 않고 그냥 왔다던데."

미영이 말한 반갑고 중요한 손님이 연준의 동생일 줄은 꿈에도 생각 못했다. 연준도 짐작조차 못하고 있을 거였다. 수민은 저도 모르게 뒤를 돌아보았다. 그렇잖아도 연준이 올 때쯤 되었다. 동생을 보면 얼마나 반가워할까.

"정연아, 뭐 하냐!"

장 원장의 재촉이 이어지던 그때, 주방에서 젊은 여자 하나가 물병과 컵이 담긴 쟁반을 들고 밖으로 나왔다. 선이 가느다란 몸매가 임산부답지 않았다. 마당에 있는 터라 처마에 진 그늘 때문에 얼굴이 잘 보이지가 않았다. 수민은 저도 모르게 긴장이 되어 마른침을 꿀꺽 삼켰다. 늘 이야기로 듣기만 했지 실제로 보는 건 처음이었다. 연준의 동생이 굽이 낮은 플랫 구두를 신고서 얼른 마당으로 내려섰다. 그제야 그녀의 얼굴이 보였다.

"얼른 오너라. 인사해. 여긴 연준이가 만나는 한수민 씨고, 수민아, 이쪽은 연준이 동생, 장정연."

"반갑습……."

수민이 웃으며 손을 내밀다 말고 멈칫했다. 정연 역시 눈을 크게 뜨고서 멍하니 수민을 보고 있었다.

쨍그랑!

요란한 소리와 함께 정연의 손에 들려 있던 물병과 컵이 바닥에 떨어져 산산조각이 났다. 미영과 장 원장이 놀라 뛰어왔다.

"어머! 무슨 일이야? 정연 씨, 안 다쳤어요?"

"정연이 너 괜찮냐? 안 놀랐어? 가만, 움직이지 마라. 한 사장, 여기 빗자루 좀!"

"어, 갖다 줄게. 잠깐만."

깜짝 놀란 미영과 장 원장이 빗자루를 가져와 바닥을 쓰느라 야단이었지만 수민은 눈도 깜빡 않고 앞에 서 있는 정연의 얼굴만 쳐다보고 있었다. 정연 역시 마찬가지였다. 두 사람 중 어느 누구도 말을 꺼낼 수도, 움직일 수도 없었다.

그때였다.

"……정연아."

연준의 목소리가 들렸다.

"……네가 어떻게."

귀신이라도 본 것처럼 하얗게 질린 얼굴로 수민은 천천히 뒤를 돌아보았다. 그리고 연준과 눈길이 마주쳤다.

정적이 흘렀다.

"……설마…… 알고…… 있었어요?"

꺼질 듯한 목소리로 수민은 중얼거렸다.

아닐 거야. 아닐 거였다. 어떻게 그럴 수가 있을까?

"……그런 거…… 아니죠?"

순간, 연준의 눈매가 일그러졌다.

"……수민아."

……비명이 나올 것만 같았다. 수민은 급히 입을 틀어막았다.

연준의 눈빛을 보는 순산 깨달았다.

연준은 알고 있었다는 걸.

수민에게 있어 정연이 누구인지, 수민과 정연의 관계가 어떠한 지 말이다.

✳

점심시간을 틈타 신혼여행지에서 묵을 빌라 문제로 여행사에 잠시 다녀오는 길이었다. 병원에 막 들어서는데 며칠 후면 시어머니가 될 서 여사에게서 전화가 걸려왔다.

"네, 어머님. 방금 점심 먹고 병원 들어가는 길이에요. 어머님은요? 아직이요? 시장하실 텐데 얼른 드세요. 빵 같은 거 드시지 말고 꼭 밥으로요. 네. 참, 저녁에 침대 들어가기로 해서 퇴근하고 바로 가려고 하는데 혹시 뭐, 드시고 싶은 건 없으세요?"

태현과 결혼을 결심하는 데 있어 제법 큰 비중을 차지했던 건 그의 부모님이었다. 특히 수민과 태현의 어머니, 서 여사는 아주 죽이 잘 들어맞는 예비 고부간이기도 했다. 딸이 없는 터라 서 여사가 수민을 워낙 예뻐해 주기도 했고 서로의 취미도 잘 맞아 대화도 잘 통했다. 거기다 애초에 양가 부모 합의하에 마련된 선으로 만났으니만큼 고부 갈등이나 기싸움 같은 건 애초부터 존재할 리도 없었다.

"어이! 한 선생!"

서 여사와 평소처럼 도란도란 이야기를 나누며 가는데 어디선가 수민을 부르는 소리가 들렸다. 고개를 돌리자 물리치료실 식구들이 벤치에 앉아 손을 흔들고 있었다. 아마도 점심 먹고 일하기 전에 커피 한 잔씩 하는 모양이었다.

"어머님, 저 그럼 나중에 퇴근하고 찾아뵐게요. 참, 나중에 안성댁 아주머니께 어머님 점심 안 거르셨는지 물어볼 거니까 꼭 챙겨 드셔야 해요. 네, 그럼 점심 맛있게 드세요."

웃으며 전화를 끊고서 수민은 사람들에게 다가가 인사를 건넸다.

"점심들 드셨어요?"

"우리야 먹었죠. 그런데 한 선생은 왜 혼자 와? 혹시 왕따야?"

물리치료실 최고참인 진운이 넉살 좋게 농을 섞어 말을 걸었다. 평소 그의 성격을 알기에 기분이 상하기는커녕 수민은 웃음이 났다.

"결혼 준비 때문에 잠깐 어디 다녀올 데가 있어서요."

물리치료실의 막내, 영은이 커피를 마시다 말고 깜짝 놀라 수민의 팔을 덥석 잡았다.

"어머! 그럼 언니 점심도 안 먹었어요? 배고파서 어떡해요?"

"아니, 샌드위치 하나 먹었어. 영은 씨는 점심 맛있는 걸로 먹었어?"

"만날 똑같은 걸로 먹었죠, 뭐. 참, 결혼 준비는 잘되어가요? 아! 너무 부럽다. 정말 내가 본 신부 중에 언니가 제일 예쁠 것 같아요."

수민을 부러워하는 영은을 보며 진운이 한마디 툭 던졌다.

"부러워만 하지 말고 노력을 해야지. 너, 그러다 서른 되고 어영부영하다 나중에는 정말 찾고 싶어도 없다? 그러니까 그만 좀 재고 띠지고 사람 민나려는 노력부터 하라고."

진운의 핀잔에 영은이 발끈했다.

"어머머! 저, 노력 엄청 하고 있거든요? 아직 저랑 인연 되는 사람을 못 만나서 그렇지."

"노력은 무슨. 만날 엉뚱한 데 뒤지고 다니니 있을 리가 있나?"

"진짜! 선배님!"

얼굴이 빨개져서 빽 소리를 지르는 영은 덕분에 한바탕 웃음이 와르르 밀려왔다. 늘 그렇듯 물리치료실 사람들은 활기가 넘친다.

"참, 한 선생 신랑 될 사람 그렇게 성격 좋고 잘생겼다면서. 내

후배가 명윤대 병원에 있거든. 그 자식 말로는 그 병원 내에서도 한 선생 신랑 탐내는 사람 장난 아니게 많았다더라고."

"어머, 정말요? 뭐, 하기야 우리 병원에도 수민 언니 노리는 사람 많았죠. 너무 높고 비싼 나무라 차마 도끼로 찍어볼 엄두가 안 나는 겁 많은 목수들이 많아 그렇지. 그 목수 중에 하나가 바로 여기 있잖아요."

영은이 눈짓으로 진운을 가리키자 사람들 모두가 웃음을 터뜨렸다. 순식간에 얼굴이 시뻘게진 진운이 당황해 펄쩍 뛰며 손사래를 쳤다.

"지금 무슨 소리 하는 거야? 아냐! 한 선생! 나 아니에요! 진짜! 진짜 아냐!"

"네, 알아요, 아닌 거."

수민도 가까스로 웃음을 참으며 그의 말에 수긍했다. 사랑에 빠진 사람 눈에는 다른 이들의 사랑도 보이는 모양인지 수민은 진운의 마음이 영은에게 향하고 있다는 걸 알고 있었다. 정작 본인인 영은은 눈치도 못 채고 있는 것 같았지만 말이다. 노총각 애간장 그만 녹이게 언제 살짝 귀띔이라도 해줘야겠다, 생각하며 수민은 사람들에게 인사를 건넸다.

"그럼 전 이만 가볼게요. 커피 맛있게들 드세요."

"그래요. 그럼 결혼식에서 봐요! 꼭 갈게!"

사람들과 헤어진 뒤, 수민은 곧장 병원 안으로 들어갔다. 한데 약제국에 다 왔을 때 누군가 그녀를 불렀다.

"저기요!"

퀵서비스 배달원이었다. 손에는 작은 서류봉투를 들고 있었다.

"혹시 여기서 근무하십니까?"

무슨 물건을 전해줄 게 있나 싶어 대신 받아주겠다고 하자 배달원이 펄쩍 뛰었다.

"아니, 이게 반드시 본인한테 직접 전해줘야 한다고 해서요. 혹시 한수민 씨, 안에 계십니까?"

"……전데요?"

수민이 자신임을 밝히자 배달원의 눈이 휘둥그레 커졌다.

"아, 본인이세요? 잘됐네요. 이거 받으시고 서명 좀 부탁드립니다."

배달원이 건넨 서류봉투를 받자마자 수민은 발신인을 살폈다. 한데 봉투 어디에도 발신인의 이름은 없었다.

"누가 보낸 건가요?"

"글쎄요. 봉투에 안 써져 있으면 저희들도 잘 모르죠. 우리야 돈 받고 배달만 해주면 되는 거니까."

배달원은 어깨를 으쓱하고는 볼일 마쳤단 듯이 금세 떠났다.

"도대체 누구지?"

고개를 갸웃거리며 수민은 약제실로 들어갔다. 그리고 자신의 자리에 앉아 봉투를 뜯는데 전화벨이 울렸다.

"여보세요?"

가구점이었다. 오늘 저녁 침대 배달을 몇 시에 해야 하는지 확인하기 위해 전화를 한 것이었다. 수민은 전화를 귀에 대고 봉투 안에 내용물을 꺼냈다. 두께가 제법 있다 싶었더니 모두 사진이었다.

"제가 저녁 6시쯤 퇴근이니까요. 7시 정도에……."

이야기를 하다 말고 수민의 눈매가 가느스름해졌다. 고운 미간

사이로 짙은 주름이 새겨졌다.

사진 속에서 남자와 여자가 환하게 웃고 있었다. 아주 다정하게 팔짱을 낀 채.

여자는 처음 보는 이였지만 남자는 수민도 아는 이였다.

태현이다. 일주일 후면 수민의 남편이 될 최태현.

……대체 이게 뭘까.

귀가 멍해지며 가슴이 미친 듯 뛰었다.

수민은 덜덜 떨리는 손으로 다음 장, 그리고 그다음 장을 넘겨보았다. 역시나 태현의 사진이었다. 아주 오래전 대학 때 사진부터 얼마 전 사진까지, 태현의 옆에는 그 여자가 항상 함께였다.

온몸에 힘이 풀리며 손에 쥐고 있던 전화기가 바닥에 떨어졌다.

〈여보세요? 손님? ……손님, 안 들리세요? 여보세요?〉

전화 너머에서 수민을 부르는 소리가 계속해서 들리고 있었다. 수민은 멍한 눈길로 바닥에 떨어진 휴대전화를 보다 허리를 숙였다. 하지만 전화를 채 집기도 전에 다른 손에 쥐고 있던 사진을 모두 흘려 버리고 말았다.

〈여보세요? 손님? ……전화가 끊겼나?〉

몇 차례 더 수민을 부르다 전화는 끊어졌다. 그리고 주변은 고요해졌다.

바닥에 흉물스럽게 떨어져 있는 사진들을 보며 수민은 떨리는 손으로 입을 틀어막았다.

비명이 나올 것만 같았다.

도대체 이 사진들이 다 뭐란 말인가. 대체 누가 이런 걸 보낸 걸까.

넋이 나가 사진을 물끄러미 보고 있는데 밖에서 발자국 소리와 함께 몇 사람의 웃음소리가 들려왔다. 그리고 문이 벌컥 열렸다. 점심을 먹고 돌아온 동료들이었다. 수민은 서둘러 바닥에 떨어진 사진을 주웠다.

"어머, 한 선생 벌써 왔네? 웬 사진이야?"

허겁지겁 사진을 긁다시피 해 품에 안는데 동료 중 하나가 사진을 집어 들었다. 가슴이 쿵쾅쿵쾅 뛰는 소리가 귓가에 요동쳤다. 수민은 황급히 동료의 손에서 사진을 뺏었다.

"어머, 동생이나 언니야? 한 선생이랑 분위기가 많이 닮았다."

바닥에 떨어진 사진을 줍던 수민의 손이 멈칫거렸다. 수민이 고개를 들이 동료를 보았다.

"……무슨…… 말이야? 닮았…… 다니."

"사진 속 여자. 얼핏 봤을 때 한 선생인지 알았다니까?"

수민은 멍하니 시선을 내려 사진 속 여자를 바라보았다.

……닮았다?

이 여자가…… 나와 닮았어?

뭔가에 머리를 세게 얻어맞은 것처럼 머릿속이 온통 멍해졌다. 웅웅, 귓가에서 바람 소리도 일기 시작했다.

그때, 바닥에 떨어져 있던 수민의 휴대전화가 반짝거리며 전화벨이 울렸다. 수민은 초점 없이 흐린 눈으로 휴대전화를 멍하니 보다 이윽고 전화를 집었다. 처음 보는 번호였다.

"……여보세요?"

〈여보세요?〉

젊은 여자였다.

〈혹시 한수민 씨…… 인가요?〉

불현듯 여자의 목소리를 듣는 순간, 등 뒤로 소름이 흘렀다. 불길한 기분이 들었다. 아니나 다를까.

"……누구시죠?"

〈사진 보낸 사람입니다. 지금 좀…… 뵈었으면 하는데요.〉

목소리만큼 단정하고 말간 얼굴에 20대 중후반쯤 되어 보이는 여자였다. 사진에서 본 그 얼굴이었다.

길에서 지나다닐 때면 사람들이 예쁘다며 한 번쯤 뒤돌아볼 법한, 그런 사람. 수민은 여자의 얼굴을 찬찬히 훑어보았다. 이마, 눈, 코, 입, 턱, 목…… 앉아 있는 모습까지. 그러고 보니 수민과 조금 닮은 것 같기도 했다. 아니, 수민이 여자를 닮았는지도 모르겠다. 적어도 태현의 눈에는 그리 보일 테지.

"죄송합니다."

여자가 떨리는 목소리로 제일 먼저 한 말은 미안하다는 사과였다. 미안한 일을 대체 왜 했는지 묻고 싶었지만 수민은 꾹 참고 대신 다른 말을 물었다.

"내가 왜 그쪽한테 그런 사과 인사를 들어야 하는 건가요?"

수민의 말에 여자는 조금 당황한 것 같았다.

"사진, 보셨잖아요."

수민은 눈도 깜빡 않고 그런 여자를 냉랭한 눈으로 응시했다.

여자가 보낸 사진을 보았을 때는 너무 놀라고 당황해 아무 생각도 할 수 없었다. 하지만 여자의 전화를 받고 나서는 너무 많은 생각이 들기 시작했다.

태현에게 전화해 '당신 이게 다 뭐냐?'고 패악이라도 부릴까.

아니면 엄마한테 전화해 이 결혼 못하겠다고, 이 남자한테 나 모르게 다른 여자가 있었다고, 이런 사람을 믿고 어떻게 내 평생을 맡기겠냐, 도대체 이런 남자인 줄 엄마는 왜 모르고 있었냐, 왜 이런 사람과 선을 보라 했느냐며 화를 내볼까.

그것도 아니면 태현의 모친인 서 여사에게 전화해 '당신 아들이 나 말고 다른 여자를 만나고 있었고 그 여자가 나한테 이따위 사진까지 보냈다. 그런 여자가 있는지 정말 당신들은 몰랐냐? 아니면 알고 있었으면서도 나와 선을 보게 하고 결혼까지 시키는 거냐?'며 따지기라도 해볼까.

하지만 그 많은 생각들 중 이느 하나노 실제로 할 수가 없었다.

비록 부모님의 뜻에 의해 선을 본 것이긴 하지만 결국 그 남자를 좋아하게 된 섯도, 그와의 결혼을 결심한 것도 다른 누구의 강압이 아닌 한수민, 자신의 결정이고 의지였으니까.

그렇다면 태현과의 결혼을 여기서 그만둬야 하나.

이따위 결혼, 차라리 그만둘까.

내가 끝내 버릴까.

여기까지 오는 내내 수십 번, 아니, 수백 번도 더 생각했다. 그리고 계속 고민했다.

그래, 그만두자.

당장 다음 주면 결혼인데 다른 여자를 만나는 남자, 뭘 믿고 인생을 맡길까. 그만두자, 여기서 그만두는 게 현명한 결정일 테다. 내가 뭐가 모자라 이런 남자한테 내 인생을 걸어야 하나. 그래, 여기서 그냥 멈추는 게 낫다.

그리 마음먹었다. 그리고 알고 있었다. 그래야 하고 또 그게 옳은 결정이란 걸.

하지만 어리석게도 마음 한구석에서는 자꾸만 다른 생각이 비집고 올라왔다. 정말 만에 하나라도 이 사진이 사실이 아니라면 그때는 또 어떡해야 하는 걸까.

그래, 이 여자 혼자 태현을 좋아했을 수 있지 않은가. 결혼식이 다가오자 여자 혼자 다급해 훼방을 놓은 것일 수도 있는데 성급하게 결정을 내리는 게 과연 옳은 것일까.

지푸라기를 붙잡는 심정이든 뭐든 간에 일단 그렇게라도 믿고 싶었다. 그래서 눈으로 보고 직접 확인할 수밖에 없었다. 이 여자의 말이 정말 사실인지, 아니면 거짓인지.

그리고 이곳에 도착해 여자를 본 순간, 수민은 멍청하게도 기어이 제 눈으로 확인하고 말았다. 이 여자와 태현이 적어도 사랑하는 사이인 건 맞는 것 같다고. 그것도 과거에도, 지금 이 순간에도 말이다.

수민은 할 수 있는 한 최대한의 평정심과 인내심을 긁어모아야만 했다.

앞으로 어떻게 해야 할지……. 아니, 당장 이 자리에서 어떠한 말을 해야 할지, 어떤 결론을 내려야 할지, 그것부터 생각해야만 했다. 수민은 앞에 놓인 물컵을 들어 미지근해진 물을 한 모금 마셨다.

이 결혼, 한다.

이 결혼, 안 한다.

이 결혼, 한다.

이 결혼, 안 한다.

꽃잎 점을 치는 아이처럼 멍하니 머릿속에 같은 문장을 되풀이하던 그때, 문득 오늘 아침 집을 나올 때 주방에서 본 엄마, 정희의 뒷모습이 떠올랐다.

"가뜩이나 병원 일 바쁜 사람이 결혼 준비로 더 바빠 그런지 얼굴이 반쪽이 되었어. 이따 오후에 병원에 직접 좀 가져다주고 와야겠다."

병원 일로 바빠 집안일이라고는 모두 안성댁 아주머니가 맡아 해주었지만 사위 먹일 곰국은 직접 끓여야 힌다며 기름을 일일이 걷어내고 있던 정희였다.

어디 정희뿐이랴. 어젯밤 모처럼 좋은 골프채를 구했는데 태현에게 선물해야겠다며 골프채를 하나씩 꺼내 손수 닦던 아버지, 한 원장의 모습도 떠올랐다. 공치사라고는 생전 하지 못하는 융통성 없는 분이 하나뿐인 딸자식, 좋은 사위에게 맡길 수 있어 다행이라며 태현의 손을 잡고 우리 딸, 잘 부탁한다며 몇 번이나 말씀하셨다.

갑자기 눈물이 왈칵 나올 것만 같았다.

……이 결혼, 한다.

홧김이든 뭐든 상관없었다. 두 사람의 사랑놀이에, 그따위에 밀려 버림받는 역할 같은 건 결코 사양이었다.

버려도 내가 버린다. 그리고 지금은 그때가 아니었다.

수민은 들고 있던 컵을 내려놓고 천천히 고개를 들어 여자를 응시했다.

"봤는데…… 그게 왜요?"

여자의 얼굴에 당황한 기색이 역력했다. 순간, 수민은 자신을 단숨에 무력감에 빠뜨렸던 이 상황이 역전된 걸 느꼈다.

"오늘 이 자리, 그리고 이 사진을 나에게 보낸 것. 모두 태현 씨와 상의하고 한 건가요?"

여자가 선뜻 대답을 하지 못했다.

그럼 이야기는 끝났다.

"어떤 기대를 하고 나한테 이런 사진을 보냈는지 모르겠지만…… 난 이 결혼, 해요. 태현 씨와 나, 우리 두 사람. 결혼…… 할 거예요."

할 말 끝났다는 듯 수민은 옆에 놓인 가방을 집어 들었다. 그냥 한시라도 빨리 이 자리를 벗어나고 싶었다.

한데 그때, 여자가 천천히 일어나 수민의 앞에 무릎을 꿇고 앉았다. 수민은 얼음처럼 경직된 얼굴로 동작을 멈췄다. 너무 놀라 심장이 떨어질 것만 같았다. 도대체 왜 이런 말도 안 되는 상황에 자신이 놓여야만 하는지 화도 났다. 하지만 그럼에도 불구하고 저 여자보다 수민이 조금이나마 우월한 위치에 놓여 있다는 사실을 확인하는 것 같아 조금은 안심이 되었다. 이 여자가 이렇게까지 하는 건 그만큼 다급해서일 것이다. 그리고 그건 태현이 이 여자를 사랑하면서도 한수민과의 결혼을 선뜻 놓지 못하고 있다는 뜻일 터, 이 여자 때문에 최태현이란 남자가 한수민을 마음대로 버리지는 못한다는 거였다.

그런 수민의 복잡한 속내를 아는지 모르는지, 여자가 떨리는 목소리로 입을 열었다.

"태현 씨와 저, 제가 대학교 신입생이 되던 해부터 만났어요. 서로 많이 좋아했고…… 아꼈는데 태현 씨 부모님 반대로 헤어졌습니다. 서로 인연이 아닌가 보다 하며…… 힘들게 헤어졌는데 그 마음을 완전히 버릴 수가 없었어요. 그리고 얼마 전, 태현 씨와 우연히 다시 만나게 되었고…… 그때 우리 두 사람 모두, 확실하게 알아버렸어요. 우리 둘, 서로가 없으면 안 된다고."

대체 왜 이런 이야기를 듣고 있어야 하는 걸까. 그리고 조금 전에 느꼈던 안도감도 언제 그랬냐는 듯 사라지고 다시 비참한 생각이 들었다.

정작 사랑하는 건 이 여자면서 도대체 왜 자신과의 결혼을 선뜻 포기하지 못하는 걸까. 수민이 가진 많은 것들 때문에? 그것들을 포기하기 싫어서? 고작 그것밖에 안 되는 남자였을까? 그런 남자를 사랑했던 걸까?

"죄송합니다. 하지만 이럴 수밖에 없었어요. 사랑 없는 결혼은…… 우리 둘뿐만 아니라 한수민 씨도 불행하게 만들 거니까. 그러니까……."

누가 그래요, 사랑이 없다고.

하지만 목 끝까지 올라온 그 말이 차마 밖으로 나오지 않았다. 그게 더욱 끔찍했다. 자신 있게 태현이 사랑하는 사람은 자기라고 말하는 이 여자에게 태현과 자신도 사랑했다는 말을 할 수가 없었다. 바닥이 울렁거리며 토악질이 나올 것 같았지만 수민은 있는 힘을 모두 쥐어짜 내 고개를 꼿꼿하게 들었다. 그리고 가까스로 입을 열어 그 여자에게 말했다.

“그래도 상관없어요. 태현 씨와 결혼할 사람, 당신이 아닌 나일 거니까.”

눈앞이 희뿌옇게 흐려졌고 수민은 서둘러 뒤돌아서 그곳을 나왔다.

그 여자 앞에서는 무슨 일이 있어도 절대 울지 않을 거였다.

✳

가슴이 쿵쾅거렸다. 애써 묻어두었던, 다시 기억하기 싫었던 그날의 기억이 악몽처럼 선하게 되살아났다. 몸이 덜덜 떨려와 수민은 세운 무릎을 더욱 꽉 끌어안았다.

……말도 안 돼.

어떻게 이런 일이 있을 수 있단 말인가.

“이쪽은 연준이 동생, 장정연.”

그 여자를 소개하던 장 원장의 말이 자꾸만 귓가에 맴돌았다.

연준의 동생.

어릴 적부터 이야기를 들어왔던 그 동생이 어떻게 그 여자일 수 있단 말인가. 무엇보다도 연준은 이미 알고 있었다는 사실을 믿을 수가 없었다. 정연과 수민의 관계를 알고 있었으면서 왜 말하지 않았던 걸까. ……대체 언제부터 알고 있었던 걸까.

“저녁 같이하자.”

"저녁에, 아니, 밤에. ……얘기 좀 할 수 있을까?"

설마.

무슨 이야기냐 물었을 때, 선뜻 대답하지 않았던 건 이래서였을까. 장정연이 장연준의 동생이기 때문에?

한참을 석상처럼 우두커니 앉아 있는데 문득 마당에서 발자국 소리가 들렸다. 정연을 보고 너무 당황한 나머지 갑자기 몸이 안 좋아 저녁을 먹지 못하겠다고 도망치듯 집으로 온 길이었다. 혹시 걱정이 되어 온 미영일까 싶은 순간.

똑똑똑.

노크 소리가 들렸다.

"……하수민."

연준이었다.

"……수민아."

가슴이 쿵쾅거렸다. 어떤 얼굴로 연준을 봐야 하는지, 무슨 말을 해야 하는지 하나도 생각이 나질 않았다.

어떻게 해야 하나, 망설이는 사이 문이 열렸다. 연준이 방으로 들어왔다. 불도 켜지 않고 방 한 켠에 우두커니 앉아 있는 수민을 보았는지 무거운 한숨 소리가 들려왔다. 그리고 그가 문을 닫고 수민에게로 걸어와 허리를 굽혀 그 앞에 앉았다.

수민이 고개를 들었다. 불빛은 없었지만 방문 너머 들어오는 푸르스름한 달빛에 연준의 얼굴이 보였다. 순간, 눈물이 왈칵 쏟아질 것만 같았다. 아무 말도 못하고 서로를 바라보기만 하다 연준이 손을 내밀어 수민의 머리를 가만히 안아주었다. 그리고 한숨처럼 속

삭였다.

"······미안하다, 수민아."

미안하다는 그의 사과에 애써 참고 있던 눈물이 기어이 후드득 떨어지고 말았다.

왜 아무 잘못도 없는 연준이 자신에게 미안해해야 하고 자신은 또 왜 그의 사과를 듣고 있어야 하는지, 도대체 왜 또다시 이런 일을 겪어야 하는 건지 하늘이 원망스럽기만 했다.

＊

어떻게 이런 일이 있을 수 있을까.

다른 사람도 아닌 한수민이······ 연준과 결혼할 사람이라니.

이유 모를 불안한 기분의 정체가 이거였을까. 정연은 밤이 늦도록 잠을 이루지 못하고 있다 결국 방을 나왔다. 찬바람에 정신이 조금 들었다. 정연은 대청에 앉아 옆을 돌아보았다. 연준의 방은 캄캄했다. 신발도 보이지 않았다.

······수민을 만나러 간 걸까.

차마 연준의 얼굴을 볼 면목이 없어 전화조차 해볼 수가 없었다.

정연은 두 손으로 이마를 괴고서 눈을 감았다.

자신을 보자마자 하얗게 질려 부들부들 떨던 수민이었다. 마치 귀신이라도 본 것 같았다. 왜 안 그럴까.

억지로 묻어두었던 과거의 일이 하나씩 되살아나 마구잡이로 머릿속을 헤집어놓았다. 자신이 수민에게 어떤 짓을 했는지도 생각났다. 모조리 다.

얼굴이 화끈거렸다.

차마 사람으로서 해서는 안 될 짓들이었다. 그래서는 안 되었다. 하지만 이제 와 후회해 본들 무슨 소용일까. 자신이 수민에게 상처 준 건 변하지 않는 사실이었다. 게다가 지금에 와서 또다시 새로운 상처까지 입히고 말았다. 그것도 수민뿐 아니라 아무 죄 없는 연준에게까지 말이다. 자신이 예전에 저지른 죄의 대가를 오빠인 연준이 받는다 생각하니 정말 미칠 것만 같았다.

바스락.

마당 너머에서 들려온 발자국 소리에 정연은 고개를 들었다. 마당으로 들어서던 연준도 정연을 보았는지 제자리에 멈춰 섰다. 정연이 자리에서 일어나 천천히 마당으로 내려갔다.

"……오빠."

굳게 다문 입술, 냉랭한 눈빛. 여태껏 태어나 연준에게서 그런 표정을 본 건 처음이었다.

"……오빠, 난."

정연이 한 발짝 더 다가서자 연준이 갑자기 뒤돌아서 밖으로 나갔다. 정연은 뒤를 따라갔다.

"오빠!"

정연이 붙잡는 손을 연준은 차갑게 뿌리쳤다.

반년이 훌쩍 넘도록 얼굴 한 번 보지 못한 동생이었다. 바다 건너 이역만리에 사는 하나밖에 없는 동생이 애달파 늘 안쓰러웠다. 하지만 지금은 동생의 얼굴을 볼 자신이 없었다. 그래도 그나마 이성이 남아 있는 터라 정연이 홀몸이 아니란 생각을 떠올리며 억지로 참고 또 참는 거였다.

“……오빠.”

그런 연준의 모습에 정연은 잔뜩 겁을 먹은 듯했다. 그걸 알면서도 연준은 평소 같은 다정한 목소리를 낼 수가 없었다.

“……들어가. 날이 차다.”

정연이 다시 급하게 연준의 팔을 잡았다.

“오빠, 정말 한수민 씨와 결혼할 거야?”

연준의 걸음이 멈칫거렸다.

“왜 하필…….”

연준은 손이 부서져라 주먹을 꽉 쥐었다. 더 이상 참을 수가 없었다.

“왜 하필?”

싸늘한 목소리가 정연의 말을 잘랐다.

“오빠.”

“나야말로 묻고 싶다. 왜 하필…….”

“…….”

“왜 하필…… 왜 하필 그게 너냐고.”

수민에게 그런 끔찍한 상처를 준 사람이…… 다른 사람도 아닌 장연준의 동생, 장정연인지……. 연준이야말로 따져 묻고 싶었다. 안간힘을 써서 참고 있을 뿐이었다. 연준의 냉랭한 기운에 눌린 정연이 연준의 팔을 잡고 있던 손을 놓았다.

“……너랑 더 이상 수민이 이야기 하고 싶지 않다. 그러니까 볼 일 보고 돌아가. 미국으로.”

정연을 혼자 두고 돌아서던 그때였다.

“오빠, 내가 한수민 씨한테 무슨 짓까지 했는지…… 알아?”

잔뜩 떨리는 정연의 목소리가 연준의 걸음을 붙잡았다. 연준이 천천히 뒤돌아 정연을 응시했다.

"그 사람 붙잡으려 내가 무슨 짓까지 한 줄 아냐고."

정연의 입에서 무슨 말이 나올지 겁이 났다. 연준은 숨을 멈췄다.

"한수민 씨한테 그 사람과 내가 다시 만난다는 사실, 알려준 사람이 바로 나야. ……내가 그랬어."

"……뭐?"

"우리 두 사람이 함께 찍은 사진도 보내고 그걸로도 모자라 내가 직접 찾아가기까지 했어. 그 사람 포기해 달라고, 사정하고 매달렸었다고. 결혼 일주일도 안 남은 사람한테 내가 그랬단 말이야."

정연의 목소리가 흥분한 탓에 높아졌다. 연준은 아무 말도 할 수가 없었다.

"……그런데 어떻게 오빠가 한수민 씨를 만나. 내가…… 내가 한수민 씨한테 그런 짓을 했는데."

정연이 자리에 주저앉아 두 손으로 얼굴을 감쌌다.

그런 동생의 참담한 모습에 연준은 뒤로 한 발짝 물러섰다. 그리고 그대로 뒤돌아서 대문을 나왔다.

수민과 정연의 오랜 악연에 대해 더는 듣고 있을 수가 없었다. 아니, 아는 게 무서웠다. 더 이상 끔찍한 게 또 뭐가 있을지.

열다섯. *Indian summer*

"괜찮겠어? 같이 가줄까?"

"아냐, 잠깐만 있다 올 건데 뭐. 삼십 분쯤 걸릴 거야."

걱정스러워하는 친구를 오히려 다독여 주고서 정연은 혜진의 차에서 내렸다. 정연은 한국에 온 그다음 날, 곧바로 혜진의 집으로 왔다. 도영에게는 일이 생겨 미국으로 돌아가니 한국에 나오지 말란 말을 했고, 또 장 원장에게는 미국 집에 일이 생겨 급하게 돌아가야 한다는 핑계를 대었다. 두 사람 모두 많이 아쉬워는 했지만 다행히 별다른 말은 없었다.

연준에게는 솔직히 말했다. 혜진의 집에 가 있겠노라고. 한데도 연준은 붙잡지 않았다. 그냥 알겠다고만 했을 뿐.

"……그래도 하나뿐인 동생인데 너무한다. 네가 홀몸도 아닌데."

모든 이야기를 듣고 난 혜진이 연준에게 서운하다는 이야기를 했지만 정연은 고개를 저었다. 오히려 연준에게 미안할 따름이었다.

"……내가 비겁해서 도망친 거야. 오빠한테 서운할 자격도 없잖아. 지은 죄가 있는데. 그리고……."
"그리고 뭐?"
"……내가 그분 얼굴을 어떻게 봐."

얼굴 보고 사과할 용기도 없는데. 아니, 어떻게 사과를 해야 하는지도 모르겠는데. 사과라고 말을 꺼내는 것조차도 너무 염치가 없는데.

이런저런 생각을 하며 공원 쪽으로 천천히 걸어 들어오길 십 분쯤. 저만치 앞에 쭉 뻗은 자작나무 한 그루가 보였다. 태현의 어머니가 운영하는 갤러리 안에 위치한 작은 이곳 공원에서 태현이 가장 좋아하던 나무가 바로 이 자작나무였다. 그리고 그 사실을 아는 그의 부모님 역시 그를 이곳에 묻었다.

최태현.

그의 이름 석 자가 적힌 팻말 아래, 환하게 웃는 그의 사진이 걸려 있었다.

"……오랜만이네, 태현 씨."

손을 내밀어 나무를 천천히 쓰다듬으며 정연은 미소 지었다. 그녀의 눈가가 어느새 축축해져 있었다.

"……우리, 그러지 말걸 그랬어."

차라리 당신, 한수민 씨랑 결혼해서 행복하게 살게 그냥 빌어줄 걸. 그랬다면 우리 모두 지금보다는 더 나았을지도 모르는데.

애써 꾹 참고 있던 눈물샘이 기어이 터졌고, 정연은 자리에 앉아 고개를 묻었다. 그녀의 가는 어깨가 서럽게 흔들렸다.

✻

다시 또 악몽을 꿨다. 벌써 며칠째, 예전과 똑같은 악몽을 계속 꾸고 있었다.

그러고 보니 이 년 전, 꼭 이날이었다.

도무지 다시 잠을 이룰 수 없어서 수민은 동이 틀 때까지 우두커니 앉아 있다 무작정 집을 나왔다. 그리고 터미널로 가서 버스를 탔다.

원망스러웠다.

예전 그때보다 더, 최태현 그 사람이 밉고 원망스럽기만 했다.

차라리 그 여자와 보란 듯 잘살기라도 하지. 그렇게 떠나 그만큼 사람을 힘들게 한 걸로도 모자랐을까. 왜 하필 세상 그 많은 사람 중에 그 여자를 만나서…… 사람을 이렇게 미치게 만드느냔 말이다.

욕이라도 실컷 퍼부어줘야 이 속이 조금이라도 가라앉을 것만 같았다.

하지만 그곳에 도착했을 때는 이미 다른 누군가가 먼저 도착해 있었다. 맑고 청명한 가을날과 어울리지 않는 서러운 울음소리가 수민이 서 있는 곳까지 들려왔다.

바스락, 낙엽 밟는 소리가 들려서인지 여자가 울음을 멈추고 뒤

를 돌아보았다. 눈물로 얼굴이 흥건하게 젖은 여자와 시선이 부딪
쳤다.

……그 여자였다.

장정연.

"장 선생 여동생 갑자기 급한 일이 생겨서 다시 미국으로 돌아
간다더라고. 도대체 무슨 일이기에 하루 만에 돌아간다는 건지
원."

정연을 만난 다음날, 미영이 걱정스레 혀를 차며 했던 말이 떠올
랐다.

미국으로 돌아갔다는 여자가 여긴 어떻게 있는 걸까.

……아니, 그것까지는 수민이 상관할 바가 아니었다. 다른 무엇
보다 하필이면 이곳에서 정연과 마주쳤다는 게 문제였다.

수민은 하얗게 질린 얼굴로 황급히 뒤돌아섰다. 그냥 한시라도
빨리 이 자리를 떠나고 싶었다. 허겁지겁 걸음을 떼는데 뒤에서 누
군가 수민의 손목을 꽉 잡았다.

수민은 숨을 들이켰다. 천천히 뒤를 돌아보자 당장에라도 쓰러
질 것 같은 얼굴로 정연이 서 있었다.

공원 내에 있는 벤치 한곳에 두 사람은 나란히 앉았다. 오늘따라
구름 한 점 없는 가을 하늘이 유난히 맑고 청명했다.

"미국으로 돌아가기 전에 한 번 뵙고 싶었어요."

정연의 목소리는 차분한 편이었지만 한참을 운 탓에 꽉 잠겨 있

었다.

“차마 볼 면목이 없어서…… 염치가 없어서…… 생각만 하고 있었는데 여기서 이렇게 뵙게 될 줄은 몰랐어요.”

수민은 정면을 응시한 채 가만히 정연의 이야기만 듣고 있었다.

“그 사람과 참 오랜 시간을 만났어요. 제가 대학교 1학년 신입생 때 만났으니까. 그런데 그 오랜 시간 동안, 오빠한테 한 번도 말할 수가 없었어요. 처음에는 그렇게 깊게 사귈 줄 몰랐고…… 나중에는 오빠까지 힘들게 하기 싫어서요. 어릴 때부터 자기가 부모님 대신인 줄 아는 사람인데…… 부모가 없단 이유로 그 사람 집에서 내가 그 멸시와 모욕을 받는 걸 알면 분명 나보다 더 아프고 힘들 테니까. 그래서 한 번도 말 못했어요.”

오래전 기억을 떠올리는지 정연의 시선이 허공을 더듬었다.

“대학 졸업하고 얼마 안 되어서 그 사람 어머님이 날 찾아왔었어요. 늘 그랬듯이 정말 앞으로 잘할 테니까 한 번만 예쁘게 봐달라고 그렇게 계속 사정했는데…… 그런 제게 그분은 그냥 제가 싫다 그러시더라고요. 그러면서 앞으로도 계속 이렇게 그 사람 곁에 있겠다면 우리 오빠를 만날 수밖에 없다고. 모진 소리 나한테 하는 것만으로도 족하다며 오빠까지 그런 수모를 당하게 하고 싶냐 하시는데…… 그 이야기 듣는 순간, 정말 정신이 번쩍 나더라고요. 그래서 그날, 처음으로 그분 어머님께 물어봤어요. 대체 내 어디가 그렇게 싫은지.”

수민의 시선이 정연에게로 향했다. 마치 그날로 돌아간 듯 정연의 얼굴은 창백한 빛으로 물들어 있었다.

“그냥 다, 라 말씀하시더라구요. 가진 게 없는 것도, 부모가 없는 것도, 생긴 것도, 내 목소리도, 그냥 나란 사람의 모든 게 다 싫다고요."

수민이 알던 태현의 모친 서 여사는 늘 다정하고 따뜻한 미소를 지닌 사람이었다. 그런 모진 말을 할 사람이 아니었다.

"그 녀석이 무슨 소리를 해도 그냥 듣지 말고 무시해라, 아가. 내 둘째 며느리는 세상에 오직 너 하나뿐이다. 알았지?"

그때는 세상 그 무엇보다도 저만큼 든든한 말이 없었다. 한데 어쩌면 다른 누군가에게는 세상 그 무엇보다 끔찍하고 무서운 말이 있을지도 모르겠다 싶은 생각이 처음으로 들었다.

"그 말을 듣는 순간 그냥…… 맥이 탁 풀렸어요. 아, 안 되는 거구나. 내가 뭘 하든, 어떻게 하든 이분들은 절대 날 받아들여 주실 분들이 아니구나. 그래서 어떻게든 자기가 부모님 설득하겠다고 시간을 달라는 그 사람한테…… 너무 힘들어서 난 더 이상 못하겠다고. 우리 할 만큼 했으니 그만하자고, 먼서 그렇게 그 사람 손을 놓아버렸어요. 내가."

평일 오전이라 그런지 공원 안에는 사람이 별로 없었다. 담담한 정연의 목소리만 고요한 숲 속에 가볍게 떠돌았다.

"처음에는 잊을 수 있을 줄 알았어요. 남들 다 하는 연애, 나 혼자만 특별할 건 없다고. 남들 다 그렇게 사랑하다 헤어지고 다시 또 다른 사람 만나 사랑하니까…… 나도 그럴 수 있을 줄 알았거든요. 그런데 그것도 사람마다 다른지…… 내일이면 괜찮아지겠지, 괜찮아지겠지 했는데……. 그렇게 하루가 지나고 일주일이 지나고 한 달, 일 년, 이 년이 지나도…… 괜찮아지지가 않았어요. 시간이 약이겠거니 했는데 오히려 시간이 갈수록 가슴 한 켠에 구멍이 뚫린 것처럼 늘 그렇게 시리고 아팠어요. 그러다 이 년 전, 여름쯤에 그 사람을 우연히 다시 만났는데……."

마치 태현을 다시 만났던 그때로 돌아간 듯 정연의 말소리가 처음으로 따뜻하고 다정해졌다.

"그때, 난 이 사람을 평생 못 잊겠구나…… 이 사람 없이 안 되는구나, 싶더라고요. 그 사람 곁에 결혼을 약속한 사람이 있다는 말을 들었는데도…… 정말 우습게 걱정은 하나도 안 되고 그냥 그 사람 다시 만난 게 마냥 좋기만 했어요. 하루, 한 시간, 아니, 그 사람과 함께하는 일 분 일 초가 가슴 설레고 행복했으니까요."

말을 잠시 멈추고 정연이 숨을 골랐다. 이야기를 듣고만 있던 수민도 함께 숨을 골랐다.

"그런데 어느 날, 백화점에 그 사람 옷을 사러 들렀다 우연히 그 사람 어머님을 보았어요. 그리고 그 옆에 다정하게 그분의 팔짱을 끼고 함께 있던 당신도 보았어요."

수민의 시선이 멈칫하며 정연에게로 향했다. 정연 역시도 수민을 보고 있었다.

"난 가진 게 없어 내 사랑 하나 지키질 못했는데 그 사람 어머님 옆에서 환하게 웃고 있는 수민 씨를 보니…… 내가 얼마나 모자라 보이고…… 비참하던지. 대체 저 사람은 얼마나 많은 걸 가졌기에 저렇게 반짝반짝 빛이 날 수 있는 걸까. 한수민 씨 탓도 아닌데 그땐 왜 그렇게 바보처럼 한수민 씨가 밉고 원망스러웠는지 모르겠어요. 봄 햇살처럼 반짝반짝한 한수민 씨에 비해 내가 너무 초라하고 볼품없다 생각하니 그제야 마음이 급해지더라고요. 그래서 더 태현 씨한테 집착하고 매달렸는지 모르겠어요. 무슨 일이 있어도 당신한테만은 태현 씨, 뺏기고 싶지 않았으니까. 그리고 그때 는…… 어리석은 내 욕심이 그렇게 큰 화를 불러올지 꿈에도 생각 못했으니까.”

정연은 그 후로 한참 동안 말이 없었다. 수민도 아무 말 없이 그 냥 그 옆자리를 지키고만 있었다. 문득 고요하던 공원 어디선가 젊 은 남녀의 웃음소리가 흘러나왔다. 대학생 커플이었다. 공원 안을 산책하는 게 뭐가 그렇게 즐겁고 좋은지 딱 붙어 있는 두 사람의 얼굴에서 웃음이 떠날 줄을 몰랐다. 그 모습을 물끄러미 지켜보던 정연이 퍽 담담하게 웃으며 말했다.

“……저도 죽으려고 했었어요.”

수민은 놀란 눈으로 정연을 보았다. 정연은 대학생 커플을 보며 빙그레, 미소 지은 채였다. 아무래도 잘못 들었나 싶은 순간, 정연 이 다시 말을 이었다.

“그렇게 되기를 바란 건 절대 아니었거든요. 난 그냥…… 내가 사랑하는 사람 옆에 있고 싶었을 뿐인데. 그냥 남들처럼, 정말 평 범하게, 넘치지도 모자라지도 않고 남들 하듯이 그 사람과 함께 행 복하게 잘살고 싶었을 뿐인데. ……그랬을 뿐인데.”

옅게 미소 짓던 정연의 눈가에서 눈물이 툭, 흘러내렸다. 정연이 웃으며 서둘러 눈가를 훔쳤다.

“태현 씨 사고 소식 듣고…… 내가 죽였구나. 나만 아니었으면 행복하게 자기 가정 꾸려 잘살았을 사람을 내가 그렇게 등 떠밀어 죽인 거구나 싶어서…… 정말 미칠 것 같더라고요. 그 사람 그렇게 아프게 가게 하고…… 나는 따뜻한 밥 먹고 따뜻한 방에서 잠자고…… 그렇게 하루를, 하루하루를 살 자신이 없어서. 도무지 안 되겠어서…….”

거기까지 말하고 울음이 복받치는지 정연이 두 손으로 입을 막고 한참을 있었다.

“어쨌거나 나 때문이잖아요! 나 때문에…… 그 사람 그렇게 된 거잖아요. ……나 때문에 그 사람이 죽었다구요.”

정연의 모습 위로 비명을 지르던 자신의 모습이 겹쳐지는 것 같아 수민은 가슴이 먹먹해졌다.

“그 사람 49재 끝나는 걸 보고 돌아오는 길에…… 그 사람 따라 가야지 했어요. 그래서 정신이 반쯤 나간 채로 도로에 뛰어들었는데…… 그런 날 병원에 데리고 간 사람이 바로 지금 내 남편이에요. 참, 웃기죠. 죽으려고 했는데…… 지금 와 생각해 보면 오히려 그 때문에 다시 살 수 있게 되었으니까.”

사는 게 참 이상하다며 정연이 담담하게 웃었다.

“남편이 미국에서 오래 살았는데 일 때문에 잠깐 한국에 나왔다 나를 만난 거래요. 한국 나온 지 며칠 되지도 않았을 때, 웬 여자가 갑자기 자기 차에 돌진했으니…… 무슨 이런 미친 여자가 다 있나 싶어 엄청 기겁했었다며, 그 미친 여자가 아닌 자기가 심장마비에 걸려 그 자리에서 죽는 줄 알았다고요.”

정연의 남편은 어떤 사람일지 수민은 돌연 궁금해졌다.

“그런데 며칠 병원에서 날 간호해 주다 보니 그런 내가 안돼 보였는지, 어느 날 갑자기 날 좋아한다 그러잖아요. 만난 지 일주일 도 안 된 나한테.”

말도 안 되는 일이었다며 정연이 고개를 설레설레 저었다.

“한사코 싫다고 했어요. 내 마음은 이미 떠난 그 사람이 모두 다 가져가 버려서 당신한테 줄 마음 따위 없다고 했는데…… 그래도 상관없다면서…….”

“내가 좋아 하는 짓이니 다 괜찮습니다. 하하하! 그냥 나 좋아해 달라고는 안 할 테니까 내가 좋아하는 건 맘대로 하게 해주십시 오!”

남편, 도영을 처음 만났던 그때의 기억에 정언의 입가에 작은 미 소가 피어났다.

“그때, 처음으로 이 사람 때문에 웃었어요. 사람 마음이라는 게 참 간사하다 해야 하나……. 처음에는 귀찮기만 하던 사람인데도 자꾸 보다 보니 하나씩 좋은 점이 보이고 또 이 사람 때문에 웃을 일이 하나둘 늘어가고 또 안 보이면 어디서 뭘 하는지 궁금해지 고……. 정신 차리고 보니 내 마음에 어느새 그 사람이 가득 들어 와 있더라고요. 그래서 이 사람이 결혼하자 했을 때, 염치없고 미 안한 걸 알면서…… 그러자고 했어요. 이 사람이 옆에 있다면 나도 이제 웃으면서 살 수 있을 것 같아서. 떠난 태현 씨 잊을 수 있을 것 같아서. ……나도 이제는 조금, 행복해지고 싶어서요. 그리고 그런 내 모습을 태현 씨도 바랄 거라 믿었거든요.”

미처 알지 못했다. 죄책감에 시달려 하루하루가 힘들었던 사람은 세상에 한수민 혼자인 줄로만 알았다. 자신 말고도 다른 누군가가 그렇게 힘들어할 줄은 미처 생각하지 못했다. 아니, 어쩌면 정연은 수민보다도 더 힘들었을지도 모른다. 적어도 수민은 그 사람을 무작정 미워하고 원망이라도 했었지만 정연은 그게 아니었으니까. 장정연이란 여자는 최태현이란 남자를 정말 많이 사랑했으니까.

수민은 갑자기 혼란스러워졌다. 사랑의 깊이를 수치로 잴 수 있다면 태현에 대한 자신의 사랑과 정연의 사랑 중 어느 게 더 컸을까. 분명 자신이 했던 것도 사랑이었는데…… 그런 줄로 알고 있었는데. 그 사람을 정말 사랑하긴 한 걸까. 대체 어떤 마음으로 내가 아닌 다른 여자를 사랑한다는 그 남자와 끝까지 결혼하겠다고 그렇게 고집을 부렸던 걸까.

"그렇게 결혼하고…… 아이도 생기고…… 요즈음은 하루하루가 그냥 고마워요. 이렇게 다시 살게 해준 남편한테도 고맙고…… 그리고 우리 아이한테도 고맙고."

이야기를 마치고 배를 가만히 만져 보던 정연이 수민을 보았다.

"굳이 오빠 때문이 아니라…… 언젠가 살면서 한 번쯤은 한수민 씨, 꼭 만나고 싶었어요. 그리고 진심으로 잘못했다고, 같은 여자로서 너무 큰 상처를 줘서…… 정말 많이 미안하다고……. 용서받지 못할 걸 알지만…… 이제 외 이린 밀 하는 게 내 마음 편하자고 하는 일이고 이기적인 걸 잘 알지만 그래도 꼭…… 그렇게 사과하고 싶었어요."

수민의 시선도 정연에게로 향했다. 정연의 얼굴에 옅은 미소가 스며 있었다. 그리고 그녀의 말이 거짓이 아님을 수민도 알 수가 있었다.

"그리고 안 믿어도 할 수 없지만 사실 저, 수민 씨가 잘살길 기도 했었거든요."

정연이 자신을 위해 기도를 했다는 말에 수민은 조금 놀랐다. 그리고 당황스러웠다. 그런 수민의 마음을 짐작이라도 한 것처럼 정연이 예쁘게 웃었다.

"어디서든, 다른 누군가를 만나든 나보다는 더 많이 행복했으면 좋겠다고. 나보다는 무조건 행복하게 잘살고 있게 해달라고요. 나 같은 사람도 뻔뻔하지만 내 행복 찾아 이렇게 사는데…… 그러려고 노력 중인데. 수민 씨가 나 같은 사람 때문에 또다시 행복을 놓치는 일이 없었으면 좋겠어요."

고해성사를 마친 사람처럼 정연의 얼굴은 편안해 보였다.

"저, 이번에 미국 들어가면 다시 한국에 나오는 일은 없을 거예요."

생각지도 못한 말이었다. 수민이 놀라 정연을 보았다. 하지만 그녀는 여전히 담담한 미소를 지은 채였다.

"……그러니 부탁할게요, 수민 씨."

"……"

"나 같은 사람 때문에…… 우리 오빠, 포기하지 마세요."

정연의 진심 어린 부탁에도 불구하고 수민은 아무 말도 할 수가 없었다.

*

"2주 있다가 다시 병원에 나오세요. 그리고 약 빠뜨리지 말고 잘 챙겨 드시고 저녁 드시고 난 후, 운동 가볍게 꼭 하시고요."

"예, 알겠습니더."

환자를 배웅하고 난 뒤, 연준은 자리에 돌아와 턱을 괴고 앉았다.

정연에게 왜 그렇게까지 해야 했냐고 물었다. 결혼을 앞둔 수민에게 왜 그런 사진까지 보냈어야 했느냐고, 왜 사람으로서 하지 말아야 할 그런 최악의 짓까지 했냐고 말이다.

"그땐 그 사람 말고 아무것도 안 보였으니까. 어떻게든 그 사람만 내 곁에 붙잡아둘 수 있다면 영혼이라도 팔 수 있을 것 같아서, 그래서 그랬어. ……오빠도 이제 사랑해 보니 알 거 아냐, 내가 왜 그랬는지."

사랑해 보니 알 거 아냐.

정연의 그 말이 며칠째 계속 머릿속에서 떠나질 않았다. 그때, 책상 위에 올려둔 연준의 휴대전화가 가볍게 진동했다. 정연이었다. 연준은 잠시 망설이다 휴대전화를 들어 귓가로 가져갔다.

"여보세요?"

〈오빠.〉

"그래."

〈나, 지금 공항이야.〉

무슨 말을 해야 할지 몰라 연준은 그저 전화기만 귓가에 대고 있었다.

〈미안해, 오빠.〉

담담하던 정연의 목소리가 조금 흔들렸다. 연준은 한숨을 내쉬고 머리를 쓸어 올렸다. 그러고는 서둘러 시계를 보았다.

"몇 시 비행기야? 내가 지금……."

〈아냐, 그러지 마. 비행기 시간 다 되어서 이제 들어갈 거야.〉

"……정연아."

〈나, 이번에 미국 들어가면 다시 한국 안 나올 거야.〉

연준의 미간에 짙은 주름이 생겼다.

"너, 지금 그게 무슨……."

〈대신 가끔…… 전화는 할게. 그래도 되지?〉

정연이 담담하게 말했다. 왜 그런 말을 하는지 알기에 마음이 더욱 쓰렸다. 연준이 선뜻 대답을 하지 못하고 있는데 정연이 작게 웃었다.

〈오빠, 나 이제 들어갈 거야. 전화 그만 끊어야겠다.〉

"……그래, 조심해서 가."

〈응. 오빠도 밥 잘 챙겨 먹고. 잘 지내.〉

"정연아."

〈응.〉

"……도착하면 전화해."

연준의 말에 잠시 아무 말이 없다 정연이 이내 웃으며 대답했다.

〈그래, 그럴게.〉

"밥 잘 챙겨 먹고, 잘 자고, 건강 꼭 신경 쓰고."

〈응, 오빠도.〉

"전화, 꼭 해."

〈알았어. 그럼 끊는다.〉

"그래, 들어가."

짧은 대답 소리와 함께 전화가 끊겼다. 연준은 전화기를 손에서 떼지 못하고 물끄러미 내려다보다 이내 무거운 한숨을 토하며 눈을 감았다. 어쩌다 일이 이렇게 되어버렸는지…… 얼굴 한 번 보지 못한 그 남자가 너무나 원망스럽기만 했다.

＊

정연이 떠나고 나서도 수민은 그곳에서 한참을 앉아 있었다. 그리고 오후가 되어서야 버스를 탔다. 해가 짧아진 탓인지 봉운읍에 도착했을 때는 이미 땅거미가 수북이 내려앉은 뒤였다.

수민은 곧바로 약국으로 와서 정리를 했다. 그리고 약국 수리로 인한 임시휴업 팻말을 붙여놓고 나왔다. 혹시나 해서 병원을 보았더니 불이 환하게 켜져 있었다. 이미 진료가 끝났을 시각인데도 아직 퇴근을 하지 않은 모양이었다.

우두커니 서서 병원을 바라보다 수민은 천천히 걸음을 뗐다.

연준의 얼굴을 보고 과연 말할 수 있을까. 입이 떨어지기나 할지 두려웠지만 그래도 무작정 피할 수만은 없는 노릇이었다.

황 간호사와 이 간호사는 모두 퇴근했는지 병원은 텅 비어 있었다. 수민은 심호흡을 하고서 원장실로 걸어갔다.

한 발짝, 두 발짝, 세 발짝, 네 발짝, 다섯 발짝, 여섯 발짝……한 걸음 뗄 때마다 이게 과연 옳은 건지, 마음속에 얹힌 돌덩이가 점점 더 무거워지는 것만 같았다.

문이 살짝 열린 원장실 안 풍경이 수민의 눈에 들어왔다. 수민은 조심스럽게 문을 열었다. 연준은 창가에 서서 바깥 풍경을 바라보고 서 있었다. 무슨 생각을 그리 깊게 하기에 사람이 들어와도 모르는 걸까. 어쩌면 누구보다 힘든 사람이 연준이라 생각하자 가슴이 무너져 내렸다. 쓸쓸한 연준의 뒷모습을 가만히 지켜보다 수민이 그를 불렀다.

"……오빠."

연준이 흠칫 놀라 뒤를 돌아보았다.

"……수민아."

여준을 향해 수민은 애써 미소를 지어 보였다.

따뜻한 차를 수민의 앞에 놓아주며 연준은 맞은편에 앉았다.

"……얼굴 많이 상했다. 밥은 먹었어?"

"나보다는 오빠가 더 많이 상한 것 같은데."

수민의 말에 연준이 피식, 미소 지으며 자신의 뺨을 가볍게 쓱 문질렀다. 수척해진 그를 보자 마음속 결심이 흔들렸지만 수민은 애써 다잡으려 시선을 내렸다.

"언제부터 알고 있었어요?"

수민이 묻는 말에 연준이 아무 말 없이 일어나 책상 서랍을 열어 책 한 권을 가지고 왔다. 지난번 수민이 연준에게 빌려줬던 그 책이었다.

"그 안에 사진이 있었어."

책장을 들추어보자 수민이 태현과 함께 찍은 사진이 나왔다. 수민의 입가에 쓸쓸한 미소가 깃들었다.

"……이걸 봤었구나."

"응. 어디서 많이 본 사람이다 싶었는데…… 생각해 보니 동생 졸업식 사진에서 본 사람이더라. 그래서……."

연준의 이야기에 수민은 말없이 고개만 끄덕거렸다. 책을 내려놓고서 잠시 망설이다 수민이 말을 꺼냈다.

"아침에 그 사람, 만나보고 왔어요. 오늘이 그 사람 2주기였거든요."

그 사람이라면 최태현을 말하는 것일 터. 가슴이 쿵, 하고 내려앉는 것 같았지만 연준은 내색하지 않았다.

"……그랬어?"

"그리고 거기서 오빠……."

동생이란 말이 도무지 나오지 않았다. 머뭇거리던 수민이 이윽고 정연의 이름을 꺼냈다.

"장정연 씨를 봤어요."

연준이 놀란 눈으로 수민을 보았다. 전화를 했을 때도 정연은 수민을 만난 이야기는 아예 꺼내지 않았었다.

"솔직히 말하면 난…… 잘 모르겠어요."

수민이 손가락을 만지작거리며 잠시 말을 멈췄다.

"수민아."

"처음 이곳에…… 너무 힘들어서, 정말 더 견딜 수가 없어서 도망치듯 왔어요. 다행히 오빠 만나면서 이젠 정말 괜찮아졌나 보다 했는데. 아직 깨끗하게 정리가 안 된 것들이 꽤 있었나 봐요. 바보 같은 건 아는데…… 그러면 안 되는 거 아는데. 생각하면 할수록 더 뭐가 뭔지 모르겠어요. 왜 또 나한테 이런 일이 일어났는지, 이제 어떻게 해야 하는지…… 정말 하나도 모르겠어요."

겨우 말을 마치고서 수민이 간신히 울음을 참으려 입술을 꾹 깨물었다. 그런 수민의 모습에 연준은 가슴이 먹먹해져 쉬이 말을 꺼낼 수가 없었다. 한참 동안 울음을 겨우 참고 있던 수민이 떨리는 목소리로 연준을 불렀다.

"미안해요, 오빠."

미안하다는 수민의 말을 듣는 순간, 연준의 심장이 곤두박질쳤다. 연준의 눈매가 믿을 수 없다는 듯 가늘게 떨렸다.

"……수민아."

“어머니, 얼른 타세요.”

연준의 아버지, 정필이 용달차에 마지막 짐을 싣고서 손에 묻은 먼지를 탁탁 털었다. 대청에 앉아 있던 은동댁이 굽은 허리를 펴며 마당으로 내려왔다.

“빠진 것 없이 단디 다 실었나?”

“네, 빠짐없이 다 실었으니까 염려 말고 이제 타세요. 부산까지 가려면 시간이 제법 빠듯해요.”

아들의 채근에 노인은 고개를 끄덕이면서도 아쉬운 듯 연방 뒤를 돌아보았다.

“암만 생각해 봐도 내, 집을 이래 비워두믄 안 되겠는데. 마, 너희끼리 가믄 안 되겠나?”

“아이고, 우리 어머니. 또 이러시네. 틈틈이 한 번씩 내려올 건데 뭐가 걱정이에요.”

아내와 이혼을 한 후, 혼자 아이들을 키우기가 마땅찮아 홀어머니에게 연준을 맡겨두었던 정필이었다. 아이들을 데려오기 위해 그렇게 혼자 부산에서 일을 하며 자리를 잡아가던 중에 마침 전처가 친정 동생과 함께 미국으로 간다는 말을 들었고 덕분에 가족들과 함께 살 계획을 조금 앞당기게 되었다. 처음에는 한사코 고향 마을을 떠나지 않겠다던 은동댁이었지만 늙은 노모가 혼자 시골에 있는 게 마음에 걸린다는 아들과 손자의 진심 어린 간청에 결국 그녀 역시 함께 부산으로 떠나기로 한 참이었다. 하지만 평생을 살아온 고향을 떠나는 게 쉽지가 않은지 은동댁은 간다 간다 하면서도 자꾸만 뒤를 돌아보고 있었다.

“그리고 형도 한 달에 두 번 정도는 내려와 본다 했잖아요. 그러니 집 걱정은 더는 말고 얼른 타기나 하세요.”

“암만 그캐도 내, 마음이 안 놓이가.”

“에이 참, 애들이 어머니랑 같이 산다고 얼마나 좋아하는데. 그러지 말고 얼른 타세요. 정연이도 목이 빠져라 기다리고 있을 텐데.”

며느리가 데리고 있었던 탓에 오랫동안 보지 못했던 손녀딸이었다. 정필이 정연의 이름을 꺼내자 미적거리던 은동댁의 행동이 갑자기 바빠졌다.

“그카믄 얼른 가자. 정연이 기다릴라.”

“예, 얼른 타세요. 그나저나 연준이는 어딨지? 연준아!”

정필이 은동댁이 탈 수 있도록 트럭 앞문을 열어주며 연준을 찾았다.

“연준이 지 방에 들어갔다 아이가.”

“방에요?”

정필이 연준의 방을 쳐다보는데 마침 문이 열리고 연준이 밖으로 나왔다. 손에 종이가방을 하나 들고 있었다.

“얼른 안 타고 뭐 해? 정리할 게 남았어?”

“아뇨. 그게 아니라……. 저, 어디 좀 다녀올게요.”

“어딜?”

정필이 의아한 얼굴로 연준을 보는데 마당 안으로 복남이 들어섰다.

“아이구! 마침 아직 안 갔네. 늦었나 싶어 내, 얼마나 발에 땀이 차게 뛰어왔는지 모른다.”

복남을 보고서 트럭에 탔던 은동댁이 손을 내밀어 반겼다.

“아이구, 동생!”

“행님!”

두 노인이 반갑게 서로의 손을 붙잡았다. 정필도 웃으며 복남에게 인사를 건넸다.

“아주머니, 오셨어요?”

“그래, 정필이 왔나. 어무이 모시고 가가 꼭 잘해 드리래이. 으이?”

“예, 그럴게요.”

“참, 그라고 이거는 가는 길에 요기 쪼매 하라고.”

복남이 손에 들고 있던 커다란 분홍색 보따리를 정필에게 건네주었다.

“어휴, 뭘 이렇게나 많이 싸셨어요.”

“많기는 뭐가 많노. 그냥 마, 감자하고 고구마하고 또 계란 몇 개하고 옥수수랑 좀 쪘다. 김밥도 쪼매 싸 넣고.”

절대 많은 게 아니라고 했지만 보따리 자체의 무게만 해도 그 안에 든 음식들의 양이 가늠이 될 정도로 아주 묵직했다.

"아이구마, 동생도 참말로 귀찮구로 뭐 하러 이런 걸 했노."

"행님도 참, 행님하고 내 사이에 이게 뭐 일이라꼬. 손 부끄럽구로. 마, 행님, 조심해서 잘 올라가래이. 집 걱정은 말고. 내가 매일매일 들러가 청소도 해놓고 잘 관리하고 있을 테니까 언제든 오고 싶으면 또 오고."

복남의 마음 씀씀이가 고마워 은동댁의 주름진 눈가가 붉어졌다. 은동댁은 잡고 있는 복남의 손을 연방 토닥이며 그녀의 건강을 염려했다.

"내야 이제 아들하고 같이 있으니까 마, 염려할 게 없는데 동생이 걱정이재."

"에이구마, 내는 됐심더. 마, 늦겠다. 부산까지 갈라믄 퍼뜩 가야지."

복남이 서운함을 감추려 애써 웃고는 옆에 서 있는 연준의 등을 토닥었다.

"연준이 니도 가가 공부 잘하고 건강해라. 으이?"

"예, 할머니."

정필이 복남이 준 보따리를 차에 싣고 복남에게 꾸벅 인사를 했다.

"그럼 아주머니, 저희 가보겠습니다."

"그래, 그래, 조심해서 가그래이."

정필이 운전석에 가서 탄 뒤에도 연준은 차에 타지 않고 머뭇거리고 있었다.

"연준아, 안 타고 뭐 해?"

정필의 채근에 복남도 의아한 듯 연준을 보았다.

"저, 할머니."

"그래. 와?"

연준이 손에 쥐고 있던 가방을 복남에게 내밀었다.

"이거, 나중에 수민이 오면 좀 전해주세요."

"이기 뭐꼬?"

복남이 종이가방 안을 들여다보자 네모반듯하게 포장된 선물이 들어 있었다.

"책이에요."

"아이고마. 책? 우리 수민이한테 줄라꼬?"

"예. 그리고 책 안에 이사 가는 집 주소……."

연준이 복남에게 말을 하는데 정필의 고함 소리가 끼어들었다.

"연준아, 얼른 타! 늦겠다!"

"그래, 고마 얼른 타라. 이거는 내가 우리 수민이한테 꼭 전해주꾸마."

정필의 채근에 복남이 연준을 서둘러 차에 태웠다.

"밥 잘 챙기 묵고 공부도 열심히 하고. 으이? 그라고 방학 때 되믄 느그 할무이 모시고 놀러도 오고 캐라. 알겠재?"

연준이 차에 타자 정필이 시동을 걸었다.

"그럼 저희 이만 가보겠습니다."

"동생, 우리 간대이."

"예, 형님. 조심해서 잘 올라가시소. 정필이도 잘 가고. 연준이니도."

복남이 손을 흔들며 세 식구를 배웅했다. 부릉부릉, 우렁찬 시동

소리와 함께 차가 천천히 출발했다. 은동댁이 연방 눈물을 훔치는 가운데 연준은 뒤를 물끄러미 돌아보았다.

연준이 준 선물을 손에 쥔 채 복남은 여전히 손을 흔들고 있었다. 그리고 그 너머로 할머니 집 풍경이 보였다.

"그러지 말고 오빠도 나랑 같이 서울 가자. 우리 집에서 같이 살면 되잖아. 우리 엄마, 아빠도 오빠 좋다고 할 거란 말이야. 어?"

한 번도 그린 적 없더니 유독 이상하게 이번 여름방학을 마치고 집에 갈 때는 함께 서울에 가자며 울고 보챘던 수민이었다. 마치 연준이 이사 길 걸 예상이라도 한 것처럼.

"내가 너희 집에 어떻게 가. 대신 이번에 방학 때 오면 자전거 다시 가르쳐 줄게."
"진짜지? 약속했다?"

한참 울어 빨개진 얼굴로 새끼손가락을 걸던 수민의 모습이 떠올랐다.
잔뜩 기대하고 올 텐데 약속을 못 지켜 어떡하나.
유난히 씩씩하고 환하게 웃는 그 꼬맹이를 두 번 다시 못 볼지도 모른다는 생각에 이상하게 서운한 마음이 들었다.
어느새 연준의 눈가도 발갛게 젖어들어 있었다.

✳

"매일매일 학습지 숙제하는 것도 알지?"

"응."

"밥 잘 먹고 할머니 말씀 잘 듣고. 할머니 힘들게 하면 그날로 와서 데려갈 테니까. 알았어?"

몇 번이나 계속되는 정희의 당부에도 수민은 짜증 한 번 부리지 않고 고개를 끄덕였다.

"알았어. 절대 할머니 힘들게 안 한다니까?"

씩씩하게 대답을 하고서 수민은 복남의 품에 포옥 안기고 헤, 웃었다.

"어머님, 대체 비법이 뭐예요?"

"비법? 무슨 비법?"

품으로 파고드는 손녀딸을 보듬어 안으며 복남이 의아한 듯 정희를 보았다.

"아니, 얘가 할머니 집이라면 아주 사족을 못 써서요. 말썽 부릴 때마다 이번 방학 때는 할머니 집에 안 보낸다, 그러면 아주 애가 기겁을 하고 잘한다 싹싹 빌지를 않나. 며칠 전부터는 얼마나 신이 났는지 아주 허공에 떠다녔다니까요?"

정희의 말에 복남이 함박웃음을 지었다.

"아이고, 우리 강생이가 그랬다꼬? 할매 보고 싶어가?"

"응! 할머니, 엄청 보고 싶었어."

"아유, 여우, 저거."

복남의 목을 꼭 끌어안고 뺨에 뽀뽀까지 하는 수민을 보며 정희가 못 말리겠다는 듯 핏, 웃었다.

"어머님, 정말 저한테 비법 좀 가르쳐 주세요."

"비법은 무슨. 서울에서야 만날 학교다 학원이다 그래 다니다 여서 마카 노니 그게 신나가 글치."

"아니에요. 얘가 요즘 사춘기인지 제 말이라면 얼마나 청개구리처럼 구는데요. 병원 일도 많은데 아주 힘들어 죽겠다니까요?"

"떽! 수민이 니 엄마한테 그라믄 못 써. 느이 엄마, 니 잘 키울라꼬 아빠랑 그래 열심히 일하는데."

복남이 혼을 내자 수민이 혀를 날름 내밀며 헤, 웃었다.

"그럼 어머님, 전 이만 가볼게요. 수민이 너, 할머니 말씀 잘 들어? 알았지?"

"응! 엄마, 잘 가!"

엄마와 헤어지는데 아쉬운 기색이라고는 조금도 없는 딸의 모습이 서운할 법도 하건만 정희도 웃는 얼굴로 복남에게 인사를 하고 차에 탔다.

"그래, 조심해가 올라가라. 도착하믄 전화하고."

"예, 어머님. 추운데 얼른 들어가세요."

정희가 탄 차가 출발하자 수민이 얼른 메고 있던 가방을 대청에다 풀고 안에서 주섬주섬 문제집을 꺼냈다. 그러고는 필통까지 꺼내 야무지게 품에 안고서 다시 마당으로 내려왔다.

"할머니, 나 은동댁 할머니 집에 갔다 올게."

"거기는 와?"

"공부하다가 모르는 게 있어서 연준 오빠한테 좀 물어보게."

"연준이 없다."

대문으로 뛰어가던 수민이 복남의 말에 우뚝 멈춰 서서 뒤를 돌아보았다.

"학교에서 아직 안 왔어? 언제 오는데?"

"연준이 이제 여게 안 산다 아이가. 할무이랑 다 같이 고마 이사 갔다."

복남의 말에 수민의 눈이 휘둥그레 커졌다.

"……이사?"

"그래, 이사 갔다. 벌써 한참 됐다."

"……어디로 갔는데?"

"흐앙."

제 눈으로 직접 보기 전에는 믿을 수 없다며 은동댁의 집으로 달려가더니만, 집에 돌아와서 그때부터 울기 시작한 게 벌써 두 시간째였다.

"아이고, 참말. 고마 뚝 못 그치나?"

복남이 달래도 보고 윽박질러 보기도 했지만 도무지 수민의 울음을 그치게 할 수는 없었다.

"야야, 이래 울믄 큰일 난다. 으이? 고마 뚝 해. 니 자꾸 그라믄 느이 엄마한테 전화해가 니 도로 델고 가라 한대이?"

할머니 집을 그렇게 좋아한다는 며느리의 말을 떠올리고서 슬쩍 겁도 줘봤지만 역시나 소용이 없었다.

"하, 할머니, 바보! 이사 가면 간다고 나한테 말을 했어야지!"

"아이고! 미안하다 안 카나. 할매가 몰라 그랬다. 으이. 그니까 고마 뚝."

"이제 말하면 뭐 해? 이사 갔다며!"

엉엉 울면서 바닥에서 데굴데굴 굴러다니기까지 하는 터라 복남은 얼이 쏙 빠질 것만 같았다. 연준과 사이좋은 거야 알고는 있었지만 이사 갔다는 말에 이렇게 울고불고 난리칠 줄은 전혀 몰랐다.

"아이고, 참말로. 가스나, 고마 좀 뚝 그치라. 으이? 연준이가 영안 오는 기 아이고 놀러도 온댔다."

복남의 말에 별안간 수민의 울음이 뚝 그쳤다.

"진짜?"

"하모."

"언제?"

수민이 빤히 쳐다보는 탓에 그만 복남의 말문이 막혀 버리고 말았다.

흐앙! 수민의 울음이 나시 터졌다.

"방학 때 온댔다. 그라니까…… 맞다. 참, 연준이가 니 주라고 뭐 주고 갔는데."

순간, 수민이 울음을 뚝 그치고 복남을 보았다.

"나한테?"

"그래, 책이라 카든데. 가만있어 봐라. 내가 이걸 우데 놔뒀더라? 보자…… 아이고, 요게 있네."

복남이 자리에서 일어나 옷장 문을 열어 여기저기 찾더니만 곱게 포장된 상자를 가지고 왔다.

"봐라. 연준이가 니한테 주라고 신신당부를 하고 간 기대이."

선물을 보다 수민은 눈물이 그렁그렁 매달린 눈가를 쓱 닦고 이윽고 포장을 주섬주섬 풀었다. 상자를 열자 편지 한 통과 책 한 권이 얌전하게 들어 있었다. 물끄러미 그것을 보다 수민이 문득 복남에게 말했다.

"할머니, 나 배고파."

"아이고. 밥 물라나? 알았다. 할매가 퍼뜩 밥 차리올 테니까 쪼매만 있으래이. 알았재?"

복남이 환해진 얼굴로 서둘러 방을 나간 뒤, 수민은 편지를 꺼내 읽었다.

─수민아.

얼굴 보고 인사하고 가면 좋을 텐데. 아쉽다.

아버지랑 동생이랑 떨어져 살면서 사실, 할머니한테 말은 안 했지만 조금 외롭기도 했는데 그래도 방학 때마다 네가 와서 이곳에서의 생활이 즐거울 수 있었던 것 같다.

자전거 가르쳐 주겠다고 했는데 약속 못 지키게 되어서 미안해.

대신 다음번에 기회가 되면 꼭 가르쳐 줄게.

네 덕분에 좋은 기억들, 참 많이 만들었더라. 고마워.

여름방학이 되면 할머니 모시고 놀러 올 테니까 그동안 공부 열심히 하고 할머니, 부모님 말씀 잘 듣고 아프지 말고 건강하게 잘 지내.

다음에 꼭 보자.

p.s: 참, 이사 가는 집 주소야. 편지해.

연준.

수민은 편지를 바닥에 내려놓고 책을 집어 들었다.

"……앤이다."

빨간 머리 앤. 수민이 제일 좋아하는 책이었다.

매일매일 읽어서 귀퉁이가 다 헤져 있었는데 연준이 그걸 언제 보았는지 새 책으로 사서 준 것이었다.

"……바보."

자꾸만 나오려는 눈물을 야무지게 쓱 닦아내고서 수민은 반짝반딱 윤이 나는 새 책을 품에 꼭 안았다.

열여섯. Answer me

"혹시 둘이 싸웠나?"

독감 예방주사를 맞으러 병원에 들른 옥순이 뜬금없는 질문을 던졌다.

"네?"

"아니, 약국 문 닫았다 카길래."

"……수리해야 해서요."

"아, 글나. 난 또."

옥순이 표정을 살피는 걸 알면서도 연준은 모르는 척, 모니터만 보았다.

"건강에 다른 이상은 없으시니까 나가셔서 바로 주사 맞으시면 될 것 같아요."

옥순이 무슨 말을 하려는데 옆에 서 있던 황 간호사가 그러지 말라며 눈짓을 했다. 민망한지 헛기침을 몇 번 하고서 옥순이 자리에서 일어났다.

"할매, 얼른 주사 맞으러 가입시더."

"아이고, 마. 알았다. 고마 보채그라."

황 간호사의 재촉에 못 이겨 문을 나서는 듯하던 옥순이 결국 뒤돌아서 연준에게 한마디 했다.

"마, 사나이가 되가 속 좁게 여자랑 싸우고 그카믄 몬쓴대."

"……예?"

"사나이는 무조건 지 여자한테는 져줘야 하는 기다. 마, 자존심 같은 거 세운다고 이기물라 카고 그라믄 몬 써! 알겠나? 마, 지 말이 맞아도 적당히 여자 말이 옳다카고, 서로 좋게 좋게 말로 풀어야재, 그걸 또 니 잘났네 내 잘났네 하다가."

"할매요, 뭔 소리 하는 거라예? 그만 나가입시더. 아, 얼른예!"

연준의 눈치를 살피며 황 간호사가 옥순을 서둘러 끌고 나갔다.

"와, 할 말은 해야재. 자들, 지금 둘이 싸워갖고 그라는 거 아이가?"

"아이구, 두 사람 일을 우리가 우째 알아예. 그냥 마, 모르는 척하는 게 도와주는 거라예."

바깥에서 들려오는 두 사람의 이야기 소리에 연준은 나직이 한숨을 내쉬며 이마를 괴었다.

"나한테 시간을 좀 줘요."

수민이 생각을 정리하겠다며 서울 본가로 간 게 벌써 열흘째였다. 약국은 리모델링을 한다고 써 붙여놓긴 했지만 아예 수민의 모습을 볼 수가 없으니 마을 사람들 대부분이 이상하게 생각하는 모양이었다.

"돌아올 거지?"

그의 물음에 수민은 그냥 애써 작게 미소 짓기만 했을 뿐, 대답을 하지는 않았다.

하루에도 수백 번씩, 수민에게 달려가고 싶은 마음을 억누르며 겨우 버텨가는 중이었다. 솔직하게 말해 언제까지 이렇게 무턱대고 기다릴 수 있을지는 그 역시 장담할 수 없었다.

지이잉. 지이잉.

작은 진동 소리에 연준은 흠칫 놀라 얼른 휴대전화를 집어 들었다.

박기훈.

잔뜩 부풀어 올랐던 기대가 푹 꺼진다. 연준은 통화버튼을 누르고서 귓가에 가져갔다.

〈으하하하하! 야! 친구야! 왔노라! 보았노라! 이겼노라!〉

전화를 받자마자 예의 그 호들갑스러운 웃음소리가 수화기 너머에서 터져 나왔다.

"무슨 소리야?"

〈뭔 소리긴! 내가 이겼다는 거지! 야, 강상, 해외봉사 못 가게 내가 결국 막았다. 으하하!〉

상은의 해외봉사 문제로 티격태격하더니 결국 가지 않기로 결정한 모양이었다.

〈내가 누구냐. 어? 말발하면 박기훈, 박기훈 하면 말발! 굳이 해외봉사 나갈 필요가 뭐 있냐? 어? 우리나라에도 너처럼 훌륭한 의사의 무료 진료봉사를 기다리는 사람들이 얼마나 많은 줄 아냐! 그 사람들을 버리고 갈 작정이냐? 피가 물보다 진하다는 말이 왜 있겠냐! 한 동포! 한 핏줄! 이 나라부터 지켜야 한다, 이러면서 아주 구구절절 심금을 울렸다는 거 아냐. 결국 나의 이 화려한 말발에 감동해 강상이 해외봉사를 포기하기로 했지.〉

기훈은 연방 껄껄거리며 신이 나 이야기를 줄줄 늘어놓았다.

"그래서 상은이 가기로 한 건 어쩌고, 미리 신청 다 했던 거 아냐?"

〈어차피 내년 봄에나 출발하는 건네 뭐. 금방 다른 사람 구해지겠지. 왜, 그거 네가 하게?〉

"……못할 것도 없지."

처음으로 선화 통화 하는 내내, 잠깐이나마 침묵이 흘렀다.

〈너 미쳤냐? 야! 너 내년에 결혼한다며? 그러다 수민 씨한테 소박맞아, 인마! 정신 차려!〉

연준이 아무 대답도 하지 않자 기훈이 설마 하며 물었다.

〈뭐야, 너! 설마 수민 씨랑 싸웠냐? 야, 인마. 내가 상은이한테도 말했지만 그런 건 말이야, 우리 같은 인간들이 사랑싸움 좀 했다고 쪼르르 나갔다 오는 그런 도피처가 아니다? 어? 숭고한 봉사의식과 희생정신, 그리고 그 뭐냐. 아, 암튼! 쓸데없는 소리 집어치우고 이번 주 토요일에 원주로 봉사활동 갈 거니까 그쪽으로나 와, 인마!〉

"……원주?"

〈그래. 강상 해외봉사 나가는 걸 막은 대신에 매달 국내 의료봉사 가기로 했잖냐. 그러니까 너도 헛소리 말고 여기나 합류해. 가뜩이나 일손 달리는 거, 네 손도 좀 빌리자.〉

의료봉사라……. 연준은 손에 쥐고 있던 볼펜을 핑핑, 돌리며 생각에 잠겼다.

〈야야, 속 시끄러울 땐 그냥 몸 바쁜 게 최고야. 잡생각 안 나게.〉

"……생각해 볼게."

〈생각은 무슨! 야, 그 전날 병원 끝나고 바로 서울로 와. 알았지? 그럼 그렇게 알고 끊는다.〉

연준이 채 대답도 하기 전에 전화가 뚝 끊겼다.

하긴 어쩌면 기훈의 말처럼 차라리 몸이라도 바쁜 게 나을지도 모르겠다. 그러면 적어도 머릿속에 가득한 별별 이상한 생각들을 하고 있을 시간조차도 없을 테니까.

연준은 전화기를 만지작거리다 이윽고 문자메시지함을 열었다.

〈몇 시까지 가면 돼?〉

✻

수민은 방 안 가득 늘어놓은 수백 권의 책 가운데 한 권을 집어들어 책장에 꽂았다. 하도 시간이 가지 않아 다른 데 정신을 돌리기 위해 즉흥적으로 시작한 책 정리였다. 하지만 워낙에 그 양이 많은 탓에 점심 먹고 시작한 일이 몇 시간이 지난 지금도 도무지 끝날 기미가 보이질 않았다. 그래도 그나마 다행인 건 시간은 잘 간다는 거였다. 제일 아랫줄을 모두 다 채워 넣고 둘째 줄을 채워 넣기 위해 수민은 허리를 굽혀 책을 크기별로 정리했다. 한데 그런 수민의 눈에 익숙한 책 한 권이 들어왔다.

빨간 머리 앤.

수민은 책을 집어 들었다.

"연준이가 니한테 주라고 신신당부를 하고 간 기대이."

방학이 되기만을 손꼽아 기다렸던 어린 시절이었다. 연준이 이사 갔다는 이야기를 듣고 할머니 집에 도착하자마자 몇 시간을 울고불고 난리를 치다 이 책을 받고서야 간신히 울음을 그쳤던 기억이 났다.

"……이 책이 여기 있었네."

초등학교 졸업할 때까지 늘 침대 머리맡에 두고 잘 정도로 아꼈던 책인데 중학생이 되고 고등학생이 되면서부터 생활이 바빠져 존재를 잊어버리고 살았다. 연준도 마찬가지였다. 가끔은 궁금하고 뭐 하고 지낼까, 생각이 났지만 정작 직접 찾아볼 생각은 못했었다. 아마 그 일 때문에 시골에 가지 않았더라면 그냥 어릴 적 알고 지냈던 오빠 정도로만 기억하고 살았을지도 모른다. 수민이 옅은 미소를 지으며 책장을 펼쳐 보는데 마침 책상 위에 올려둔 휴대전화가 지이잉, 하며 울기 시작했다.

상은이었다.

무슨 일일까.

혹시나 연준과 관계된 일이 아닐까. 설마 연준에게 무슨 일이라도 생긴 건 아닐까. 갑작스런 상은의 전화에 수민은 잔뜩 긴장한 채로 전화를 받았다.

〈수민 씨, 오랜만이에요? 잘 지냈죠?〉

늘 그랬듯 밝고 유쾌한 목소리로 안부 인사를 건네는 상은이었다.

"네, 상은 씨는요?"

〈나야 만날 재미없이 똑같죠, 뭐.〉

상은이 까르르 웃었다. 다행히 연준에게 별다른 일은 없는 것 같아 수민의 긴장도 한층 풀어졌다.

〈다른 게 아니라 이번 주말에 우리 모두 의료봉사 가기로 했는데 수민 씨도 함께 갔으면 해서요. 같이 안 갈래요?〉

생각지도 못한 말에 수민은 당황했다. 그리고 잠시 망설이다 어렵게 입을 뗐다.

"죄송해요. 그날 제가 다른 약속이 있어서요. 아무래도 힘들 것 같아요."

〈그래요? 뭐, 그럼 아쉽긴 하지만 할 수 없죠. 대신 조만간 넷이서 밥이나 같이 먹어요. 그럼 들어가요, 수민 씨.〉

수민의 거절에도 여전히 경쾌한 목소리로 안녕을 고하고 상은이 전화를 끊었다. 수민은 무겁게 한숨을 내쉬며 시선을 내려 들고 있던 책을 보았다. 책 표지를 어루만지는 그녀의 표정이 착잡하게 가라앉았다.

아무리 생각을 해봐도 도무지 어떻게 해야 옳은 건지, 어떤 게 답인지 알 수가 없었다.

똑똑똑.

노크 소리와 함께 문이 벌컥 열렸다.

"애, 밥 먹으러 내려……."

정희가 방으로 들어오다 방 안의 풍경에 놀랐는지 말을 멈췄다.

"세상에. 방 꼴이 이게 뭐니?"

"……책 정리 좀 하려고요."

바닥에 가득 흩어져 있는 책들을 보며 머리가 아픈 듯 정희가 혀를 쯧쯧 찼다.

"나중에 하고 일단 밥 먹으러 내려와. 아버지 기다리신다."

할 말이 많은 표정이었지만 다행히 더는 별말 없이 정희가 방을 나갔다. 수민은 피곤한 얼굴로 한숨을 내쉬다 자리에서 일어났다.

혼자 있는 것보다야 차라리 가족들과 함께 밥이라도 먹으면 생각이나마 안 할 줄 알았다. 하지만 그건 수민의 오산이었다.

"연준이도 온댔는데."

상은이 전화로 했던 그 말을 도무지 머릿속에서 밀어낼 수가 없었다.

"한수민!"

정희가 부르는 소리에 수민이 움찔거리며 고개를 들었다. 맞은편에 앉은 정희가 눈을 크게 뜨고서 빤히 지켜보고 있었다.

"도대체 무슨 생각을 하기에 불러도 몰라?"

"……아니에요."

수민은 가볍게 고개를 저으며 젓가락을 움직였다.

"이것 좀 먹어. 너, 해물찜 좋아하잖니."

정희가 꽃게 한 마리를 수민의 앞접시에 덜어주었다. 보기만 해도 식욕이 돌 만큼 빨간 양념과 하얀 꽃게살이 먹음직스러웠다. 하지만 수민은 시큰둥하니 젓가락을 몇 번 움직이다 말았다. 본가로 온 지 열흘이나 되었지만 뭘 먹든 도무지 맛있는 게 없었다. 어디 식사뿐이랴. TV를 봐도, 책을 봐도, 다른 일을 할 때도 전혀 집중하지 못하고 멍하게 있기 일쑤였다.

"너, 정말 아무 일 없는 거 맞아?"

약국 수리를 핑계로 본가로 들어온 그날 이후, 한 원장 부부 모두 처음 며칠은 별 대수롭지 않게 생각하는 듯했다. 하지만 일주일이 채 지나지 않아 정희는 계속해서 아무 일 없냐며 수민에게 묻고 있었다. 아무래도 낌새가 이상한 모양이었다.

"말했잖아요, 약국 수리 끝나면 갈 거라고."

"정말이야?"

"네, 정말이에요."

수민의 말에 정희는 못 이긴 척 밥을 몇 술 뜨다 다시 수민의 얼굴 구석구석을 살피기 시작했다. 조용히 식사만 하던 한 원장이 그런 아내를 말렸다.

"아, 그만 좀 해요. 애, 밥 먹다 체하겠네."

"당신도 이상하지 않아요? 그렇게 올라오라고 해도 귓등으로도 안 듣던 애가 갑자기 연락도 없이 와서 이러고 있으니. 며칠 전에는 이불 빨래를 한다 야단이고, 그 전날은 창고 정리를 한다 그러더니 오늘은 또 제 방의 책이란 책은 다 꺼내 저러고 있는데.”

“아, 뭐가 그렇게 이상해요. 그럴 때도 있지.”

한 원장이 나서자 정희가 매서운 눈초리를 거두며 그릇으로 시선을 내렸다.

“알았어요. 이따가 장 선생한테 전화해 보면 알겠지. 둘이 무슨 일이 있는지, 없는지.”

연준에게 전화를 걸어 확인까지 해보겠다는 정희의 말에 애써 아무렇지 않은 척하던 수민의 낯빛이 대번에 변했다.

“엄마!”

“왜?”

정희가 지지 않고 빽 하니 소리를 질렀다. 두 모녀의 시선이 팽팽하게 오기던 그때였다.

“허, 거참! 당신, 정말 이럴 거예요?”

버럭, 소리를 지른 사람은 다름 아닌 한 원장이었다. 생전 목소리 한 번 높이는 경우가 없는 남편이 자신에게 고함을 치자 정희의 눈이 휘둥그레 커졌다.

“……당신, 지금 나한테 소리 질렀어요?”

“그래요! 소리 좀 질렀어요. 그런데 그게 왜요? 당신도 지금 수민이한테 소리 지르고 있잖아요!”

“어머, 당신…….”

당황한 정희의 표정에도 불구하고 한 원장은 매서운 표정을 풀지 않고 다시 다그쳤다.

“내가 애 좀 가만히 놔두라 했어요, 안 했어요?”

“아니, 난 혹시 애들이 다투기라도 했으면 …….”

“그랬으면 어쩌려고요. 뭐, 둘이 서로 화해하라고 악수라도 시키게요?”

“여보!”

“좀 내버려 둬요! 두 애들 모두 서른 넘은 성인이고 설사 문제가 생겼더라도 자기들끼리 알아서 해결하게 놔둬야지, 왜 당신이 거기 끼어 훈수를 두려고 해요?”

항상 부인 말이라면 무엇이든 오케이를 하던 양반이 화를 벌컥 내자 정희는 눈만 크게 뜨고서 아무 대꾸도 하지 못했다.

“아니, 내가 무슨……..”

“내, 이참에 분명히 말해두겠는데 당신, 아이들 문제에 훈수 두고 끼어들 생각이면 당장에 접어요. 내가 이렇게까지 말하는데 만약 당신이 그걸 어겼다가는 내 정말 가만 안 있을 테니까.”

“가만 안 있으면 뭘 어떡할 건데요?”

“궁금하면 어디 한번 해봐요, 내가 어쩌나. 그런데 아마 각오 단단히 하고 그래야 할 거요. 알았어요?”

한 원장의 엄중한 경고에 정희는 기가 찬 듯 콧방귀를 세게 뀌었지만 그래도 겁은 나는지 더는 아무 소리 없이 식사에만 열중했다.

저녁을 먹은 뒤, 수민은 책장 정리를 포기하고서 정원으로 나왔다. 상은의 전화를 받은 뒤, 그리고 이 책을 발견한 뒤로부터는 도무지 그마저도 할 수가 없었다. 수민은 어릴 적 타던 그네에 앉아 발을 앞뒤로 흔들거리며 연준에게서 받았던 책을 물끄러미 내려다보았다.

빨간 머리 앤.

얼마나 많이 봤는지 네 귀퉁이가 다 닳아진 책을 수민은 천천히 어루만졌다. 책장을 펼치자 제일 첫 장에 연준이 쓴 편지가 정성스럽게 붙여져 있었다. 혹시라도 잃어버릴까 싶어 수민이 편지를 잘라 붙여놓은 것이었다. 바람은 제법 쌀쌀했지만 편지글을 읽어보는 수민의 얼굴만은 따뜻해졌다.

인사하지 못하고 이사 가게 되어 아쉽다. 자전거를 가르쳐 주지 못해서 미안하다. 그래도 수민 덕분에 외롭지 않고 좋은 기억을 많이 만들어갈 수 있게 되어 고맙다.

간결한 편지였지만 연준의 진심이 고스란히 담겨 있었다. 검은색 펜으로 또박또박 쓴 글자를 천천히 손끝으로 만져 보았다.

"연준."

그의 이름을 소리 내어 불러보았다. 이때만 해도 이렇게 어른이 되어 연준을 다시 만나게 되고, 그리고 사랑하게 될 줄은 꿈에도 몰랐다. 그건 아마 연준도 마찬가지였을 테다.

—여름방학이 되면 할머니 모시고 놀러 올 테니까 그동안 공부 열심히 하고 할머니, 부모님 말씀 잘 듣고 아프지 말고 건강하게 잘 지내.

다음에 꼭 보자.

하지만 편지에 적어놓은 말처럼 그 후에 연준을 다시 만나지는 못했다. 이듬해 봄에, 수민의 할머니가 갑작스레 돌아가셨고, 그 후로 수민 또한 시골에 내려간 적이 없었다. 연준에게 편지를 썼지만 답장은 오지 않았었다. 그리고 그렇게 소식은 끊겼다.

만약 그때 연락이 끊기지 않았더라면 어땠을까.

수민은 가만히 편지글을 읽고 또 읽었다. 그러다 문득 풋, 웃음이 나오고 말았다.

—자전거 가르쳐 주겠다고 했는데 약속 못 지키게 되어서 미안해.
대신 다음 번에 기회가 되면 꼭 가르쳐 줄게.

그러고 보니 늦긴 했지만 약속을 지킨 셈이다. 미소 지으며 편지글을 보던 수민이 갑자기 고개를 들었다. 그리고 이내 책을 덮고 창고로 들어가 한 원장이 타는 자전거를 꺼냈다. 연준이 수민에게 준 자전거보다 훨씬 큰, 연준이 타고 다니던 것과 비슷한 크기였다.

수민은 조심스럽게 자전거에 올라타 천천히 페달을 밟았다. 처음에는 조금 비틀거리기는 했지만 점점 속력이 붙었다. 여러 차례 원을 그리며 마당을 돌던 때였다.

"어라? 우리 딸! 자전거, 탈 줄 알았어?"

갑자기 들려온 목소리에 놀라 뒤를 돌아보던 수민이 그만 자리에서 쾅당, 쓰러졌다.

"어이쿠, 괜찮냐? 안 다쳤어?"

한 원장이 놀라 달려와 수민을 이리저리 살펴보았다.

'괜찮아? 안 다쳤어?'

연준의 목소리가 들려오는 것 같았다. 수민은 고개를 들었다. 한 원장이 걱정스런 얼굴로 쳐다보고 있었다. 연준은 어느 곳에도 없었다. 시야가 뿌옇게 흐려지며 물기가 차올랐다.

"수민아, 왜 그래? 다쳤어?"

갑자기 저도 모르게 눈물이 왈칵 쏟아졌다. 한 원장의 앞이라는 것도 잊은 채 수민은 무릎에 이마를 묻고서 그대로 울음을 터뜨렸다.

……연준이 너무 보고 싶었다.

"오랜만에 타서 맛이 있으려나 모르겠다."

한 원장이 두툼한 무릎 담요와 종이컵 두 잔을 들고 나왔다. 달콤한 커피 냄새가 좋았다. 수민의 무릎 위에 담요를 덮어주고서 한 원장도 그 옆에 나란히 앉았다. 한 원장이 먼저 커피를 한 모금 마시고서 감탄사를 뱉었다.

"캬, 맛있다. 이렇게 맛있는 걸 너희 엄마는 왜 그렇게 질색을 하나 몰라."

한 원장의 말에 수민이 풉, 작게 웃었다. 한참을 운 탓에 코끝이 새빨개져 있었다.

"인마, 울다가 웃으면 엉덩이에 뭐 난다는 말도 몰라?"

"……죄송해요."

"뭐가 죄송해. 사람이 웃을 때가 있으면 울 때도 있는 거지. 가끔씩 그리 울고 나면 속도 시원해지고 좋지, 뭐. 잘했다."

늘 그렇듯 사람 좋은 웃음을 지으며 한 원장은 왜 울었는지 묻지도 않고 그저 커피만 홀짝였다. 수민도 따뜻한 김이 오르는 커피를 한 모금 마셨다. 제법 쌀쌀해진 바람에 얼었던 몸이 스르르 녹는 것만 같았다. 아울러 울렁거리던 마음도 한층 편안해졌다.

"아까 다치진 않았어?"

자전거에서 넘어진 걸 말하는 것일 터. 수민은 고개를 저었다.

"다행이다. 그런데 자전거는 언제 배웠어?"

"할머니 집에 내려가서요."

"연준이가 가르쳐 준 모양이구나. 녀석, 내가 그렇게 가르쳐 준다 그럴 때는 안 배우더니."

"……제가요?"

기억이 나지 않는다는 듯 눈을 동그랗게 뜬 수민을 보며 한 원장이 장난스레 이기죽거렸다.

"그래, 이 녀석아. 아버지 서운해."

한 원장의 말에 수민이 옛날 일을 곰곰이 떠올려 보았다. 그러고 보니 어릴 때, 한 원장이 자전거를 가르쳐 주겠다고 한 것도 같았다. 그때마다 무서워서 싫다고 도망 다닌 것도 떠올랐다. 자전거 타는 게 그렇게 무서웠는데 왜 연준이 가르쳐 주겠다고 했을 때는 선뜻 배우겠다고 나섰던 걸까.

"원, 딸자식 키워봐야 남 좋은 일 시킨다 그러더니만, 내가 요즘 들어 점점 그 말이 이해가 간다."

수민이 한 원장의 팔짱을 끼고서 장난스럽게 물었다.

"그럼 나 결혼하지 말고 아버지랑 평생 이렇게 살까?"

"왜? 연준이, 그 녀석이랑 싸웠어?"

한 원장이 묻는 말에 수민은 그냥 미소만 지었다. 차라리 그렇게 아시는 편이 나을 것 같았다. 사실을 알게 되면 누구보다 걱정할 분이었으니까. 그런 딸의 모습에 한 원장이 별 대수롭지 않은 투로 담담히 말했다.

"잘 싸웠다."

"아버지는 뭘 해도 잘했대. 싸운 게 잘한 거예요?"

"미리미리 싸우는 것도 나쁘지 않아. 어차피 싸울 거, 미리 싸우고 나중에 안 싸우는 게 낫지."

"아예 안 싸울 수도 있잖아요."

"에이, 다른 환경에서 수십 년 동안 다르게 살던 사람들이 만났는데 어떻게 안 싸워. 내가 너희 엄마랑 연애할 때 얼마나 싸운 줄 알아? 진짜 처음에는 이 여자랑은 만나면 싸우네 싶어서 더는 안 만나야겠다, 했었잖냐."

수민이 궁금한 얼굴로 한 원장을 보았다. 그때 일을 떠올리던 한 원장이 커피를 한 모금 마시고서 쿡, 웃음을 터뜨렸다.

"그런데 신기하게 그날 이후로 한 번도 안 싸운 거야. 그래서 결혼까지 하게 된 거지."

한 원장의 대답에 수민도 작게 웃었다. 늘 아내를 배려하는 한 원장의 모습만 보고 자란 터라 싸웠다는 말이 오히려 신기하기만 했다.

"엄마는 몰라도 아버지는 만날 양보만 했을 것 같은데. 진짜 그렇게 많이 싸웠어요?"

"아, 그럼. 밥 먹다가 싸우고, 영화 보러 가다가도 싸우고, 옷 입는 걸로도 싸우고, 전화하다가도 싸우고 진짜 지겹게 싸웠다니까. 그래도 봐라, 미리 싸우니까 결혼해서는 안 싸우잖냐."

한 원장이 허허, 거리며 하는 말에 수민도 웃을 수밖에 없었다. 두 부녀가 한바탕 웃고서 나란히 커피를 마셨다.

"그 녀석이 뭐, 잘못한 게 있어?"

"⋯⋯아뇨."

연준이 잘못한 일은 없었다.

"그러면 혹시 태현 군 때문이냐?"

수민의 시선이 한 원장에게로 향했다.

"그 때문에 결혼이 망설여지는 거야?"

수민은 저도 모르게 안도의 한숨을 내쉬었다. 혹시나 한 원장이 태현과 정연의 관계를 알고 물어보는 건 아닌가 싶어 심장이 내려앉는 줄 알았다. 한데 그건 아닌 모양이었다.

"⋯⋯그런 거야?"

수민이 머뭇거린 탓에 한 원장의 말소리에도 웃음기가 사라졌다. 그런 아버지를 잠시 바라보다 수민은 고개를 저었다.

"아뇨, 그런 거 아니에요."

수민의 대답에 한 원장이 나직이 한숨을 내쉬었다. 혼자만 힘든 줄 알았지, 정작 부모님이 얼마나 자신의 걱정을 하고 있을지는 미처 생각하지 못했었다.

"죄송해요, 아버지."

"아니다. 그런 게 아니라니 다행이구나. 난 혹시나 그럴까 봐 그게 걱정이 되어서⋯⋯."

한 원장이 수민의 두 손을 잡아주었다. 온기가, 그 마음이 수민의 손으로 그리고 가슴으로도 건네져 왔다.

"수민아, 아버지는 우리 딸이 과거에 붙잡혀서 앞으로 나가지 못하는 그런 바보가 아니었으면 좋겠구나."

"⋯⋯아버지."

"찌꺼기나 앙금이 남아 있다면 힘들어도 계속 버리려무나. 그러다 보면 과거는 과거대로 자연스럽게 모두 다 흘려보내고 그 비워진 자리에 새로운 사람이 들어오고 새로운 마음이 들어오는 법이다. 아버지 말, 알지?"

시야가 어른거린다 싶더니 금세 눈가가 축축해졌다.

"아는데…… 잘 버려지지가 않아요. 아는데…… 나도 잘 아는데……."

울음 섞인 수민의 말소리에 한 원장은 잡고 있던 딸의 손을 가볍게 토닥였다.

"알고 있음 된 거야. 제일 중요한 게 뭔가, 그것만 생각하면 나머지는 자연스럽게 정리가 되는 법이니까. 수민아, 네 인생에 그리고 지금 너한테 가장 중요한 게 무엇일지 그것만 생각해. 나머지는 그 후의 일이야."

눈물이 그렁그렁한 눈으로 수민은 한 원장을 보았다. 한 원장이 딸과 시선을 마주하고 힘을 주듯 빙긋 웃어 보였다.

"후회는 언제 해도 늦는 법이다. 다시는 후회할 일, 만들지 말자. 우리 딸은 잘할 거야."

수민의 어깨를 토닥여 주고서 한 원장이 먼저 자리를 떠났다. 수민은 혼자 남아 한 원장이 했던 말을 곱씹어보았다.

가장 중요한 것.

한수민의 인생에, 그리고 지금 한수민에게 가장 중요한 건 뭘까.

머릿속에 떠오르는 답은 하나였다.

✻

"아이고! 이번 봉사활동도 무사히 잘 끝났네. 서울 가서 저녁 뒤 풀이나 가볍게 하고 모두 해산하자."

기훈의 말에 버스 안에서 환호성과 박수 소리가 터져 나왔다. 아무 사고 없이 무탈하게 봉사활동이 끝났음을 자축하는 의미이기도 했다. 기훈도 함께 박수를 치고는 이내 버스 제일 앞자리, 창가에 앉아 눈을 감고 있는 연준의 옆자리에 털썩 앉았다.

"간 김에 오늘 우리 집 가서 자고 내일 가. 큰아버지한테 진료 하루 봐달라 하고."

연준은 의자를 뒤로 눕히고 눈을 감은 채 태연히 중얼거렸다.

"넌 병원을 나가고 싶으면 나가고 안 나가고 싶으면 안 가냐?"

"나야 월급쟁이니 어쩔 수 없다지만 넌 다르잖아. 그리고 큰아버지가 하루 맡아주셔도 되지, 뭐. 야, 그러지 말고 내가 이따 큰아버님한테 전화 드릴까?"

"됐으니까 가는 동안 잠이나 좀 자자."

연준은 피곤한 듯 창가 쪽으로 고개를 돌렸다. 하지만 고작 말 몇 마디로 순순히 물러설 기훈이 아니었다.

"인마 너, 수민 씨랑 싸웠지?"

잠시 침묵이 흘렀다. 옳거니, 정곡을 찔렀구나 싶어 기훈의 입꼬리가 씩, 올라갔다.

"아주 좋아죽더니만 니네도 싸우냐? 야, 얼마나 됐다고 벌써 싸워?"

"……그런 거 아니니까 신경 꺼."

"뭘 신경 꺼. 참, 네가 눈이 번쩍 뜨일 만한 얘기 해줄까?"

"……."

“이번에 오기 전에 강상이 수민 씨한테 전화했었다던데.”

그제야 연준이 감은 눈을 떴다. 연준이 몸을 일으키자 기훈이 그 것 보라며 피식, 웃었다.

“이 자식, 내숭은. 그렇게 궁금하면서 아닌 척은 왜 하냐? 더 없어 보여, 인마.”

“……왜 전화했는데.”

“아니, 지난번에 너랑 통화했을 때 아무래도 낌새가 영 이상해서 내가 상은이한테 수민 씨도 데리고 가자고 전화해 보라 그랬거든.”

“……그래서?”

“아…… 뭐, 그랬는데.”

한참 신이 나서 떠들던 기훈이 갑자기 이마를 긁적거리며 기어 들어 가는 목소리로 대꾸를 했다.

“뭐, 약속이 있대나 뭐래나. 그게 그러니까 엄청 중요한 약속이라고 그러더래. 암튼 그래서 그럼 다음에 넷이 같이 밥 먹자고 그러고 끊었대.”

잠시 아무 말 없이 연준은 생각에 잠겼다. 상은이 수민에게 전화를 했고 수민은 약속을 핑계로 오지 않았다. 아직도 생각의 정리가 끝나지 않은 걸까. ……이제 어떻게 해야 하는 걸까. 기다리겠다 말은 했지만 그 역시 이젠 점점 지쳐 가고 있었다.

수민에게 너무나도 끔찍했던 일인 건 연준도 알고 있었다. 하지만 그래도 과거는 과거일 뿐이었다. 언제까지 과거에 묶여 있을 수만은 없지 않은가. 자기 입으로 먼저 생각을 정리할 시간을 달라 말했듯 수민도 그 사실을 알고는 있을 거였다. 더군다나 수민은 어디까지나 피해자였다. 정연의 일도 정연의 일이지만 연준은 무엇보다 수민이 그 남자가 자신 때문에 죽었다는 죄책감을 털어버리길 바랐다. 그렇지 않고서는 평생 수민은 그 일을 떠올릴 때마다 괴로워할 수밖에 없었다.

물론 말처럼 쉬운 일이 아님을 누구보다 잘 알기에 연준의 마음도 무겁기만 했다.

"야, 됐어. 뭐, 연애란 게 별거냐? 아무튼 내가 큰아버님한테 전화 드릴 테니까 우리 집에 가서 얘기 좀 하다 자고 가. 알았지?"

연준이 말릴세라 기훈이 전화기를 꺼내 반대쪽 좌석으로 가서 앉았다.

"됐다니까?"

"되긴 뭐가 돼. 아! 안녕하세요? 큰아버님! 저, 기훈입니다."

어느새 전화를 걸었는지 기훈은 벌써 장 원장에게 싹싹하게 인사를 건네고 있었다. 연준이 황당한 얼굴로 보다 전화를 뺏으려고 해봤지만 기훈이 아예 다가오지조차 못하게 손을 마구 휘젓는 탓에 그럴 수도 없었다.

"예, 지금 일은 다 끝마치고 서울 올라가는 길이에요. 네. 하하, 큰아버님 건강은 괜찮으시죠? 아유, 그럼요. 저도 상은이도 다 잘지냅니다. 아, 길은 주말인데도 별로 안 막히네요. 지금요? 여기가 그러니까."

기훈이 고개를 내밀고 이정표를 찾다 갑자기 인상을 찌푸렸다.

"어? 저건 뭐야. 저게 미쳤나? 어! 어?"

기훈의 말소리에 연준의 시선도 따라 움직였다. 그리고 정말 찰나였다.

기훈의 비명과 함께 갑자기 '퍽!' 하는 엄청난 충격이 버스에 전해졌다.

버스는 순식간에 아수라장이 되어버렸다.

＊

"예? 사고요? 아니, 그게 무슨…… 그럼 장 선생은요? 아, 알겠습니다. 잠시만요."

한 원장이 쓰고 있던 돋보기 안경을 벗어 내려놓으며 서둘러 정희에게 손짓했나.

"당신, 얼른 가서 수민이 좀 내려오라고 해요."

"왜요? 무슨 일인데요? 사고는 뭐고 상 선생이 왜요?"

늦은 저녁 시간에 장 원장에게서 전화가 온 게 아무래도 이상한지 정희가 걱정스레 물었다. 웬만해서 크게 놀라지도 않는 남편의 목소리가 떨리기까지 하는 게 심상치가 않았다.

"아, 장 선생이 의료봉사를 간 모양인데, 오는 길에 교통사고가 났는지 전화 통화가 안 된다네."

"네? ……교통사고…… 라뇨?"

교통사고라는 말에 정희의 얼굴이 순식간에 하얗게 질렸다.

"그러니까 얼른 수민이 좀 내려와 보라 그래요!"

하지만 남편의 말소리가 아예 들리지조차 않는 것처럼 정희는 얼이 빠져 멍하니 앉아 있었다.

"수민아! 한수민!"

답답한 듯한 원장이 벌떡 일어나 직접 2층, 수민의 방을 향해 소리를 질렀다. 얼마 지나지 않아 수민이 2층 계단에서 내려왔다.

“무슨 일이세요?”

수민이 의아한 얼굴로 물었다. 정희는 여전히 넋이 나가 있었고 한 원장의 낯빛은 어둡기만 했다. 갑자기 불길한 생각이 들며 등허리로 소름이 돋아났다.

“……아빠.”

“그게 말이다. 너, 혹시 장 선생하고 연락해 봤냐?”

한 원장의 입에서 나온 연준의 이름에 수민은 마른침을 삼켰다.

“……아뇨. 그런데 그건 왜…….”

수민도 전화 통화를 하지 않았다는 말에 한 원장이 난처한 듯 이마를 쓸어 올렸다.

“이거 참…….”

“아빠, ……무슨 일인데요? 설마…… 오빠한테 무슨 일…… 있어요?”

심장이 쿵쾅거리기 시작했다. 수민의 얼굴색도 하얗게 질려갔다.

“그게 말이다, 이거 참…… 장 선생이…….”

그때였다.

“아악!”

갑작스런 비명 소리에 놀라 수민과 한 원장이 정희를 돌아보았다. 뭘 보고 그리 놀랐는지 정희가 입을 틀어막은 채 귀신이라도 본 것처럼 부들부들 떨고 있었다.

“엄마!”

“당신, 왜 그래요? 괜찮아요?”

한 원장과 수민이 서둘러 정희를 부축했다. 그런 두 사람에게 눈도 맞추지 않은 채 정희가 부들부들 떨리는 손으로 거실에 있는 TV를 가리켰다.

"저기…… 저기, 저거…… 장 선생이 탔다는…… 그 버스 아니에요?"

그제야 한 원장과 수민의 시선이 TV로 향했다.

뉴스가 나오고 있었다. 도로 한가운데, 앰뷸런스가 여러 대 서 있었고 환자들이 이송되고 있었다.

"오늘 저녁, 8시경에 원주에서 서울로 가는 국도에서 승용차와 고속버스가 충돌하는 사고가 있었습니다. 목격자에 따르면 승용차가 반내편 차선을 넘어 버스에 부딪친 것으로 전해지고 있으며 당시 버스에는 의료봉사를 다녀오던 고교 연합동아리 출신의 의사 십여 명이 타고 있었습니다. 이 사고로 승용차 운전자 이모 씨와 함께 동승하고 있던 박모 씨, 버스 운전수 최모 씨를 비롯해 버스에 타고 있던 승객들이 중경상을 입었으며 지금 병원으로 옮겨져 치료를 받고 있습니다. 경찰은 사고 현장 상황과 목격자 진술을 토대로 지금 정확한 사고 경위를 조사 중입니다."

뉴스 앵커의 말이 이어지는 동안, 모두들 얼어붙은 채로 뉴스 화면만 뚫어져라 응시하고 있었다. 완전히 우그러진 승용차와 마찬가지로 크게 파손된 버스. 피범벅이 된 채 통증을 호소하며 앰뷸런스에 실려 가는 사람들. 그때, 수민의 눈에 크게 파손된 버스 옆에 걸린 현수막이 들어왔다.

인영 닥터스.

수민이 떨리는 손으로 입을 틀어막았다.

"저 차, 맞니? 인영 닥터스면…… 인영과학고, 장 선생이 나온 학교가 저기 아냐?"

정희가 재차 물어댔다. 수민은 대답도 못하고 그저 멍하니 TV 화면만 보았다. 그때, 한 원장이 숨을 들이켜며 TV를 가리켰다.

"저…… 저거, 장 선생 아냐?"

뉴스에 온 얼굴이 피범벅이 된 환자를 앰뷸런스에 싣고 있는 장면이 나왔다. 그리고 그 사람은 한 원장의 말처럼 연준이었다.

"어떻게……."

수민은 TV 쪽으로 향하다 그 자리에 털썩 주저앉고 말았다.

"……오빠."

그렇잖아도 내일, 봉운읍으로 가기 위해 다시 짐을 싸던 중이었다. 연준을 만나 자신이 내린 결정을 이야기할 생각이었다.

다른 건 생각 않고 오로지 장연준이란 남자, 그 한 사람만 보기로 했다고, 나머지는 시간이 걸리겠지만 차차 정리하도록 하자고, 다른 무엇보다 연준 없이는 안 된다는 걸 확실하게 알게 되었다고, 그런 말을 연준에게 하려고 했다.

그런데 그의 얼굴을 보기도 전에 이런 사고가 나버렸다. 다시 연준의 얼굴을 보지 못하게 될 거라고는 정말 꿈에도 생각하지 못했었다. 그에게 아무 말도 해주지 못할까 봐, 또다시 후회하게 될까봐 그게 너무 겁이 났다.

수민은 덜덜 떨리는 손을 애써 모아 잡았다. 손끝이 얼음장처럼 차갑기만 했다.

"괜찮을 거다, 괜찮을 거야. 어떻게 또 이런 일이……."

차를 타고 가는 내내 수민에게 괜찮을 거라며 다독여 주던 한 원장도 속이 타는지 말을 잇지 못했다.

"이보게, 최 기사. 조금 더 빨리 갈 수 없나? 조금만 더 빨리 가세."

"예, 원장님."

수민은 입술을 꽉 깨문 채 창밖을 바라보았다. 지금 수민의 귀에는 그 어떤 소리도 들리지가 않았다. 어떤 말도 위로가 되지 않았다. 오로지 TV 화면 속에서 짧게 스치듯 지나갔던 피투성이가 된 연준의 모습만 떠오를 뿐이었다. 그러지 않으려고 했지만 자꾸만 2년 전 그 끔찍했던 사고 순산과 언준의 모습이 겹쳐졌다. 수민은 애써 아무 생각도 하지 않으려 눈을 질끈 감았다. 하지만 머릿속을 가득 채운 그 끔찍한 장면은 좀처럼 사라지지가 않았다. 정말 미칠 것만 같았다.

아니, 별일 없을 거다.

아무 일 없을 거다.

분명 그럴 거였다. 아니, 반드시 그래야만 했다. 수민은 부들부들 떨리는 손을 애써 힘주어 잡으며 신에게 기도를 했다.

제발 그가 무사하게만 해달라고. 연준이 무탈하게 해달라고. 그렇게만 해주신다면 무슨 일이든 다 할 수 있겠노라고.

"수민아! 수민아, 다 왔다. 내리자, 얼른."

한 원장의 말에 수민은 차창 밖을 보았다. 새까만 어둠을 뒤로하고 병원 불빛이 환하게 빛나고 있었다. 문을 열려고 하니 어느새 손바닥에 땀이 차올라 자꾸만 미끄러졌다. 수민은 떨리는 손으로 겨우 문을 열고 차에서 내렸다. 겁이 나 도무지 발걸음이 떨어지지 않았다.

"들어가자."

한 원장의 부축을 받다시피 해 수민은 병원으로 천천히 들어갔다.

아비규환이 따로 없었다. 피를 흘리며 소리를 지르는 사람들, 바쁘게 오가는 간호사들, 환자들을 살피는 의사들. 한 원장의 팔에 간신히 의지해 서 있던 수민은 그제야 정신이 번쩍 들었다. 한 원장에게서 몸을 떼고 수민은 응급실 안, 여기저기를 훑어보았다. 한데 아무리 살펴봐도 그 어디에서도 연준이 보이지가 않았다.

도대체 어디 있을까.

핼쑥해진 얼굴로 수민은 침대 여기저기를 살피다 아무 간호사의 팔을 덥석 잡았다.

"저기…… 저기, 방금 들어온 환자 중에…… 키가 크고…… 얼굴이 하얗고…… 그리고 눈매가 길고……. 그러니까 의산데…… 장연준이라고…… 혹시 그런 환자가 어디에 있는지……."

"네? 누구요?"

횡설수설한 탓인지 간호사가 인상을 찌푸리며 수민에게 다시 물었다.

"아니, 아까…… 봤거든요. 뉴스에서 여기…… 얼굴에 피를 흘리면서…… 그러니까 분명히 봤는데."

눈가가 뜨거워지며 눈물이 왈칵 쏟아졌다. 눈앞이 흐려지던 그때였다.

"……수민아."

온갖 고함 소리가 오고 가는 그 혼란스러운 와중에도 낯익은 목소리 하나가 수민의 귀에 와 박혔다. 천천히 뒤를 돌아보자 이마에 반창고를 붙이고 팔에 붕대를 감은 누군가가 서 있었다. 수민은 팔을 들어 눈가를 쓱 닦았다. 눈물로 가려졌던 시야가 맑아지며 그 가운데 연준이 보였다.

다른, 그 어떤 생각도 들지 않았다.

……감사합니다.

정말 감사합니다.

그저 감사하나는 말을 되뇌며 수민은 그대로 연준에게 달려가 그를 와락 껴안았다.

승용차 운전자의 음주운전이 불러온 화였다. 산행을 다녀오며 꽤 여러 잔의 술을 마신 채 운전을 했고, 차선을 넘어 반대편에서 오던 버스를 들이박은 탓에 버스 뒤에 있던 차들까지 줄줄이 충돌 사고가 일어났다 하였다. 하나 다행스럽게도 큰 사고임에도 불구하고 천우신조인지 사망자는 없었다. 물론 승용차 운전자는 중상을 입었지만 그 역시도 생명에 지장은 없다고 했다.

"그만 좀 울어. 이러다 탈진하면 어쩌려 그래."

연준은 벌써 한 시간이 넘도록 울고만 있는 수민을 달래는 중이었다.

"난…… 난 정말……."

달래느라 정신없는 연준은 물론이고 정작 우는 수민도 눈물이 그치지 않아 힘든 건 마찬가지였다. 무사한 걸 봤는데도 고장 난 수도꼭지처럼 도무지 눈물이 멈추지가 않았다.

"오빠한테 큰일이 난 줄 알고……."

뜨문뜨문 흘러나온 말소리에는 아직도 울음이 섞여 있었다. 연준이 픽, 웃으며 붕대를 감지 않은 나머지 한 팔로 수민을 안아주며 달랬다.

"이마 상처는 며칠 있음 아물 거고 뇌 CT는 봤는데 다행히 깨끗하고 팔은 당분간 반 깁스하고 있음 되고, 걱정할 거 없어. 나, 괜찮아."

"그래도…… 교통사고는 후유증이 위험하다는데."

"혹시 어디 아프거나 이상이 있는 것 같으면 바로 진찰받을게. 됐지? 그리고 내가 의사인데 설마 내 몸 이상한 거 하나 못 알아차릴까. 안 그래?"

연준이 그렇게까지 말하고 나서야 수민은 겨우 울음을 멈추고 고개를 끄덕였다. 그런 수민을 내려다보다 연준이 웃으며 그녀의 정수리를 가볍게 헝클었다.

"말했잖아, 난 무슨 일이 있어도 계속 네 옆에 있겠다고. 널 떠나는 일 같은 건 없을 거라고."

그러고 보니 연준이 그런 약속을 했었다. 그리고 수민이 아는 연준은 자신이 한 말은 반드시 지키는 사람이었다.

"이 굼벵아."

생뚱맞은 말에 수민이 눈을 크게 뜨고서 연준을 보았다.

"어릴 때도 엄청 꾸물거리더니 어떻게 하나도 안 변했어? 조금만 더 늦었음 내가 너 그냥 잡으러 가려고 했어."

"미안해요, 오래 기다리게 해서."

"……이제 정리는 된 거야?"

연준이 묻는 말에 수민은 천천히 고개를 끄덕였다.

……오는 동안, 연준만 무사하게 해준다면 나머진 다 상관없다고, 그러니 그냥 연준만 무사하게 해달라고 얼마나 빌었는지 모른다. 그리고 그제야 확실하게 깨달았다.

"수민아, 네 인생에 그리고 지금 너한테 가장 중요한 게 무엇일지 그것만 생각하렴."

적혀 있는 답은 하나였는데 왜 진작 용기 내 그 답을 들여다볼 생각을 하지 않았던 걸까.

자신에게, 자신의 인생에 가장 중요한 건 장연준이란 사람이라 걸.

"……그럼 돌아온 거지?"

연준이 물었다.

"……응."

오랫동안 연준이 기다리던 대답을 하고서 수민은 팔을 뻗어 연준을 가득 안았다. 연준도 한 손으로 수민의 등허리를 꽉 껴안았다.

정말 다른 건 아무래도 상관없었다.

이 사람만 곁에 있다면.

　나란히 진열된 하얗고 동그란 커플 머그컵이 너무 예뻤다. 신혼집에 놓으면 정말 잘 어울릴 것 같았다.

　"이거, 세트로 포장 좀 해주세요."

　"예, 손님."

　계산을 하고 포장을 하는데 연준에게서 전화가 왔다. 이제 막 볼일을 마치고 한 원장에게 인사를 하러 가는 길이라 했다.

　"그럼 이제 일은 다 끝난 거예요?"

　〈응, 그런데 아버님한테 바로 인사드리고 나온다고 해도 조금은 늦을 것 같은데. 차도 막힐 것 같고. 어쩌지?〉

　오늘은 연준이 정희병원으로 옮기기로 하고 처음 인사를 간 날이었다. 비록 정식으로 출근하는 건 결혼을 하고 신혼여행을 다녀온 후가 되겠지만 오늘 연준이 배정받은 방이 나와서 짐을 옮겨놓고 병원 사람들에게 인사도 하고 그럴 예정이라 하였다. 말은 대수롭지 않게 했지만 인사하러 가기 전에 꽤 긴장했던 걸 아는 터라 수민은 저도 모르게 웃음이 났다.

"괜찮아요. 기다릴 테니까 일 다 보고 천천히 와요."

〈참, 여행사 다녀온다더니. 잘 갔다 온 거야?〉

"응, 잘 다녀왔어요. 간 김에 다 처리하고 왔어."

신혼여행 예약 문제로 오늘 오후, 수민이 혼자 여행사에 들렀다 오는 길이었다.

〈나중에 나랑 같이 가자니까.〉

"내 마음대로 하랬잖아. 어디든 가도 괜찮다고."

〈그래. 나야 어디든 가도 괜찮은데 그래도 같이 갔으면 좋았을걸. 혼자 심심하게.〉

"심심하기는. 오빤 오늘 바빴잖아요."

〈그건 그래. 그럼 우리 여행은 어디로 가는 거야?〉

이야기해 줄까, 잠시 망설이다 수민은 그냥 웃고 말았다.

"혼날지도 모르니까 나중에 만나서 얘기할래."

〈왜 혼나? 설마 어디, 무슨 아프리카 오지라도 예약한 거야?〉

"이따가 만나서 얘기해요."

〈진짜 슬슬 겁날라 그러네?〉

연준이 나직하게 소리 내 웃었다.

〈영화 시간이 몇 시지?〉

"아직 넉넉하게 남았어요. 그리고 못 보면 다음 걸로 보면 되지, 뭐. 천천히 일 보고 와요."

〈그래, 그러면 최대한 빨리 갈 테니까 조금만 기다려.〉

“알았어요.”

웃으며 전화를 끊고서 수민은 쇼핑백을 가지고 매장을 나왔다. 크리스마스이브라 그런지 백화점 안은 사람들로 잔뜩 붐비고 있었다. 평소 같았으면 복잡하고 시끄러워 딱 질색이었을 테지만 크리스마스를 앞둔 터라 오늘만큼은 그 번잡함도 설렘으로 다가왔다.

천천히 걸으며 이것저것 구경을 하다 수민의 걸음이 장난감 매장 앞에서 멈춰 섰다. 부모들의 손을 잡고서 신이 나서 팔짝팔짝 뛰는 아이들의 모습에 저절로 웃음이 났다. 그 모습이 하도 예뻐 한참을 물끄러미 바라보고 서 있는데 문득 뒤에서 누군가 어깨를 톡톡 두드렸다.

“혹시⋯⋯.”

조심스런 목소리에 별 대수롭지 않게 뒤를 돌아보았다가 수민이 이내 놀라 눈을 크게 떴다.

“맞구나. 혹시나 했더니.”

수민을 보며 반갑게 활짝 웃는 이는 서 여사였다. 그 뒤에 있는 운전기사가 수민을 알아보고 인사를 해왔다. 수민도 얼결에 인사를 했다.

“언제 또 만날 수 있겠나 싶었는데. 잘됐다. 잠깐만.”

서 여사가 운전기사에게 손에 들고 있던 쇼핑백을 건네주며 먼저 차에 가 있으라는 말을 했다. 그러고는 수민의 손을 다정하게 잡았다.

“우리, 커피나 한잔하자.”

백화점 내에 있는 커피전문점은 사람으로 가득 차 있었지만 운

좋게 창가 자리를 하나 차지할 수 있었다.

"그래, 마침 반가운 친구를 만나서. 커피 한잔 마시고 가마. 늦지 않게 갈…… 아이구, 그래. 우리 은솔이구나? 그래, 할머니야."

며느리와 전화를 하던 서 여사가 별안간 함박웃음을 지었다. 할머니란 말에 수민도 고개를 들었다.

"그래, 할머니 금방 갈 거야. 아이구, 그랬어요? 은솔아, 엄마 바꿔봐. 여보세요? 그래, 어미야. 늦지 않게 갈 테니까 미리 준비해놓고 기다리거라."

고개를 설레설레 저으며 전화를 끊고서 서 여사가 웃으며 수민을 보았다.

"우리 손녀. 이제 15개월 됐는데 기특하게 아빠보다 먼저 할머니 소리를 했지 뭐니. 예쁘지?"

그러고는 자신의 휴대전화 바탕화면을 보여주었다. 살이 오른 하얀 얼굴에 크고 까만 눈을 가진 아이가 화면 가득 웃고 있었다. 서 여사의 말대로 토실토실한 뺨을 깨물어주고 싶을 만큼 너무나 예쁜 아이였다.

"요 녀석 덕분에 내가 요즘 만날 웃고 산다. 오늘도 요 녀석, 크리스마스 선물 사러 나온 거야. 예쁜 게 얼마나 많던지."

손녀 이야기를 하는 서 여사의 얼굴에 행복이 뚝뚝 흘렀다. 그러고 보니 장난감 매장 앞에서 만난 운전기사의 양손에는 쇼핑백이 잔뜩 들려 있었다.

"그럼……."

수민이 짐작한 게 맞다는 듯 서 여사가 고개를 끄덕였다.

"그래, 태진이 딸."

태현의 형인 태진 부부가 결혼한 지 5년이 다 되도록 아이를 갖지 못해 마음고생이 심했다는 건 수민도 알고 있었다.

"늦었지만 축하드려요."

"그래, 고맙다. 그렇게 아이가 안 생겨 마음고생했는데…… 그 아이가 정말 우리 집에는 천사나 마찬가지란다."

태현이 떠난 빈자리를 슬픔 대신 행복함과 웃음으로 채워준, 천사처럼 예쁜 그 아이에게 수민도 고마운 생각이 들었다.

"커피 향이 좋구나."

서 여사가 커피를 한 모금 마시고서 잔을 내려놓았다.

"좋은 소식 있다고 들었는데."

조금 당황스러웠다. 이곳으로 함께 오는 짧은 시간 동안, 몇 번이나 먼저 말할까 했지만 쉬이 입이 떨어지지 않았다. 한데 서 여사가 먼저 이렇게 이야기를 꺼낼 줄은 몰랐다.

"결혼, 진심으로 축하한다."

이렇게 축하한다는 말까지 해줄 줄은 더더욱 몰랐다. 수민은 아무 말도 못하다 어렵게 입을 열었다.

"……죄송해요, 어머님."

"죄송은 무슨. 그럼 이렇게 예쁜데, 평생 결혼도 않을 작정이었어?"

서 여사가 웃으며 두 손을 내밀어 수민의 손을 잡았다.

"어머님께서 얼마 전 미술관으로 찾아오셨더구나."

"……엄마가요?"

서 여사가 커피를 한 모금 마시며 미소 지었다.

"그래. 나중에 소식을 들으면 내가 더 서운할 것 같으셨다고 하시며 수민이 네 소식 말씀해 주시러 오셨더구나. 어머님께는 미리 말씀해 주셔서 고맙다고, 진심으로 축하드린다고 했지만 그래도 수민이 널 직접 보고 축하를 해주고 싶었는데. 이리 만나게 되어 정말 다행이다."

원래도 사이가 좋았던 두 분이었다. 하지만 태현의 사고 후에는 당연히 그 사이가 멀어졌겠거니 했건만 수민의 짐작이 틀렸던 모양이었다.

"수민아."

시 여사가 수민의 손을 다정하게 잡았다.

"어머님께도 말씀드렸지만 혹여나 태현이 녀석 일이 조금이라도 마음에 남아 있다면 깨끗하게 그만 털어버리라는 말을 하고 싶었단다."

"어머님."

"태현이 녀석, 그리 떠나고…… 그래, 나도 인간이니 잠시나마 네가 원망스러운 마음이 들었던 것도 사실이다. 왜 하필 그때…… 그런 생각이 왜 안 들었겠니. 하지만 시간이 지나니 오히려 네게 미안해지더라. 어쩌면 모든 게 다 내 욕심 때문에 생긴 일인데…… 내가 어떻게 남을 탓하겠어. 그리고 무엇보다 그건 누구 탓도 아닌 그냥 사고였으니까."

누구의 탓도 아닌 사고였다는 서 여사의 말에 수민의 눈가가 빨갛게 젖어 들어갔다. 그런 수민의 마음을 누구보다 제일 잘 안다는 듯이 서 여사가 잡고 있던 수민의 손을 힘주어 잡았다.

"그냥 운이 없었던 것뿐이라고, 그리 여기자. 그러니 조금의 죄책감이라도 마음에 남아 있거든 훌훌 털어버리고 새 마음으로 시작하려무나. 그러자, 우리.”

수민은 울음을 애써 참고 겨우 고개를 들어 끄덕였다. 어느새 서 여사의 눈가에도 이슬이 맺혀 불빛에 반짝이고 있었다.

“수민아, 누구보다 네가 잘살았으면 좋겠고 사랑받으며 행복했으면 좋겠구나. 널 위해 늘 기도하마.”

따뜻한 손에서 건네져 오는 진심에 수민은 눈물을 참으며 행복한 미소를 지었다.

“……고맙습니다, 어머님. 저, 잘살게요.”

“그래, 그래야지.”

서 여사는 싱긋이 웃으며 오랫동안 수민의 손을 다정하게 토닥여 주었다.

“무슨 생각을 그렇게 해?”

연준의 말에 차창 밖을 보던 수민이 그제야 고개를 돌렸다.

“아니, 아까 백화점에서 누굴 좀 만났거든요.”

“누구?”

말할까 말까 잠시 고민하다 수민은 장난스런 표정으로 연준을 보았다.

“아주 고맙고 반가운 사람.”

“그래서 그 고맙고 반가운 사람이 누군지는 말 안 해줄 거야?”

연준도 장난스럽게 받아쳤다.

“원래 조금씩 비밀이 있어야 서로한테 안 질린대요. 그래서 나도 이제부터 오빠한테 조금씩 비밀을 만들려고.”

“무슨 소리야, 그건 또?”

수민이 웃으며 창가에 팔을 올려 턱을 괴었다. 연준도 피식, 웃고는 더 이상 캐묻지 않았다. 늘 그랬다. 먼저 말할 때까지 참을성 있게 기다려 주고 배려해 주고 무슨 일을 하든 존중해 주는 그에게 수민은 항상 고마웠다.

"서울에 사람 참 많이 산다. 그죠?"

"그러게. 서울 사람들이 전부 다 나온 것 같다."

차로 꽉 막힌 도로는 물론이고 인도 역시 사람들로 가득 차 있었다. 한데도 어느 누구 하나 짜증 내는 법 없이 지나다니는 사람들의 얼굴에는 웃음이 한가득이었다.

"일 년이 내내 크리스마스면 좋겠디. 사람들이 하나같이 다 행복해 보여. 그죠?"

"그래도 일 년 내내 크리스마스면 오늘 딱 하루 있는 깃치럼 그렇게 설레지는 않을걸?"

"하긴."

연준이 말에 수긍을 하며 수민은 오디오에서 흘러나오는 캐럴을 따라 흥얼거렸다.

"어! 눈 오네?"

수민이 창문을 살짝 열었다. 찬바람이 차 안으로 성큼 들어오며 한 점의 눈이 따라 들어와 수민의 손에 사뿐히 내려앉았다.

"이것 봐요. 눈이야."

"그러게?"

연준과 나란히 신기하다며 한바탕 웃고서 수민이 창문을 조금 더 열었다. 제법 굵은 눈송이가 창밖 가득 날리고 있었다. 연준도 몸을 비죽 기울여 수민의 창 쪽 하늘을 보았다.

"화이트 크리스마스네?"

"그러게."

길가를 지나다니는 사람들 모두가 하늘에서 내리는 눈을 반기며 환하게 웃었다. 창밖을 즐겁게 바라보던 수민이 문득 연준을 휙 돌아보았다.

"그러지 말고 우리 그냥 내려요."

"……여기서?"

"아! 좋다."

수민이 연준의 팔짱을 끼며 탄성을 질렀다. 하늘에서 내려오는 눈송이는 더욱 굵어지고 있었다. 가뜩이나 차로 꽉 차 있던 도로는 눈이 온 탓에 더욱 밀렸고 빨간 불빛이 끝도 없이 이어지고 있었다.

"내 말대로 차 버리고 오길 잘했죠?"

뿌듯해하는 수민의 말투에 연준은 웃음이 났다.

"이래서는 밤새 집에 가지도 못하겠어."

수민의 말에 연준도 기꺼이 동의를 했고 해서 가장 가까운 건물 주차장에 차를 놓고 온 길이었다.

"영화 정말 안 봐도 되겠어?"

"영화야 다음에 봐도 되는걸. 그런데 화이트 크리스마스는 다음에 또 보기 어렵잖아요."

함박눈이 내리는 날씨라 상당히 추울 텐데도 수민은 그저 신이 난 얼굴이었다.

"안 추워?"

연준이 묻는 말에 수민은 고개를 저었다.

"별로. 시원하니 좋은데?"

코끝이 빨개진 채 고개를 설레설레 젓는 모습이 어릴 때와 똑같았다. 연준이 웃음을 참으며 목에서 목도리를 벗어 수민의 목에 감싸줬다. 따뜻한 그의 체온이 수민의 목과 어깨로 건네져 왔다.

"진짜 괜찮은데."

"네가 안 괜찮아 그래."

연준이 수민의 손을 잡아 자신의 코트 주머니에 넣었다. 깍지 껴 마주 잡은 두 개의 손이 금세 따뜻해졌다. 거리는 온통 크리스마스 분위기가 만연했다.

"그럼 이제 뭐 할까?"

"음, 일단 걸으면서 생각해요."

"배는 안 고파?"

"그럼 일단 가다가 제일 먼저 보이는 식당에 가서 밥부터 먹어요."

"그래도 크리스마스인데 이렇게 시간 보내고 안 서운해? 괜찮겠어?"

"하나도 안 서운하고 좋기만 한데?"

수민의 천연덕스런 대답에 연준이 소리 내 웃었다.

"오늘 병원에 간 건 어땠어요? 사람들은?"

"다 좋았어."

"다행이다. 그래도 혹시라도 나중에 못됐게 구는 사람 있음 말해요, 꼭.”

“말하면?”

“아버지한테 말하게. 아니다. 우리 엄마한테 말하는 게 더 효과적일 텐데. 음, 그게 낫겠다.”

눈을 이리저리 굴리며 곰곰이 생각하는 수민의 모습에 연준의 눈가에 웃음이 잡혔다. 그렇잖아도 혹시 병원장 부부의 사위가 될 사람이라 색안경을 끼고 보는 이가 있으면 어쩌나, 살짝 걱정했는데 아직까지는 별다른 뒷말을 들은 적은 없었다. 그리고 설사 그런 말이 들린다 할지라도 크게 속상해한다거나 문제를 삼고 싶지는 않았다. 정식으로 채용 과정에 맞게 지원을 해 채용이 된 것이었다. 스스로 부끄러울 게 없으니 남들이 뭐라 하든 별 상관은 없었다. 그런데도 연준은 괜스레 수민과 말장난을 하고 싶은 마음에 다시 또 물었다.

“그러다 정말 낙하산이라고 다들 수군거리면?”

연준의 말에 수민이 발끈했다.

“낙하산은 무슨. 오빠처럼 실력 있는 의사가 어디 많나? 오빠가 일해주는 걸 영광인 줄 알아야지.”

“쟤가 갈수록 팔불출이 되어가네. 아직 결혼도 안 했는데 제 신랑 자랑에 아주 입에 침이 마른다니까.”

요즘 들어 연준의 일이라면 눈에 쌍심지를 돋고 두 팔 걷어붙이고 나서는 수민에게 정희가 혀를 차며 한 말이었다. 하지만 그런 소리를 들어도 수민은 마냥 좋았다. 연준과 함께 있는 것 자체가,

연준과 결혼하는 것이, 그래서 그의 아내가 되고 가족이 된다는 그 모든 게 그냥 좋고 행복했다.

"아무리 생각해 봐도 내가 와이프는 기가 막히게 골랐다."

"당연하지!"

생글생글 웃으며 연준과 나란히 걸어가다 수민이 한 가게 앞에서 멈춰 섰다.

"서점이네? 요즘 동네 서점 보기 힘들던데."

"그러게?"

서로 미주 보다 누가 먼저랄 것도 없이 서점 안으로 들어갔다. 스무 평 남짓한 작은 서점은 많은 책들로 빽빽하게 채워져 있었고 손님은 수민과 연준 말고 서넛 되었다. 정가운데 위치한 책 매대 옆에는 크리스마스트리가 장식되어 있었는데, 그 옆에는 신물 꾸러미처럼 예쁘게 포장된 책들이 놓여 있었다. 수민이 그쪽으로 연준을 잡아끌었다.

"예쁘다. 아이들 선물 꾸러미처럼 만들었나 봐. 그죠?"

"그러게."

수민과 연준이 소곤거리며 책을 살펴보는데, 마침 모녀간으로 보이는 여자아이 하나가 엄마와 함께 서점으로 들어왔다. 주인과 잘 아는 사이인지 인사를 나누고서 아이와 엄마는 곧바로 크리스마스트리 옆쪽으로 왔다.

"엄마, 이거!"

미리 와서 찜해놓고 간 것처럼 아이가 망설임 없이 색색의 리본으로 곱게 묶인 책 꾸러미 하나를 집었다.

"그거 할래? 다른 건? 하나 더 골라."

"음, 그럼…… 이거."

아이가 다른 하나를 손으로 가리키자 엄마가 웃으며 책 꾸러미를 집어 들었다.

"그래, 가자."

신이 나서 계산대로 가는 아이의 뒷모습에 수민과 연준은 똑같은 미소를 지었다.

"우리도 한 권씩 살까?"

연준이 말에 수민이 씩 웃으며 꾸러미 하나를 골라 들었다.

"난 벌써 골라놨는데."

"디저트 나왔습니다."

식사한 접시를 치우고 나자 직원이 두 잔의 커피와 티라미스 한 조각을 가지고 왔다. 눈처럼 하얀 슈가파우더를 뿌리고 진주 모양의 장식을 올린 티라미스는 너무 예뻐서 먹기가 아까울 지경이었다.

"너무 예쁘다. 그죠?"

수민이 포크를 들어 티라미스 한 조각을 떼 먹더니 흐뭇한 표정을 지었다.

"진짜 맛있다. 여기, 아까 음식도 맛있던데 맘에 든다. 그죠?"

맛있다는 수민의 말에 연준은 그제야 마음이 놓이는 듯 안도의 한숨을 내쉬었다. 수민이 의아한 눈길로 그를 보았다.

"무슨 일 있어요?"

"걱정했었거든. 혹시나 제일 먼저 보이는 식당이 김밥집이면 어쩌나 싶어서."

생각지도 못한 연준의 대답에 수민의 눈매가 동그래졌다.

"……김밥집이면 왜요? 나 김밥 좋아하는데?"

"그래도 크리스마스잖아."

연준이 심각한 얼굴로 진지하게 대답했다. 그런 그를 가만히 보다 수민은 저도 모르게 웃음이 터졌다.

"뭐, 어때. 그것도 다 추억이지. 앞으로 매년 크리스마스 때마다 같이 있을 건데 내년에 다른 데 가고 또 그다음 해에는 다른 데 가고 그럼 될걸."

"그래도. 오늘은 꼭 맛있고 좋은 거 사주고 싶었단 말이야."

겉치레 같은 걸 싫어하는 사람이지만 그래도 특별한 날이니만큼 낭연히 신경이 쓰인 모양이었다. 괜히 걱정만 시킨 건 아닌가, 미안한 마음에 수민은 티라미스를 한입 크기로 뚝 떼어 연준에게 내밀었다.

"먹어봐요. 진짜 맛있어."

연준이 수민의 얼굴을 가만히 바라보다 티라미스를 받아먹었다.

"맛있죠?"

연준이 고개를 끄덕이자 수민이 싱글 웃었다.

"앞으로 우리 가끔 여기 와요. 음식도 맛있고 분위기도 좋고. 사람들 많은 거 보니까 근방에서 꽤 유명한 집인가 봐. 그죠?"

"그러게."

수민의 말처럼 제법 널찍한 식당 안은 빈자리가 없이 사람들로 가득 차 있었다.

"참, 아까 내가 서점에서 산 책. 뭔지 아직 못 봤죠?"

커피잔을 내려놓고서 수민이 리본으로 묶인 꾸러미를 풀었다.

빨간 머리 앤과 작은 아씨들, 두 권이었다. 여자아이들 선물로 만들어놓은 듯했다. 수민이 빨간 머리 앤을 들어 연준에게 짠, 하고 보여주었다.

"이 책, 기억해요?"

연준이 수민이 들고 있는 책을 보며 반가운 표정을 지었다.

"당연히 기억하지. 너, 그 책 진짜 좋아했었는데."

연준이 기억하고 있단 사실에 수민의 얼굴이 밝아졌다.

"정말 기억하네?"

"그럼. 너한테 선물로 줬었던 건데. 혹시 그 책, 아직 가지고 있어?"

연준의 질문에 수민이 고개를 끄덕였다.

"참, 왜 오빤 나한테 편지 안 보냈어요?"

연준이 커피를 마시다 말고 수민을 빤히 보았다.

"편지?"

"그때, 책 주면서 편지 썼었잖아. 오빠 이사 가는 집 주소 적고 그쪽으로 편지하라면서. 내가 몇 번이나 편지 보냈었는데 오빠는 답장 한 번도 안 보내줬잖아요."

"……편지 보냈었어?"

"그럼 편지 쓰라고 주소까지 적어주고 갔는데 안 보내요?"

잠시 정적이 흐르다 연준이 갑자기 소리 내 웃기 시작했다. 영문을 몰라 수민은 어리둥절한 표정으로 연준을 보았다.

"그게 어떻게 된 거냐면…… 아버지가 이사 가는 집 주소를 잘못 가르쳐 주셨더라고."

연준의 대답에 수민이 눈만 깜빡거리다 이내 실소했다.

“……말도 안 돼.”

“진짜라니까. 나도 몰랐었어.”

“정말? 아니, 어떻게 오빠도 모를 수가 있어? 오빤 그럼 언제 알았어요?”

“전학 간 지 몇 달 됐을 때였나? 아버지가 어느 날 그러시더라고. 왜 성적표 안 가져오냐고. 시험 망쳐서 혹시 숨긴 것 아니냐면서.”

“그럼.”

“그래, 그래서 학교에 물어봤더니 한 번도 빠짐없이 보냈다 그러는 거야. 그래서 주소 확인하다 보니까 아버지가 나한테 주소를 잘못 기르쳐 주셨더라고.”

그동안 생각했던 것과는 너무도 동떨어진 이유에 수민노 웃음이 터졌다.

“편지, 반송 안 됐어?”

“한 번도.”

“뭐야, 그럼 그 주소가 진짜 있었나 보네?”

“그러게.”

수민이 한참을 깔깔대고 웃다 커피를 한 모금 마시고서 간신히 웃음을 그쳤다.

“허무해라. 난 오빠가 나 같은 꼬맹이 편지는 귀찮아서 답장 안 보내는 줄로만 알았었는데.”

“그랬어?”

“응.”

미소 지으며 고개를 끄덕이던 수민이 불현듯 인상을 확 썼다.

“잠깐만. 그럼 다른 사람이 내 편지 다 봤단 말이잖아.”

“아마, 그랬겠지?”

새삼 그때의 기억이 나는지 수민이 부끄럽다는 듯 두 손으로 이마를 짚었다.

“아…… 못살아, 진짜.”

수민은 민망해 어쩔 줄을 모르는데 그런 수민의 모습이 연준은 재밌기만 했다.

“뭐라 적었었는데?”

“기억 하나도 안 나.”

“그러면서 왜 부끄러워해?”

“당연히 부끄럽지. 내가 막 편지에 오빠 보…….”

“오빠, 뭐?”

순간적으로 수민이 말을 뚝 그쳤다. 그런 수민의 모습에 연준의 입꼬리가 씩 올라갔다.

“기억 안 난다며?”

“응, 기억 안 나.”

서로의 눈빛이 오고 가다 똑같이 웃음이 터졌다.

“하긴 뭐, 괜찮아. 오빠 보고 싶다거나 오빠 좋아한다거나, 그런 것쯤이야 다 이해하니까. 아마 그 편지 받아본 사람도 ‘장연준이란 남자애가 엄청 멋있나 본데?’ 그러고 말았겠지.”

수민이 눈을 흘기자 연준이 모르는 체하며 커피를 한 모금 마셨다. 그러고는 담담히 웃으며 오래전 이야기를 꺼냈다.

“사실 그때 말이야. 여름방학 때, 할머니랑 같이 시골 갔었어.”

“……정말?”

연준이 미소 지으며 고개를 끄덕였다.

"갔다가 너희 할머니 소식 듣고 그러고 올라왔지만. 연락하고 싶었는데 딱히 다른 방법이 생각 안 나서 네가 썼던 방에 쪽지는 남겨두고 왔었는데. 못 봤지?"

수민이 아쉬운 표정으로 고개를 저었다.

"알았으면 진작 연락했을 텐데."

"그럴 것 같았어. 나도 혹시나 해서 남겨두고 오긴 했지만 별 기대는 없었으니까."

커피를 마시는 그를 보다 수민이 문득 물었다.

"만약에 우리 그때, 연락이 끊기지 않았으면……."

연준의 시신이 수민에게로 다가왔다.

"어땠을 것 같아요? 지금처럼 사랑하게 됐을까?"

수민의 질문에 연준이 커피잔을 내려놓고 잠시 생각했다.

"글쎄."

"……뭐야, 그럼 아니었을 것 같단 말이에요?"

연준의 반응이 마음에 들지 않는다는 듯 수민이 다시 물었다.

"아마 우리가 사랑에 빠졌을 확률은 75%?"

"……75%?"

"50%가 바로 네 몫이니까."

연준의 얼굴에는 편안한 미소가 스며 있었다.

"난 그때도 너 좋아했으니까. 100 중에서 내 몫인 50은 맞는 거잖아. 그리고 네 몫인 50% 중에서 그럴 확률 25%를 더하면 75%."

이내 수민의 얼굴에도 연준과 똑 닮은 미소가 그린 듯 피어났다.

"그럼 만약 우리가 그때 연락이 끊기지 않았더라면 지금처럼 사랑에 빠졌을 거란 말이네?"

수민이 싱긋 웃고서 커피를 마셨다.

"참, 나 오빠한테 보여줄 거 있는데."

수민이 가방에서 비행기 티켓을 꺼내 연준의 앞에 내밀었다.

"우리 신혼여행지."

"그래?"

"얼른 열어봐요."

수민이 눈빛을 반짝거리며 잔뜩 기대 어린 얼굴로 연준을 보았
다.

"뭐야, 그 눈빛은. 조금 겁나는데. 정말 아프리카 오지 같은 데
아냐?"

"아프리카 오지면 뭐, 가기 싫어요?"

"그럴 리가. 누구랑 가는 건데."

연준이 씩 웃으며 비행기 티켓을 꺼내 확인했다. 1초, 2초, 3초.
정확히 3초 만에 연준의 얼굴에서 웃음이 싹 걷혔다.

"마음에 들어요?"

뉴욕이었다. 그리고 그곳에는 정연이 살고 있었다.

"오래는 아니고 이틀 있다가 캘리포니아로 건너갈 거예요. 그리
고 그다음에는……."

"나 때문에 이런 거면 안 그래도 돼. 나, 괜찮아."

"……."

"정말이야. 괜찮으니까."

수민이 빙긋 손을 내밀어 연준의 손을 잡았다.

"노력해 보려고. 오빠한테 하나밖에 없는 소중한 동생이니까."

“……..”

“처음에는 조금 힘들겠지만…… 괜찮아질 수 있을 거라 생각해요.”

“수민아, 그래도…….”

“나야말로 괜찮아요. 내가 마음 편하고 싶어서 그래. 응?”

수민이 웃으며 연준의 잡은 손을 꼭 쥐었다.

“내 마음대로 하라 했잖아. 그러니까 가요, 우리.”

꽤 오랜 시간이 지나서야 연준의 입가에 옅은 미소가 천천히 담겼다.

“다행이다. 내 마음대로 결정했다고 오빠한테 혼나면 어쩌나 싶어서 걱정했는데.”

가라앉은 분위기를 밝게 하느라 수민이 코를 찡긋거리며 웃었다. 그러고는 턱을 괴고서 창밖을 바라보았다.

“……좋다. 눈이 밤새 올 것 같은데. 아무래도 집에는 택시 타고 가야겠다. 그런데 택시가 있으려나?”

수민이 연준에게로 고개를 돌리는데 문득 손바닥에 딱딱하고 보드라운 느낌이 와 닿았다. 손에 놓인 보랏빛 벨벳 상자를 향하던 수민의 시선이 연준에게로 옮겨갔다.

“크리스마스 선물.”

연준이 웃으며 하는 말에 수민도 픗, 웃었다.

“열어봐도 돼요?”

“그럼.”

수민은 두근거리는 마음으로 보랏빛 벨벳으로 된 상자를 열었다. 상자 속에는 작은 다이아가 반짝이는 단정하고 깔끔한 스타일의 반지가 얌전히 들어 있었다.

"……이거."

순간 저도 모르게 말문이 막혔다.

"근사한 데 가서 무릎도 꿇고 이벤트도 하고 그렇게 프러포즈해 야 하는 건데. 서운하지?"

반지를 가만히 바라보던 수민이 고개를 들어 연준을 보았다. 불 빛에 수민의 눈망울이 유난히 반짝였다. 연준이 반지를 꺼내 수민 의 손에 끼워주었다.

"나랑 결혼해 준대서 고맙다, 한수민."

연준이 수민의 손을 양손으로 꼭 붙잡고 다정하게 말했다.

"우리, 늘 지금처럼 서로 눈 보고 이야기하고 또 이렇게 손 꼭 붙 잡고 잘살자."

이유 없이 코끝이 새큰해졌지만 수민은 울지 않았다. 기분 좋은 날, 한껏 웃어야지 싶었다.

"……응."

수민은 씩씩하게 대답했다.

마주 보며 서로 웃다 두 사람은 나란히 창밖을 보았다. 크리스마 스를 축복이라도 하듯 밤하늘 가득, 굵은 함박눈이 내리고 있었다.

THE END

이 글을 처음 시작했을 때가 2년 전 겨울, 다른 글을 끝맺은 직후였는데 벌써 시간이 이만큼이나 흘렀네요.

'앤서미'는 수민을 해바라기하는 연준의 이야기인 동시에 사랑을 통해 힘들었던 과거의 상처를 극복하고 성장해 나가는 수민의 이야기입니다. 그리고 그 둘 사이에 얽힌 이런저런 인연의 이야기이기도 하고요. 살아가다 보면 사람들이 인연이 때로 참 공교롭다는 생각이 드는데, 연준과 수민의 인연 또한 마찬가지입니다.

늘 여주인공의 관점에서 글을 보고 드라마를 보고 영화를 보곤 하는 터라 여주인공의 사랑을 괴롭히고 방해하는 인물은 당연히 '악'으로 느껴집니다. 이 글 속에 나오는 정연 역시 마찬가지입니다. 수민에게 상처를 준 가장 직접적인 인물이니까요. 하지만 만약 이 글의 주인공이 정연이라면 어땠을까, 하는 생각을 해봤습니다. 그랬다면 완전히 다른 이야기가 되었겠고 정연 또한 집안의 차이로 연인과 헤어질 수밖에 없었던 비련의 여주인공이 되었겠죠.

누군가를 완벽한 가해자로, 또 다른 누군가를 완벽한 피해자로 그렇게 정확하게 선을 그을 수 있을까. 이들에겐 과연 어떤 답을 주는 것이 옳은 걸까. 오래 고민할 수밖에 없었습니다.

그리고 제가 내린 답은 '행복과 사랑'이었습니다. 과거가 아닌 미래였고요.

사실 예전에는 세월이 약이란 말을 믿지 못했습니다. 세월만으로 치유되지 않는 지독한 상처도 있을 거라 생각했으니까요. 하지만 막상 지나고 보니 저 또한 세월이 덮고 어루만져 준 생채기가 참 많았구나, 싶은 생각이 문득 들었습니다. 연준과 수민도 지금 당장은 힘들더라도 언젠가는 세월이 준 선물을 깨닫게 되리라 생각합니다. 그리고 그때가 되면 그만큼 더 편안해지고 행복해져 있겠지요.

글을 쓰면서 고민이 많았던 만큼, 후기에 적고 싶은 말이 참 많았습니다. 하지만 막상 글을 마무리할 때가 되니 뭐든 짧은 게 좋다, 라는 생각이 드네요. 하긴 이미 충분하게 길었죠? (웃음)

고마운 분들께 인사를 드려야겠습니다.

없는 답을 구해달라며 괴롭혀 드린 B님, I님 고맙습니다. (특히 오픈 엔딩은 개나 줘, 라며 해피엔딩을 강력 주장하셨던 B님께. 꾸벅) 원님. 언제 꼭 맛있는 식사하며 신나게 수다 떨어봐요! 홈피 가족 분들, 늘 고맙습니다. 미소가 예쁜 미연님. 양이 애매하게 많아서 본의 아니게 고민거리를 안겨 드렸어요. 수고하셨습니다. 사랑하는 친구 M양. 네가 내 친구라서 난 참 다행이야. 너의 인연을 나 또한 기다리고 있단다.

그리고 늘 옆에서 든든한 버팀목이 되어주는 Y군과 사랑하는 우리 가족. 정말 고맙습니다.

항상 글을 열심히 쓰고는 있는데 손이 더딘 탓인지 출간할 때가 되면 '시간이(세월이) 이렇게나 흘렀어?' 하고 놀라곤 합니다. 올해는 부디, 제 하드에서 때를 기다리며 잠들어 있는 글들 모두 흡족하게 마무리 지을 수 있기를 바랍니다. 아무쪼록 더 부지런해져야겠습니다.

부디 연준과 수민에게, 그리고 저와 함께 마지막 책장을 덮으시는 모든 분들께. 늘 행복과 웃음이 가득하시기를.

2013년 1월의 어느 밤, 우영주 드림.

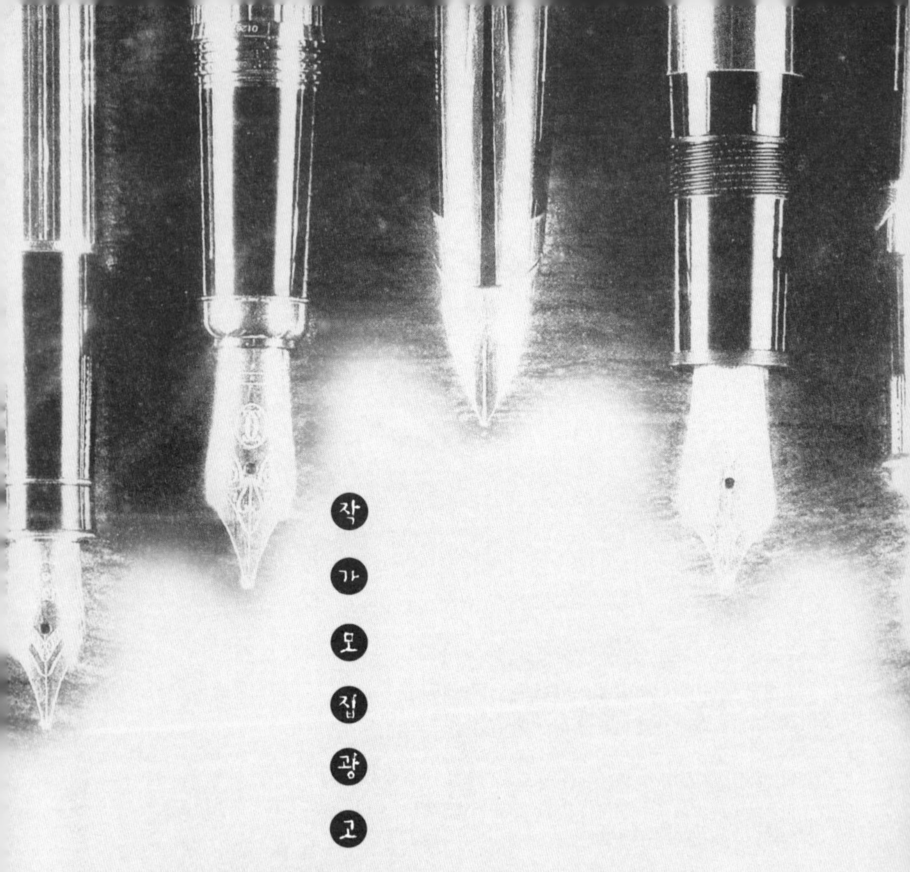

작
가
모
집
광
고